SOMBRAS DO SUL

GIULIANNA DOMINGUES

SOMBRAS DO SUL

1ª edição

— *Galera* —

RIO DE JANEIRO

2022

REVISÃO
Camila Cerdeira
Mauro Borges

LEITURA SENSÍVEL
Karine Ribeiro
Larissa Siriani

CAPA
Taíssa Maia

CIP-BRASIL. CATALOGAÇÃO NA PUBLICAÇÃO
SINDICATO NACIONAL DOS EDITORES DE LIVROS, RJ

D718s

Domingues, Giulianna
  Sombras do sul / Giulianna Domingues. - 1. ed. - Rio de Janeiro : Galera Record, 2022.

  Sequência de: Luzes do norte
  ISBN 978-65-5981-189-2

  1. Ficção brasileira. I. Título.

22-78299

CDD: 869.3
CDU: 82-3(81)

Meri Gleice Rodrigues de Souza - Bibliotecária - CRB-7/6439

Copyright © 2022 by Giulianna Domingues

Todos os direitos reservados.
Proibida a reprodução, no todo ou em parte, através de quaisquer meios.
Os direitos morais da autora foram assegurados.

Texto revisado segundo o novo Acordo Ortográfico da Língua Portuguesa.

Direitos exclusivos de publicação em língua portuguesa somente para o Brasil adquiridos pela
EDITORA GALERA RECORD LTDA.
Rua Argentina, 120 – Rio de Janeiro, RJ - 20921-380 - Tel.: (21) 2585-2000,
que se reserva a propriedade literária desta tradução.

Impresso no Brasil

ISBN 978-65-5981-189-2

Seja um leitor preferencial Record.
Cadastre-se e receba informações sobre nossos
lançamentos e nossas promoções.

Atendimento e venda direta ao leitor:
sac@record.com.br

*Para Mateus — meu passado,
meu presente, meu futuro.*

O passado é um prólogo.
(William Shakespeare)

Prólogo

No sonho, Igor ainda estava vivo.

Dimitria sabia que era um sonho, é claro, não só pelo fato de que Igor estava respirando ao seu lado. Tampouco porque ele estava intacto e inteiro. Ela sabia que era um sonho, porque seu irmão estava sentado ao lado de Hipátia, e era uma criança pequena e ainda rechonchuda, embora não fosse mais um bebê. Ao lado dos dois, uma garota caminhava arrastando um galho no chão, atenta ao que desenhava.

A garota era igualzinha a Dimitria: a mesma pele negra que parecia absorver a luz e emiti-la de dentro para fora com delicadeza, o mesmo corpo magricela e cheio de energia, exceto pelos cabelos, que caíam em ondas desalinhadas, enquanto os da irmã gêmea estavam sempre em uma trança.

Seu nome era Denali, e onde ela ia, Dimitria ia junto. Os Coromandel não tinham muita coisa, mas tinham um ao outro, e Dimitria, do alto de seus oito anos, se agarrava a esse conhecimento com a mesma avidez com a qual acompanhava o pai nas caçadas.

Hipátia levantou do chão, erguendo o filho com a prática de quem havia criado duas crianças ao mesmo tempo. Ela foi até onde Denali estava, e inclinou-se por cima de seu ombro.

— Muito bonito o seu desenho, filha. — Acariciou os cabelos ondulados da garota, um sorriso de aprovação nos lábios, mas havia algo a mais em seu olhar. Observava as imagens que Denali havia formado com uma atenção incomum para um simples desenho, e Dimitria foi até a irmã, tentando entender o que a mãe havia visto. A menina tinha o olhar treinado para os indícios dos comportamentos dos adultos, percepção que, segundo seu pai, a tornaria uma excelente caçadora um dia.

Ela analisou a imagem feita pela irmã. Denali tinha desenhado um urso branco, em linhas rústicas, mas reconhecíveis.

— Tá bonito, Nali — ela disse, apoiando a mão pequena no ombro da gêmea, mas a verdade era que, para Dimitria, tudo o que Denali fazia era bonito. Ainda assim, não havia nada de diferente ali; apenas um urso, que parecia estar em movimento como se estivesse correndo no chão de terra que começava a esfriar para o inverno.

Nurensalem tinha apenas duas estações, e a espera pelo inverno estava quase no fim.

— Onde você viu um urso, meu bem? — Hipátia aninhou Igor em seu colo no instante em que ele começou a pedir sua atenção, e se ajoelhou ao lado de Denali. A garota deu de ombros.

— Num sonho. E é uma menina urso, mamãe.

— Ah, óbvio. — A mãe assentiu, como se fosse óbvio, e aproximou os dedos do chão. Quando o fez, as linhas se iluminaram suavemente, ganhando vida: o desenho da ursa começou a correr, sumindo floresta adentro.

Dimitria bateu palmas, sentindo orgulho da irmã.

— Faz mais um! Faz um veado pra eu caçar! Ou, ou, um morcegão bem grande. — Sua mente se encheu de ideias que a irmã poderia executar, maravilhada com as possibilidades, mas Hipátia interrompeu a conversa, ainda sorrindo.

— Eu sempre soube que tinha sido abençoada com os melhores filhos do mundo, mas essa é nova. Seu pai vai ficar feliz em saber que temos ainda mais mágica na família.

— Mágica? E eu, mamãe? — Igor puxou a blusa de Hipátia; o menino era grudado nela, e passava os dias devorando seus livros de feitiçaria. Não eram poucos: Hipátia era uma das feiticeiras mais famosas do Cantão da Romândia e já tinha aprendizes próprios.

— Vocês todos são mágicos, cada um à sua maneira. — Ela deu um beijo suave no filho, e se levantou. — Meu amor, meus amores. Minha vida.

Dimitria sabia que não era mágica. Ela nunca tivera aptidão para os feitiços que a mãe fazia tão bem, a astúcia no olhar que ajudava Denali a analisá-los, ou a obstinação ferrenha de Igor para aprendê-los. Franziu o pequeno nariz, olhando para o rosto gentil da mãe, que tinha pele negra igualzinha à dela — o mesmo tom quente que a fazia parecer uma fada.

— E eu, mamãe?

Hipátia deu um meio-sorriso antes de responder.

— Você é a mais importante de todos nós, Demi. É a nossa protetora. Você e sua irmã estão ligadas desde o dia em que nasceram... Uma não pode existir sem a outra. Denali precisa de você.

Aos oito anos, Dimitria não sabia que aquelas palavras continham em si um peso muito maior do que ela jamais poderia carregar. E ainda assim ela sorriu, abraçando a responsabilidade com a inocência de quem não a compreende, mas deseja fazer o melhor por quem ama.

E Dimitria, mais do que tudo, amava a irmã.

E então, o sonho se transformou. Uma figura magra e retorcida se aproximou da clareira, coberta de sangue da cabeça aos pés. Era Igor — desta vez, o Igor do qual Dimitria se lembrava. O Igor que a vida tinha corrompido, e que agora apontava um dedo acusatório para a pequena garotinha.

— A culpa é sua. A CULPA É SUA!

Dimitria sabia disso. A culpa se espalhou em seu peito, dominando-a, sequestrando seus pensamentos com as garras de uma harpia, apertando enquanto Igor urrava.

Ele abriu a boca ainda mais, e uma massa escura e sombria se derramou de seus lábios, obscurecendo a clareira como fumaça. Dimitria procurou seu arco, as flechas, mas foi vão: não era a primeira vez que tinha aquele pesadelo. Ela sabia como iria acabar.

Queria pedir desculpas, mas era incapaz de falar diante do espectro do irmão.

Igor agarrou seu rosto, derramando a bile venenosa em Dimitria. As palavras que dizia eram incompreensíveis, mas a caçadora não precisava ouvi-las para sentir seu veneno penetrando-lhe o coração e a alma.

Foi então que ela começou a gritar.

Capítulo 1

— Demi. Demi! — A voz de Aurora apagou o sonho como a luz de uma vela, e Dimitria só percebeu que estava gritando quando sentiu a garganta rouca, os olhos arregalados ardendo com a luz suave da manhã que entrava pela janela.

— Aurora. — Ela engoliu em seco, tentando se localizar, apoiando-se no nome de Aurora como a uma jangada que a afastava das águas revoltosas do sonho. As mãos trêmulas encontraram uma colcha, que parecia insuficiente contra o frio matinal. Embora o quarto ainda estivesse mergulhado em meia penumbra, Dimitria conseguia distinguir formas familiares: um armário, um espelho de cobre, um baú. Ao seu lado, a silhueta suave de Aurora, que se debruçava sobre ela com um olhar preocupado.

Mais do que tudo, foi o rosto de Aurora — seus olhos verdes, as constelações de sardas — tão familiar quanto o quarto onde Dimitria havia dormido a vida toda, que a acalmou.

— Achei que os pesadelos tinham parado. — Aurora puxou o cobertor para cobrir os ombros de Dimitria, deixando um beijo suave em sua testa. A garota cheirava a figos e mel, e os resquícios do pesadelo perderam a força, derretendo sob a luz solar de Aurora.

— Eles diminuíram bastante. — Dimitria não queria falar dos pesadelos. Aliás, pesadelo, no singular, pois a imagem distorcida de seu irmão era a figura que lhe assombrava as noites desde que ele havia morrido. Mais um motivo para esquecer, para focar na proximidade de Aurora, em seu cheiro, nos figos e no mel. Quanto mais ela o fazia, mais as lembranças recuavam. Dimitria não queria mais nenhuma lembrança, exceto as dos últimos dois anos.

Essas, sim, ela queria manter.

A caçadora enlaçou a cintura nua de Aurora, puxando-a para si e roubando-lhe um beijo. O frio tinha alcançado o corpo da garota, e sua pele estava gelada sob os dedos de Dimitria. Aurora riu, os cabelos caindo como uma cortina de trigo sobre seu rosto.

— Talvez seja melhor — Aurora conseguiu dizer entre beijos — você ver um curandeiro. Esses pesadelos não são muito bons, não é?

— Acho que eu preciso de outro tipo de cuidados. — Dimitria afastou algumas mechas, girando o corpo para ficar por cima da outra garota, em uma tentativa de tomar as rédeas daquela conversa. Falar dos pesadelos não levaria Dimitria a lugar nenhum, ao contrário do trajeto que ela de fato queria percorrer, por cima de Aurora. — Cuidados que envolvem ficar na cama até muito, muito tarde.

— Você não presta, Demi.

— Precisamente o porquê de você me amar.

— Sim, eu te amo — Aurora suspirou, quase resignada, como se fosse algo além de seu controle. Mas ela estava sorrindo, solar e apaixonada.

Dimitria não sabia se algum dia iria se acostumar à sensação quente e inebriante que tomava seu peito quando Aurora dizia aquilo. Ela não sabia se *queria* se acostumar.

A caçadora puxou Aurora para outro beijo, mais intenso agora, como se apenas um beijo fosse capaz de espantar os pesadelos. De certo modo, era verdade: a mente de Dimitria se encheu de Aurora, e não havia espaço para mais nada além do corpo macio abaixo de si, dos pequenos sons que ela fazia quando Dimitria capturava sua língua. Ela desviou a atenção para o pescoço exposto da garota, uma extensão de sardas, que ela apreciou com um beijo.

Mas Aurora estava gelada, tanto que Dimitria franziu a testa, momentaneamente distraída.

— Você tá com frio? — Ela sabia qual seria a resposta, pois, tal qual os pesadelos de Dimitria, o frio era algo sobre o qual Aurora preferia não falar. Os dois únicos contratempos em dois anos perfeitos, obstáculos que nenhuma das duas sequer tinha vontade de mencionar.

— Não. — Aurora era uma péssima mentirosa, e Dimitria revirou os olhos, afastando-se para encará-la. Bastou um olhar cético para que ela corasse, assentindo com impaciência. — Estamos no outono. E essa manta não é a melhor coberta do mundo, precisamos comprar outra antes que a estação acabe...

Dimitria lançou um olhar pela janela aberta acima das duas. O campo além da cabana estava atapetado de folhas secas, um soalho laranja e vermelho que queimava sob o sol gelado. Em pouco tempo, as folhas secariam por completo e desapareceriam sob a coberta da primeira neve. Ainda assim, não estava tão frio — e a brisa fresca que entrava pela janela não era o suficiente para deixar Aurora daquele jeito.

Como se o inverno rugisse dentro dela.

Dimitria abriu a boca para falar, mas Aurora a interrompeu.

— Será que podemos voltar pra onde a gente estava? Na verdade, onde você estava? — A súplica brincalhona escondia algo a mais, e dois anos eram o suficiente para que Dimitria reconhecesse o medo em sua voz. — Já que você me acordou tão cedo e tudo o mais. Por favor, Demi.

Dimitria tinha sido capaz de negociar com Bóris van Vintermer, enganar Clemente Brandenburgo e desafiar um urso de dois metros de altura — mas era impotente contra uma palavra doce da boca de Aurora. Resignando-se e respondendo à chama intensa que tinha acendido em seu peito quando as duas deram o primeiro beijo, a caçadora voltou de onde tinha parado, determinada a encerrar a manhã com uma nova lembrança para substituir qualquer temor.

Não havia memória ruim que não pudesse ser apagada com um beijo, afinal de contas.

* * *

Mais tarde, depois que Aurora pegou no sono pela segunda vez, Dimitria deixou a cama em silêncio, aquecendo-a com um segundo cobertor e dando um beijo em sua testa antes de sair do quarto. Ela tentou ignorar a sensação gelada da pele de Aurora sob seus lábios, ou a maneira como ela se enrolava no cobertor, transformando-o em um casulo apertado contra o frio.

Tinha sido assim nos últimos meses. Quase dois anos sem nenhum problema, nenhum empecilho no ritmo perfeito de uma vida que parecia ter sido feita para elas. Mesmo que Dimitria tivesse precisado de um tempo para lidar com a dor e com o luto, aquele primeiro inverno passou — e a primavera floresceu com o laço das duas, se fortalecendo a cada mês.

O tempo passou e de repente a vida sem Aurora não fazia mais sentido. Como se um capítulo tivesse se fechado na história de Dimitria — e ela tivesse encontrado seu feliz para sempre.

E então, em um dia no meio do último verão, tão quente que as duas tinham se aventurado no lago de Winterhaugen, Aurora começou a sentir aquele frio — um gelo que nascia dentro de si, espalhando-se como um floco de neve em seu coração.

De início, Dimitria se recusou a se preocupar. Aurora era saudável, jovem, cheia de vida e de sol. Mesmo que elas nunca tivessem encontrado uma cura para a maldição de Igor, as transformações durante a aurora boreal eram um preço pequeno a se pagar por uma vida juntas, certo? Não que Dimitria não sentisse remorso, às vezes, ao pensar em Aurora transformada em urso. Não adiantava que a garota afirmasse que Dimitria não era a responsável: certas feridas nunca cicatrizavam.

Mas então os calafrios se tornaram mãos sempre geladas, e aos poucos Aurora teve que colocar luvas quando estava na sombra. Mesmo durante as noites quentes, as duas começaram a levar mantos de pelo para a cama — e, à medida que o curto verão foi se despedindo, o frio se instalou permanentemente no corpo de Aurora, fazendo dela um inverno constante.

Isso sem contar as tosses, que agora a acometiam de uma hora para a outra e enchiam Dimitria de um temor inominável. Ela não queria pensar no que poderiam ser os assomos, e às vezes tentava fazer a si mesma acreditar que, quanto menos pensasse neles, mais rápido se resolveriam.

O destino não seria tão cruel, pensava ela, *de colocar qualquer mácula na nossa história*. Não depois de tudo pelo que Dimitria tinha passado, toda a tristeza. Aquele era seu final feliz, e ela não admitiria que ninguém — muito menos uma tosse boba — se colocasse em seu caminho.

Dimitria carregava preocupações e medos enquanto montava em Cometa e começava o trajeto até o centro de Nurensalem. A manhã de outono era fria e azul, e sua brisa gelada fustigava a pele exposta que o casaco de arminho — presente de Aurora — não cobria. Dimitria não conseguiu evitar pensar o que aconteceria quando o inverno chegasse.

Nosso terceiro inverno juntas, pensou, conduzindo Cometa pela estrada meandrada até a praça. Mesmo que Dimitria tivesse se acostumado ao cavalo, ainda sentia certo desconforto ao montá-lo, e a lembrança da primeira aula de equitação com Aurora lhe fez sorrir.

Nurensalem começava a despertar, e, conforme Dimitria chegava à praça, alguns mercadores abriam as portas de suas lojas, colocando estandes cheios de mercadoria para fora. O cheiro de noz-moscada e canela invadiu as narinas da caçadora quando passou na frente do negociante de temperos, e, quase parou para comprar alguns — Aurora gostava de cominho e cheiro-verde — mas sua ansiedade falava mais alto, e ela continuou o percurso até a ferreira.

Dimitria parou em um pátio de pedra na frente de uma construção modesta, o telhado plano e austero dando uma dica do que se podia encontrar lá. Ela desceu de Cometa, amarrando o animal em um poste e dando algumas batidinhas em seu pescoço antes de entrar.

Dentro da oficina o calor engolfou Dimitria, o bafo quente e denso mesmo que ainda fossem as primeiras horas da manhã. A forja acesa criava luzes e sombras alaranjadas, mais intensas do que a luz do sol era capaz de produzir, e uma figura volumosa estava debruçada sobre uma mesa de metal aos fundos da forja.

— Brundil? — Dimitria chamou.

A mulher, que segurava um martelo, limpou uma das mãos em seu avental, e virou-se para Dimitria com um sorrisinho cortado por uma cicatriz no lábio superior.

— Achei que tivesse dito *fim da tarde*, Coromandel.

— Eu não queria esperar — respondeu Dimitria, sentindo o rosto ficar quente. Ela demorou para perceber que estava corando, tamanho era o calor na forja de Brundil, e desviou o olhar para as próprias mãos, analisando a pele negra e como o fogo da forja a fazia cintilar. — Achei que poderia dar uma passada e...

— Estou tirando com a sua cara, Coromandel. Está pronto. — Brundil apoiou o martelo na mesa de ferro, os músculos rígidos como o metal que ela manipulava, e esticou o braço para abrir uma pequena gaveta na base da mesa. De dentro, tirou uma pequena caixa de madeira, delicada e cheia de padronagens, oferecendo-a em seguida para a caçadora.

Dimitria apanhou o objeto e o abriu, meio sem jeito de mexer em algo tão delicado. Era difícil conceber que alguém como Brundil pudesse ter a sensibilidade necessária para aquele tipo de coisa, mas bastou um olhar para os anéis gêmeos, forjados de prata pura, para que Dimitria soubesse que escolhera a pessoa certa para a tarefa.

Ela tinha economizado durante meses para conseguir pagar por eles.

A caçadora não se considerava uma pessoa sentimental; ainda assim, ao encarar os anéis, um nó se alojou em sua garganta. Ela pensou em Aurora e em como o aro de prata ficaria lindo em sua mão.

À direita, é claro. Era assim para as noivas, afinal.

— E então? Eu fiz exatamente da maneira como você pediu.

Em vez de falar algo — que provavelmente não passaria de murmúrios incompreensíveis — Dimitria examinou os anéis mais de perto, girando um deles nos dedos. Na parte interna, uma patinha de urso estava gravada no mais fino traço, ao lado de um pequeno coração.

Dimitria pigarreou, engolindo o choro.

— Ficou perfeito, Brundil. — Ela recolocou o anel com cuidado dentro da caixa, e guardou o objeto no bolso.

Pedir Aurora em casamento nunca tinha sido uma questão de "se", mas de "quando", e ver o anel só tornava essa decisão mais firme na cabeça da caçadora. Ela estava pronta.

As duas estavam prontas, e o tempo vivendo juntas era a prova disso. Ela saiu distraída da forja, sentindo a caixinha no bolso como se o peso das expectativas que carregava fosse chumbo puro.

Dimitria tinha algumas ideias de como faria o pedido, mas nenhuma bem-formada o suficiente, e foi isso que ocupou sua mente enquanto ela percorria o caminho de volta para casa.

Era engraçado pensar em casa, agora, e em como aquela palavra era indissociável de Aurora. Tudo que elas haviam construído tinha dedo da garota, todos os pequenos rituais e rotinas que transformavam quatro paredes em um lar e duas pessoas em uma família. Dimitria parou no negociante, apanhando o cominho e o cheiro-verde, e também um ramalhete de lavanda — um dos preferidos de Aurora.

O cominho não seria mais do que um tempero, as alianças apenas dois anéis, em um mundo sem Aurora. Tudo aquilo só fazia sentido dentro das memórias compartilhadas. Como se, por simplesmente existir, Aurora as fizesse ter vida.

Dimitria ainda estava pensando no pedido quando retornou à cabana, se demorando na entrada por um instante, para garantir que a caixinha do anel estava bem escondida. O sol já tinha se levantado plenamente agora, uma luz de outono que brilhava em um céu de esmalte azul, mas, ao contrário do que sugeria a luz pálida, o dia tinha esfriado. Dimitria saltou de Cometa e a conduziu à lateral da casa, para o estábulo recém-construído, e se surpreendeu ao ver uma pluma branca de fumaça escapando pelo focinho do animal.

O frio estava realmente chegando.

Ainda haveria um resto de outono, porém, e um pedido de casamento — e era nisso que Dimitria estava pensando, quando empurrou a porta da cabana.

— Aurora, eu trouxe...

Mas Aurora estava desmaiada sob o chão de madeira, o corpo pálido como o de um cadáver, e, de repente, Dimitria soube que o inverno já estava ali.

Capítulo 2

Foi Aurora quem teve a ideia de ir até Solomar, e foi ela que enviou a carta para conseguir uma audiência. Assim que acordou do desmaio, o rosto ainda pálido, disse o nome dele em meio a lufadas desesperadas por ar.

— Precisamos ver... — Aurora não conseguia nem completar a frase direito — ... Solomar.

Dimitria não teve escolha a não ser concordar.

Se fosse por Dimitria, ela nunca mais pisaria naquela magicina. Mesmo antes de Igor, não ia com a cara do mago: lembrava dos rumores que haviam corrido à boca miúda quando sua mãe morrera, de que Solomar havia comemorado a eliminação de uma maga que representava uma concorrência para o seu negócio.

Não que chegasse a ser uma competição: entre ele e Hipátia, não havia dúvida de quem era a mais habilidosa, e não à toa Solomar tinha sido aprendiz dela por um longo tempo.

Não era só lealdade à memória de sua mãe, porém, que fazia Dimitria querer manter distância de Solomar. Assim que o telhado da magicina despontou sob as copas dos pinheiros, uma sensação como uma pedra se instalou em seu estômago. Aquele lugar lembrava Igor, e outras memórias que ela preferia esquecer.

E ainda assim certas lembranças continuavam tão vivas quanto o presente. Um jovem mago, vestido com um dos robes roxos característicos dos aprendizes de Solomar, estava caminhando em direção à entrada da casa. De longe ele quase parecia Igor, com seus cabelos escuros e nariz reto. Ao seu lado, outra aprendiz segurava uma pilha de livros de aparência gasta e antiga. Dimitria tentou reprimir as lembranças de um outro grimório, do qual ela não tinha encontrado coragem para se desfazer. Os dois aprendizes sumiram pela porta da frente, engolidos pela casa.

Não tem como fugir do passado, ela pensou. A caçadora saltou do cavalo assim que Cometa parou na frente da construção escura e imponente onde Solomar e seus aprendizes recebiam possíveis contratantes de seus serviços, e estendeu a mão para Aurora para ajudá-la a descer. O toque da outra garota foi como um choque de gelo em sua mão, o suficiente para fazer Dimitria engolir em seco e empurrar qualquer senso de nostalgia para o fundo da mente.

Se Solomar representava Igor e o passado, Aurora era o futuro — brilhante, quente e solar. Os olhos das duas se encontraram enquanto Aurora descia, e um calafrio prazeroso percorreu o corpo de Dimitria quando ela se deixou perder nas orbes verdes por um segundo. Ela enfrentaria a terra inóspita e gelada da memória e do passado para ver aquele sorriso.

Ela faria qualquer coisa para ver aquele sorriso.

— Tudo bem? — Aurora franziu o nariz, beijando de leve a bochecha de Dimitria antes de amarrar Cometa em um poste para cavalos. O animal começou a mastigar alegremente um pedaço de grama, alheio a qualquer desconforto que Aurora via no rosto da caçadora.

— Tudo... — Demi engoliu a mentira; não fazia sentido tentar esconder coisas de Aurora — ... médio. Esse lugar... — Ela procurou as palavras, buscando em vão por algo que traduzisse a sensação tensa em seu estômago. — Ele me traz muitas lembranças.

Aurora não precisava de palavras exatas: ela parecia conseguir compreender o que não era dito, por baixo do tom tenso e dos lábios apertados da caçadora. Segurou a mão de Dimitria e, embora seus dedos estivessem gelados, seu toque era uma âncora no mar bravio de sentimentos.

— Você não precisa falar com ele, Demi. Eu posso ir sozinha.

Dimitria não gostava de se sentir refém das memórias, do passado que achava ter superado. Mais do que isso: ela odiava sentir medo, e foi a bravata que a fez apertar os dedos ao redor da mão de Aurora e conduzi-la na direção da magicina.

Subiram os degraus de granito escuro até chegarem a uma grande porta laqueada, que reluzia com elegância por causa do verniz translúcido que parecia ter sido recém-aplicado. Dimitria ignorou o batedor dourado e intimidador, que pendia da boca de uma figura de cabeça de leão, e girou diretamente as maçanetas da mesma cor. Ela cruzou o umbral, adentrando o pórtico.

Mesmo o frio sol do começo de outono não tinha presença ali, e assim que a porta se fechou atrás das duas, um arrepio gelado percorreu seu corpo. Oito corredores se espalhavam do átrio principal como tentáculos e criavam correntes de ar traiçoeiras. Ao lado do terceiro tentáculo, havia uma bancada em formato de meia-lua, e atrás dela a jovem que tinha entrado com os grimórios estudava um deles, distraída.

— Olá — Dimitria pigarreou, e a aprendiz empertigou-se na cadeira, ajeitando um par de óculos no rosto redondo. Ela era jovem, a pouca idade evidente nas bochechas arredondadas e no nariz de batata, e parecia ainda mais jovem com os cabelos cacheados penteados em tranças gêmeas. As mechas ruivas eram um ponto de cor luminoso no átrio escuro e empoeirado, e Dimitria se perguntou como uma garota como ela trabalhava com Solomar.

— Ah! Coromandel, não é? — Lógico que ela sabia quem Dimitria era: o anonimato não era uma opção quando você era namorada de

Aurora van Vintermer. — O Grão-Mago está quase pronto para vê-las. Se você me der um minutinho...

— Grão-Mago? — Aurora sussurrou para Dimitria enquanto a garota adentrava o corredor à sua direita, sumindo momentaneamente por uma das portas. — Quem morreu e o promoveu?

Dimitria reprimiu um riso amargo. A resposta, lógico, é que Hipátia havia morrido e deixado toda Nurensalem como um banquete para Solomar. Mas aquela história de Grão-Mago era nova.

Ela ensaiou uma resposta, mas a garota voltou antes que Dimitria pudesse falar qualquer coisa. Ao seu lado, estava o outro aprendiz — o que se parecia com Igor, embora mais de perto Dimitria pudesse ver que a semelhança era escassa. Ele tinha cabelos e pele escuros e o nariz reto, sim, mas era mais alto e musculoso do que seu irmão fora. A memória tinha feito a maior parte daquele trabalho.

— Obrigada, Ti, deve levar um minuto. — A garota sorriu para o jovem aprendiz, que parecia incapaz de tirar os olhos dela, e indicou a parte de trás do balcão. — Se alguém chegar, é só mandar esperar um pouquinho, tá?

— Sem problemas. — Ele tomou o posto da garota e lançou um sorriso malicioso. — E então, acha que eu faço um bom trabalho substituindo a inigualável Faela Miramar?

Faela revirou os olhos, mas sorriu, o rosto pálido ficando corado. Talvez então aquela fosse a razão pela qual ela trabalhava com Solomar.

— Tiago, você é terrível. — Ela pareceu se lembrar que Dimitria e Aurora estavam ali, e indicou um dos corredores com a mão. — Por aqui.

Uma coisa era certa: a mansão de Solomar mais parecia um labirinto, que engoliu as três quando desbravaram o corredor. Era mal iluminado e repleto de portas, e a luz bruxuleante de velas fazia as sombras de Dimitria e de Aurora dançarem nas paredes. Sons indistintos ecoavam por trás de várias portas, alguns mais animalescos do que outros.

Faela percebeu que Dimitria olhava tudo desconfiada, e falou enquanto caminhavam.

— O Grão-Mago conduz diversos experimentos aqui. Ele é muito dedicado ao crescimento da magia como campo de estudo, sabe, especialmente considerando a escassez de bons magos no Cantão da Romândia.

Aposto que o "grão-mago" gosta bastante dessa escassez, pensou Dimitria.

— São quantos aprendizes aqui, Faela? — Aurora perguntou, suave.

— Ah, não muitos, na verdade! Solo... quer dizer, o Grão-Mago, vive reclamando que cada vez menos pessoas querem se dedicar ao estudo da magia no Norte. E muita gente nasce sem aptidão alguma. É uma arte quase perdida.

— O Norte é frio pra caramba. Talvez os novos magos queiram um pouco de sol e água fresca. — Dimitria riu, um tanto amarga, pensando em Aurora e em como o frio que ela sempre tomara por normal agora era uma ameaça, mas Faela assentiu com vigor.

— Sim, com certeza! Mas a viagem ao Sul é um trajeto dificílimo, é claro, e ninguém quer fazer a jornada sem a chancela do Grão-Mago. Enfim.

Dimitria sentiu vontade de perguntar o que ela queria dizer com viagem ao Sul, já que os Cantões ao Sul de Romândia não eram exatamente conhecidos por sua proficiência em magia, mas Faela parou ao fim do corredor, indicando uma porta de ferro.

— É só ir por essa porta. O Grão-Mago as aguarda.

Aurora empurrou a porta, e elas entraram em uma câmara circular e opulenta.

As paredes eram cobertas de livros, alguns antigos de lombadas cinzentas e empoeiradas e outros novos com couro brilhante e convidativo. Solomar era como uma lagarta em seu casulo literário. Ele estava sentado em uma cadeira de nácar brilhante no meio da sala, e se debruçava sobre um livro tão grande que precisava das duas mãos para virar uma página. Dimitria se perguntou como ele era capaz de ler qualquer coisa: as duas janelas enormes no fundo da sala estavam cobertas por grossas cortinas de veludo. A pouca luz que conseguia escapar pela prisão aveludada era tímida e abafada, como se temerosa de adentrar o escritório do mago.

A sala não era feita apenas de livros; em um lado havia uma cristaleira repleta de frascos de vidro, cada um cheio de algo distinto. Líquidos multicoloridos, gases espiralando, até mesmo uma orelha humana submersa em uma conserva pegajosa. Os frascos tinham rótulos cuidadosamente aplicados com os nomes em latim indicando o seu conteúdo: *veneficium, mendacium mortem, frigoris aeternam, in memoriam*. Dimitria estava prestes a perguntar o que eram quando Solomar fechou o livro com um estrondo, e fitou as duas mulheres.

— Ah! Finalmente, Aurora van Vintermer.

Solomar era um homem que parecia ter sido desenhado em um único traço. Seu corpo longilíneo evocava vagamente a imagem de um louva-deus, o que era corroborado por um rosto pontudo e astuto, os cabelos pretos e compridos penteados para trás com tanta precisão que refletiam a pouca luz. Tudo nele era manicurado à perfeição, das vestes azul-escuras e imaculadas aos anéis que portava nos dedos finos. Mais do que tudo, seus olhos pareciam estar sempre acompanhando quem o olhasse, as íris dois discos prateados como a lâmina de uma faca.

Ele fixou aquele olhar metálico em Dimitria, e havia uma intensidade profunda no jeito em que ele a media de cima a baixo, com interesse evidente. Dimitria se lembrava de como Solomar a olhara antes da associação dela com os Van Vintermer — com o desprezo que uma aranha relegaria a uma mosca.

Dimitria não se esquecera daquilo, por mais interessado que Solomar parecesse naquele momento.

— Eu imagino — ele falou, e sua voz era tão afiada quanto seu olhar — que estejam procurando ajuda por causa da maldição das luzes, não é?

— Como...

— Não há tempo para explicar como sei tudo o que sei, Coromandel. — Ele balançou a mão com desdém, como se afastasse um inseto. — Nurensalem é uma cidade pequena, e aprendizes são meus muitos olhos e ouvidos.

— Não foi o que Faela disse. Aparentemente eles estão debandando para o Sul? — Dimitria quase se arrependeu do tom intransigente ao sentir Aurora a olhando irritada.

Quase.

Solomar, porém, não pareceu incomodado. Ele repetiu o gesto, apoiando os cotovelos na mesa e juntando os dedos como uma teia frente a seus olhos.

— Da mesma maneira que aves pouco equipadas para o frio migram para o Sul, também o fazem os magos menos capazes.

Dimitria teve que se segurar para não revirar os olhos. Ela queria ir embora dali; a sala escura e claustrofóbica era quase tão desagradável quanto a atitude arrogante de Solomar, mas ela ouviu Aurora reprimindo uma tosse, seu corpo sacudindo suavemente. Solomar podia ser intragável, mas era a única esperança que as duas tinham. Dimitria engoliu seu desagrado como um remédio: ela não sairia daquela sala sem um de igual eficácia para Aurora.

Mesmo que isso significasse passar mais tempo na teia pegajosa do "Grão-Mago".

— Tá, tá. Mas estamos no Norte e, como você aparentemente já sabe, Aurora precisa de ajuda.

— Eu tenho sentido frio. — Aurora caminhou até estar mais perto de Solomar e esticou as mãos em sua direção, e quando ele as tocou uma sombra de reconhecimento perpassou seu rosto. — Muito frio, um frio que parece nascer dentro do meu coração. Mesmo uma brisa passageira de outono é o suficiente pra congelar meus ossos, minha pele. E... — Dimitria analisou Aurora enquanto ela falava; era evidente que a doença misteriosa era muito mais preocupante do que ela deixava transparecer. — Quando as noites ficaram mais frias, comecei a tossir. Como se eu tivesse um pedaço de gelo preso em minha garganta.

Solomar a observou sem falar nada por um tempo. Ele se levantou da cadeira e chegou ainda mais perto de Aurora, colocando uma mão comprida em sua testa como se medisse uma febre. Seus dedos deslizaram como uma aranha pelo rosto dela, e o mago o ergueu, virando-o para um lado e para o outro.

— Me diga, qual foi a última vez que você se transformou?

— Inverno passado. Na última aurora.

Dimitria se lembrava bem da ocasião; as duas tinham saído para caçar juntas, besta e humana lado a lado. A vida parecera mais certa, então.

— Hm. E desde então?

— Eu só me transformo na aurora boreal, senhor. — Aurora franziu a testa, um pouco confusa. — E ainda falta um tempo até o inverno.

— Eu não me preocuparia com isso. Se as coisas continuarem caminhando sem interferência, você não viverá para ver o próximo inverno.

Ele falou com tanta displicência que Dimitria demorou a entender o significado das palavras.

— Como...

— A maldição tomou conta de seu coração, evidentemente. Maldições fazem isso, se enrolam em você como ervas daninhas, ao redor de tudo que conseguem alcançar. É terrível, especialmente quando conduzidas por magos ineptos. Quando Coromandel morreu, todo tipo de coisas deve ter acontecido com a sua magia...

Quando Coromandel morreu. Uma frase jogada fora, como se tivesse sido apenas algo digno de pouca nota, em vez de algo em que Dimitria pensava todos os dias. Solomar continuou no mesmo tom.

— É provável que a sua morte tenha causado efeitos colaterais como esse. Na maioria das vezes, eles são mortais.

— Não. — A palavra foi a primeira coisa que Dimitria disse, como se fosse capaz de afastar o horror do que Solomar sugeria. — Não. — Ela repetiu, e só percebeu que tinha batido na escrivaninha de Solomar quando o som ecoou pela sala.

O mago nem ao menos piscou.

— Tente não destruir a mobília, sim? — Ele revirou os olhos, e foi até a prateleira de frascos na parede. Seus dedos percorreram as fileiras com paciência, procurando o certo. — Eu disse "se as coisas continuarem caminhando sem interferência", e é justamente para interferir que eu estou aqui. Vejamos... Ah.

Ele fechou os dedos sobre um frasco baixo e cilíndrico, recheado com um líquido tão prateado quanto seus olhos. Havia apenas um dedo de poção sobrando no frasco, e o rótulo dizia *Delere maledictio*.

— Esta é uma das poções mais raras do meu estoque. Quase impossível de fazer se não for conduzida por um mago experiente, mas vocês não devem se preocupar com isso... — Solomar levantou o frasco, e a pouca luz do escritório se infiltrou pelo vidro com um brilho pálido e prateado. — Uma maldição de teriantropia é indelével, a não ser que se remova a essência.

Dimitria afastou a sombra das próprias memórias; o olhar ensandecido de Igor, seu grimório amaldiçoado. Ela não estava com paciência para charadas.

— Como assim, a essência?

— O que seu irmão queria, Coromandel? — Solomar não estava tão displicente agora; ele encarou Dimitria com irritação. — Qual era a essência de Aurora que ele queria capturar?

— Meu coração — disse Aurora, tendo recuperado um pouco de cor no rosto ainda assustado. — Ele queria que eu me apaixonasse por ele, e por mais ninguém.

Machucava ouvir aquilo, daquela maneira, tão simples e ainda assim tão desastroso que Dimitria reprimiu a vontade de dar um outro golpe na escrivaninha.

— E, portanto, a maldição está intrinsecamente ligada aos seus sentimentos, é óbvio. À sua... — Solomar encarou Dimitria, impaciente. — Essência.

— E isso significa o quê?

Dimitria não gostava do rumo que a conversa estava tomando. Mesmo que não entendesse por completo, sabia que havia algo à espreita, como um monstro cheio de pernas, escondido debaixo de um lago congelado.

— Significa que é fácil eliminar a maldição uma vez que eliminemos a essência. É isto que essa poção faz. — Solomar indicou o frasco de líquido prateado, chacoalhando-o com delicadeza. — Embora eu não tenha o suficiente para você, não hoje. Precisarei de algumas horas para conseguir os ingredientes, ainda mais considerando o quanto teremos que apagar. Faz dois anos desde o incidente, certo?

Apagar? A sombra do monstro ficou mais escura, suas pernas compridas e afiadas como agulhas.

Aurora assentiu, mas havia dúvida em suas palavras quando ela falou de novo.

— Fico feliz em saber que a maldição é reversível, Solomar...

— Hoje em dia me chamam de Grão-Mago, se você puder fazer a gentileza.

— Grão-Mago — Aurora se corrigiu, educada. — Mas você falou sobre apagar, e eu ainda não entendi bem o que isso quer dizer.

Solomar ficou em silêncio por um instante antes de responder.

— Me diga, Aurora, quem é a dona de seu coração?

Aurora nem pensou duas vezes.

— Demi. — Ela segurou a mão de Dimitria, apertando-a num gesto que era para ser reconfortante, mas provocou calafrios na caçadora. — Eu a amo com todo o meu coração.

Dimitria quis se deixar perder na doçura daquelas palavras, em sua promessa. Em vez disso, elas soavam como uma sentença de morte no escritório sombrio de Solomar.

— Então acho que fica evidente, não é? — Solomar apoiou o frasco de poção na mesa de centro, inclinando o corpo para falar. — Para acabar com a doença precisamos apagar a essência da maldição, que neste caso é o seu amor.

O monstro aracnídeo fez uma rachadura no gelo, e o partiu.

— E isso significa que esse é o preço para recuperar sua saúde. Suas memórias dos últimos dois anos e seu amor por Dimitria Coromandel.

Capítulo 3

Dizia a lenda que a Romândia tinha sido criada a partir dos sonhos da deusa Ororo. Deitada sob a terra, suas curvas como montanhas nevadas, picos e vales desenhando um corpo, seus seios e quadris, ela dormira, e seus sonhos foram tão vívidos que escaparam da mente em fiapos de luz. Sonhos se tornaram memórias enquanto Ororo dormia, tecendo lagos e fiordes. Dormiu por tanto tempo que seus sonhos criaram vida, formando a Romândia e seus contornos, e o único resquício do sono abençoado eram as noites iluminadas pela aurora boreal.

Dimitria não sabia se acreditava em Ororo — parecia muito conveniente que tudo ao seu redor tivesse sido construído enquanto uma deusa toda-poderosa dormia, em vez de ter sido pelo trabalho duro das mãos calejadas de mulheres e homens, carne e osso — mas era difícil não pensar no potencial das memórias, e na magia que advinha delas, enquanto ela contemplava o que Solomar havia dito.

Dimitria estava sozinha no telhado. Aurora tinha ido visitar o pai, e ela dera uma desculpa qualquer para ficar em casa. Havia poucas coisas para as quais tinha paciência naquele momento, e a personalidade de Bóris van Vintermer não era uma delas.

Não havia aurora boreal naquela noite. Era cedo no outono, mesmo que a estação fosse breve como um suspiro, e a noite reluzia com estrelas espalhadas num céu azul-escuro. Aos olhos de Dimitria, cada estrela era um momento que Aurora e ela teriam de abandonar, caso ela decidisse tomar a poção de Solomar.

É claro que a decisão era de Aurora. Era Aurora quem estava sentindo frio, era o corpo de Aurora que congelava sob o peso da maldição de Igor — maldição que nunca teria cruzado o seu caminho não fosse a existência de Dimitria. Era Aurora que encarava uma sentença de morte. Portanto, era Aurora que tinha que decidir — mesmo que as memórias fossem também de Dimitria, mesmo que o amor das duas fizesse parte da essência da caçadora.

Demi olhou ao redor, para além do campo coberto de folhas que se espalhava em volta da casa, certificando-se de que Aurora não surgiria de repente, mas não havia sinal de Cometa na escuridão que cobria o campo. Ela então tirou a caixinha de madeira de dentro do bolso, abrindo-a para encarar os aros prateados que reluziam mais que qualquer uma das milhões de estrelas acima de si.

Tinha passado a noite acordada pensando no pedido. Antes da visita a Solomar, aquela tinha sido sua maior preocupação, e quão irônico era o pensamento naquele momento.

Dimitria tinha imaginado fazer uma surpresa envolvendo lavanda, figos, mel — um passeio de barco pelo lago que ainda não tinha congelado, um jantar sob a luz da lua, a música que ela havia escrito.

Qual o sentido? Ela vai se esquecer de mim. O pensamento era como um prisma de gelo alojado nas costelas de Dimitria, um buraco no fundo da garganta que parecia engolir tudo. Só de pensar na inocência com que tinha encarado aquele anel, no dia anterior, sentia uma tristeza profunda pela mulher que fora, pela doçura e ingenuidade que tinha colocado naquele gesto.

— Que merda.

As lágrimas vieram e ela as reprimiu, um gesto com o qual estivera acostumada, antes de conhecer Aurora. Talvez tivesse que reaprender a ser dura, também.

As memórias do tempo passado juntas eram o bálsamo, a alegria, o raio de sol — como elas podiam ser a causa do frio? A causa da dor em Aurora? Era uma ironia ridícula, e ainda assim... se a felicidade de Dimitria fosse o preço a ser pago pela vida de quem ela amava, ela pagaria.

Por Aurora, ela pagaria muito mais.

O som de cascos se aproximando afastou o sentimento, e Dimitria enfiou a caixinha no bolso às pressas, pigarreando para afastar as lágrimas. Se para ela estava sendo difícil, não conseguia imaginar como seria para Aurora. Elas mal tinham conversado na volta da magicina, e a caçadora não queria ser mais um fardo para a amada. Devia isso a ela.

A silhueta de Aurora ficou mais nítida quando se aproximou da casa. Saltou de Cometa, o levou até o pequeno estábulo que Dimitria havia recém-construído e entrou. Dimitria não falou nada; sabia que Aurora a encontraria mais cedo ou mais tarde. O telhado era o lugar delas, afinal de contas.

Dito e feito: após alguns minutos, a cabeça de Aurora despontou pela escada que levava ao telhado. Seus cabelos refletiam a pouca luz da lua, e ela sorria, uma das mãos ao redor de uma trouxinha cujo cheiro doce e amanteigado chegava até Dimitria.

— Você não vai acreditar no que tem aqui.

— Deixa eu adivinhar... Torta de morango da Astra.

— São os últimos morangos da estação! Morangos no outono, só mesmo a Astra pra conseguir uma coisa dessas. E não está muito doce, do jeitinho que você gosta. — Aurora subiu no telhado, indo até Dimitria e levando junto o cheiro de morangos. — Ela fez o jantar inteiro hoje, ficou chateada que você não foi. Tinha ensopado de veado, o seu preferido.

Dimitria deu um sorriso suave ao pensar em sua pequena cunhada, que já não era mais tão pequena assim.

— Eu não teria sido uma boa companhia, de qualquer jeito.

Aurora não disse nada. Ela se acomodou ao lado de Dimitria, desembrulhando a trouxa e fazendo com que o cheiro de morangos e açúcar ficasse ainda mais forte; com delicadeza, partiu um pedaço da torta, cujo recheio melava seus dedos.

— Eu acho que até o seu humor mais amargo teria se adoçado com essa torta.

— Não acho que nem a torta mais doce do mundo seja capaz de fazer isso, meu bem. — Dimitria suspirou, mas experimentou um pedaço mesmo assim: o sabor era de massa amanteigada e fruta fresca, como um dia de verão explodindo em sua boca, e Dimitria teve que admitir que seu humor melhorou um pouquinho. Como prometido por Aurora, estava exatamente do jeito de que Dimitria gostava: levemente azedo e ácido, e nem um pouco doce demais.

Aurora lambeu o dedo sujo de geleia de morango, e ainda sorria levemente quando Dimitria pegou mais um pedaço. Seu sorriso, leve e bem mais doce que a receita de Astra, era apaixonante e exasperante em medidas iguais.

— Como você pode estar tão... — Dimitria procurou as palavras, sem conseguir descrever o que sentia. — ... leve? Você vai morrer ou perder todas as memórias sobre a gente, e ainda consegue aproveitar uma torta.

— É uma excelente torta.

— E tá fazendo piada! — A atitude de Aurora a fazia ter vontade de arrancar os cabelos, mas Dimitria não conseguiu reprimir um sorriso. — Eu não quero pressionar você a tomar nenhuma decisão, meu bem, e você tem o meu apoio. Mas eu não consigo ficar tranquila. Eu... Não quero te perder.

— Você nunca vai me perder.

— Se você tomar a poção...

— Minha cabeça pode até esquecer, Demi, mas meu coração nunca vai. Eu te amo. Não amo só com o cérebro. Amo com a minha fibra e com meu sangue. Com tudo que tenho em mim. Só uma poção que me desfaça poderia apagar isso.

Dimitria não sabia o que dizer. Por um lado, era tenro e doce como a torta, mas por outro...

— Eu não quero que você me esqueça. Mas se esse for o preço, eu...

— Eu já tomei a minha decisão, Demi. — Mesmo que Aurora falasse com leveza, Dimitria sentiu que havia uma ferocidade resoluta por baixo das palavras. — Eu não vou tomar a poção do Solomar.

— Aurora...

— Eu prefiro morrer a esquecer você. — Aurora enfiou um pedaço de torta na boca, demorando para mastigá-lo, como se mastigasse os próprios pensamentos. — E Solomar não é o único mago do mundo; deve haver outra maneira.

Dimitria alcançou a mão de Aurora, num rompante súbito de afeição que quase a fazia esquecer do que estava acontecendo, mas a pele da garota, fria como gelo, desfez a ilusão.

— Não tem como a gente saber disso.

— Temos o outono inteiro pra descobrir.

— O outono em Nurensalem dura três semanas, Aurora. — Dimitria falou com cuidado, admirando a esperança ao mesmo tempo que o próprio ceticismo falava mais alto. — Eu não acho que isso seja tempo suficiente para achar outro mago que tenha as respostas que procuramos.

— O outono *do norte* dura três semanas — Aurora corrigiu. — Mas ao sul da Romândia há terras em que o clima é bem mais clemente. E falando nisso...

Aurora enfim terminou a torta, dobrando o pano e guardando-o no bolso com cuidado.

— Papai disse que Clemente pode ajudar.

— Você contou tudo para Bóris? Como ele reagiu?

— Ah, ficou maluco de preocupação. Quis me levar a um médico imediatamente, mas eu falei que não era questão de medicina. Enfim, falou que Clemente conhece alguém, disse que vai convencê-lo a nos ajudar.

Dimitria franziu o nariz à ideia. Clemente Brandenburgo não era sua pessoa favorita no mundo, o que parecia ser um tema recorrente ao lidar com aquele problema específico, e ela não sabia o quanto confiava no chefe da Junta Comunal. Ainda assim, desde que Tristão saíra de Nurensalem — em uma jornada secreta ao leste do Cantão — Clemente tinha se acalmado um pouco, como se resignado ao fato de que sua linhagem estava morta e enterrada.

Pelo menos ele era bem relacionado, mas não o suficiente para apagar a antipatia de Dimitria.

— Eu não sei, Aurora. Se Clemente conhecer mesmo alguém, e se essa pessoa for um mago capaz de nos ajudar, e olha que isso não é garantia, a gente ainda assim corre o risco de não encontrarmos outra solução.

— Eu me recuso a esquecer de você, Demi. — Aurora perdeu qualquer vestígio de leveza na voz, batendo com a mão espalmada no telhado. — Não existe um mundo em que o nosso amor não exista. Isso não está aberto para discussão.

A pressão das lágrimas voltou, mais forte dessa vez, e Dimitria reprimiu o ímpeto de chorar do único jeito que sabia — fechando os lábios sobre a boca de Aurora, tomando-a num beijo desesperado.

Aurora correspondeu. Sua boca tinha gosto de morango e açúcar, um gosto tão bom que fazia o peito de Dimitria doer. De repente outro gosto, desta vez salgado, invadiu sua língua — lágrimas que insistiam em descer por seu rosto. As mãos geladas de Aurora alcançaram seu pescoço, puxando-a mais para perto, tomando-a com a mesma fome que tinha devorado a torta de morango, e o desejo dela — evidente e desesperado — foi o suficiente para acender o seu.

As duas ofegavam quando saíram do beijo.

— Meu bem. — Dimitria tirou uma mecha desalinhada do rosto de Aurora. — Nosso amor nunca vai deixar de existir. Ele existe além das memórias, além do tempo. Ele é uma escolha que a gente faz todos os dias. Mesmo que você me esqueça, eu sei que a gente vai continuar se escolhendo.

— Como você pode saber? — Era Aurora quem estava chorando agora, os olhos verdes ainda mais intensos ao marejarem. — Eu não quero arriscar, Demi. Eu te amo tanto que dói.

Dimitria sorriu. Era a vez de ela ser otimista, mesmo que isso custasse cada fibra de seu ser.

— Não é pra doer.

— Você sempre fala isso.

Dimitria deu um meio-sorriso, tentando limpar as lágrimas de Aurora.

— Eu também te amo. Hoje, e amanhã, e pra sempre. Eu vou te escolher pra sempre. Mas a gente só pode escolher qualquer coisa enquanto você estiver viva. Essa é a coisa mais importante de todas. A sua vida é muito maior do que eu, Aurora, ela é preciosa e única. Como você acha que seu pai ia se sentir se você morresse? E Astra? E eu? Sozinha com as minhas memórias de você, e sem você aqui. Não, você precisa estar viva. O resto todo a gente dá um jeito.

Dimitria não tinha nem metade daquela convicção, mas sabia, em seu âmago, que Aurora precisava daquilo. O silêncio se espalhou pela noite como uma maré, inflando e adejando sob as estrelas.

Por fim, Aurora assentiu.

— Podemos pegar a poção de Solomar, mas eu só vou tomá-la se não houver outra escolha, entendeu? Em último caso.

Dimitria concordou. Entre a esperança com gosto de morangos e o salgado cético das lágrimas, ela não sabia qual preferia — um deles parecia mais perigoso do que o outro, mesmo que fosse mais doce. E ainda assim, ela não podia negar o direito à escolha de Aurora. Ela sabia disso, e sabia que respeitá-lo era seu maior dever.

Mesmo sem acreditar em Ororo, Dimitria fez uma pequena prece silenciosa — afinal, uma deusa que sonhou com a Romândia podia sonhar com um mundo em que a última escolha de Dimitria e Aurora não fosse o esquecimento.

Capítulo 4

Naquela noite, enquanto Aurora dormia, Dimitria fez uma expedição ao passado.

Pouca coisa não havia mudado na pequena cabana que costumava ser dos Coromandel. Sob a presença de Aurora, a casa tinha ficado mais quente, a despensa mais cheia, o riso mais frequente. A decoração — ou o que se passava por decoração, mas na verdade consistia em peles penduradas na parede e louças antigas — ganhou cor, intenção, e esmero, coisas para as quais Dimitria nunca tivera tempo.

O quarto de Igor, por exemplo, onde ela estava agora, se transformara no pequeno apotecário caseiro de Aurora, que trouxera seus livros de medicina e herbologia e até instalara uma prateleira onde colocá-los. Sob o luar prateado que entrava pela janela, era quase impossível notar que era o mesmo quarto austero e simples que seu irmão tinha habitado.

Ainda assim, Dimitria não gostava de entrar ali — ainda mais no meio de uma noite de outono que anunciava um inverno precoce. Não importava que os móveis e as decorações fossem diferentes: a presença de seu irmão permanecia, como um fantasma insistente. Ela quase conseguia vê-lo ao pé da janela, contemplando o céu noturno e debruçado em cima de seu grimório na escrivaninha — mesmo que, ao se aproximar, Dimitria visse apenas o diário de Aurora, disposto sobre a madeira ao lado de tinteiro e pena.

O grimório não estava ali em cima. Dimitria se ajoelhou no soalho de madeira, procurando uma reentrância entre as tábuas. Encontrou a abertura após alguns segundos e puxou a tábua para cima para revelar um compartimento escondido.

Qualquer um que procurasse tesouros ali ficaria desapontado: havia apenas uma adaga enferrujada e dois livros. Um era de couro vermelho, com a capa gasta e o título *Teriantropia: A submissão da mente pela submissão do corpo, ou a sombria arte da transformação humana*. O outro era um caderno escuro, e em uma caligrafia cuidadosa estava escrito *Igor Coromandel*.

A caçadora hesitou. Os livros — e a adaga com a qual o irmão tinha se matado, a adaga que garantira a inocência de Dimitria — estavam há dois anos escondidos sob o soalho, esperando o momento em que ela teria coragem de encará-los. Mas bastou um olhar para o grimório de seu irmão para Dimitria saber que não seria capaz de lê-lo — não naquela noite, quando as conversas sobre memória e passado estavam tão frescas em sua mente.

Mas ela não ia desistir tão fácil.

Dimitria respirou fundo, sentindo o cheiro antigo. Uma sensação aguda pinicou os seus olhos — provavelmente a poeira, ela pensou, ignorando o leve tremor da mão quando alcançou o livro vermelho.

Magia era uma mistura complexa de sistemas e fórmulas, além de, é claro, uma aptidão natural e inexplicável. Por isso era difícil de encontrar bons magos: o talento para magia não estava relacionado a sangue ou hereditariedade, e mesmo que existisse talento, ele não garantia a disciplina necessária para que se elevasse a habilidade. Dimitria nunca gostara muito de ler — a atividade requeria tempo demais parada em um lugar só — e, assim que abriu as primeiras páginas do tomo, se viu imersa na linguagem labiríntica e ininteligível das ciências mágicas.

Ainda assim ela leu, determinada a encontrar alguma evidência de que haveria outro caminho que não o esquecimento para desfazer a maldição de Aurora. Ao menos uma coisa ela entendia sobre mágica: assim como as estações do ano e sua cadência, a magia obedecia a ciclos — algo natural, que se dobrava à força que regia o mundo.

Se havia alguma solução que não envolvesse eliminar as memórias de Aurora, porém, se escondia por trás de tabelas e esquemas de ciclos lunares, entre linhas e mais linhas tediosas sobre a influência da acidez da folha de bordo em rituais de transformação humana. Dimitria afastou o sono e o tédio, avançando página por página em dolorosa lentidão, mas os segredos do livro pareciam determinados a continuarem ocultos.

No entanto, a caçadora se recusava a se dar por vencida, ainda mais por um livro. Ela carregou o tomo consigo até a escrivaninha, empurrou o diário de Aurora para o lado com cuidado, acendeu uma vela e sentou-se na cadeira, debruçando-se sobre o livro da mesma maneira que seu irmão certamente um dia fizera.

Cada capítulo descortinava um elemento por trás dos rituais de teriantropia — a transformação do corpo humano para fins de controle mental — e o estômago de Dimitria revirou ao pensar no tipo de aplicação que aqueles rituais teriam. O livro era bem direto em relação aos seus objetivos, mesmo os que envolviam sacrifício humano, e Dimitria tentou não pensar no tipo de sentimento que havia dentro do coração de Igor quando ele leu aquelas páginas.

Ela deixou de lado os pensamentos sobre Igor e focou nas linhas e palavras. Não havia tempo para se perder no vale enevoado da memória: o tempo requeria sua presença ali e naquele momento, e ela se forçou a esquecer o que cada capítulo indicava sobre a dor de seu irmão.

A vela bruxuleou noite adentro, e ainda assim a caçadora continuou lendo.

Nem mesmo a luz pálida e fria da manhã entrando pelo ambiente fez Dimitria perceber que passara a noite em claro — mas seus instintos de caçadora fizeram-na notar quando alguém entrou no quarto.

Levantou os olhos, pousando-os na figura de Aurora. Estava nua sob um cobertor de pele de urso — uma ironia que fez surgir um sorriso no rosto cansado da caçadora.

— Por favor, não me diga que está bisbilhotando o meu diário.

Dimitria levantou as mãos, como alguém pega no flagra.

— Ainda bem que eu fiz isso, senão nunca saberia que estou sendo corna pro Toco-Murcho.

— Culpada. Mas você tem que admitir que ele é...

— ... um partidão. — Dimitria completou a piada, já comum entre as duas, e tentou ignorar o sussurro da lembrança da mesma piada, em outra situação. — Sim, especialmente agora que ele está trabalhando com Brundil e se tornando um homem honesto.

— E como é que você sabe quem anda ou não anda trabalhando com Brundil, hein? — Aurora se aproximou dela, sentando no colo de Dimitria com um sorriso travesso no rosto. Com o torpor do sono ainda em seus olhos, ela parecia muito mais jovem, e o coração de Dimitria deu um pequeno salto.

— Não há tempo suficiente para explicar como sei tudo que sei, Van Vintermer — Dimitria engrossou a voz para falar, fazendo uma imitação não muito lisonjeira de Solomar para mudar de assunto. — Pela Deusa, como aquele homem é insuportável.

Aurora riu.

— Fico pensando em como é que Nurensalem teve o azar de tê-lo como único mago residente.

— Não é óbvio? Ele matou a competição. Minha mãe teria dado um pau nele.

— Demi.

Dimitria aquiesceu sob a leve censura, ainda que estivesse só parcialmente brincando.

— Na verdade, eu estava tentando entender alguma coisa do livro que meu irmão usou para a sua maldição. — Dimitria apontou o tomo vermelho. Ela só tinha chegado até a metade. — Mas confesso que isso aqui é ulriano pra mim. E olha que eu já joguei um campeonato de canastra da Romândia em Úlria.

— E ganhou?

— Ganhei... experiência.

Aurora sorriu, mas havia um resquício de preocupação em seu rosto quando passou os dedos pelo livro de Igor. Ela afastou a mão com um arrepio.

— Como alguém pode ter escrito um livro só sobre controlar pessoas? É nefasto.

— Existem pessoas ruins no mundo. — Dimitria deu de ombros, sombria. Ela conseguia imaginar o que Solomar diria. Provavelmente ele era a favor de qualquer tipo de disseminação do conhecimento ou qualquer coisa do gênero.

— E além dos trechos em ulriano, conseguiu achar alguma coisa?

Dimitria suspirou, sentindo uma pontada em seu peito com a esperança na voz de Aurora.

— Não, meu bem. Magia nunca foi o meu forte, e isso aqui é teoria pura.

— Talvez Solomar consiga lê-lo.

Dimitria assentiu. Era uma ideia, uma das únicas que restavam a elas naquele momento.

— Se minha mãe estivesse aqui, ela conseguiria destrinchar isso sem problemas, mas eu sou inútil. Bom, se ela estivesse aqui talvez meu irmão não tivesse se tornado um monstro, mas ele ficou comigo, então...

— Ei. — Aurora segurou o rosto de Dimitria com delicadeza. Seu toque parecia acentuar o cansaço e a vontade de chorar, e a caçadora tentou afastar ambos. Aurora conseguia derreter todas as suas defesas e pensar que ela corria o risco de perder tudo aquilo por não ter sido uma boa irmã.

— Desculpa.

— Você não precisa se desculpar. Nada disso foi por sua causa. Nem Igor, nem a maldição, muito menos a morte da sua mãe. E a gente vai achar um jeito de resolver tudo.

— Mesmo que você se esqueça de mim.

Dimitria se arrependeu imediatamente da reclamação egoísta, mas Aurora a abraçou, beijando sua testa.

— Mesmo que minha mente se esqueça de você... — ela segurou a mão da caçadora. Sua pele estava gelada, mas macia, e, quando colocou os dedos de Dimitria sobre seu peito, sentiu as batidas rítmicas do coração. — ... essa parte nunca vai esquecer.

As lágrimas de Dimitria surgiram com força de novo, quase inescapáveis dessa vez, e ela quis acreditar nas palavras de Aurora — quis acreditar que existia algo que as unia além das lembranças, além da única coisa que Dimitria podia oferecer a ela: seu tempo. Mas era difícil de acreditar. O custo era alto demais, doloroso demais.

Havia uma última esperança, e foi a ela que Dimitria se agarrou para afastar as lágrimas e o medo: Solomar era o mago mais capaz da região — o único mago — e, talvez se ela levasse o livro de Igor, ele conseguiria extrair algum conhecimento daquelas páginas tão enigmáticas.

Talvez Solomar pudesse ser a resposta para aquela sombra que se avolumava no peito de Dimitria toda vez que ela pensava no que significaria perder Aurora.

* * *

Foi a esperança que fez com que, algumas horas mais tarde e carregando o tomo vermelho, Aurora e Dimitria percorressem novamente o caminho até a magicina de Solomar. Foi a esperança que fez com que o trajeto fosse leve, quase feliz, sob o sol da manhã. Por um momento Dimitria conseguiu respirar — até que elas viram os cavalos e as pessoas em frente à casa escura, tão inesperados que certamente significavam que algo estava errado.

A esperança perdurou até o momento em que Dimitria viu Faela soluçando nos braços do outro aprendiz, e soube que algo terrível acontecera.

— O que houve?

— Acho que vamos descobrir — Dimitria respondeu, aflita.

Aurora desceu de Cometa atrás dela, e as duas correram até a entrada da casa, onde um grupo de guardas impedia qualquer um de entrar. Pela porta aberta da magicina, Dimitria conseguia ver o rosto negro de Miguel Custódio. Ele conversava com alguém que estava encoberto pelas sombras do átrio.

— O comissário não está deixando ninguém entrar. — Um guarda parrudo bloqueava a entrada, erguendo a mão para impedir que Dimitria ou Aurora passassem.

— Temos uma reunião com Solomar...

— Eu receio que isso terá que esperar, senhora. O mago está... Indisponível.

O guarda parecia irritado, e havia uma tensão em sua voz que sugeria que não estava sendo sincero. Cruzou os braços e virou o corpo, a postura claramente fechada. Dimitria engoliu seu desdém natural pelos guardas da cidade, sem entender o que poderia ter acontecido de tão ruim, e tentou chamar a atenção de Miguel.

Enfim o comissário viu as duas; sua expressão mudou na hora e ele saiu da magicina, acompanhado por ninguém menos que Clemente Brandenburgo. O chefe da junta comunal não parecia feliz: havia uma dureza severa em seu semblante, e ele passou as mãos pelos poucos cabelos loiros, nervoso.

Ambos foram até Dimitria e Aurora. Dimitria gostava de Custódio, que havia perdoado a caçadora por sua fuga e começado a, de vez em quando, contratá-la para consultorias, mesmo que Dimitria se recusasse permanentemente a ingressar em sua força. Já Clemente era outra história: ele nem ao menos se dignou a olhar para a caçadora, mas fez uma mesura a Aurora, que continuava sendo a filha do mercador mais importante da Romândia, mesmo que fosse sua quase ex-nora.

— Aurora. Uma pena nos encontrarmos em circunstâncias tão difíceis.

— Bom dia, Clemente. Quais são as circunstâncias, se você não se importa que eu pergunte?

— Nada com que uma dama deva se preocupar, eu lhe asseguro.

Dimitria se forçou a não revirar os olhos, e falou diretamente com Custódio, ignorando Brandenburgo.

— Nós temos assuntos urgentes para tratar com Solomar, Miguel.

— Eu não acho que isso vai ser possível. — Brandenburgo interrompeu, impaciente. — Solomar não está em condições de tratar de assunto nenhum.

— Mas...

— Ele desapareceu, Dimitria. — Miguel Custódio ajeitou a lapela de sua capa antes de continuar, escolhendo as palavras. Baixou a voz, para não atrair atenção dos outros aprendizes e transeuntes, tentando imprimir em seu tom uma calma que seus gestos deliberados traíam. — E, pelo estado de seu ateliê, não vamos encontrá-lo tão cedo.

— Miguel, eu não acho que seja prudente discutir o caso com plebeus...

Miguel ignorou Brandenburgo, e puxou um envelope roxo de dentro da capa.

— Por acaso você conhece isso?

Os olhos de Dimitria pousaram sobre um símbolo de flor-de-lis desenhado à mão no pergaminho dobrado.

Ao lado do símbolo, uma mancha de sangue seco anunciava um presságio — e Dimitria podia jurar que conseguia ouvir sua esperança se partindo em milhares de pedaços.

Capítulo 5

Muito havia mudado nos últimos dois anos, mas Clemente Brandenburgo — assim como seu escritório — permanecia igual, como se ele estivesse determinado a fincar suas raízes no homem que desejava ser, incapaz de conceber qualquer alternativa.

Não que a vida não tivesse testado o homem. Dimitria se remexeu desconfortavelmente na cadeira do escritório de Brandenburgo, fitando o apoio para espadas vazio atrás da escrivaninha, enquanto Clemente buscava para si uma taça de vinho. A falta da espada de Tristão — Dimitria lembrava bem do objeto que mais de uma vez fora apontado diretamente para sua garganta — era um lembrete da maior mudança na vida de Clemente: seu filho não se encontrava mais em Nurensalem.

Para Dimitria isso era um benefício, mas ela duvidava de que Clemente pensasse da mesma maneira.

Ele sentou-se à frente das duas, se acomodando na cadeira opulenta com um suspiro cansado. Certamente não era de seu interesse ter que lidar com um crime em Nurensalem, ainda mais um que afetava um homem tão valioso quanto Solomar.

— Mais uma vez metida onde não é chamada, Coromandel. É a caçadora mais inconveniente da qual já ouvi falar.

— Ah — Dimitria sorriu, provocando —, e ainda assim você ouviu falar de mim.

Clemente deu um longo gole no vinho, claramente sem interesse no humor de Dimitria.

Não que ela estivesse especialmente bem-humorada. O desaparecimento de Solomar não era uma encrenca apenas para Clemente — Dimitria não imaginava o que o chefe da Junta Comunal faria sem um mago — mas Solomar também era a solução para os problemas de Aurora.

— Talvez eu possa ajudar a encontrar Solomar? — ela arriscou, sabendo que Custódio ficaria feliz em ter seus serviços. — Sou uma boa rastreadora.

— De bichos, Coromandel — Clemente imprimiu impaciência na voz, dando mais um longo gole — e eu não quero civis envolvidos nisso. Custódio destacou um regimento para conduzir uma busca nos arredores, e é o que vamos fazer no momento. Tudo indica que o mago foi envenenado, então possivelmente nem existe muito mais para você "caçar".

— Clemente — Aurora interveio, suave. — Você tem certeza de que ele está...

— Morto? Pelo estado em que se encontra sua magicina, me surpreenderia se encontrássemos um cadáver inteiro, Aurora. — O manejo político do homem congelou sob a frieza dos fatos, e Clemente estremeceu na cadeira, visivelmente desconfortável.

— Como estava a sala dele?

O chefe da junta comunal franziu as sobrancelhas, sem uma resposta mordaz na língua, e encarou a taça de vinho, como se o líquido vermelho guardasse alguma resposta. Havia uma sombra de irritação em seu rosto, e Dimitria se perguntou quanto daquilo era por preocupação com Solomar e quanto era por estar lidando com uma crise em potencial.

Na experiência da caçadora, homens poderosos gostavam da calmaria que só o trabalho de outras pessoas podia proporcionar.

— Destruída. O mago mexeu com alguém perigoso.

Dimitria engoliu em seco. Havia visto sua cota de corpos desmembrados para durar uma vida, e a imagem de um Solomar em pedaços lhe provocou arrepios. A caçadora alcançou a mão de Aurora, sentada à sua direita, e apertou-a delicadamente.

— Entendo. Eu não sei se você e meu pai conversaram...

Clemente abanou o ar, impaciente. Ele não estava com tempo para lidar com a pequena turbulência na vida de Aurora e Dimitria, evidentemente havia peixe maior para pescar.

— Sei o que vocês buscavam com Solomar, Aurora. E sinto muito que você ainda sofra das pragas impostas pelo Herege, mas não tenho como ajudá-la. Eu disse isso ao seu pai: não sei que tipo de coisa Bóris acha que eu sei, mas ele está equivocado.

Dimitria ficou tensa, tentando controlar a raiva, e apertou os dedos ao redor da mão de Aurora. "Herege" era o apelido que Clemente dera a Igor, após tudo que se passara, e, embora a caçadora o odiasse, se espalhara como fogo em palha. Além disso, pelo jeito que Clemente falava, imaginava que não era só a transformação em urso que o homem considerava uma maldição.

— Prefiro que não use esse nome — Aurora respondeu, retribuindo o aperto gentil. — E sim, Solomar havia oferecido uma solução para a maldição.

— Sinto muito — Clemente disse, mas o tom seco e irritado de sua voz fez Dimitria ter certeza de que ele não sentia nada. — Vocês terão que esperar. Posso deixar que olhem o escritório dele daqui a algumas semanas.

— Nosso tempo está acabando, eu receio. — Aurora soltou Dimitria e alcançou a mão enrugada de Brandenburgo, mão que, na opinião de Dimitria, jamais vira um dia de trabalho duro, e o homem recuou ao toque dela.

— Isso é...

— A maldição. Sim. Solomar disse que havia uma poção capaz de reverter os efeitos. Mas precisamos de um mago para obtê-la, e sem ele por aqui isso é impossível. — Aurora suspirou.

— Nenhum dos aprendizes dele pode ajudá-la? — Clemente parecia determinado a evitar ser de qualquer auxílio. — Imagino que sejam aptos o suficiente.

— A poção que ele nos mostrou é muito complexa — Dimitria respondeu, sem paciência. — Precisamos de um mago que saiba o que está fazendo.

— Como eu disse, eu...

— Solomar nos disse que eu não sobreviverei para ver o próximo inverno, Clemente. — A voz de Aurora cortou o ar, fria e direta. — Se você não quer que eu morra, preciso da sua ajuda.

Brandenburgo ficou em silêncio por um segundo. Seu olhar perdido encarava Dimitria e Aurora, mas parecia observar algo muito além de seu escritório e da luz diurna que entrava pela janela.

Ele abriu uma das gavetas da escrivaninha, tirando de dentro um pergaminho dobrado — que, quando aberto em sua mesa, revelou-se ser um mapa da Romândia e mais além.

O mundo que Dimitria conhecia se desenhava nas linhas precisas do mapa. Nurensalem era apenas um ponto no topo de um país comprido, fechado ao norte pelas cordilheiras de Ororo e a oeste pelos cantões de Úlria e Catalina. A Romândia em si era o ponto mais a norte dos muitos que formavam Ancoragem, o país ao qual pertencia Nurensalem.

A oeste de Ancoragem havia outros países, até que o continente se encerrasse no longínquo Mar de Cobre. Nurensalem estava perto da costa leste, que era guardada por Mareterno — uma geleira que jamais derretia e que isolava o país do restante do mundo. Mais ao sul, porém, o território se espalhava por diversos quilômetros, e as florestas desenhadas no mapa contavam histórias de cantões mais quentes, de rios que derretiam de Mareterno e se transformavam em linhas caudalosas e pântanos até encontrarem o Oceano Revolto.

Era para o sul que Clemente apontava, para uma pequena cidade envolta por manchas escuras de floresta e pântano. A julgar por sua posição, seria uma longa viagem para chegar a, se o nome fosse mesmo esse, Marais-de-la-Lune.

— Essa é a capital do Cantão de Córdova. Há um mago lá, pelo que me contam, e talvez ele possa ajudá-las.

— Como você sabe? — Dimitria franziu a testa. Mesmo na escala do mapa, a distância entre Nurensalem e Marais, o que quer que fosse, parecia intransponível. Elas não tinham tempo a perder com nenhum talvez.

— Vocês pediram minha ajuda, é isso que posso oferecer. Há um mago em Marais-de-la-Lune, e eu garanto que ele é capaz de reverter doenças que Solomar considerou incuráveis. Se essa é sua única alternativa a um mago desaparecido, sugiro que comecem a arrumar as malas. A viagem é longa, são alguns meses.

Sua displicência frente a algo tão sensível esquentou os nervos de Dimitria mais uma vez.

— Você...

— Demi — Aurora interrompeu uma quase resposta mal-educada, analisando o mapa. — Córdova fica abaixo do Mareterno, não é?

Ela traçou o dedo no mapa, cruzando a linha equatorial que indicava o fim da geleira e o início do oceano. Marais-de-la-Lune ficava bem mais ao sul, e Dimitria assentiu, subitamente entendendo o que ela queria dizer.

— As estações são invertidas — Dimitria disse, debruçando-se sobre o mapa. — Quer dizer que agora é...

— O início da primavera — confirmou Aurora. — Se partíssemos em breve, chegaríamos lá no verão. Talvez seja uma maneira de voltarmos no tempo, por assim dizer. A maldição parece piorar a cada dia de frio. Se há um mago no calor, pode nos dar uma chance.

— Seu pai trabalha com alguns mercadores de Córdova, Aurora, e as caravanas descem pelo rio Relier ao final do outono. — Clemente esvaziou a taça e cruzou os braços. — Tenho certeza de que não negariam um favor à filha de Bóris van Vintermer.

Talvez, parece, chance, todas palavras que causavam uma pontada no coração de Dimitria, e ainda assim, como se a esperança não estivesse totalmente perdida, também eram como uma canção de sereia. Um tiro no escuro, uma corda bamba que se estendia por Ancoragem e ligava Nurensalem a Marais-de-la-Lune.

Aurora desviou o olhar do mapa e encarou Dimitria.

— O que você acha, Demi?

Dimitria retribuiu seu olhar, e de repente só existiam as duas no pequeno escritório — nada além delas, dos olhos verdes como a esperança e luminosos como a certeza e olhos castanhos profundamente apaixonados e temerosos. Dimitria nunca tinha ido ao sul: mesmo em suas expedições mais distantes, só havia chegado até os limites de Catalina. Mas ela não tinha medo da viagem, dos longos meses na estrada, das incertezas e dos percalços.

Ela só tinha medo de uma coisa: que algum dia, aqueles olhos verdes parassem de brilhar.

E além disso, Dimitria nunca havia sido o tipo de pessoa que negava uma aventura.

— Bom, então eu acho que só falta uma coisa a ser decidida. — Dimitria respirou fundo, colocando a mão sobre o mapa. — Quando partimos?

Capítulo 6

— Demi? O que você tá fazendo aí?

A cabeça cacheada de Astra surgiu por uma porta lateral de Winterhaugen, e o breve som de risadas e louça tilintando escapou por trás dela, resquícios de um jantar que Dimitria estava evitando. Mas não havia como escapar do olhar sagaz de Astra, que fechou a porta e sentou-se na borda do canteiro ao lado de Dimitria.

Das felicidades que a vida com Aurora lhe proporcionara, Astra era uma das maiores. Dimitria não esquecia que tinha sido por causa da caçula dos Van Vintermer que ela e Aurora estavam juntas — não fosse o pônei de Astra, Dimitria jamais teria começado a trabalhar em Winterhaugen. Mas não era só isso que fazia a caçadora amar a cunhada. Nos últimos dois anos, ela se tornara uma jovem inteligente e ainda mais afiada do que a irmã, com o sarcasmo que ambas herdaram do pai sempre presente. O coração, se Dimitria fosse acreditar nas histórias de Bóris, era o mesmo da finada Ursula — e Dimitria apreciava isso também, a capacidade que Astra tinha de ler a melodia de qualquer situação e se afinar na emoção que compunha a música perfeitamente.

Dimitria inalou o cheiro fresco de fim de outono, abraçando a si mesma apesar da noite não estar tão gelada, enquanto tentava enfiar a caixinha de joia que estivera observando dentro do bolso discretamente.

— O que é isso?

Astra já não era mais uma criança; era incrível o efeito que o tempo tivera na garota, cuja energia intensa havia se concentrado nas artes culinárias pelas quais ela estava obcecada naquele mês. Com catorze anos, ela era ainda mais parecida com Ursula — ao menos, com a pintura de Ursula que ficava no escritório de Bóris. O rosto em formato de coração, a pequena cicatriz no queixo que denunciava suas estripulias infantis, os cabelos em cachos volumosos, que ela sempre usava soltos e despenteados, o nariz arrebitado e coberto de sardas, frequentemente virado para cima. Mas Astra tinha os mesmos olhos astutos do pai, que denunciavam uma mente veloz e mordaz.

— Não é da sua conta — Dimitria disse, carinhosa, sorrindo quando Astra fez o menor dos biquinhos.

— Tudo que acontece em Winterhaugen é da minha conta, dona Dimitria.

Dimitria suspirou profundamente. Não tinha como discutir com Astra.

— Tá bom. Mas você tem que prometer não contar nada para a Aurora, tá? E nem pro seu pai.

Astra fez uma careta, como se a mera ideia de que ela fosse revelar um segredo para Bóris fosse ofensiva.

— Eu sou um túmulo onde segredos são enterrados. O cemitério dos mistérios. Um "cemistério", por assim dizer.

— Aham — Dimitria riu, apreciando o trocadilho.

— Meu pai não sabe nem que fui convidada para ser aprendiz de Iago Gorgorov no próximo verão, e ele é o cozinheiro mais famoso do leste de Ancoragem! Suspeito que ele só vai descobrir quando as rosas estiverem desabrochando e ele perceber que não me vê há dias.

Dimitria riu, mas tinha certeza de que Bóris perceberia qualquer ausência de sua filha favorita. Não que Aurora ficasse muito atrás: o jantar daquela noite era justamente uma despedida para ela, além de uma oportunidade para fazer os arranjos da sua balsa no Rio Relier com o representante mercantil de Córdova.

A caçadora sabia que aquela era a maneira de expressar amor de Bóris: dificilmente dizia "eu te amo", mas o demonstrava através de presentes e atitudes, como um banquete e roupas de verão para a jornada.

Dimitria tirou a caixinha de dentro do bolso novamente, girando o objeto nos dedos e sentindo a madeira macia. Como poderia algo tão pequeno carregar tanta coisa? Era apenas madeira e metal, mas continha em si uma promessa não dita. Não que Aurora e ela não tivessem falado sobre um futuro juntas — na verdade, Dimitria esperava que o pedido não fosse ser uma surpresa, e sim a culminação de uma caminhada que as duas haviam traçado nos últimos anos. Pegadas gêmeas, lado a lado.

Pegadas que agora ameaçavam se apagar pelos caprichos de um vento cruel.

— Ai, pela Deusa. Ai, minha Deusinha, ai, ai! — Astra colocou as mãos sobre a boca assim que viu a caixinha, entendendo na mesma hora o que Dimitria estava, ou estivera, prestes a fazer. — Você vai transformar minha irmã numa mulher honesta.

— Considerando que outro Coromandel a transformou em um urso, acho que eu estou saindo no lucro — Dimitria respondeu brincando e sorrindo, mas havia um amargor em sua boca.

— Posso fazer o bolo? Imagina você vestida de noiva. Ai, quando você vai pedir?

A animação de Astra era contagiante, e Dimitria quase se deixou levar por ela, pelas imagens de duas mulheres vestidas de branco, um bolo cremoso, anéis dourados em mãos brancas e negras.

Mas Dimitria era realista demais para se deixar levar por sonhos.

— Eu não sei, Astra. Acho irresponsável fazer isso agora, quando ela tem tantas coisas com que se preocupar.

— Desde quando amor é uma preocupação?

— Desde que uma maldição entrou no nosso caminho. Claro, vamos tentar achar um antídoto. Mas se sua irmã tiver que escolher entre nossas memórias e a vida... — Dimitria abriu a caixinha, apanhando o anel com delicadeza. O metal capturou a luz da lua, refletindo-a suavemente. — ... Isso daqui poderia ser um peso na balança. Para o lado errado, entende?

Astra assentiu, pesarosa. Era um sentimento estranho para alguém tão jovem e alegre, e Dimitria teve um vislumbre da mulher que Astra seria.

— Eu não quero que ela faça isso por medo. Para mim, precisa ser algo que ela deseje por si mesma. — Dimitria balançou a cabeça, lutando para encontrar as palavras. — Quero que isso seja um início, e não um fim.

— Demi... — Astra apertou os lábios, e a tristeza evidente em sua expressão fez o coração de Dimitria apertar no peito. Ela se sentia derrotada.

— Eu planejei tudo, Astra. Até fiz uma música pra ela. É besteira perto de tudo que está acontecendo, mas eu não consigo não sentir que fomos roubadas desse momento por algo que está além do nosso controle. Sei que é egoísmo meu.

Astra era a primeira pessoa para quem Dimitria confessava parte de seus planos para o pedido de casamento, e, embora se sentisse tola e sentimental ao fazê-lo, o brilho no olhar da menina foi uma recompensa.

— Ei. — Astra suspirou fundo, as sobrancelhas vincadas em uma preocupação além de seus anos. — Não é besteira e não é egoísta. É algo perfeitamente normal. Ninguém esperava que isso fosse acontecer, ainda mais agora. E seus planos parecem lindos, Demi. Minha irmã vai amar, eu tenho certeza.

— Eu... Eu quero que seja perfeito, sabe? — O choro queria subir e embargar sua voz, mas Dimitria o segurou, engolindo em seco. — A gente fala tanto sobre o futuro, sobre as coisas que queremos fazer, e agora Aurora está olhando para o passado. Com medo de perdê-lo.

— Vocês duas estão. — Astra apoiou uma mão no ombro de Dimitria, apertando-o de leve. — Eu entendo que você queira esperar, mas ela ia gostar de saber que você fez uma música.

Dimitria sorriu, triste e feliz ao mesmo tempo.

— Obrigada, Astra.

— Quando for a hora, Demi, vai ser uma honra ter você como cunhada.

— E eu já não sou sua cunhada? — Dimitria riu, bagunçando os cachos de Astra e abraçando-a. Ela reprimiu a sensação estranha que estava alojada em sua garganta, afastando-a. Dimitria sabia que precisava ser forte.

— Já te disse: desde o dia em que você salvou a Princesa Feldspato, é membra honorária da família — Astra murmurou contra o abraço de Dimitria. — Esse anel só vai oficializar tudo.

— O que as minhas duas pessoas preferidas estão fazendo escondidas, posso saber? — A voz de Aurora ecoou pelo jardim, e Dimitria enfiou a caixa de madeira no bolso às pressas. Ela se desvencilhou suavemente de Astra, deixando o olhar se demorar na figura encapuzada de Aurora. A noite de outono estava incomumente quente, e ainda assim a garota trajava sua capa de pele.

— Falando mal de você. — Astra mostrou a língua, de novo uma criança, e saltou em direção à irmã. Aurora revirou os olhos, deixando um beijo na cabeça de Astra antes que ela desaparecesse Winterhaugen adentro.

— Você devia entrar. Está frio demais aqui fora. — Dimitria foi até ela, tomando seu rosto nas mãos e sentindo as bochechas geladas de Aurora corarem sob seus dedos.

— Mas você está aqui. Eu sei que esses jantares são cansativos... — Aurora encontrou o olhar de Dimitria, esquadrinhando o rosto da caçadora à procura do sentimento que ela escondia.

— Eu até gosto dos jantares, na verdade. Seu pai é um bom anfitrião.

Aurora revirou os olhos, e Dimitria pensou em como ela ficava linda mesmo quando irritada.

— Bom até demais. Já mandou descer três barris de hidromel, e está garantindo passagem na balsa do Relier.

— Achei que a balsa fosse dele? — Dimitria franziu a testa.

— E é, mas ele quer garantir que teremos todo o conforto. E está negociando mais dois guardas para nós.

— O quê? — Dimitria fingiu-se ofendida, colocando uma mão no peito em ultraje. — Ele está fazendo isso sem consultar a sua capitã da guarda? Que desaforo.

Aurora riu, os olhos verdes se vincando em pequenas rugas por cima das sardas. Ela deu um beijo rápido em Dimitria.

— Imagine só. Mal sabe ele que eu estou muito bem protegida.

— Sempre, meu bem. — O tom de brincadeira ainda estava presente na voz de Dimitria, mas havia uma seriedade por baixo das palavras. Ela encarou a namorada. — Enquanto estiver do meu lado, não vou deixar nada acontecer com você.

— Parece meio entediante, nada acontecendo.

— Você me entendeu.

— E você ainda acha que eu preciso de proteção, mesmo após todo esse tempo comigo te provando o contrário. — Aurora colocou os braços ao redor do pescoço de Dimitria, fitando-a com seriedade. — Você não precisa me proteger sempre.

— Eu sei. — A voz de Dimitria falhou sob a intensidade do escrutínio de Aurora, e ela aquiesceu com um beijo.

Será que sabia, mesmo? Será que proteger não era a sua maneira de amar? Todas aquelas perguntas rodeavam a cabeça de Dimitria como uma canção, e ela deixou que o toque de Aurora se sobrepusesse à cacofonia.

Como sempre, Aurora conseguia aquietar sua ansiedade como ninguém.

— Sabe ou finge que sabe?

— Um pouco dos dois.

Aurora suspirou, e afastou os poucos fios escuros que escapavam da trança de Dimitria e invadiam seu rosto, pretos contra a pele negra. Uma ruga de preocupação surgiu entre suas sobrancelhas, e Aurora ficou séria.

— Se vamos atravessar o continente juntas, preciso que você saiba disso, Demi. Eu também posso cuidar de você. Não precisa carregar tudo sozinha.

E ali estava a verdade do que elas iriam fazer, a extensão da jornada para proteger um passado que ancorava Dimitria ao futuro. Um passado que não era só dela e que por isso mesmo revelava a parte mais desesperada de seu ser. A parte que não queria admitir que perder Aurora, perder tudo que elas tinham vivido até ali, era uma possibilidade real, tão real quanto a brisa de outono que fazia com que ela se aninhasse em seus braços.

Quando tudo parecia tão incerto, carregar tudo sozinha era garantia de controle. Qualquer um que fosse. Mesmo que Dimitria tivesse que abrir mão de si mesma: se Aurora estivesse bem, e viva, valeria a pena.

— Demi. Você está com aquela cara de quem quer sofrer pra provar um ponto. — O nariz de Aurora se enrugou quando ela franziu a testa, e Dimitria teve que reprimir a vontade de beijá-lo.

— Eu só estou pensando na viagem. E se a gente não encontrar nada? E se o mago do Sul não passar de uma ilusão?

— E se não for? — Aurora balançou a cabeça. — E se for verdade, e ele puder nos ajudar, e depois disso nós simplesmente aproveitamos para tirar férias em Marais-de-la-Lune? Tudo pode tanto dar errado como dar certo, Demi.

— Eu não quero que você morra.

— E eu não vou perder nossas memórias. — Aurora ficou ligeiramente mais fria, mais distante, e Dimitria sentiu que não deveria pressioná-la mais. — Não importa o que aconteça ou quanto você queira cuidar de mim, isso está fora de questão.

Dimitria assentiu, mordendo e engolindo a mentira. Ela sabia que, independentemente do que fosse acontecer, traria Aurora com vida — não importava o quanto tivesse que abrir mão para fazê-lo.

Mas Aurora não precisava saber disso naquele momento. Da mesma forma que fazia com a caixinha de madeira, que continuava oculta sob as roupas de Dimitria, a caçadora sabia esconder o que ainda não podia ver a luz do sol.

O que talvez nunca pudesse.

— Vem, vamos entrar. Seu pai deve estar fazendo o terceiro ou quarto brinde da noite.

Aurora a encarou por mais um segundo, como se quisesse perguntar outra coisa — e então desistiu, apertando os lábios e dissipando a dúvida com um sorriso.

As duas caminharam juntas casa adentro, de mãos dadas e com preocupações silenciosas.

Capítulo 7

— Acho que eles têm vestidos em Marais-de-la-Lune, amor. Não precisa levar todo o estoque de Nurensalem.

Aurora revirou os olhos e continuou separando as roupas que levaria para a viagem. Já estava no quarto malão, e a cada peça que avaliava fazia uma careta de dor, como se fosse fisicamente desconfortável abrir mão de mais um vestido florido.

— Ha-ha — respondeu, dobrando uma camisa de mangas longas mas curta, que parecia perfeita para alguém que estava com frio nos braços mas calor na barriga. — A culpa não é minha se você não tem apreço por vestidos bonitos.

— Eu prefiro o que tem por baixo do vestido — Dimitria disse, brincalhona, passando por trás de Aurora e roubando um beijo a contragosto. Ela já havia fechado os malões que continham seus pertences algumas horas antes, e naquele momento terminava de arrumar a casa para fechá-la antes de caírem na estrada. — E, de mais a mais, são pouco práticos.

— Nem tudo precisa ser prático, Demi.

— Evidentemente. — Dimitria riu, olhando com ceticismo enquanto Aurora se debruçava sobre a tampa do malão que estava quase estourando para fechá-lo. — Especialmente se você tem um cavalo pra lidar com tudo que não é prático. Ou uma namorada paciente.

— Não tem mais nada que você tenha que empacotar, não? — Aurora bufou, e a caçadora tinha experiência o suficiente para ter visto aquele mesmo gesto em ursos que eram acordados contra a vontade, logo antes de atacarem. Deu mais uma risada, e deixou a namorada sozinha em sua tarefa.

Atravessou a casa com cuidado, passando a mão nas paredes, sentindo sua textura, olhando cada quadro, cada vaso, cada panela com apreço redobrado. *Uma casa nunca era apenas uma casa, uma coisa nunca era apenas uma coisa*, pensou ela. Carregavam em si pedaços de memória — o quadro que emoldurava um ramo de lavanda, por exemplo, tinha sido seu presente para Aurora no Dia de Reis. O vaso, a namorada havia roubado de Winterhaugen para ganhar uma aposta com Astra. As panelas tinham sido dadas pela própria cunhada, em um gesto mais egoísta do que qualquer outra coisa — ela sempre acabava cozinhando, mesmo quando vinha visitar.

O dia estava quase raiando do lado de fora, e a caçadora encheu duas canecas de chá enquanto esperava a namorada terminar de escolher os seiscentos vestidos que levaria para Marais. Se tivesse que chutar, diria que aquele era o jeito de Aurora lidar com todos os sentimentos que certamente estavam competindo por atenção em seu peito, a falta de controle que a incomodava tanto quanto incomodava Dimitria. Ela apoiou os cotovelos na janela da cozinha, bebericando o chá quente e deixando que as espirais de vapor com cheiro de cidreira lhe acalmassem, mesmo que apenas um pouco, os ânimos.

Aurora se juntou a ela alguns minutos depois, envolvendo a cintura da caçadora com os braços e encostando a cabeça em suas costas.

— Eu fui meio ursa, né?

Dimitria riu e os cabelos de Aurora fizeram cócegas em sua pele quando a namorada a acompanhou na risada. Aquele era o jeito que as duas tinham encontrado para trazer leveza aos momentos em que Aurora era rabugenta — o que acontecia com mais frequência do que o rosto doce parecia sugerir. Dimitria era a mais paciente das duas, embora sua irritação se revelasse em longos silêncios e uma expressão fechada que Aurora apelidara carinhosamente de "a ermitã".

— Um pouquinho — Dimitria virou-se para envolver a namorada em seus braços. — Uma ursa muito bem-vestida, porém.

— Não sei o que vamos encontrar — ela disse, mordendo o lábio inferior, e uma ruga de preocupação vincou sua testa. — Sei que Marais é quente e que chegaremos na época do Carnaval.

— Tipo o festival das Luzes?

— Quase. Mas não sei se é algo elegante ou mais casual. Até mesmo o mago que vamos encontrar, por exemplo. Se for que nem Solomar, talvez aprecie uma roupa mais formal.

— Espero que não seja que nem Solomar. — Dimitria estremeceu. — A existência de mais um desses não é algo que me deixaria muito feliz.

— Você não é a única, aparentemente. — Uma sombra cruzou o olhar de Aurora, enquanto ela brincava distraidamente com a gola do colete da caçadora. — Me pergunto o que é que ele fez para ser atacado do jeito que Miguel e Clemente descreveram.

— Olha, eu consigo pensar em algumas coisas, considerando o jeito que ele fala e essa mania de exigir que o chamem de Grão-Mago.

— Ainda assim — concedeu Aurora, erguendo o rosto. A luz suave da manhã entrava pela janela e iluminava o semblante cansado, e ainda assim lindo, da namorada, e Dimitria conteve a vontade de beijá-la. — Falta de educação não é o suficiente para que alguém seja tão violento.

— Nunca se sabe. — Dimitria deu de ombros. — Às vezes ele mexeu com alguém que realmente se incomoda com boas maneiras.

— Demi. — A namorada riu, e Dimitria se deleitou no som, no fato de que havia sido ela a fazer Aurora rir. Era seu som preferido no mundo. — Você não...

— ... Não presto, eu sei. E ainda assim...
— ... Eu te amo.

Completaram as frases uma da outra com a facilidade de quem fala uma língua secreta, um idioma que não se sabe na cabeça e sim no coração, compartilhado entre duas pessoas apaixonadas e dito apenas entre elas. Pequenas brincadeiras, intimidades, cadências de voz, tudo que só o tempo e o amor eram capazes de construir.

Assim passaram o tempo, perdidas naquela fatia perfeita, eterna e incompleta de paraíso.

E então... chegou a hora de partir.

Cruzar a soleira nunca tinha sido um problema para Dimitria. Na verdade, a estrada por vezes fora seu bálsamo, um escape das memórias que moravam na cabana dos Coromandel e assombravam seu sono. Não era só com pessoas diferentes que Dimitria ocupava sua mente, mas com a distância que percorria, o mundo que criava para si quanto mais longe estivesse de casa. Fora de Nurensalem, ela podia ser quem quisesse — não só uma órfã, provedora.

Em Catalina, ela podia se divertir dançando e jogando cartas. Em Úlria, podia ser uma figura serena e sábia, contando histórias de suas caçadas. Nos bosques silenciosos ao Norte de Ancoragem, em lugares que nem nome tinham, ela não precisava ser ninguém — apenas uma com a natureza, com as árvores e rios que congelavam sob os murmúrios de Ororo e seu frio perpétuo.

E ainda assim, quando Dimitria enfim fechou a porta da cabana atrás de si naquela manhã clara e azul de outono, seu coração afundou. Dimitria se virou para a casa, encarando a madeira seca que fora pintada pelas estações, o umbral sólido e escuro que contornava a porta, e foi tomada por um arroubo de afeição pelas quatro paredes e teto que ela chamava de lar.

Só percebeu que Aurora estava ao seu lado quando sentiu os dedos gelados da garota entrelaçados nos seus.

— É difícil, não é? Dizer adeus para a nossa casa.

Aurora não tentou apaziguar o sentimento, não falou que a jornada seria rápida ou tentou tranquilizá-la, e isso fez com que Dimitria a apreciasse ainda mais.

— Onde quer que você esteja vai ser a minha casa, meu bem — ela falou, redirecionando sua afeição para a amada e dando um beijo leve em sua testa.

Aurora estava coberta por uma capa cor de sálvia por cima de — o que mais? — um vestido creme, os cabelos loiros em um coque, e a combinação de cores fazia com que parecesse um girassol. Em suas mãos, cobertas por luvas da mesma cor, ela apertava um caderno encourado — seu diário, que ela guardara em uma bolsa que levava atravessada.

Em contraste, Dimitria havia se vestido de outono: um colete cor de cobre profundo que Bóris havia lhe dado, por cima de uma blusa marrom que chegava aos nós de seus dedos, sua velha calça de montaria e mais velhas ainda botas de couro gasto e confortável. Cruzado por cima do peito, seu arco; presa em uma cinta na coxa, sua adaga.

— Pronta?

Aurora assentiu, apoiando uma mão no batente da porta e respirando fundo. Ela também dizia adeus àquela que tinha sido a primeira casa — o primeiro lar — das duas.

— Pronta.

Uma carroça estava esperando a alguns metros da entrada, já carregada com as quatro malas de Aurora e outras que continham mantimentos e as armas de Dimitria. Como era possível que uma vida coubesse no espaço de uma carroça? Como era possível que dois cavalos fossem o suficiente para carregar tudo que elas possuíam?

Dimitria afastou o pensamento. Não era hora de dar liberdade ao seu coração. Ela montou em Galateia, a égua que tinha sido emprestada por Astra, e focou na tarefa: descobrir um jeito de reverter a maldição de Igor.

Qualquer outra coisa era distração.

— Cometa não gostou muito da carroça. — Aurora riu, já montada, e Cometa bufou descontente ao dar alguns passos. Ela tirou um pedaço de maçã de dentro de sua bolsa, e ofereceu ao cavalo, que o comeu a contragosto.

— É só até alcançarmos a balsa, amigo.

Dimitria puxou um mapa do cinto; não o que Clemente mostrara, mas um mais completo, onde ela e Bóris haviam traçado o trajeto até Santa Ororo e o porto norte do Relier. Era pelo menos um mês de viagem até lá, e depois os cavalos seriam trazidos de volta a Nurensalem por comerciantes com quem Bóris tinha negócios. Ele também havia garantido passagem gratuita até Marais-de-la-Lune, no compartimento de luxo da balsa.

Não que tivesse sido difícil, considerando que a balsa era dele.

Dimitria analisou o fio caudaloso e azul que delineava o Relier no mapa. O rio cortava Marais-de-la-Lune na metade, e seguia até que se espalhasse como uma raiz de árvore nos pântanos mais ao sul.

Ali, em algum lugar, estava a salvação — ou a ruína — de Aurora. Das duas, ela pensou, vendo que ela a encarava de volta, raios de sol refletidos em seus cabelos. Tanto quanto a um girassol, a luz solar acompanhava Aurora, e uma nova sensação tomou Dimitria de arroubo — uma sensação que ela ignorou, virando-se em direção à estrada e chacoalhando as rédeas de Galateia.

O horizonte engoliu os últimos resquícios da casa dos Coromandel, mas o medo continuou com Dimitria, no fundo de seu peito.

* * *

Ancoragem se estendia à frente das duas como em um mapa, seus contornos e suas paisagens ficando cada vez mais rebeldes à medida que Dimitria e Aurora se afastavam de Nurensalem e faziam o percurso em direção ao sul.

Em teoria, havia muitas estradas que levavam a Santa Ororo, mas na prática era apenas uma, que costurava o continente de cima a baixo, e se ramificava em afluentes que desbravavam os bosques e as florestas a oeste. Ao leste, a cordilheira de montanhas que fechava o caminho até Mareterno era uma companheira constante na viagem, ondulando no horizonte como uma serpente branca.

De início, as florestas eram como Dimitria as conhecia: repletas de coníferas e pinheiros, agulhas pretas que nasciam do chão e se enfileiravam como soldados sobre a vegetação baixa. A mata engrossava à medida que elas avançavam, porém ficando mais complexa e dominando a estrada, como se a distância de Nurensalem fizesse a natureza se expandir em alívio. A estrada serpenteava por um declive que levava para fora do vale e, quando elas alcançaram o topo, Aurora parou por um segundo, virando para trás e encarando a borda repleta de árvores.

— É aqui — Aurora falou. — O mais longe que eu já estive. Se eu der mais um passo, não tem mais volta. Esse vai ser o mais distante que já estive de casa.

Dimitria deixou que o momento assentasse, criando uma visão que se solidificou em sua mente. O recorte de Aurora contra a Romândia, seu vale e sua capital, a floresta que a rodeava. Para trás, uma vida conhecida, um caminho que elas sabiam trilhar. Para a frente — onde a floresta avançava ainda mais, e não havia apenas pinheiros, e as montanhas não eram brancas — o desconhecido.

Ela não confessou, mas também era o mais ao sul a que jamais fora.

Dimitria esticou a mão na direção de Aurora, que emparelhou o cavalo com a caçadora.

— Se vamos longe, vamos juntas.

— Sempre?

— Esse é o plano, meu amor.

Aurora sorriu, e cruzou a soleira do desconhecido.

O dia acompanhou o trajeto das duas, amadurecendo como uma fruta à medida que elas faziam o caminho do sul. Aos poucos, enquanto o céu queimava em tons de vermelho e laranja, a floresta começou a ficar mais densa, e os resquícios de civilização foram se tornando mais esparsos. Se Cometa ou Galateia estavam cansados, trote contínuo nada demonstrava, e mesmo o silêncio entre Aurora e Dimitria era confortável, um espaço de calma naquele início de jornada.

— Dizem que aquelas montanhas são o corpo de Ororo — Dimitria falou ao ver que Aurora acompanhava a cordilheira com os olhos. — Sabe, a Deusa?

— É uma lenda conhecida entre os antepassados de Nurensalem, sim. Dimitria revirou os olhos.

— Gente rica adora chamar as histórias do povo de "lendas", não é?

— Eu não quis dizer isso — Aurora concedeu com um sorriso. — Mas as religiões pagãs...

— Ou seja, as que não são sancionadas pela Comuna de Ancoragem...

— Você entendeu. As religiões pagãs auxiliam o entendimento da cultura do continente, mas não necessariamente são verdade.

— O que é verdade? — Dimitria sorriu, gostando do desafio na voz de Aurora. — A verdade é uma coleção de memórias contadas. E quem conta essas histórias é quem tem poder. Você pode chamar de lenda ou de paganismo, mas Ororo existiu, mesmo que apenas nas vozes de quem estava aqui primeiro. Quem diz o que é verdade? Quem define nossas memórias? Nossas histórias?

— E isso faz diferença?

— Como assim? — Dimitria desviou o olhar da estrada, encarando a figura banhada de entardecer de Aurora.

— Não importa se algum dia foram chamadas por outro nome. Enquanto houver alguém para olhar para elas, seu poder se mantém.

Ao encarar a serpente branca, pintada de luz pelos raios de sol, Dimitria não foi capaz de discordar.

Elas enfim pararam quando a luz do dia estava rareando, perdendo-se no horizonte por trás das montanhas a leste e derretendo seus últimos raios de sol. Dimitria escolheu fazer a primeira parada em uma estalagem de beira de estrada, chamada Fim do Vale. O lugar era simples e estava cheio, mas bastou a menção ao nome de Bóris van

Vintermer para que o estalajadeiro parrudo as levasse a um aposento vago no segundo andar.

Os rastros finais do entardecer iluminavam o quarto, e a única janela emoldurava os contornos de Ororo, cuja silhueta se perdia na luz decrescente. O quarto cheirava a poeira e a gente, mas não era de todo desagradável, e Dimitria se jogou na cama.

— As botas, Demi.

— Eu vou tirar, calma aí. — Dimitria deu um longo gole no cantil de água, suspirando de alívio quando o colchão, que nem ao menos era macio, encontrou suas costas rígidas da montaria. Aurora parecia bem menos afetada pelo dia em cima do cavalo, e se aproximou de Dimitria, ajoelhando-se e desfazendo os laços das botas.

A simples visão de Aurora ajoelhada entre suas pernas, fazendo algo tão trivial quanto descalçar Dimitria, provocou arrepios que nada tinham a ver com a brisa gelada que achava caminho pelas frestas da janela.

As mãos de Aurora trabalhavam cuidadosamente, e ela colocou as botas de lado, apertando as panturrilhas de Dimitria e massageando a musculatura cansada. A caçadora soltou um gemido suave, deixando seu corpo descansar contra os travesseiros.

— Tá bom? — Aurora ergueu os olhos, encarando a outra com um leve franzido entre as sobrancelhas.

— Achei que a essa altura você já soubesse diferenciar dor de prazer, meu bem.

— Às vezes você curte os dois — Aurora respondeu, audaz, provocando uma risada de Dimitria.

— Eu devo estar cheirando a cavalo.

— Um cavalo limpinho, não se preocupe. — Continuou massageando a perna de Dimitria, subindo os dedos aos poucos. Mesmo por cima do couro rústico de sua calça, o toque de Aurora era persistente e indelével.

Dimitria inclinou o corpo em direção à outra, puxando-a para um beijo e sentindo o cheiro de grama e suor misturado ao odor persistente de figos que Aurora carregava consigo. Era limpo, fresco, familiar e tinha o gosto das memórias entre as duas, agindo como um bálsamo que ia além de seu corpo cansado.

Aurora apoiou as mãos nos joelhos da caçadora e içou-se para cima, esticando o corpo para retribuir o beijo. Seus lábios eram macios e úmidos, uma fruta fresca que se partia em duas sob a demanda insistente de Dimitria, e quando ela enlaçou os dedos nos cabelos escuros, desfazendo a trança com a mesma destreza com que havia desfeito os laços das botas, Dimitria suspirou, rendida. Ela fechou os olhos e se deixou perder sob o toque da namorada, suas intenções precisas e evidentes.

Era sempre assim, no fim das contas. Aurora era um buquê, e Dimitria um mero beija-flor.

Ela desceu as mãos pelas curvas da outra, sentindo o declive de sua cintura robusta e macia e puxando-a para si. Dimitria desacelerou o beijo, mordiscando os lábios de Aurora com cuidado, e estava indo em direção ao pescoço quando as tosses começaram.

O som seco e oco interrompeu o momento, e o corpo de Aurora ficou pesado sob as mãos de Dimitria, de repente sem força para se segurar. Sua pele já estava fria, mas foi como se Aurora estivesse sendo mergulhada em água gelada, e sua compleição clara adquiriu um tom azulado.

Aurora era uma estátua de gelo nas mãos de Dimitria, convulsionando de tosse e frio.

Dimitria segurou o rosto de Aurora, em um frenesi que engolia seus pensamentos. Procurava alguma solução em seus olhos — geralmente verdes como a relva de um dia de verão, mas naquele momento quase vitrificados por uma película branca e leitosa. Aurora engoliu o ar em um soluço agoniado.

— Meu amor? — O coração de Dimitria batia acelerado, seu grave ecoando na base do estômago da caçadora. Era o medo, de novo, tão presente quanto as sombras da noite que agora invadiam o quarto. — Aurora, meu bem?

Dimitria sacudiu seus ombros com cuidado, como se fosse ouvir uma peça solta no corpo dela, e o medo se transformou em pânico. Seu coração martelava, suas mãos tremiam, e qualquer resquício do prazer que haviam dividido sumira.

Tão subitamente quanto chegou, a tosse pareceu retroceder, e de repente o tom azulado derreteu sob a cor branca da pele de Aurora.

O coração de Dimitria ainda rugia, e o pânico insistia em ficar.

— Eu — Aurora engasgou, os últimos resquícios da tosse ainda na garganta, e se apoiou na cama para sentar no colchão, trêmula — eu não sei o que foi isso, me desculpe. Eu... Foi só um susto.

— Um susto? Você ficou azul, Aurora. — Dimitria segurou sua mão, o frio castigando a pele negra e roubando seu calor.

Nas outras vezes em que Aurora havia tossido, ela sempre retrucava as preocupações de Dimitria com leveza e tranquilidade; um abandono quase leve ao que Dimitria via com crescente medo. Daquela vez, porém, Aurora simplesmente apertou os lábios em uma linha fina. Quando ela alisou o vestido, desviando o olhar da caçadora, suas mãos tremiam.

— Vai ficar mais quente quando chegarmos ao Relier. Se apertarmos o passo acho que conseguimos fazer o trajeto em pouco mais de três semanas, em vez de um mês. Nós vamos dar um jeito, Aurora. Eu tenho certeza.

Ela não tinha certeza, é claro, mas a mentira de sua certeza valeu quando os olhos das duas se encontraram. Uma sombra de alívio perpassou seus olhos e, Dimitria notou com pesar, o brilho de lágrimas.

Não que o alívio fosse mais do que uma pequena mentira, também, mas talvez... Talvez fosse o suficiente para passarem a noite.

— Vamos dormir. Amanhã começamos no raiar do sol, e eu não quero ninguém caindo do cavalo.

Aurora deu um sorriso fraco.

— Pelo que eu me lembre, quem é exímia em cair de cavalos é você.

Dimitria reprimiu as lágrimas que ameaçaram vir ante à lembrança da primeira aula de equitação das duas. Aurora precisava da sua força, e era isso que ela iria oferecer, estendendo a mão para conduzi-la para a cama.

— Vamos dormir, meu bem.

Dimitria faria o que fosse possível para proteger Aurora — mesmo que isso significasse lidar sozinha com seus sonhos intranquilos, onde Aurora não passava de um corpo inerte debaixo do gelo.

* * *

As semanas seguintes foram uma tapeçaria de momentos. Aurora e Dimitria eram engolidas pelo continente, cujas florestas de coníferas estavam começando a se revelar em tons de cobre e castanho, dobrando-se ao vento frio que soprava do leste. Por semanas, a vida adentrou em uma cadência ritmada e previsível: elas cavalgavam do raiar do sol até o anoitecer, parando apenas para fazer refeições leves com os mantimentos que Bóris havia provisionado e a ocasional caça de Dimitria. O tempo passava rápido — pois a conversa entre as duas era quase interminável, e os raros momentos de silêncio eram confortáveis como são os silêncios entre aqueles que se amam.

À noite, quando seus corpos estavam doloridos e as árvores começavam a se encher de olhos brilhantes e curiosos, elas paravam em estalagens de beira de estrada, quando possível, e mais e mais em acampamentos à medida que se afastavam de Nurensalem.

De vez em quando, tinham que parar para lidar com uma crise de tosse de Aurora, e Dimitria comprou um favo de mel em uma das estalagens para cozinhar um xarope grosso e dourado, que, embora não suficiente para interromper as aflições de Aurora, ao menos era doce.

Os longos dedos do outono começaram a perder seu alcance após algumas semanas, e isso teve efeito na doença de Aurora: suas tosses foram rareando, seu corpo ganhando alguma cor mesmo que ainda estivesse mais gelado do que o normal. Dimitria trocou o colete de couro por um de linho, e a floresta foi ganhando mais vida.

Fazia quase um mês do começo da viagem. Dimitria contemplou o caminho que haviam percorrido, a distância entre as duas e Nurensalem. Estavam quase chegando a Santa Ororo, e Dimitria estava quase se acostumando à cadência natural dos dias, às horas passadas em cima de cavalos. Uma dor egoísta fisgou seu coração, e Dimitria desejou, ao menos por um segundo, que a viagem não acabasse nunca. Em meio às árvores e seguindo a estrada, ela quase conseguia esquecer o motivo pelo qual tinham partido, e se enganar com a miragem de que aquela era apenas uma aventura que haviam decidido fazer juntas. Dimitria reprimiu o sentimento, sentindo seu gosto doce e fugaz: ela era uma pessoa prática, e não iria se deixar seduzir por uma ilusão.

Voltou à tediosa tarefa de montar acampamento na clareira onde haviam decidido pernoitar, aproveitando os últimos resquícios de luz do dia. Pelo entremeio de troncos, galhos e folhas, Dimitria via o céu se tingindo de vermelho e laranja, uma aquarela derretida que se filtrava na folhagem verdejante e banhava a clareira.

— Demi! — A voz de Aurora chamou por entre as árvores e, mesmo sem vê-la, Dimitria conseguia ouvi-la sorrindo. Ela seguiu o som por entre os troncos, avançando alguns metros para além da floresta.

Dimitria caminhou para fora do labirinto de árvores, saindo em um campo aberto na borda de um penhasco. Toda a área estava coberta de flores, pequenas joias coloridas espalhadas entre a grama.

— Olha o que eu achei — Aurora sorriu, e ficou evidente por seus cabelos trançados com flores miúdas e brancas ao que se referia. As pétalas eram como pequenas xícaras, e quase se perdiam entre as mechas cuidadosamente trançadas. Aurora estendeu os braços para Dimitria, um sorriso no rosto, e mostrou um buquê lilás e branco de flores silvestres; entremeadas com flores delicadas e marrons como a pele da caçadora, algo que ela nunca havia visto antes. Aurora o tinha amarrado com uma fita que costumava usar no cabelo, e o ofereceu para a caçadora.

— Meu pequeno coelhinho, brincando nas flores. — Dimitria apanhou o buquê e uma sensação oca surgiu em sua garganta. Aurora parecia uma fada, sentada em um campo florido no pôr do sol, o vestido de linho branco derramado por cima das flores como a neve. Sob a luz dourada, os cabelos loiros fulguravam na trança, correntes com as quais Dimitria se prenderia, se fosse possível. Aurora parecia uma noiva, radiante de felicidade e promessa.

Mais do que isso, foi a maneira como Aurora a encarava que emocionou Dimitria. Era o olhar de quem, no meio de um campo de flores, encontrava na caçadora a visão mais bonita do mundo.

Por um momento, o mero pensamento de que aquele olhar pudesse desaparecer expandiu a sensação ruim. Dimitria fechou os olhos. Ela não queria chorar.

— Ei. — Ela soube que Aurora havia se levantado pelo rufar suave de seu vestido na grama, o toque suave de sua mão. Dimitria abriu os olhos de novo, encarando o rosto doce e preocupado, os olhos verdes que tinham a mesma cor da haste das flores. — O buquê ficou meio feio, mas não era pra você chorar.

— Não estou chorando.

— Ah, sei. — Aurora colocou as mãos no rosto de Dimitria, limpando lágrimas inexistentes com o mesmo carinho que teria com as reais. — Isso seria uma tragédia.

As duas se olharam por um longo segundo. Dimitria se esforçou para memorizar a curva suave das bochechas de Aurora, sarapintadas e sempre cor-de-rosa, o relevo suave de seus lábios, os olhos redondos e emoldurados por cílios de trigo.

Pela intensidade naqueles olhos verdes, ela suspeitava de que Aurora estivesse fazendo o mesmo, e se perguntou o que ela estava escolhendo memorizar. A pele negra e macia? As linhas elegantes que formavam as maçãs do rosto de Dimitria? Seus lábios que sempre pareciam pintados do suco de cerejas? Ou os olhos, desconfiados e tão cheios de amor, da cor de madeira nova e polida?

Memória talvez fosse a palavra errada, já que tudo que ela lembrava poderia ser perdido, mas ainda assim podia haver algo de seu rosto que ficaria impresso no seu coração.

Pode ter sido o fato de que Aurora parecia uma noiva, ou talvez fosse o único jeito de espantar a sensação quente e incômoda em seu peito, mas Dimitria segurou o buquê contra o peito e tomou uma decisão.

— Eu fiz uma música pra você.

A sombra de um sorriso puxou levemente o canto dos lábios de Aurora, que não disse nada. Ela entrelaçou os dedos na mão livre de Dimitria.

Sem saber de onde vinha aquele som, Dimitria começou a cantar a música que escrevera alguns meses antes, quando enfim havia decidido pedir Aurora em casamento.

Sei
As coisas que eu quero dizer
E a noite que eu tento esquecer
O meu coração tinha medo

Você
Chegou sem querer, sem saber
A luz resvalou em você
Meu peito era feito de gelo

Mas o calor que você traz contigo
Faz eu pensar que você é meu abrigo
Dentro do inverno escondi quem eu era
E então

Eu menti
Meus sonhos e medos, nutri
Escudos, segredos
Achava que nada no mundo era feito pra mim

Sua luz
Que explode no escuro, conduz
Derruba meus muros
Me leva pra longe de tudo e pra perto de mim

Mas o calor que você traz contigo
Me faz saber que você é meu abrigo
Dentro do inverno eu vivia à espera
E então

Você é doce, é fruto e semente
Faz florescer girassóis entre a gente
Eu sempre achei que o amor era fera
E então

Seu amor é uma flor que floresce amarela
Que brilha na janela
Que cresce sem saber
Seu amor é uma flor que se cuida se rega
Uma flor que se entrega
E demora a crescer
Mas quando cresce
Quando floresce
É alvorada
Amanhecer

Mas o calor que você traz contigo
Me faz saber que você é meu abrigo
Dentro do inverno eu vivia à espera
E então

Primavera
Você me fez primavera
Me fez virar flor
E onde antes tinha inverno hoje só tem amor

Quem eu era
Enfim acordou
Me espera
Onde você for
Quero ser seu amor

Onde só tinha gelo
Hoje é cheio de flor.

O tempo pareceu se estender enquanto Dimitria cantava e, quando enfim terminou, os poucos resquícios de sol se misturavam no céu para torná-lo lilás e vermelho como as flores. Como se alguns lírios-do-vale tivessem subido até a abóbada que escurecia, pontinhos de luz brilhavam acima das duas, decorando as tranças da noite como as flores no cabelo de Aurora.

Ela não disse nada por um instante, e pontos gêmeos reluziam no canto dos olhos dela. Ela chorava.

Aurora se jogou nos braços de Dimitria, segurando-a num abraço tenro, e chorou contra seu peito, soluçando em pequenos e sofridos engulhos.

— Ei. Meu amor. Eu não queria... — Dimitria afagou os cabelos dela, segurando o próprio choro, deixando que as lágrimas de Aurora falassem pelas duas. — Eu não queria te fazer sofrer.

Aurora balançou a cabeça, negando veementemente e encarando Dimitria.

— Não é sofrimento, Demi. Eu te amo. A maneira como você cantou... Eu não fazia ideia de que você sabia cantar assim.

— Eu sei mais do que você imagina. — Dimitria sorriu, lembrando das noites que Hipátia ninou a ela e a Denali com canções murmuradas na calada da noite.

— Você sabe de tudo, é? Uma caçadora artista e teimosa que roubou meu coração e sabe de tudo.

— Eu não usaria a palavra roubar. Foi mais um empréstimo calculado.

— Sem intenção de devolver.

Dimitria assentiu, envolvendo Aurora com os braços, segurando seu mundo inteiro na palma das mãos. Ela analisou cada linha do rosto da outra, cada ponto de cor como aquarela na pele branca, cada sarda e pequena imperfeição e curva do nariz e ruga quando ela sorria, e Dimitria soube naquele momento que memória alguma poderia ficar no caminho de manter Aurora viva.

— No que você está pensando? — Como se quisesse ler seus pensamentos, Aurora aproximou o rosto, tocando o nariz no de Dimitria.

— Em como eu te amo.

O pôr do sol se derreteu como o próximo beijo das duas, e Dimitria quase conseguiu ignorar a dor aguda que assomava seu peito toda vez que ela pensava no que significaria perder Aurora e seus olhos de primavera.

Capítulo 8

Pouco mais de um mês de jornada levou Aurora e Dimitria à cidade úmida e caótica de Santa Ororo.

Cidade poderia nem ser o termo mais correto: Santa Ororo era um conjunto de palafitas e casas coloridas organizadas ao redor do porto da balsa. A embarcação designada a elas não era a única no ancoradouro, já que vários barcos e botes se avolumavam na longa plataforma de madeira, porém certamente era a mais imponente que Dimitria já tinha visto.

Dimitria sabia que Bóris havia estabelecido sua reputação como mercador por um longo tempo, mas seu nome só se tornara conhecido para além da Romândia nos últimos dez anos. Antes disso, ele acumulara riqueza o suficiente para se arrulhar confortavelmente em um ninho de privilégio, mas virou notícia ao escolher investir quase todo o seu dinheiro em uma única coisa: a balsa mágica do rio Relier.

De início, parecia impossível. As rotas comerciais que ele comandava seguiam o caminho da natureza: de Norte a Sul, pelo rio, e de Sul a Norte, a pé. Ninguém era capaz de subir contra a corrente, e todos os mercadores que tentavam conduzir seu comércio apenas por meios aquáticos se dobravam à vontade da correnteza. Mesmo que as estradas que subiam Ancoragem por muitas vezes fossem precárias, ou que as florestas criassem trechos que demoravam meses para serem transpostos, não havia como dobrar a vontade da natureza e da correnteza do rio Relier.

Por isso mesmo, quando Bóris anunciou que iria investir sua fortuna inteira em uma balsa, seus concorrentes sorriram como os crocodilos que habitavam as bacias mais ao Sul.

Não demoraria para que percebessem o erro que era subestimar Bóris van Vintermer.

Foram cinco anos até que a balsa finalmente estivesse pronta para sua viagem inaugural. Cinco anos de histórias e sussurros, rumores repetidos tantas vezes que não se sabia mais o que era verdade ou mentira — que Bóris havia encomendado o projeto da balsa com o Grão-Mago de Nova Eldorado, que seus remos eram feitos de ouro maciço, que ela estava sendo construída em uma caverna escondida ao leste das cordilheiras. Quando enfim foi revelada, sua imponência parecia dar legitimidade aos rumores: era uma invenção magnífica de madeira e magia, comandando o Relier sob seu feitiço.

Dimitria nunca tinha feito a viagem até Santa Ororo para ver a balsa, mas alguns conhecidos a tinham e voltavam trazendo histórias de sua grandeza, das peças mágicas feitas por Solomar e seus aprendizes.

Nada disso preparou a caçadora para a real imponência do *Salmão Dourado*.

Ele era enorme. Enorme como algo que não tinha sido feito por mãos humanas, mas que havia emergido do Relier completamente formado, esculpido pela correnteza e limpo pelos caprichos do rio.

A balsa mais parecia um trem aquático, os diversos compartimentos interligados por cordas e correntes que reluziam sob a luz da manhã e se agitavam sob as pessoas indo e vindo — todas vestidas de uniformes vermelhos e dourados, da mesma cor das cabines da balsa. Dimitria se perguntou como as cabines de madeira flutuavam com tanta graça sobre o rio, que era uma serpente cinza-escura, conduzindo o caminho continente abaixo.

A cabine que liderava a rota tinha o nome *Salmão Dourado* em arabescos amarelos no casco. Bem à frente, como figura de proa, um salmão gigante esculpido em pedra branca e polida cuspia um penacho de água.

Mesmo após oito anos de atividade, a balsa não dava sinais de uso, e era fácil entender o porquê — naquela manhã, alguns marinheiros estavam esfregando buchas e arrancando algas e conchas de rio das laterais, mantendo o casco em condições imaculadas.

Dimitria estava boquiaberta, e passou os olhos pela barca mais uma vez. Era a coisa mais incrível que já vira, e não acreditava que estava prestes a navegá-la.

Bastou Aurora aparecer no porto de Santa Ororo para que funcionários e marinheiros começassem a se desdobrar para atender qualquer demanda da herdeira de Bóris van Vintermer e de sua namorada. Elas haviam deixado os cavalos para trás e a carroça com seus pertences com um dos marinheiros, que os levaram para um dos compartimentos de carga da balsa.

— Por que *Salmão Dourado*? — Dimitria enfim perguntou, escolhendo uma dentre as centenas de perguntas que queria fazer.

— Astra e eu. — Aurora revirou os olhos, mas havia uma nota afetuosa em sua voz. — Ela tinha quatro anos e várias ideias para o nome. E eu havia contado para ela que salmões são os peixes que sobem o rio. Papai não deixou a gente vir à inauguração, então acho que foi o prêmio de consolação que ele conseguiu arranjar.

— Não deixou?

Aurora suspirou.

— Minha mãe tinha acabado de falecer, a viagem era longa. Acho que ele queria nos poupar — Aurora respondeu, resignada. Ela observava a balsa com o olhar faminto de quem havia esperado a vida inteira para vê-la. — Esse barco é o orgulho de meu pai.

— Consigo entender. — Dimitria sorriu, segurando a mão de Aurora e desviando o olhar da balsa por um segundo.

Ela havia se trocado para a viagem e, em vez de um dentre as centenas de vestidos habituais, estava com uma calça de linho clara sob uma camisa leve, os cabelos presos em um coque. Elas nem ao menos haviam chegado no Sul, mas já estava calor o suficiente em Santa Ororo para que Dimitria invejasse a escolha da amada — seus trajes de couro e algodão rústico não seriam páreo para a umidade que as aguardava.

Ela voltou os olhos para a balsa. Existiam oito compartimentos no total, a maior parte cheia até o talo de caixas de madeira com mercadorias que iriam para o sul da Romândia. Em algumas caixas, as marcas indicavam os seus conteúdos: xarope de bordo, peles e carne-seca, cortes de pinho e acácias. Outras não tinham nenhuma indicação, e Dimitria se perguntou que tipo de mercadoria fazia o trajeto rio abaixo.

Dois compartimentos eram reservados para pessoas — um deles mais simples, onde uma fila de passageiros já começava a entrar, como formigas em um formigueiro. O outro, que era o compartimento da frente, devia ser o de luxo, e foi para onde Aurora a conduziu.

Uma mulher estava esperando na frente da rampa por onde passageiros embarcariam, e fez uma mesura quando Aurora e Dimitria se aproximaram. Ela era uma funcionária do barco, mas, em vez do vermelho, seu uniforme era branco e dourado. Na lapela, brilhava um broche de salmão com uma fita azul pendurada. O tecido estava imaculado, e contrastava lindamente com sua pele marrom e cabelos bem pretos. Porém, o que mais chamou a atenção de Dimitria foi a flauta dourada que a mulher carregava presa ao coldre como uma espada.

Tudo isso, combinado com a evidente idade mais avançada da mulher, foi o suficiente para saber quem ela era, algo confirmado quando a mulher se apresentou às duas. Sua voz era aveludada pelo sotaque nortenho e tinha uma cadência nítida de quem estava acostumada à autoridade.

— Capitã Reshma Rani, a seu dispor.

— Aurora...

— Eu sei quem a senhorita é, srta. Van Vintermer — interrompeu a capitã. — Se me permite, você é a cara da sua mãe.

Aurora sorriu.

— Costumam falar isso sobre a minha irmã.

— A pequena Astra. — Reshma assentiu, e seus olhos pretos, emoldurados por um delineado escuro, brilharam quando ela sorriu. — E essa deve ser a sua acompanhante; srta. Coromandel. Fui avisada de sua chegada.

Ela se voltou para Dimitria e fez outra mesura educada.

— Enquanto estiverem a bordo do *Salmão Dourado*, não hesitem em me procurar para qualquer coisa que precisarem. Eu trabalhava nas caravanas terrestres de seu pai, dediquei minha vida a este serviço.

— Obrigada, Capitã Rani.

— A seu dispor. Suas cabines ficam por aqui, e o almoço será servido duas horas após a partida, nos terceiro e quarto conveses.

As duas estavam quase embarcando, mas Dimitria não conseguiu controlar a curiosidade.

— O que é isso? — ela perguntou, apontando a flauta, e Rani sorriu.

— Você descobrirá em breve, srta. Coromandel.

Dimitria continuou intrigada, mas havia uma fila de pessoas começando a se formar atrás das duas, e Aurora colocou a mão na base das costas da caçadora, empurrando-a rampa acima.

O compartimento tinha quatro andares, e elas embarcaram no terceiro, onde uma equipe encaminhava os passageiros para as cadeiras das quais poderiam observar a partida. As fileiras acolchoadas já estavam quase cheias, especialmente aquelas na borda externa da embarcação, de onde os passageiros poderiam ver a água e a vista. Uma escadaria levava para cima, para um convés elevado onde, de acordo com a capitã, aconteciam as refeições, e, para baixo, onde havia os andares de acomodação.

— Dormitórios à esquerda, por favor não bloqueiem as escadas!
— Bebidas estão sendo servidas no quarto andar...
— Alguém viu uma criança pequena?
— Vou procurar um banheiro. — Aurora apertou a mão de Dimitria, e a caçadora encarou seu rosto levemente pálido.
— Você está enjoada? — A embarcação oscilava levemente sob os pés das duas, e Dimitria reprimiu um sorriso ao ver que Aurora apertava sua mão com mais força do que era estritamente necessário. — Ah, não, meu bem, precisa de alguma ajuda?
Aurora balançou a cabeça.
— Já encontro você. — Ela sumiu por entre as escadas, e Dimitria segurou o riso antes de se afastar em direção à proa.

Ela se debruçou na balaustrada, sentindo o cheiro limpo e metálico do Relier, observando o povo de Santa Ororo se movimentar na direção do barco como em uma procissão. Ela não conseguia imaginar como teria sido a pequena cidade antes do *Salmão Dourado*.

— Impressionante, não é? — uma voz baixa e carregada de um sotaque que Dimitria não conseguiu situar interrompeu os devaneios da caçadora. Ela se virou e encontrou uma jovem mulher de traços angulosos, com um olho de cada cor; um castanho, e outro azul. O azul chamava ainda mais atenção em seu rosto emoldurado por cachos vermelhos sedosos. — Como é que Sankta Ororo não afunda de uma vez?

Dimitria reparou em como ela disse a palavra "santa", com a inflexão mais utilizada pelas pessoas do oeste de Ancoragem.

— São as palafitas que...
— Eu *sei* como palafitas funcionam, amada. — A mulher gesticulou como se espantasse uma mosca. Seus vários anéis de bronze e prata reluziram em sua pele amarelo-clara. — Nortenhos acham que sabem de tudo.

— Eu não...
— *Você* não, é claro, para toda regra há uma exceção, mas todo Romandino acha que sabe mais do rio do que os próprios peixes.

Dimitria tentava acompanhar a fala rápida da mulher.

— Como você sabe...

— Só uma nortenha usaria calça de couro em Sankta Ororo. — Ela lançou um olhar triste para a calça de Dimitria e indicou a própria roupa de linho, solta e farfalhante, que a deixava ainda mais com aparência de borboleta. — E como eu ia dizendo, as palafitas não são páreo para a Serpente. Ela quer que a cidade exista, e por isso existe.

Dimitria já havia ouvido falar da Serpente, a deusa do rio, e, embora não soubesse muito além disso, não queria admitir mais uma ignorância na frente da estranha. Ela estendeu a mão, apresentando-se e perguntando o nome da outra mulher.

— Estamos entre amigos, amada, e eu gostei de você — respondeu a mulher, jogando a cabeça para trás e rindo. — Pode me chamar de Osha. — Ela segurou o rosto de Dimitria e deixou um beijo em cada bochecha, as mãos quentes no rosto da caçadora.

— E você não é do Norte, imagino? Já que foi tão fácil falar mal da minha calça.

— Ah, foi apenas uma pequena observação. E não, embora tenha família em Sankta Ororo, o que me traz aqui vez ou outra, sempre nessa época, eu não suporto o frio. Não, minhas raízes estão no Sul, em Marais-de-la-Lune, onde não há inverno para me amuar e minha família me mantém quente.

Dimitria sorriu com a coincidência.

— É para onde estamos indo, minha namorada e eu.

— Ah! Bem a tempo do Carnaval da Crescente! Muito melhor do que o Festival das Luzes, eu posso lhe garantir. — Osha bateu palmas. — Vocês têm que visitar minha barraca. Eu descortino o futuro daqueles corajosos o suficiente para enxergá-lo.

Dimitria estava prestes a dizer que não acreditava em previsões, e que era muito difícil existir uma festa melhor que o Festival das Luzes, quando um som melódico cortou o ar.

A rampa de embarque estava finalmente sendo levada para dentro do barco, e as últimas pessoas haviam tomado seus lugares — tanto nas cadeiras acolchoadas como ao redor da balaustrada, onde estava Dimitria. O som vinha de uma cabine elevada, acima do último andar de passageiros; Dimitria reconheceu a figura imponente de Reshma, a flauta dourada nos lábios.

Ela havia se perguntado como o *Salmão Dourado* era o barco mais rápido do Relier e como ele subia o rio, já que não tinha velas ou nada do tipo. Dimitria sabia que existia um motor mágico, e imaginava que não o veria, por estar bem guardado nos confins do navio — afinal, estavam indo na direção da correnteza, onde não havia necessidade de usar a magia para fazer a balsa flutuar. Ainda assim, as águas estavam anormalmente calmas, e talvez o *Salmão Dourado* precisasse de um empurrãozinho extra.

Reshma soprou novamente a flauta, e a caçadora entendeu de onde viria aquele empurrão.

A melodia era seca e direta, menos música e mais marcha, e, assim que a capitã soou a terceira nota, linhas brilhantes que contornavam a flauta se acenderam como a luz da aurora boreal.

Ela continuou tocando, e o convés da balsa vibrou à medida que remos gigantescos apareciam nos sulcos na lateral do barco, cortando a água. Os remos de madeira tinham as mesmas linhas brilhantes da flauta da capitã, e, quando começaram a propulsionar o barco, o fizeram no ritmo da melodia.

Mesmo quando ela parou de tocar, os remos continuaram girando, e correnteza nenhuma seria páreo para a força inclemente e intensa dos remos encantados.

Alguns marinheiros que ficaram no porto cortaram as últimas amarras que ancoravam o *Salmão Dourado*, e enfim ele estava livre para cruzar o Relier.

Igor ia amar isso, Dimitria pensou, imaginando como o irmão, que encantava flechas e bestas, iria reagir a um barco mágico. *Ele teria algum comentário perspicaz para fazer.*

Como num passe de mágica, Aurora se juntou a ela, sua face ainda mais pálida do que o normal — e, mesmo que fosse menos impressionante do que remos encantados, era tão bem-vinda quanto.

— Meu amor, você está com uma cara ótima.

— Não. Começa. — Aurora pediu, mais com os olhos do que com a voz, e se agarrou em Dimitria como se sua vida dependesse disso. — Eu vou vomitar no seu colo pra você ver se tem graça.

— Maresia? A Serpente não é muito gentil com navegantes de primeira viagem. — Osha segurou a mão de Aurora com delicadeza, e, se ela estranhou a súbita intimidade com uma desconhecida, estava enjoada demais para reclamar. Mesmo que Osha fosse muito bonita, não era exatamente ciúme que fazia Dimitria sentir vontade de proteger Aurora. Porém, por algum motivo sentia que podia confiar na desconhecida. — Por sorte eu tenho o remédio perfeito.

Osha enfiou a mão em uma bolsa que levava a tiracolo e, após procurar por um instante, tirou uma bala redonda e translúcida, amarelo brilhante como uma miçanga.

— É gengibre e mel — Osha explicou, fechando os dedos de Aurora ao redor da bala. — Tiro e queda para isso.

Aurora lançou um olhar para Dimitria, que deu de ombros. Enjoar em barcos era mais fácil de resolver do que maldições. Com isso enfiou a bala na boca e engoliu.

Em alguns minutos, a cor voltou às feições de Aurora, que suspirou de alívio. Ela começou a agradecer, mas Osha fez outro gesto no ar.

— Não é problema nenhum. Agora, uma viagem de barco não presta sem uma taça de vinho do porto, então se me dão licença... mas espero vê-las de novo, Dimitria e sua namorada. — Osha piscou o olho azul, deixando para trás um rastro agradável de perfume e gentileza.

— Fez uma amiga? — Aurora acompanhou a maraense com o olhar, a voz ainda fraca, mas com um sorriso maroto nos lábios. — Lógico que ia ser a mulher mais bonita da balsa.

— Com licença, a mulher mais bonita da balsa sou eu. — Dimitria riu, sem querer admitir que realmente tinha achado Osha muito bonita, e envolveu Aurora com os braços, recostando o corpo na balaustrada.

— Não tem como dizer o contrário — respondeu Aurora, apoiando a cabeça no peito de Dimitria. — E então? Descobriu como a balsa se move? Como sobe o rio?

— É a flauta da capitã — disse Dimitria enquanto o porto de Santa Ororo se afastava mais e mais, e a cidade diminuía a distância, as palafitas como pernas que a equilibravam sobre a água. — Você sabia?

— Achei que a surpresa seria mais divertida. — Aurora deu um olhar travesso, e, na manhã quente do fim de primavera de Santa Ororo, sua pele parecia menos fria, como se absorvesse a umidade e os raios de sol.

O *Salmão Dourado* cortava o Relier como uma faca, e Dimitria deixou que o gosto de aventura lhe enchesse a boca como gengibre e mel — parte ardente e parte doce, como o beijo que deu em Aurora.

Capítulo 9

A vida no *Salmão Dourado* seguia um ritmo frequente, embalada pela corrente sempre intensa do rio e interrompida apenas pelas paradas nas cidades ao longo da rota comercial, que, como um relógio, aconteciam a cada dois dias. A balsa nunca se demorava nesses portos — poucas horas, o suficiente para deixar algumas caixas de mercadoria e pegar outras, além de desembarque e chegada de novos passageiros.

Apesar de ajudarem com o enjoo, as balas de gengibre não faziam muito pelas tosses de Aurora, que, embora melhores no clima cada vez mais quente, ainda a assomavam algumas vezes por dia. Dimitria, porém, se acostumou com a vida regrada e previsível do barco, a rotação constante de figuras diversas cada vez que eles atracavam, o balanço suave do rio. A única coisa da qual ela não gostava era o calor — quanto mais ao sul as duas iam, mais a primavera flertava com o verão, e os dias que amanheciam úmidos eram mais e mais incompatíveis com as roupas quentes da caçadora.

Osha tinha razão. Couro era uma péssima ideia.

Duas semanas haviam se passado desde o início da navegação; mais de seis semanas desde que Dimitria dera o primeiro passo para fora de Nurensalem. A paisagem se desfolhava como as páginas de uma história, mudando um pouco a cada dia até que se tornasse quase irreconhecível. Dimitria não sabia nomear a vegetação densa e escura que se dobrava sob a umidade e tocava as margens do rio.

De uma coisa ela sabia o nome: os crocodilos que rodeavam o *Salmão Dourado* com curiosidade e atenção todo fim de dia. Como troncos flutuantes na água, os animais apareciam no crepúsculo, aproveitando as últimas resmas de sol para se esquentar.

— Não temos esses em Nurensalem — ela disse para Osha, em um fim de tarde particularmente agradável, recostada em uma das cadeiras acolchoadas do restaurante e mordiscando pedaços de um queijo de gosto forte e pungente, com pequenos cristais de sal que derretiam na língua. Aurora não gostava de ficar ali; seu enjoo era mais ameno nos andares de baixo, mas eles faziam a caçadora se sentir presa. Ela preferia aproveitar o vento fresco e molhado do Relier, enquanto aprendia os nomes das árvores e animais com Osha.

— Claro! Não há crocodilo que aguente o frio do vale. Eles são como eu, gostam de um solzinho.

Como se para provar seu ponto, Osha esticou os braços na direção do trecho dourado de sol que banhava o convés. O entardecer, porém, estava pintando o céu e sumindo com o sol, e os crocodilos estavam começando a rarear. Mesmo as noites quentes daquele trecho de Ancoragem ainda eram frias demais para eles.

— E por que esses são crocodilos e não jacarés?

— É o nariz, Mitra, sempre o nariz! — Osha tinha inventado o apelido no segundo dia, e Dimitria gostava do som, da imagem ainda mais aventureira que evocava para si. Aurora continuava chamando-a de Demi, é claro, mas quando Osha ouviu a palavra revirou os olhos e caiu na gargalhada. Mitra tinha sido seu apelido de escolha para a caçadora desde então.

— E vocês comem? Crocodilo ou jacaré, quero dizer — perguntou Dimitria, debruçando-se para ver as sombras esguias do crocodilo sumirem por baixo da água.

— Patinha frita de crocodilo com molho de canela e sal. Mas eu prefiro tartaruga. Na sopa... Hmmm.

— Tartaruga? — Dimitria franziu a testa, sabendo que era rude demonstrar qualquer coisa que não fosse curiosidade, e ainda assim incapaz de conter a reação. Ela conhecera muitos viajantes do eixo Leste-Oeste da Romândia, mas o sul permanecia um espaço desconhecido e estrangeiro.

— O que *vocês* comem? — perguntou Osha, o olho azul brilhando mais forte ao flexionar "vocês". Ela também considerava os nortenhos como estrangeiros.

— Ah, coisas normais. Carne de veado, bisão. — Dimitria percebeu seu erro assim que as palavras saíram de sua boca e Osha arregalou os olhos.

— Rá! — A maraense bateu na mesa e os pedaços de queijo quase voaram. — O normal é comer bisão e veado? Mitra, sua arrogância não conhece limites. O mundo é maior do que a Romândia. Você não conhece seu próprio país e quer me ensinar a comer!

Dimitria aceitou a crítica. Era verdade, ela não conhecia Ancoragem — e ver o país se descortinando à sua frente, em tons de verde e azul, lhe fazia apreciar esse fato como nunca antes.

— Você vai ter que me levar para comer sopa de tartaruga em Marais, então.

— Se houver tempo. Você ainda não me disse o que estão indo fazer na cidade da Crescente.

Dimitria ponderou em silêncio, enfiando um pedaço de queijo na boca para adiar a resposta. Osha era divertida, mas ela se perguntava o quanto podia confiar na mulher de olhos bicolores e língua afiada. A maraense percebeu a hesitação e levantou uma mão como se apagasse o que dissera.

— Você me contará quando puder, Mitra. Não esquente esse cérebro Nortenho, blocos de gelo derretem fácil. Eu deveria saber, casei com um.

— Mas antes disso são duros como pedra — Dimitria acrescentou, rindo.

Um crocodilo de porte maior do que os outros se aproximou da balsa, chamando a atenção de Dimitria novamente. As últimas réstias de sol estavam começando a desaparecer no horizonte — o pôr do sol era rápido ali, com tantas árvores por trás das quais se esconder — e o canal havia ficado mais estreito, de modo que a vegetação se impunha como um túnel ao redor da balsa.

O convés restaurante estava quase vazio — várias pessoas haviam descido em Liage, último porto de uma cidade grande — e sob o crepúsculo a balsa silenciosa lembrava Dimitria de Taruna, deusa da Passagem, que levava as almas para o além-vida. O céu, dividido em noite e dia, contribuía para a atmosfera mágica — o crepúsculo sempre provocava aquela sensação na caçadora, como se existisse no meio do caminho.

Ali, porém, o crepúsculo não era lilás — ele queimava em tons de vermelho, como se o sol brilhasse tão forte no sul que custava a morrer, e batalhava contra a noite, deixando um rastro de sangue atrás de si. A silhueta pálida da lua minguante, no entanto, crescia vitoriosa na face leste do céu, se vangloriando.

Essa costumava ser a hora em que os crocodilos se afastavam do barco, e Dimitria se juntava a Aurora antes do jantar. A caçadora se levantou, enfiando o último pedaço de queijo na boca, mas viu que o crocodilo grande continuava ali, tendo encostado o focinho na lateral do barco. Junto a ele, outro crocodilo fazia o mesmo, seus olhos opacos no escuro.

Ela se debruçou sobre a balaustrada, intrigada. Os marinheiros haviam alertado passageiros para não alimentarem os répteis, mas Dimitria sabia que alguns ignoravam as regras e se perguntou se os crocodilos estavam apenas esperando um turista de coração mole arremessar um pedaço de sua refeição. Mas havia pouca gente no convés, e, mesmo que os marinheiros estivessem começando a acender as lamparinas, o jantar ainda demoraria algumas horas.

Dimitria desistiu de entender o estranho comportamento.

— Bom, Osha, foi ótimo o papo...

O som opaco de uma cauda batendo contra o convés lhe interrompeu. Dimitria apertou os olhos...

... E os crocodilos atacaram.

Seus corpos viraram na água, e mesmo na pouca luz era possível ver duas silhuetas saindo de dentro — não, de baixo — de um dos crocodilos, três pessoas escalando a balsa com rapidez alarmante.

Não eram crocodilos, ela percebeu ao ver as conchas reptilianas boiando na água. Eram coberturas de madeira, botes esculpidos para esconder quem seja que estivesse nadando por baixo deles.

Um dos homens que escalava o barco se aproximou do primeiro andar, uma faca entre seus dentes.

— Osha. — Ela agarrou o braço da amiga, abaixando-as para se esconderem atrás da balaustrada. — Invasores. No barco.

Osha lançou um olhar rápido por cima do parapeito, e quando voltou a encarar Dimitria seu rosto estava pálido na luz do entardecer que findava e dava lugar à lua.

— São piratas, Mitra.

Já ouvira falar de piratas, é claro: sabia que eram ladrões de embarcações como aquela, em busca de dinheiro rápido e mercadoria que pudessem contrabandear. Também sabia que a maior parte dos bucaneiros tinha uma reputação sanguinária, e a imagem da faca afiada refletindo a luz do luar provocou calafrios em Dimitria.

Naquele momento, ela só pensou em uma coisa: precisava encontrar Aurora.

Ela puxou a faca de caça que sempre carregava consigo, apertando o cabo e sentindo seu peso e textura, ancorando-se na arma para lutar contra o pânico que subia pela garganta. Fazia tempo que Dimitria não precisava usá-la, mas certos instintos eram impossíveis de esquecer.

— O que estão fazendo aqui?

— O *Salmão* é repleto de tesouros. — Osha respondeu. — A carga vale muito dinheiro.

— Eles devem querer tomar o controle da balsa, não é? — Dimitria sussurrou, vendo que Osha assentia em resposta. — Vamos estar mais seguras nos dormitórios — Ela calculou a distância até a escadaria que levava três andares para baixo, para a cabine onde Aurora estava. — Estamos carregando alguma coisa muito valiosa?

— Alguma coisa... Ou alguém. A herdeira da balsa está aqui, afinal de contas — Osha respondeu, e antes que pudesse falar qualquer coisa Dimitria ouviu o som de botas batendo contra a madeira no terceiro andar. Um grito, um som de metal contra metal; um baque. Silêncio.

— Precisamos avisar a capitã.

— Primeiro, Aurora — Dimitria disse, e Osha assentiu. As duas começaram a andar em direção à escadaria. Elas desceram os degraus, os corpos rentes às paredes de madeira.

Assim que chegaram ao patamar do terceiro andar, porém, um som vindo do convés as interrompeu. Três figuras molhadas empunhavam espadas — um homem alto e esguio, uma mulher musculosa, e outra que usava uma perna de madeira. Todos eram pálidos como esqueletos, seus rostos cobertos por panos escuros.

No chão ao lado dos três, dois marinheiros jaziam desacordados, e uma poça de sangue começava a se espalhar ao redor do peito de um deles.

Desacordados... ou mortos.

— Mitra, vamos — Osha sussurrou, urgente.

Dimitria assentiu, os olhos fixos nos piratas, que estavam tão focados em afastar os corpos dos marinheiros que não perceberam as duas.

Enfim, chegaram ao segundo andar. Apenas mais um lance de escadas e estariam no andar dos dormitórios. Dimitria rezou para que Aurora não tivesse deixado a cabine das duas, e esquadrinhou o convés, que estava coberto pelas sombras. Não havia ninguém, o que era estranho; mesmo que os passageiros estivessem reclusos, deveria haver uma parcela da tripulação ali. Alguém, ao menos, a quem Dimitria pudesse avisar da invasão.

Como se ouvisse seu chamado, uma silhueta surgiu na escuridão — Reshma, que fechava a porta do compartimento central do convés atrás de si. Ela levava a flauta dourada pendurada no bolso ao lado de uma argola cheia de chaves e olhou ao redor do convés vazio com a testa franzida.

— Capitã Rani! — Dimitria sussurrou, e no silêncio sua voz ecoou como um tiro de canhão. A capitã se voltou para Dimitria, olhos frios refletindo o luar pálido que agora se anunciava no céu.

Ela andava com uma mão apoiada na flauta, respondendo à urgência na voz de Dimitria com um caminhar rápido e preciso até as duas.

— Coromandel — ela também sussurrou —, o que está acontecendo?

— Piratas, capitã. — Dimitria apontou para o andar de cima, lançando um olhar tenso para as escadas e falando rápido. — Invadiram o navio. Não sei se estão em busca de ouro ou mercadorias, mas precisamos avisar... — Ela percebeu que não sabia a quem se referir sobre a segurança do navio; mas certamente deveria ter um responsável. — ... alguém.

Reshma ficou em silêncio por um instante, e mesmo aqueles segundos foram tortura para Dimitria, cujo coração martelava nos ouvidos. Rani pegou a flauta dourada e a tirou do coldre.

— Capitã? — Dimitria franziu a testa, sem entender a atitude da outra. Então, Reshma segurou a flauta com as duas mãos, girando o cilindro até que emitisse um clique metálico.

Um brilho fantasmagórico e amarelo envolveu a flauta. O brilho era uma cascata de magia que se solidificou em um plano aberto na lateral do instrumento — transformando-o em uma foice dourada. A lâmina tinha quase um metro de comprimento, e, quando enfim o brilho mágico se dissipou, o metal refletiu a luz da lua.

Então não era apenas um instrumento de condução. A caçadora se tranquilizou e estava prestes a se virar quando Reshma avançou em sua direção.

O zunido do metal cortou o ar acima da cabeça de Dimitria.

Puro reflexo foi o que a salvou, fazendo-a desviar do golpe mesmo antes de entendê-lo completamente. A foice foi de encontro à madeira macia do barco, abrindo uma cratera no painel da escadaria, e foi tempo suficiente para que Dimitria assimilasse o choque e erguesse a própria adaga. A capitã desceu com outro golpe, e o encontro das lâminas provocou uma onda de impacto que viajou pelo braço da caçadora.

Ela gritou de dor, rolando no chão para se afastar de Reshma, que avançava para cima de Osha.

Dimitria correu em direção à capitã de novo e agarrou seu braço para impedir um golpe, puxando-o para trás e evitando o impacto.

Osha nem pensou duas vezes e saiu correndo escada abaixo, sumindo nas sombras dos corredores abaixo do convés. Reshma se voltou para Dimitria novamente.

— Mas que merda... — Dimitria arfava, debatendo-se contra os músculos generosos de Rani, que tentava recuperar o controle do braço — é... essa? — Ela torceu o corpo. Usando o braço livre, desferiu um soco contra a barriga de Dimitria que desviou parcialmente no último segundo, sentindo a pancada nos rins.

A dor subiu pela garganta, ardida como bile, e ainda assim Dimitria não soltou. Sua faca caiu no chão, fora de alcance.

Reshma girou o pulso, e a lâmina da foice riscou o antebraço de Dimitria. Uma dor lancinante marcou sua pele, e Dimitria enfim soltou a capitã. Se aquela era a dor de um arranhão, ela não queria saber o estrago que a foice faria com um golpe certeiro.

Ela avançou novamente, e dessa vez Dimitria ergueu os braços, segurando o cabo da foice antes que a tocasse de novo. Reshma empurrou-a na direção da coluna principal, prendendo-a contra a madeira enquanto tentava retomar o controle da arma.

Em seus olhos, não havia loucura ou raiva, apenas uma determinação fria e calculada.

Mas Dimitria sabia que mesmo aquele tipo de determinação tinha suas armadilhas. Ela tirou proveito do foco fixo da capitã e deu uma rasteira em suas pernas.

Reshma perdeu o equilíbrio e caiu, derrubando a foice, e Dimitria avançou para cima dela. Segurou os braços da outra contra o chão, enquanto ela se debatia, tentando alcançar o cabo da foice.

— Eu não sei o que você quer — disse Dimitria, grunhindo com o esforço de manter Reshma contra o chão — mas sempre dá pra pedir com educação primeiro.

— Me solta! — Reshma cuspiu, raivosa.

— E te deixar fazer picadinho de Coromandel? — Dimitria conseguiu rir com escárnio. — Nem por um decreto.

Dimitria ergueu um braço e desceu um soco sobre o rosto de Reshma. Aproveitou que ela estava desorientada e usou a mão livre para puxar a foice dourada para si.

— Não se atreva...

Tarde demais. Dimitria golpeou a foice contra a coluna de madeira com toda sua força. O primeiro golpe não fez muito — apenas uma rachadura fina na superfície de metal — mas ela bateu de novo e de novo e de novo, colocando toda a força de seu braço naquilo.

Enfim, depois do que pareceu uma eternidade, a arma se despedaçou com um estilhaço metálico. A lâmina derreteu assim que o cabo se partiu, e uma fumaça dourada escapou dos cacos da flauta enquanto a magia se esvaía.

— Rá! — Dimitria sorriu, triunfante, se virando para olhar Reshma. Mas aquela não era mais Reshma: na verdade, era uma outra mulher de pele marrom e cabelos pretos, mas cujo nariz adunco e lábios finos eram completamente diferentes das feições da capitã.

— Quem é você? — a caçadora perguntou, mas a mulher apenas deu um sorriso de escárnio.

Tinha sido um disfarce — e lhe chamou tanto a atenção que Dimitria quase se esqueceu dos piratas.

— Theo! Leona, Alexei! — A mulher que até então fingira ser Rani gritou, olhando para cima. — Ela está aqui!

Quase.

O som de passos se aproximou e de repente o restante dos piratas estava ali, encarando Dimitria como se fossem os crocodilos que haviam usado como disfarce.

Que merda eles querem comigo?

A pessoa com perna de madeira avançou para cima de Dimitria, agarrando-a por trás e soltando-a de cima da capitã farsante. Por um segundo Dimitria conseguiu ver seus olhos por cima da bandana que cobria seu rosto, e as íris azuis brilhavam com a mesma frieza pálida da lua.

— Você está bem, capitã?

Ao menos ela era capitã de alguma coisa — mas evidentemente não era do *Salmão Dourado*, e sim dos piratas que haviam invadido o barco. Ela se ergueu do chão com dificuldade e uma expressão de desprezo no rosto, dirigindo-se aos piratas com voz entrecortada.

— Vou sobreviver. Amarre-a, Alexei. Theo, fique de olho na escadaria. Se chegar algum passageiro, mate-o. — Ela ofegava, e a meia-lua escura de um hematoma começava a se revelar na têmpora esquerda.

Ao menos o orgulho de Dimitria fora satisfeito — tinha conseguido subjugar a mulher, de certa forma. Ainda assim ela se debatia contra a pessoa chamada Alexei, que a segurava pelos braços com uma força bruta nada condizente com seu corpo compacto.

— Se eu a amarrar, a captura é minha. — Alexei disse, puxando-a ainda mais e provocando uma dor aguda nos ombros de Dimitria. Ela se debateu, mas contra o aperto forte de Alexei não era nada além de um peixinho dourado.

— Cala a boca. Eu que a encontrei! — A capitã dos piratas esticou um dedo na direção de Alexei, irritada. — Eu trouxe vocês até o barco, desarmei os guardas, desorientei e inutilizei a segurança. Se não fosse por mim vocês não teriam nem entrado, seu verme. A recompensa da captura é minha.

— Alexei tem razão, Ciara. — A outra pirata se aproximou, mãos nos quadris enquanto analisava Dimitria de cima a baixo. Então Ciara era o nome da impostora. — Além do mais, você só foi escolhida para se passar pela capitã. Não acho justo que vá ganhar mais só por ter colocado a moça pra dormir.

— Você acha que descomissionar uma capitã profissional é fácil, Leona? Ou aprender a empunhar a flauta mágica, ou tomar uma poção de transformação. Sinceramente, vocês me devem respeito — Ciara parecia prestes a explodir, as mãos em punhos ao se dirigir à comparsa. — Faça você então da próxima vez! Quero ver como você se sairia ficando três dias de tocaia em Santa Ororo.

Dimitria engoliu em seco. Ela nem queria pensar no que devia ter acontecido com a verdadeira Reshma Rani.

— Eu aguentaria ficar doze dias de tocaia, não sou fresca que nem você.

— Cale a boca — Ciara sibilou, e se voltou para Alexei. — Alexei, já falei: amarre a prisioneira!

— Eu não vou amarrar ninguém enquanto não me garantir um bônus.

— Todos nós merecemos um bônus — concordou Leona. — Pirataria não é brincadeira, Ciara.

Aquela briga com certeza iria longe. As piratas continuaram discutindo enquanto Dimitria tentava se soltar, e em meio a isso o outro pirata, o homem esguio e alto a quem Ciara chamara de Theo, continuava a encará-la. Mesmo que seu rosto estivesse parcialmente coberto, havia algo de familiar nos olhos pretos e nos cabelos escuros e desalinhados que caíam em cachos até a altura de seus ombros.

Ele se aproximou cuidadosamente, vertendo a espada de uma mão para a outra, e baixou o pano escuro. Seu rosto — oval e cheio de sardas

— trouxe uma luz à memória de Dimitria: ela o havia visto dois anos antes, n'O Berrante, quando ainda achava que poderia esquecer Aurora.

Theo, o belo rapaz que chamara a sua atenção — e a quem ela havia largado ao perceber que já estava apaixonada por outra pessoa.

Dimitria se lembrava vagamente de que ele era de um circo itinerante. O trabalho circense poderia não ser muito estável, mas a pirataria ainda era uma escolha peculiar. Porém o jeito que ele meneava a espada sugeria que talvez aquela não fosse sua primeira invasão.

Ele apertou os olhos, ignorando a briga que continuava entre suas colegas, e Dimitria lançou o que esperava ser uma súplica silenciosa ao jovem.

Me salva.

Theo hesitou. Os braços de Dimitria estavam dolorosamente dormentes sobre a pega de Alexei, e ela sentiu os joelhos cedendo ao chão. Parecia que enfim eles haviam decidido amarrá-la — A textura áspera de corda mordeu seus pulsos, puxando-os ainda mais para trás.

— ... E um décimo para Theo, que não quis matar o marinheiro — a pirata chamada Leona concluiu, parecendo satisfeita.

— Eu não sou um açougueiro, Leona. — Theo, agora ao lado de Dimitria, ergueu uma sobrancelha, respondendo com frieza. — Não me interesso em tirar vidas. Mas posso tomar o lugar de Alexei, que nem sabe amarrar uma refém direito.

— Esqueci, você é pirata pela honra — Alexei riu, rude, mas Dimitria sentiu que os nós malfeitos se soltavam. — Não é, rapaz?

— E você é pirata por não se incomodar com a falta de banho, Lexi, mas eu não fico comentando por aí. — Theo deu mais alguns passos na direção do trio de piratas, ficando muito perto. Alexei enterrou os dedos nos punhos de Dimitria —, desacelerando os movimentos, e bufou por trás de seu pescoço.

— Não me chame de Lexi.

Theo suspirou.

Dimitria achou que ele estava prestes a fazer mais um comentário engraçadinho e então ele subitamente deu uma rasteira na perna de pau de Alexei.

— Arre! — Alexei cambaleou e se estatelou no chão, perdendo controle de Dimitria, e a corda que estava no processo de desamarrar se desfez em um emaranhado inútil.

Dimitria não perdeu tempo. Apanhou a corda e desviou de Leona, que ia ao seu encontro para prendê-la de novo.

A caçadora derrubou Leona no chão, sentando por cima de seu tronco. Quando Ciara avançou para segurá-la, Dimitria enrolou a corda no pescoço da pirata, tensionando-a com violência.

— Nem mais um passo — avisou. Leona se debatia sob o estrangulamento, e Dimitria não tinha a intenção de matá-la, mas o fingimento pareceu funcionar, pois Ciara hesitou por um instante.

Uma hesitação forjada, já que a falsa capitã sacou uma faca comprida do cinto. Leona desfaleceu, desmaiada, e seu corpo amoleceu enquanto a lua refletia na lâmina prateada da faca que Ciara empunhava.

— Mais recompensa pra mim — ela atacou.

Dimitria rolou no chão, erguendo o braço para evitar que a facada atingisse seu rosto, e então a outra avançou...

... e seu movimento foi interrompido com um baque abafado. Seu corpo verteu ao chão, e a faca caiu ao seu lado.

Por trás dela, Theo empunhava a perna de pau de Alexei, um sorriso triunfante no rosto ferido.

Dimitria ofegava, e, quando Theo ofereceu a mão para ajudá-la a se levantar, ela o fitou com algum receio. Mas Alexei tinha desmaiado atrás de Theo, sem falar que Dimitria confiava nas próprias chances. Ela segurou a mão do pirata, sentindo os calos ásperos de quem era familiar com trabalho duro — fosse circo ou pirataria.

Antes, porém, a caçadora soltou o aro de chaves da cintura de Ciara, guardando-o no bolso.

— Não vai dizer que tudo isso foi para ficar com a recompensa sozinho?

Theo riu, jogando os cabelos para trás, e seus olhos castanhos eram doces e cálidos como Dimitria se lembrava.

— Não seria uma má ideia. Mas eu não costumo vender gente que eu conheço.

— Só desconhecidos?

— E inimigos.

Dimitria olhou ao redor, observando os corpos dos piratas.

— Alexei era uma pessoa inimiga, então?

— Era ex. Por isso eu roubei a perna.

— Mitra! — a voz de Osha chamou atenção da caçadora, que se virou para onde ficava a escadaria. Aurora estava ao lado dela, o rosto sonolento e confuso. Dimitria foi até elas e encarou o olhar estranho e desfocado da namorada, com as pupilas tão grandes que quase cobriam a íris verde.

— O que houve?

— Quase não consegui acordá-la, Mitra. Procurei os guardas, mas estão trancados no convés-despensa.

— Demi? — Aurora apoiou as mãos nos ombros de Dimitria. Cada palavra sua parecia um esforço, mas ela lutou contra o torpor — A capitã... Me chamou para uma taça de vinho.

— Ciara. — Dimitria reprimiu a raiva e se voltou para Theo, que havia acompanhado seus passos. — Quem enviou vocês? Quem ia pagar a recompensa?

Theo ficou em silêncio por alguns segundos, parecendo encabulado.

— Eu... não sei — ele respondeu, derrotado. — Ciara tinha o contato com o mandante. Ela só disse que era dinheiro suficiente para sustentar o circo itinerante. Não é fácil viver de arte na Romândia, e mais complicado ainda é encontrar um trabalho que pague assim.

Dimitria bufou de frustração e nervoso, segurando a mão de Aurora e sentindo a pele gelada e pegajosa sob os dedos, como se tivesse passado por uma febre.

— Osha, os guardas. Solte-os. — Ela tirou o aro de chaves do bolso e o passou para Osha, que assentiu e sumiu escada abaixo mais uma vez. — Enquanto isso, a nossa capitã falsa tem algumas coisas para...

Um *splash!* soou atrás de si, e uma sensação fria espalhou-se pelo corpo da caçadora.

Ela virou-se para trás, e apenas Alexei e Leona estavam no chão do convés. Ao longe, a silhueta de Ciara fazia seu caminho ágil nas águas escuras do Relier, levando consigo as respostas que Dimitria procurava.

Capítulo 10

Era evidência da solidez da estrutura comercial de Bóris que o ataque pirata tivesse sido apenas um leve percalço no trajeto de Santa Ororo até Marais-de-la-Lune.

Depois que Osha havia libertado a tripulação do *Salmão Dourado*, eles se reorganizaram em sua formação como um cardume de peixes, preenchendo o espaço vazio deixado por Reshma — ou Ciara — com uma eficiência maquinal. Após uma parada de emergência em Suldorado, o imediato assumiu controle da balsa e ela seguiu sem mais problemas nas semanas seguintes.

Ainda assim, não era como se Dimitria tivesse respostas para quem havia mandado os piratas para capturá-las, ou o que queria com elas. Nem Alexei nem Leona sabiam mais do que Theo, e quando os três foram deixados em Suldorado — Alexei e Leona sob custódia da Comissária — qualquer esperança de desvendar o mistério ficou para trás, enquanto Aurora e Dimitria seguiram o caminho rio abaixo.

A paisagem ficava mais dramática conforme mais elas avançavam pelo rio, mais verde e caudalosa, como se a própria terra respirasse aliviada por não estar mais sob as demandas constantes do frio. Por sorte, não enfrentaram nenhuma intempérie depois do ataque dos piratas, exceto o calor que só aumentava e tornava até mesmo as manhãs úmidas como um banho nas termas de Nurensalem. A partir da terceira semana de viagem, Dimitria precisou abandonar de vez as blusas de manga comprida e coletes de pele, optando por linho e algodão.

Ela preferia morrer a trocar suas calças de couro, no entanto.

Enfim chegaram ao último dia de navegação e o sol do início da tarde parecia quase sólido. Dimitria, se refugiando na única resma de sombra do convés ensolarado, observava enquanto o imediato do *Salmão* esquadrinhava o horizonte em busca do porto de Marais-de-la-Lune, uma flauta dourada erguida à frente de seus lábios. Era um homem baixo e de feições sérias, que levava igualmente a sério seus deveres como capitão interino.

Dimitria riu, chamando atenção de Aurora, que escrevia compenetrada em seu diário.

— Eu ainda não acredito que seu pai tinha uma flauta reserva.

— E um capitão reserva, não se esqueça. Embora a pobre capitã Rani de verdade tenha sofrido tanto...

— Ela não vai sofrer com o dinheiro que você mandou.

Aurora, que realmente havia mandado um carregamento de ouro para a verdadeira capitã após se assegurar de que Ciara não a havia matado, apenas deu de ombros.

— Ninguém nunca morreu por excesso de dinheiro.

— Mas já morreram por falta dele.

Aurora fez uma última anotação no diário e fechou o caderno antes de virar o rosto para Dimitria, um sorriso irônico se insinuando em seus lábios.

— Engraçadinha, você.

— Só de vez em sempre. — Dimitria levantou-se e segurou o rosto de Aurora, a frieza por baixo dos dedos. Fria, mas não congelada: o sol causticante afastava a sombra da maldição em Aurora, derretendo-a como um bloco de gelo. O alívio era traiçoeiro, mas a caçadora deixou que se aninhasse em seu peito. Ela inclinou-se para um beijo, mas seu gesto foi interrompido pelo som nasalado de uma buzina.

— Estamos avistando a cidade da Crescente! — O imediato afastou a flauta dos lábios, e à distância uma silhueta de prédios e construções começou a tomar forma.

A cidade era uma libélula cujas asas se abriam para leste e oeste, e sua espinha dorsal era o contorno sinuoso e afunilado do Relier. Como vértebras, pontes de pedra ligavam os dois lados da cidade, e uma bacia formava o porto no qual o *Salmão Dourado* estava prestes a ancorar. Apesar de similares, os lados eram distintos: o oeste, à direita de quem vinha do Norte, tinha silhuetas imponentes e afiadas de construções e torres, abóbadas curvadas que despontavam contra o céu azul de primavera. O leste era mais baixo, parecendo ser mais residencial do que o seu espelho.

— É o final da Serpente, e enfim minha volta para casa. — Osha surgiu ao lado das duas, ajustando a alça de sua bolsa cruzada. — Para meus amores.

— Amores no plural, é? — Aurora sorriu, segurando a mão de Dimitria e abraçando a caçadora.

— O coração manda, e nós somente obedecemos. — Osha deu de ombros, dando um beijo amigável no rosto de Aurora. Dimitria sorriu para a sulista, esticando a mão para um aperto e mudando de ideia no último minuto. Quando ela beijou a bochecha de Osha, a mulher abriu um sorriso satisfeito.

— Vejo que consegui ensinar maneiras para uma romandina! Um milagre, se é que eu já operei algum.

— Mais milagre do que prever o futuro? — Dimitria brincou, mas o olho azul de Osha brilhou intensamente.

— Não é prever, querida Mitra. — Osha suspirou, como se percebesse que ainda havia muito a ensinar. — É ler as mensagens que o passado nos deixou sobre o que ainda está por vir.

Aquela conversa de passado e futuro deixou Dimitria arrepiada, e, ao perceber seu desconforto, Osha riu.

— Há mais do que cartomantes e leitores de mão no Carnaval, medrosa. E pelo que vejo, Marais já começou a se enfeitar.

De fato, quanto mais próximo o *Salmão* chegava, mais era possível ver bandeirolas coloridas e lanternas penduradas nas pontes e edifícios, com estandartes roxos e amarelos flanando imagens da lua crescente e brilhando sob a luz diurna que iluminava a lateral do porto. O local fervilhava de atividade, e diversos marinheiros maraenses antecipavam a ancoragem do *Salmão* com olhos atentos e mãos prontas para apartá-lo.

Não foi preciso muita ajuda, porém. O capitão soou algumas notas na flauta mágica, e a balsa desacelerou suavemente, girando de maneira elegante para encaixar-se no maior sulco do ancoradouro. Com uma vibração suave, enfim parou de se mexer, exceto pela ondulação suave das águas da baía.

Os passageiros se organizaram em uma fila ordenada para sair do *Salmão*, alguns parecendo mais contentes do que outros que a longa viagem tinha chegado ao fim. Dali, após alguns dias atracado para trocar a mercadoria, o *Salmão* seria levado pela flauta mágica da balsa rio acima, distribuindo as riquezas do Sul como frutas em troca de ouro.

— Para onde vão agora? — Osha, que havia acompanhado as duas até a fila de saída, perguntou.

— Meu pai arranjou hospedagem para nós em uma casa estalajadeira no lado Oeste, se não me engano. Nossas malas serão levadas para lá, e deve haver uma carruagem nos esperando.

— Asa Oeste — corrigiu Osha. — E carruagem nenhuma é mais rápida do que as gôndolas que percorrem os canais. Marais é uma cidade viva: o Relier é sua espinha e os canais seus ossos. Eles dividem a cidade em quarteirões, e as ruas meramente acompanham o caos.

Dimitria não tinha como discordar daquela afirmação. Do alto da balsa ela podia ver que não era apenas o porto do Relier que fervilhava de atividade: as ruas que conectavam o restante da cidade eram cheias de pessoas, cavalos e comerciantes, ladeadas por canais onde embarcações sinuosas e ágeis zuniam como crocodilos.

A caçadora se considerava uma pessoa corajosa, mas os barulhos da cidade lhe pareciam demais com a sensação inquieta e apertada do medo.

— Osha, você poderia nos ajudar a encontrar a estalagem? Eu não sei se devemos desbravar Marais-de-la-Lune sozinhas, e não conhecemos ninguém aqui. — Dimitria tocou de leve o braço da mulher, quase envergonhada.

Ela não queria pedir ajuda, ainda mais considerando que Bóris certamente havia arranjado para que alguém as acompanhasse até o lugar. Mas o pai de Aurora também tinha arranjado a balsa, e mesmo o *Salmão Dourado* não tinha sido imune a perigos. A memória do ataque de piratas ainda perdurava, e a sensação de nervoso que ela sentia ao encarar a multidão de pessoas em Marais só a tornava mais nítida.

Não era só isso. Explorar a cidade ao lado de Osha dava a elas uma oportunidade de se misturar aos caóticos e diversos moradores da Crescente, e assim buscar informações sobre o mago misterioso.

Aurora só apertou a mão da caçadora com suavidade, o que significava que talvez estivesse pensando a mesma coisa. As três mulheres enfim desembarcaram do *Salmão*, e Dimitria agradeceu silenciosamente por estar de volta a terra firme e não mais oscilando com um barco debaixo de seus pés — mas a pessoa mais agradecida era Aurora, que apressou o passo e deu um suspiro aliviado ao pisar no porto.

Osha considerou o pedido de Dimitria por um minuto. Quando respondeu, foi entre um sorriso e uma piscadela.

— É claro que sim. Mas eu tenho um preço — ela acenou a mão quando Aurora fez menção de falar — e ele não é em moedas de ouro.

O olho azul de Osha cintilou quando ela falou novamente.

— Mitra, eu quero que você me pague com seu futuro.

* * *

Sentada na loja vermelha e púrpura de Osha, com as mãos espalmadas por cima de uma mesa coberta de tecidos coloridos, Dimitria quase se arrependeu do acordo. Quase, mas não por completo: sem Osha, teria sido impossível navegar o labirinto complexo e quase indecifrável de Marais, seus canais meandrados que se espalhavam do Relier em direção ao centro da cidade caótica e desordenada.

Não que não fosse bonita. Marais-de-la-Lune tinha uma qualidade antiga que exalava não só das ruas estreitas e construções de madeira, ou das portas coloridas muitas vezes dando direto nos canais, mas na alma da cidade, que parecia impregnar suas ruas de paralelepípedo e água. A Crescente se pintava em diversas cores: o granito e prateado das pontes e torres, o vermelho e amarelo da madeira pintada na fachada de casas de comércio, o verde de chorões e salgueiros que salpicavam as avenidas mais largas.

Mais do que cores, a cidade tinha cheiro e som: o odor metálico das águas do Relier se fazia ouvir em música que derramava das casas e janelas abertas, e o som de vendedores nos quarteirões comerciais tinha o cheiro doce e açucarado das beignets, cuja massa frita e amanteigada quase fez Dimitria suspirar de prazer.

As três fizeram o caminho pela cidade, alternando entre caminhar e cruzar quarteirões nas gôndolas livres que pintavam os canais.

— Cuidado. Os crocodilos gostam de turistas, Mitra, e o Carnaval é um prato cheio para eles — Osha riu, quando Dimitria quase caiu direto no canal ao entrar no barquinho.

Aurora estava maravilhada com a explosão de sentidos da cidade e não parava de fazer perguntas sobre a história e a botânica do lugar. Osha tinha uma resposta para tudo e parecia feliz em dividir o que sabia. A romandina ouvia atentamente e rabiscava furiosamente em seu diário, como se pudesse traduzir Marais-de-la-Lune em alguns parágrafos.

Por cima de tudo, o calor se debruçava sobre elas como um cobertor, e a umidade penetrava por dentro da camisa de linho de Dimitria, que prendeu a trança em um coque no topo da cabeça. Quando o fez, o vapor quente de uma brisa lambeu seu pescoço, e ela se perguntou como seria quando o verão enfim chegasse, em algumas semanas.

Ela escolheria uma nevasca em qualquer situação.

As três desembarcaram da gôndola em um canal perpendicular a uma praça larga e quadrada, cujo maior edifício era uma torre de relógio de abóbada arredondada. Dimitria quase tropeçou de novo ao desembarcar, tamanha era sua vontade de observar cada pedaço de Marais.

— É a junta comunal da Crescente — Osha indicou, segurando a mão de Aurora para evitar que ela também quase tropeçasse. — Catarina Duval preside sobre nós, ela e sua moral de aço.

Dimitria notou um pequeno tom de desgosto na voz de Osha, mas não teve tempo de questionar: a maraense as conduziu praça adentro, costurando entre barracas e tendas que aproveitavam o fluxo advindo do carnaval. Osha havia explicado que o Carnaval começava na última lua crescente da primavera e se encerrava uma semana depois com uma noite de lua cheia de sangue — vermelha e vívida — que aconteceria em breve. Segundo ela, a lua de sangue representava a prosperidade do verão que se anunciava, como um presente de abundância das deusas da primavera.

A caçadora não sabia se acreditava em deusas da primavera, mas, a julgar pela quantidade de pessoas comprando beignets e leituras de mão e todo tipo de cacareco, prosperidade era o que não faltava.

Osha as conduziu até uma porta púrpura na esquina da praça, cuja superfície era marcada tão somente por um olho ciliado, sem pupilas ou íris. O local havia ficado trancado durante sua viagem a Santa Ororo, e ela se atrapalhou momentaneamente com as chaves antes de abrir a loja.

Quando enfim entraram, o ar abafado e quente bateu no rosto de Dimitria, deixando-a tensa e sonolenta ao mesmo tempo. Osha começou a organizar suas coisas, resmungando sobre como o garoto que deixara encarregado de cuidar do local não tinha feito um bom trabalho, mas Dimitria não sabia se podia concordar: era impossível dizer se o caos de objetos era proposital ou fruto de desleixo.

Havia todo tipo de coisas espalhadas pela loja, que mais parecia uma caixa de joias do que um lugar onde pessoas pudessem fazer compras. Uma parede estava coberta de cristais coloridos, cada um com uma etiqueta distinta; outra era alinhada por estantes onde bolas de vidro juntavam poeira. Por mais aleatórios que fossem os objetos, porém, Dimitria não conseguia evitar sentir que todos compartilhavam uma energia comum. Podia ser pelo brilho suave que emitiam com a luz que entrava pela janela ou pelo cheiro doce de incenso que emanava de tudo ali dentro.

— São orbes do futuro — sussurrou Aurora, observando as mesmas esferas de vidro que ela olhava. — As lendas dizem que podem prever quando você vai morrer.

— Vê se aquela ali diz que eu vou morrer logo? Esse cheiro de incenso tá me sufocando — Dimitria sussurrou de volta, procurando na brincadeira um jeito de tentar afastar a sensação inquietante ao pensar nos segredos que a loja estufada escondia.

O estalar de dedos de Osha chamou sua atenção.

Ela havia organizado uma mesinha redonda nos fundos da loja, coberto sua superfície com uma toalha de retalhos coloridos e apoiado algumas velas verdes por cima da mesa. Uma repulsa intensa dominou Dimitria: a última coisa que ela queria era ver seu futuro. Primeiro, ela nem acreditava naquilo: havia convivido com Igor por tempo suficiente para saber que magias de previsão eram nebulosas na melhor das hipóteses e uma perda total de tempo na pior.

Mais do que isso: seu irmão costumava dizer que só charlatões se dignavam a vender serviços de previsão, e mesmo que Osha não lhe parecesse uma charlatã — e seu irmão se revelado muito mais como um do que ela poderia ter previsto — ainda havia uma resistência resoluta à ideia na mente de Dimitria.

Não era só aquilo, porém, e Dimitria refletiu sobre o motivo enquanto dava passos lentos até Osha. Ela e Aurora estavam em uma expedição para salvar o passado. Dimitria acreditava piamente que o seu futuro não estava atrelado a nada predestinado, que eram suas escolhas que fariam o que quer que fosse se descortinar a seus olhos. Sua teimosia era grande o suficiente para que descartasse de imediato a ideia de clarividência.

Mas, além disso, se o futuro que Osha descortinasse fosse vazio, o que isso significaria para a missão das duas?

Se Osha lesse ruína nas linhas de sua mão... O que isso significaria para Aurora?

— Com medo, Mitra? — Osha provocou, e foi o suficiente para que Dimitria deixasse de lado as dúvidas e a resistência. Acima de tudo, ela não era uma covarde: não diante de um urso de dois metros, e com certeza não diante de uma mesa com toalha estampada.

Sentou-se à frente de Osha, ajustando o corpo na cadeira desconfortável. Aurora ficou de pé a seu lado e colocou a mão em seu ombro, apertando de leve: o gesto lhe deu um momento de alívio, antes que Osha estendesse a mão e fizesse um sinal para que Dimitria lhe entregasse a sua.

Ela hesitou, e então apoiou a mão na de Osha, a palma virada para cima.

A maraense se inclinou por cima da mesa, desenhando as costuras marcadas na pele de Dimitria com o indicador. Contra a pele negra de sua palma, o dedo de Osha parecia mais amarelo, e sua unha provocava pequenos arrepios em seu trajeto pelas marcações.

— Você caça — Osha disse enfim, e a obviedade da afirmação quase fez com que Dimitria soltasse uma risada. Era evidente que ela caçava, e Osha sabia disso muito mais pelas conversas no *Salmão Dourado* e pelo ataque pirata do que pelas linhas em sua mão.

Se a maraense percebeu o ceticismo de Dimitria, nada comentou, e continuou falando com um tom suave.

— Caçava para sobreviver, por um tempo; eu vejo que sua linha da vida é sulcada como uma corda. Mas isso mudou em algum momento, sem dúvidas ligado a quando conheceu o amor. Vê aqui, onde a linha da vida encontra o monte de vênus? — Osha indicou um ponto de inflexão da linha curva que separava o dedão de Dimitria do restante da mão. De fato, o desenho ficava mais fino ali, mais suave e leve em seu caminho em direção ao pulso. — Esse é o fim de sua sobrevivência, da caça por alces e veados.

Dimitria assentiu, ainda pouco impressionada. Osha continuou.

— Mas você continuou caçando, não é? Caçar é parte de quem você é, Mitra, e aqui — ela apontou onde a linha se dividia em duas — seu coração ficou dividido entre o dever de caçar e o que achava que deveria ser a sua vida. Mesmo hoje, você caça respostas, caça soluções. Caça para distrair seu coração da dor, da tristeza. Da culpa.

Dor, tristeza, culpa: Dimitria não sabia onde aquelas palavras estavam impressas nos relevos de sua pele, e tentou afastar o peso em seu coração ao pensar naquilo. Não era nas suas mãos que Osha encontraria as evidências da tristeza que Dimitria sentira ao perder o irmão, da dor que parecia incinerar suas entranhas e consumi-la de dentro para fora. Da culpa, que era tão parte de si quanto o ato de caçar, que era mais uma coisa que Dimitria era: cabelos e olhos escuros, pele negra, culpada. Tão sua quanto seus ossos e músculos.

Estava em seu sangue, afinal. Ela não fora capaz de salvar o irmão, e talvez não fosse capaz de salvar Aurora. Era possível que fosse isso que Osha estivesse lendo. Talvez, tanto quanto as marcas diminutas em seus dedos, a culpa tivesse deixado marcas físicas no corpo dela, e fosse tão óbvia quanto a cor de seus olhos.

— Achei que você fosse ver o meu futuro — ela disse, mais ríspida do que gostaria, e Aurora deu um aperto suave em seu ombro. Osha encarou Dimitria com o olhar bicolor.

— Me desculpe, Mitra. Eu só digo o que estou vendo.

Dimitria assentiu, aceitando as desculpas de Osha com uma tranquilidade que não sentia. A ruiva voltou a se debruçar sobre a mão de Dimitria; agora, seu olhar estava focado nas linhas das dobras de seus dedos.

Por um momento, Osha ficou em silêncio. Ela trouxe a mão de Dimitria para mais perto, franzindo a testa, perdida na língua oculta das linhas. Ela enfim falou, soando cuidadosa.

— Você veio para a Crescente em busca do passado.

Não tinha sido uma pergunta, e a nuca de Dimitria formigou. Será que Aurora havia dito alguma coisa para Osha? A maraense continuou, suave e certeira, e sob a inflexão gentil de seu sotaque as palavras pareciam uma música antiga.

— Atravessou o continente em busca de algo que o preserve, que o mantenha. Em busca de um passado fugaz, que parece escapar por seus dedos.

— Como você... — Aurora começou a perguntar, mas Osha continuou, como se não tivesse escutado.

— Mas o passado também te busca, Dimitria Coromandel. O passado tem olhos, e mãos, e dentes. O passado está vivo.

— O que isso quer dizer? — perguntou Dimitria, e a sensação de formigamento em sua nuca se aprofundou.

Osha ergueu o olhar, desprendendo-o da mão de Dimitria para encará-la diretamente. Ambos eram gêmeos de intensidade, mesmo que fossem diferentes: o azul elétrico brilhava e refletia uma luz que não parecia vir de nenhum lugar de dentro da loja; o castanho era cheio de perguntas não ditas.

— Significa que você mentiu para mim, Mitra. Há alguém que você conhece em Marais-de-la-Lune, alguém do seu passado. Alguém que está esperando por você e que tem contas a acertar.

Capítulo 11

Dimitria não acreditava em previsões do futuro, certo? Então por que seu coração palpitou como um tambor quando Osha falou aquelas palavras? Por que de repente sua palma ficou fria de suor, e seu maxilar travou com o nervoso?

Porque o passado é algo que você quer deixar para trás, Dimitria. Ela sabia que era verdade, e sabia que, embora impossível, a primeira pessoa na qual pensou foi em Igor.

Bobagem. Sabia que o irmão estava morto. Ela o vira morrer, vira o sangue se esvair de seu corpo como um rio escarlate. Havia enterrado seu corpo sozinha, incapaz de pedir ajuda a alguém. Havia velado o monstro que um dia tinha sido seu irmão. Não, Igor não estava em Marais-de-la-Lune; o passado de Dimitria estava a sete palmos abaixo da terra fria e inclemente de Nurensalem.

Ela buscou os olhos de Aurora, sua âncora naqueles momentos, mas a namorada também parecia perdida e distante. Dimitria apertou a mão dela, medo espalhando-se por suas veias quando ela sentiu o frio familiar na pele de Aurora. Mesmo ali, na quente e úmida Marais-de-la-Lune, ela sentia frio.

Não podiam fugir do inverno para sempre.

A única parte de seu passado que importava estava ali, em carne e osso e um par de olhos verdes. Era aquele passado que ela havia ido resgatar, aquele passado pelo qual Dimitria faria qualquer coisa.

Quer dizer, quase qualquer coisa. Ela só não estaria disposta a deixar Aurora morrer.

— Mitra? — Osha chamou, suave, e Dimitria se voltou para a mulher com um olhar desconfiado. Mas a expressão de Osha era cheia de compaixão, e a caçadora se lembrou do embate com os piratas, das refeições sob a luz do sol, da amizade tênue que tinha se formado entre elas. De fato, Dimitria não tinha sido completamente honesta com Osha e, mesmo tendo ficado incomodada com a leitura de mão, sabia que a mulher era a melhor chance de conduzi-las até alguém que pudesse resolver seu problema.

— Você me perguntou por que eu e Aurora estávamos vindo até Marais, certo?

Osha assentiu e Dimitria teve a impressão de que ela balanceava sua curiosidade com delicadeza na mesma medida. A caçadora continuou.

— Aurora foi amaldiçoada pelo meu... por um mago poderoso. — Ela não estava pronta para revelar todos os seus segredos de família, e escolheu suas palavras com cuidado. — E a maldição está piorando. Nos disseram que o único jeito de resolvê-la é tomando uma poção que apaga as memórias de Aurora, mas...

— ... Mas eu não estou disposta a esquecer minhas lembranças — Aurora continuou, resoluta. — Um amigo de meu pai disse que há um mago residente em Marais que pode nos ajudar.

— Viemos atrás dele. Se você souber qualquer coisa que possa nos dar uma luz...

Osha considerou por alguns segundos. Ela finalmente suspirou fundo, e Dimitria se perguntou como não sufocava com o cheiro forte de incenso. Enfim, a maraense levantou-se da mesa.

— Magia não é algo feito à luz do dia na Crescente. Claro, há cartomantes e quiromantes, e todos conhecem o mecanismo mágico do *Salmão*. Mas Catarina Duval acha que a magia é algo a ser controlado. Ela não gosta do que vem da magia, e portanto coloca todo tipo de empecilhos para os poucos que a praticam. É perigoso conduzir feitiços em Marais.

O coração de Dimitria apertou. Não seria tão fácil quanto elas haviam achado. Ela estava prestes a perguntar algo quando Osha voltou a falar, a voz baixa.

— Dito isso, há alguém que quero que conheçam. — Ela ergueu os olhos para ambas. Na meia-luz da loja, os relevos angulares de seu rosto pareciam ainda mais profundos. — Meu marido.

* * *

Osha as conduziu mais ao sul da cidade, serpenteando pelos quarteirões com a destreza de quem fazia aquilo todos os dias. Ela não falara mais nada sobre o marido, e Dimitria se perguntou se ele poderia ser o tal mago de Marais. Não que Osha as estivesse levando para algum lugar oculto: entre trechos de gôndola e a pé, pareciam estar indo na direção de maior fluxo de pessoas.

O sol tinha caído no céu, tingindo-o de um rosa pálido e translúcido que manchava as bordas de nuvens e iluminava a cidade com um brilho de sonho. Sob aquela luz, as cores de Marais se diluíam em pôr do sol, conferindo uma aura mágica à cidade.

— É linda, não é? — Aurora suspirou enquanto elas caminhavam, observando tudo ao seu redor como se quisesse lembrar para sempre. Ela também ficava cor-de-rosa sob a luz do crepúsculo, e Dimitria demorou-se um segundo a mais no rosto redondo e delicado da namorada, nos fiapos loiros que escapavam do coque em sua cabeça. *É linda, sim*, ela pensou, e não estava se referindo a Marais.

Elas viraram a esquina e viram uma fila impaciente e volumosa de pessoas enchendo a rua estreita. Osha riu, acompanhando a fila até sua origem: um balcão verde-escuro de onde vinha um cheiro inebriante de fritura e açúcar.

No balcão, estava apoiado um homem cuja beleza se comparava à falta de jeito com que manuseava os pedidos que entregava para as pessoas da fila. Ele tinha o corpo robusto, e usava um avental que era inútil, a julgar pela quantidade de pó branco sujando seus braços. Contra a pele negra e escura, o açúcar branco formava padrões que pareciam feitos de propósito, e Dimitria se demorou no sorriso que o homem dava para cada cliente, junto com um saco branco fumegante. Era tão doce quanto o cheiro que escoava de seu balcão, e combinava com seus traços: o nariz largo e os lábios macios, que pareciam acostumados a sorrir.

Ele era lindo.

O homem as avistou assim que se aproximaram, e seu olhar se iluminou como o de uma criança, castanho-escuro da mesma cor que os cachos espiralados que caíam sobre sua testa. Ele abriu os braços, olhando para Osha.

— Meu doce! — ele anunciou, e algumas pessoas se viraram para ver quem era a sortuda que podia ser chamada de "doce" por alguém tão bonito. Osha correu até ele, se debruçando por cima do balcão para lhe dar um beijo suave no rosto.

Ele corou, e nas bochechas negras o vermelho se espalhava de forma delicada, cobrindo o nariz largo e os lábios abertos em um sorriso bobo.

Era adorável.

— Você está de volta! Eu não sabia que era hoje, me desculpe.

— Não precisa se desculpar. — Osha sorriu, e foi como se seu corpo inteiro ficasse mais leve sob o olhar do homem. A maraense que encabeçava a fila fez um pigarro, e ele se voltou para a multidão.

— Sinto muito, gente, mas não temos mais beignets por hoje! Minha esposa chegou em casa e não há mais massa para fritar.

Algumas pessoas resmungaram, mas parecia ser uma ocorrência comum o suficiente para que a fila se dispersasse, mesmo que houvesse mais carrancas desapontadas do que sorrisos no rosto dos compradores. Dimitria ouviu o ronco de seu estômago tanto quanto sentiu o cheiro doce e irresistível: se era algum indicativo, devia ser uma decepção e tanto não poder comer as beignets do marido de Osha.

Quando enfim a rua estava mais calma, a maraense abriu a porta verde e conduziu o marido pela mão, levando-o até Dimitria e Aurora. Ela falava baixo com ele, algo que Dimitria não conseguia escutar, e quando os dois se aproximaram o suficiente havia um sorriso largo no rosto do cozinheiro.

— Félix Romero, dono das beignets mais gostosas e da esposa mais bonita a sul do Relier. — Ele sorriu, esticando uma mão suja de açúcar. — Osha me disse que vocês são amigas dela, e portanto são minhas amigas também.

Aurora e Dimitria se apresentaram, e Dimitria olhou com cobiça por cima do ombro de Félix para dentro da pequena loja de beignets. Ele acompanhou o olhar da caçadora.

— Querem provar algumas?

— Achei que tivessem acabado — Dimitria respondeu, e Aurora lhe deu uma pequena cotovelada pela falta de educação. Félix, porém, não pareceu se importar, as conduzindo para dentro da loja, a mão entrelaçada na de Osha.

— O finalzinho da fornada é sempre mais gostoso.

— Acreditem — disse Osha, um olhar orgulhoso para o marido —, é a mais pura verdade.

O espaço era abafado e ali o cheiro de açúcar e fritura era ainda mais pungente, atiçando os sentidos de Dimitria e fazendo-a salivar. Félix foi até o fundo da loja, onde um caldeirão raso estava posicionado por cima de uma fogueira que estalava, chamas azuis lambendo o estanho com gosto. O odor de óleo era mais forte ali, e Félix pegou três pacotes de massa branca que estavam apoiados em uma tábua ao lado do caldeirão.

Com uma escumadeira, o cozinheiro baixou a massa dentro do óleo, e assim que o fez o cheiro doce de farinha se misturou à gordura esfumaçada. Dimitria se aproximou, e viu que a massa estava se expandindo em pequenos travesseiros, cuja brancura ficava mais e mais bronzeada debaixo do óleo.

Alguns minutos depois, Félix tirou a massa de dentro do óleo com a escumadeira, revelando três pasteizinhos absolutamente dourados. Dimitria esticou a mão, mas ele bateu nos dedos da caçadora com a base da espátula.

— Demi! — Aurora censurou, rindo.

— Ouça sua namorada — Félix concordou, mas também sorria. — Falta o toque final.

Ele apanhou um cilindro de metal que estava apoiado na bancada, e salpicou seu conteúdo por cima da massa ainda quente. Uma nuvem de açúcar branco encheu o ar, depositando-se nos pastéis como neve sobre os picos de Ororo. O cheiro era ainda mais delicioso do que a massa crua, uma mistura doce e amanteigada, e Dimitria se segurou para não avançar de novo.

— Cuidado, as beignets estão quentes — Osha disse, puxando um dos pastéis para si com a ponta dos dedos.

Dimitria a imitou, sentindo o calor da massa queimar sua pele assim que a tocou. Após alguns segundos, porém, já conseguia segurá-la sem se machucar, e depois de algumas sopradas impacientes enterrou os dentes na beignet.

Era doce e leve ao mesmo tempo. Mesmo que não gostasse muito de doces, aquilo era irresistível: a manteiga da massa frita se desfazia na boca de Dimitria, misturando-se com o açúcar para criar uma explosão quente e adocicada. Dimitria não havia esperado o suficiente, mas, mesmo com a massa quase queimando sua boca, era inegável que a fila no balcão de Félix era mais do que justificada — a julgar pelo gosto, poderia ser pelo menos três vezes maior.

— Félix, isso é maravilhoso — Aurora falou de boca cheia, os olhos brilhantes sob o efeito do açúcar. — Eu não sei como você não vive apenas de beignets, Osha; se Dimitria cozinhasse algo assim eu não comeria outra coisa.

Osha assentiu, satisfeita, a boca branca de açúcar.

— Eu não preciso ler meu futuro para saber que comerei beignets até o dia em que morrer. Félix poderia ser rico se quisesse, se contratasse alguém para ajudá-lo. — Havia um tom incisivo nas palavras de Osha, que Félix ignorou.

— Eu já faço muito mais beignets do que você é capaz de comer, docinho. Chego quase a pensar que come só pra me agradar. — Félix fez um biquinho, que derreteu sob o olhar afetuoso de Osha. Dimitria engoliu o último pedaço da beignet, já arrependida de tê-la comido tão rápido. Estava tão bom que ela quase esquecera que não haviam ido até o marido de Osha para comer.

Quase. Com os dedos cobertos de açúcar branco, Aurora lembrava demais a neve gelada de Nurensalem. Dimitria se voltou para Osha e Félix, o olhar mais sério.

— Suas beignets são deliciosas, Félix. Mas Aurora e eu estamos aqui por outro motivo. Osha disse que você podia nos ajudar.

— Nã-não — Osha interrompeu, limpando as próprias mãos no avental de Félix. — Eu disse que vocês precisavam conhecer meu marido, mas não era desse que eu estava falando. É o outro marido que pode ter as respostas que procuram.

Se Félix se surpreendeu com a menção a um segundo marido, nada disse: ele beijou o topo da cabeça de Osha e começou a tirar o avental, indo em seguida indo até a pequena pia do outro lado da loja e lavando as mãos.

— Outro marido? — Aurora indagou, mais curiosa do que surpresa. — Então por que nos trouxe aqui?

— Para comer as beignets, é claro. — Osha respondeu, sorrindo como um gato — E porque se vamos para casa, precisava buscar Félix primeiro.

— E... — Dimitria lançou um olhar por cima do ombro, observando o cozinheiro, que limpava pacientemente as mãos. — Ele sabe que você tem outro marido?

Osha franziu a testa por um segundo e depois abriu outro sorriso, como se fosse uma pergunta tão óbvia quanto a que Dimitria havia feito no *Salmão Dourado*, sobre comer crocodilos.

— É claro que sabe. É marido dele, também.

* * *

A casa de Osha e Félix ficava na Asa Oeste de Marais, e os quatro embarcaram em uma pequena gôndola para chegar até lá. Diferente das gôndolas públicas, azuis e numerosas, aquele barco era do confeiteiro, e ele o conduziu pelos canais com o mesmo cuidado com o qual havia feito as beignets.

Marais era mais silenciosa daquele lado, e o som dos turistas e comércios derretia para dar lugar à cadência calma de pássaros e passos, maraenses voltando para casa e aproveitando os últimos raios de sol. Havia mais árvores ali, e a folhagem dos salgueiros tocava a água em alguns pontos do canal, derramando-se e formando túneis verdes e viçosos.

Os canais eram mais sinuosos, costurando caminhos curvos nas entranhas da cidade, e se alargavam caudalosos em alguns trechos. O crepúsculo avançava lentamente, como se o sol fosse tão tranquilo quanto os salgueiros, se derramando por cima das árvores no horizonte longínquo.

À distância, uma massa escura e distante de árvores se avolumava, seus contornos perdidos sob a luz decrescente do entardecer. Dimitria fitou o horizonte, se perguntando que tipo de floresta haveria lá.

— O pântano Cáligo — Osha respondeu, como se adivinhasse os pensamentos da caçadora. — Ele cobre o lado sudoeste da cidade e se estende quase até o mar. Não estamos muito distantes dele.

— Como é o pântano? — Dimitria observou as árvores ao fundo. Ela nunca havia visitado um, e se perguntou que tipo de criaturas haveria para caçar ali.

Osha considerou por um segundo.

— Traiçoeiro e mágico.

A resposta críptica provocou a curiosidade de Dimitria, mas nessa hora Félix parou de remar e atracou em uma rua silenciosa de paralelepípedos. Ele deu um nó elegante para prender o barco em um poste de madeira.

O grupo desceu da gôndola em fila, e Dimitria continuava pensando no pântano ao segurar a mão gelada de Aurora. Ela estremeceu ao pisar em terra firme de novo, e Dimitria deu um pequeno sorriso.

— Não se acostumou ainda com veículos náuticos?

— Acho que sempre vou preferir andar — ela murmurou em resposta.

O grupo caminhou por uma viela perpendicular na qual haviam atracado, onde casinhas se amontoavam lado a lado como dominós coloridos. As portas, também coloridas, davam direto para a rua, que enfim se encerrava em um beco redondo e repleto de árvores. Osha apontou para a casa mais ao fundo do beco, com uma porta azul de madeira lascada.

— É ali.

Era modesto, e ainda assim a última réstia de luz do sol transformava o pequeno beco em algo aconchegante e pacífico. Era como morar dentro de uma estante de livros, onde cada casa era uma espinha dorsal que continha uma história.

— É pequena, mas é o estilo de casas de Marais; longos corredores e andares. Pode não parecer, mas temos um jardim nos fundos e um terraço no topo — disse Felix enquanto caminhavam.

— Dimitria e eu adoramos um terraço — Aurora sorriu.

Eles estavam quase chegando à porta azul quando foi escancarada, e um pequeno furacão saiu em disparada na direção deles, indo direto para Osha.

— Você voltou! Eu achava que nunca mais ia voltar. O papai disse que eu estava me preocupando demais, mas *alguém* — ele enfatizou, nervoso — precisa se preocupar nessa casa, mamãe!

Dimitria se perguntou o quanto de preocupação cabia naquela criança tão pequena, e sorriu ao pensar em si mesma com cinco anos — idade que o garotinho parecia ter. Ela também carregava todas as preocupações do mundo nos ombros já naquela época.

— Hugo, você lavou essa mão? — Félix apanhou o garoto no colo, esquadrinhando seu rostinho e suas mãos, que pareciam não terem sido lavados há um bom tempo. Com os rostos lado a lado, as semelhanças ficavam ainda mais evidentes: Hugo tinha o nariz largo do pai e os olhos da mãe, mas não eram bicolores: ambos eram do mesmo tom azul de Osha. O garoto esticou os braços para ela, como se ainda não tivesse tido o suficiente da mãe, e ela o apanhou para si, apertando-o contra seu peito.

— É lógico que eu voltei, meu pequeno.

— Eu cresci dois centímetros, mamãe. Você não pode ficar fora tanto tempo assim, senão você vai voltar e eu vou ter batido no teto!

Aurora riu, e Dimitria não pôde deixar de reparar no afeto com o qual olhava para a família. Dimitria nunca havia pensado em ter filhos, e, mesmo que ela e Aurora tivessem conversado sobre o assunto, nunca parecera sério. Dimitria não conseguia imaginar ser mãe sem sua própria mãe a seu lado para ensiná-la, ou seus irmãos para amar um sobrinho. Além do mais, ela nem sabia como seria possível algo assim acontecer.

E ainda assim, olhando Aurora se derreter pelo garotinho de cabelos escuros e olhos azuis, Dimitria se perguntou como seria carregar uma criança no colo, junto com Aurora. A imagem era doce como as beignets, mas doía, uma punhalada aguda no coração de Dimitria ao pensar no futuro que elas precisavam, desesperadamente, salvar.

— Minhas três pessoas preferidas juntas e eu ainda não ganhei um abraço?

Uma voz familiar interrompeu o devaneio de Dimitria, e ela desviou o olhar de Aurora para encarar uma figura apoiada no batente azul. Assim que o encarou, a expressão calma e feliz do homem se transformou em puro choque.

De início, ela quase não o reconheceu. Era difícil fazê-lo quando tudo nele parecia ter mudado: não havia luva imaculadamente branca, espada imponente presa no cinto, e mesmo os cabelos loiros estavam soltos em ondas desalinhadas ao redor do belo rosto. Suas roupas eram simples: um conjunto de linho claro, um colete azul como a porta da casa, e a única evidência de sua riqueza era o anel de ágata no dedo do meio.

Ele ainda era belo — afinal, seria impossível tirar a beleza de um Brandenburgo — mas, como um livro que havia sido cuidado com pouco esmero, havia dobras em Tristão. Ele parecia mais velho e mais novo ao mesmo tempo, como se tivesse ganhado anos e perdido o verniz rígido e intenso que o engomava no passado.

E, como algumas coisas nunca mudavam, uma expressão descontente estampou o rosto bonito quando ele encarou Dimitria e Aurora, desafio escrito nas linhas patrícias de sua face.

— Coromandel. O que é que você está fazendo aqui?

Capítulo 12

Os fundos da casa de Osha davam vista para o encontro entre dois canais, sua junção seguindo em direção ao sul e a outras casas que se espalhavam na direção. O céu ali era mais escuro, já que o sol havia migrado para dormir na Asa Oeste da cidade, diferentemente dos trabalhadores que todos os dias faziam o trajeto contrário.

Não que Dimitria estivesse convencida de que Tristão se encaixava naquela categoria: mesmo ao observá-lo caminhando no jardim, carregando toras de madeira para dentro da casa, ela ainda achava que era um truque, que em alguns segundos um mordomo surgiria para fazer o trabalho pesado por ele.

E ainda assim ele continuou, seu corpo suado de fazer esforço sob o calor do final do dia, enfim entrando na casa pela porta dos fundos com mais um carregamento de madeira. Ele parecia calmo, concentrado na tarefa física, e Dimitria encarava seus movimentos com incredulidade. Ela e Aurora observavam Tristão, sentadas em cadeiras de palha no pórtico dos fundos da casa, e Dimitria bebericava um copo de chá gelado e doce que Félix havia servido, enquanto tentava encaixar Tristão em Marais-de-la-Lune.

Era quase impossível acreditar que o principezinho de Nurensalem tinha aprendido a trabalhar duro.

Mais do que isso, na verdade: havia algo diferente em Tristão, algo que ela não conseguia bem descrever. Era como se estivesse...

— ... Feliz? — Aurora deu voz aos seus pensamentos, acompanhando-o com a mesma atenção.

— É bizarro — concordou Dimitria.

Entre tudo que Tristão tinha — arrogância, dinheiro, poder — felicidade nunca parecera fazer parte do pacote, e vê-lo daquela maneira era como olhar para o irmão gêmeo de um homem que elas haviam conhecido. E ainda assim, de um jeito absolutamente bizarro, ele se encaixava — mesmo que Dimitria ainda estivesse cheia de perguntas sobre como havia ido parar ali, ajudando Félix com a lenha para o jantar e carregando Hugo para dormir. Tristão pedira por um tempo antes de conversar com as duas "velhas amigas", como as chamara, e, se Osha pareceu surpresa pela coincidência, nada disse.

Ao menos aquilo explicava como Clemente Brandenburgo conhecia o lugar.

Enfim Tristão apareceu novamente no pórtico, carregando um copo de chá nas mãos. O luar havia começado a nascer, e o canal adiante refletia um céu roxo cujas estrelas se revelavam aos poucos.

Ele sentou-se à frente das duas e ao encará-las de repente era o Tristão que Dimitria conhecia, arrogância em seus olhos azuis e gelados, na linha austera dos lábios.

Mas não era exatamente igual àquilo de que ela se lembrava. Mais de perto, as mangas de sua camisa de linho arregaçadas deixavam à mostra manchas marrons em seu braço esquerdo, pálidas mas indeléveis. Seu rosto ainda era duro e desenhado em mármore, mas existia uma suavidade nova ao redor de seus olhos, nas linhas de expressão que haviam se formado em sua boca. Aquele era um homem que sorria, muito mais do que Dimitria lembrava de tê-lo visto fazer. Tudo que antes era alinhado e correto parecia levemente torto, da melhor maneira possível: até as ondas douradas e principescas de seu cabelo tinham um ar vivido em seus contornos, como se aquelas mechas fossem regularmente bagunçadas por um par — ou pares — de mãos.

Tristão percebeu que Dimitria o analisava, e ergueu uma sobrancelha em desafio.

— Há meses Osha vem me dizendo que alguém do meu passado estava vindo — ele começou, sem preâmbulo ou explicação, como se fosse óbvio ao que estivesse se referindo. — Eu pensei que algum dos meus amigos viria visitar, já que estou aqui há dois anos e nunca ninguém teve o menor interesse em me ver. — Tristão usava as palavras "nunca" e "ninguém" com uma dureza calculada. — Ou que meu pai finalmente imploraria perdão por tratar seu primogênito como um pária e mandá-lo para o fim do mundo. Mas é claro que tinha que ser vocês.

Ele quase cuspiu a última palavra, mas algo no jeito que ele falava — com um verniz de desafio e desdém que Dimitria conhecia bem — parecia muito perto de vergonha.

— É muito bom ver você de novo também, Tristão — Aurora sorriu, delicada. — Parabéns pelo casamento.

Como sempre, a doçura de Aurora era capaz de desarmar certas barreiras com a eficiência de uma flecha, e a expressão de Tristão suavizou, as linhas duras amaciando levemente. Ele ergueu seu olhar para a casa.

— Estamos juntos há um ano e meio, mas nos casamos oficialmente há seis meses. É a melhor parte desse fim de mundo que chamam de Crescente. — As palavras eram arrogantes mas o tom era gentil, e foi tão estranho ouvir uma gentileza vindo dele que Dimitria quase engasgou com o chá.

Ela queria perguntar centenas de coisas, mas Aurora apertou sua mão, e Dimitria deixou que continuasse, conduzindo a conversa com suavidade.

— Como vocês se conheceram?

O rosto branco de Tristão se tingiu de um vermelho como o pôr do sol.

— As beignets de Félix. Eu queria conhecer o fornecedor de uma coisa tão gostosa, pensei que talvez pudesse convencer meu pai a organizar uma operação comercial que as enviasse para Nurensalem. São ouro em forma de doce!

Dimitria tinha que concordar.

— Félix não estava interessado em expandir, mas concordou em conversar. — Tristão franziu a testa, o olhar perdido em uma memória. — Eu tentei convencê-lo de todos os jeitos até perceber que... bom. Que ele estava interessado em mim.

Aurora sorriu, acariciando a mão de Dimitria.

— Vocês conheceram Félix. Ele é mais doce do que as beignets. — Tristão deu de ombros, mas um sorriso sincero iluminou seu rosto. Dimitria nunca havia achado Tristão bonito de verdade: ele tinha todas as linhas nos lugares certos, mas lhe faltava alma. Agora, porém, era inegável que sua beleza brilhava sob a luz do amor.

— E Osha? — Aurora perguntou.

— Osha é nosso agridoce. — O sorriso de Tristão se alargou ainda mais, a afeição evidente nas covinhas perfeitas que marcavam suas bochechas. — Ela também gostou da minha ideia de expansão. Montamos um plano e tudo. Era ambicioso, e ela deu ouvidos a mim, me ajudou a tornar o planejamento mais completo e mais arrojado. Precisam ver quando Osha tem uma ideia, ela é um furacão na hora de fazer acontecer.

Dimitria não conseguiu evitar um sorriso. Ela tinha visto o furacão Osha em ação e tinha que concordar.

— Aos poucos a ideia de expansão se tornou uma desculpa pra gente passar mais tempo juntos. Eu comecei a frequentar almoços e jantares, pernoitando quando acabávamos muito tarde. Eles me faziam sentir como se... como se eu tivesse uma família.

Ali estava o cerne da transformação de Tristão. Era claro como o dia para Dimitria, se anunciava no brilho de seus olhos e no jeito que apertava as mãos, nervoso e feliz ao mesmo tempo.

Humano, em vez do homem de porcelana que ela conhecera.

— Quando eu percebi, estava apaixonado pelos dois. E foi como... como se toda a minha vida, os dois estivessem só me esperando. Eles me conheceram no meu momento mais sombrio. Tinha sido largado aqui como um cachorro sarnento, e os dois me acolheram como um tesouro. Ouviram minhas ideias e me chamaram para jantar. Ao contrário do meu pai.

Falar do pai bastou para trazer de volta o azedume ao qual Dimitria estava acostumada. Mas não era repulsivo: era mais triste do que qualquer outra coisa, mesmo que o instinto da caçadora fosse veementemente contra sentir pena de um Brandenburgo.

— Desde que me enfiou aqui, ele nem ao menos escreveu uma carta. Para todos os efeitos, estou morto para ele. Minha doença foi curada, mas eu continuo sem poder ter filhos.

Tristão cerrou as mãos, tocando o anel de ágata que levava no dedo do meio, e, mesmo que seu tom fosse leve e coloquial, havia um toque de dor por baixo.

— Quer dizer, isso é mentira. Eu tenho um filho. — À simples menção de Hugo, Tristão ficou mais suave e mais feroz ao mesmo tempo, como uma ursa rosnando a qualquer ameaça a seus filhotes. Ele endireitou a postura, retomando um pouco do orgulho que costumava cobri-lo como um manto. — Pena que meu pai jamais vai conhecê-lo. Azar o dele, na minha opinião. Não sabe o que está perdendo.

Dimitria suspeitava de que Tristão não estivesse falando somente de Hugo.

— Sua doença foi curada? — Aurora perguntou, apoiando os cotovelos nos joelhos e o rosto nas mãos como uma estudante atenciosa. — É uma coisa boa, não?

Tristão sorriu, assentindo, e a vergonha voltou a tingir seu rosto. Ele desviou o olhar, inspirando lentamente. Mesmo que olhasse para os canais e para o céu, que havia escurecido mais durante a conversa, seu olhar parecia perdido em outros lugares, outros tempos, nas terras inóspitas do passado.

Enfim voltou a olhar para elas, tenso, mas havia uma hesitação na maneira como seus lábios apertaram quando falou.

— Eu nunca tive a chance de... de, vocês sabem. Depois de tudo que aconteceu, eu fui... eu agi de uma forma que... as circunstâncias foram...

Era evidente que Tristão estava tendo dificuldade de falar, procurando qualquer alívio na expressão das duas com angústia evidente. Dimitria se divertiu por um segundo. Ela ainda tinha raiva de Tristão, mesmo que ele estivesse tão... diferente. Era difícil esquecer o que ele havia feito para Igor, a arrogância e preconceito com o qual os havia tratado.

E ainda assim, ela sabia o que ele queria dizer, porque Dimitria também tinha dificuldade em pedir desculpas, e entendia que o orgulho de Tristão estava digladiando-se com a vontade de fazer o que era certo.

Se fosse escolha de Dimitria, esperaria que sofresse mais um pouco.

Aurora, porém, tinha outros planos, e estendeu a mão, colocando-a por cima da mão de Tristão. Assim que o fez, ele arregalou os olhos, e Dimitria soube que o fim do sol havia trazido o frio de volta para a pele de Aurora.

— Tristão, eu preciso de ajuda — ela disse, suavemente, o olhar fixo no Romandino. Dimitria apreciou como a namorada não deixou que se demorasse em desculpas e autopiedade e foi direto ao ponto. — Seu pai nos mandou até aqui porque disse que há um mago que pode nos ajudar. Eu imagino que ele saiba disso porque o mesmo mago cuidou da sua doença...? Precisamos encontrá-lo, antes que seja tarde demais.

Tristão balançou a cabeça e, com o polegar da mão livre, acariciou o anel de ágata. Ele hesitou um segundo antes de responder.

— Não é um mago. — ele respondeu, levantando os olhos. — É uma bruxa. E ela não gosta de estranhos... Eu só consegui falar com ela porque estava desesperado. — O resquício de orgulho se avolumou em sua voz, mas ele o reprimiu. — Osha deve ter contado a vocês que nossa Junta Comunal não gosta de magia, então Cáligo é desconfiada.

E ainda assim eu nunca cheguei realmente a vê-la; usei todo o meu ouro para pagá-la e ela me deu esse anel. Em algumas semanas, eu estava curado.

— Cáligo? — Dimitria indagou, a memória voltando — Achei que esse era o nome do pântano.

— A bruxa e o pântano são uma coisa só. Ela se esconde lá, nas entranhas do mangue, em uma casa debaixo das raízes.

— Se o que precisa é desespero, isso temos de sobra. Temos que ir até ela. — Dimitria fez menção de levantar-se, mas Aurora apertou sua mão com mais força. O frio fez Dimitria querer estremecer, e ela segurou a vontade.

Tristão negou com a cabeça.

— O pântano é traiçoeiro à noite. É um labirinto infestado de crocodilos, lama movediça... e como eu disse, Cáligo não gosta de estranhos. É melhor que vocês esperem até de manhã, não fica longe daqui.

— Nós não temos medo de crocodilos. — Dimitria revirou os olhos, mas Tristão continuava sério quando a encarou, a expressão sombria.

— Pois deviam. Hugo quase morreu em um ataque de crocodilo alguns meses atrás. Não sei se vocês notaram que ele está mancando?

Um arrepio desceu a espinha de Dimitria quando ela se lembrou da corrida desenfreada do menininho em direção a Osha e Félix. Ela havia reparado em um leve coxear de seus movimentos, mas imaginar um crocodilo o ameaçando era assustador.

— Ah, Tristão. — O rosto de Aurora se contorceu em preocupação. — Eu sinto muito. Ele é um garoto muito doce.

— Tão doce quanto o pai, aventureiro como a mãe. E acho que se parece um pouco comigo, também? — Era mais esperançoso do que verdadeiro, mas Dimitria não teve coragem de corrigi-lo. — Ele começou a me chamar de pai faz pouco tempo, sabe. Estou ensinando-o a empunhar uma espada. Será o espadachim mais habilidoso da Crescente!

A caçadora reprimiu um sorriso ante ao orgulho de Tristão. Ela sabia que Clemente sempre quisera um neto, e talvez Hugo Romero não fosse o que ele tinha em mente. Mas era triste pensar que sua arrogância o impediria de ver seu filho sendo um pai melhor do que ele jamais seria.

— Amanhã cedo eu lhes mostrarei o caminho — concluiu Tristão. — Félix pode emprestar nossa canoa, e vocês desbravam o pântano sob a luz do dia. Mas não tenham muitas esperanças. Talvez demore para que Cáligo confie em vocês.

Dimitria concordou, mas em seu coração sabia que não era uma questão de confiar: ela faria Cáligo ajudá-las, não importa o que custasse. Sim, a bruxa era uma estranha, mas até mesmo uma estranha entenderia que era uma questão de vida ou morte, certo?

Até mesmo uma estranha entenderia que o amor da vida de Dimitria valia qualquer coisa. Mesmo sem conhecê-la, Dimitria se perguntou como Cáligo — uma pessoa que dominava a magia, que podia ajudar qualquer um — seria capaz de negar ajuda a um casal apaixonado. Quem era a figura misteriosa escondida no pântano, e por que ela se escondia? Mesmo sem querer, Dimitria pensou no que Osha havia dito — na figura do passado, que tinha contas para acertar com Dimitria. Era Tristão, não era? Então por que Dimitria revirava aquela frase na cabeça como uma carta de baralho?

Era nisso que Dimitria pensava, enquanto Aurora e Tristão conversavam sobre os perigos que as aguardavam no pântano do Sul.

* * *

Aurora e Dimitria se arrumavam para dormir com roupas emprestadas de Osha, após a insistência de Félix para que passassem a noite — ele era tão habilidoso em sua hospitalidade quanto era com as beignets. O quarto de visitas era pequeno e arrumado, a janela retangular dando vista para o canal e o jardim aos fundos da casa, onde Félix e Tristão dividiam uma bebida e conversavam aos sussurros.

Dimitria debruçou-se por cima da janela, aproveitando a noite que, pelos padrões de uma nortenha, era quente e úmida. Aurora veio a seu lado, apoiando a mão no braço da caçadora e trazendo a lembrança do frio de Nurensalem, mas Dimitria preferia sentir o frio a ficar longe da namorada. Aurora também observava o casal no jardim, e, quando Osha saiu da casa e se juntou aos dois, um sorriso suave atravessou seu rosto.

— Tristão parece outra pessoa. — Não era uma pergunta, e Dimitria assentiu, concordando.

— Parece que fizeram uma transfusão de alma, isso sim. E ainda assim é o mesmo Tristão, só que mais...

— Ajustado. — Aurora tirou as palavras de sua boca. — O amor faz isso com as pessoas, sabe.

— Amor, e um carregamento vitalício de beignets.

— É, isso também. — Aurora procurou o olhar de Dimitria, e havia um vinco de preocupação em sua testa, uma pequena linha que marcava o espaço entre as sobrancelhas. A caçadora alisou a ruga com o polegar, sentindo o vinco se intensificar sob seu toque, a própria testa franzida de preocupação.

— Agora você entende por que eu não posso esquecer?

— O que você está dizendo, Aurora? — Dimitria conseguia ouvir o próprio coração pulsando de medo, e era tão insistente e dolorido que ela preferiria sentir qualquer outra coisa.

— Tudo que nós passamos nos últimos anos me transformou, também. Eu era uma garota mimada e perdida, vivendo no topo de uma torre. Você me deu o mundo, Demi. Me deu coragem e liberdade e eu não posso simplesmente perder tudo isso.

— Não vai perder, Aurora. — Dimitria sabia que sua exasperação estava transparecendo na voz, mas não conseguiu controlar; era menos assustador do que o medo, que ameaçava devorar suas entranhas. — Mesmo que você tenha que tomar a poção, a gente vai achar um jeito de...

— Você não sabe. Você diz isso mas não faz ideia do que eu vou perder ou não. Pare de prometer coisas que não pode cumprir. — Aurora ergueu a voz, e foi tão repentino e pouco característico que Dimitria afastou a mão do rosto dela, procurando suas feições para ver se era quem conhecia. A parte racional de Dimitria sabia que era o medo de Aurora falando, mas o convite para uma briga era álcool que acendia suas veias e a fazia esquecer do próprio pânico.

— Me desculpe se eu não quero que você morra — ela respondeu, mais irônica do que gostaria, e Aurora cruzou os braços e afastou o corpo.

— Esse é o problema. Que tipo de conversa a gente pode ter se você tem essa carta triunfal na manga?

— Carta triunfal? — Dimitria riu a despeito da frustração que começava a queimar em seu sangue, mágoa e tristeza espalhando-se e criando um coquetel explosivo. Como Aurora podia pensar uma coisa dessas? Um baque de dor tomou o seu peito: nem ao menos compreendia o que aquela escolha significava para ela.

— Você acha que é triunfo para mim? Saber que nós vamos ter que escolher entre sua vida e nossas memórias? Belo triunfo! — Ela não queria brigar, e ao mesmo tempo seu coração pulsava e doía, medo e desespero mesclados. Ela só queria que Aurora entendesse, de uma vez por todas, que não podia viver sem ela.

— *Nós* não vamos ter que escolher nada, Demi. — Aurora baixou a voz, assumindo o tom formal e sério que usava nas festas de seu pai, e mais do que qualquer agressão foi aquela frieza que atingiu Dimitria. — *Eu* vou ter que escolher. É a minha vida. São as minhas memórias.

A frase provocou uma sensação fria e desagradável no estômago de Dimitria. De repente, Aurora era uma estranha, tão distante que mesmo o pequeno espaço entre as duas parecia intransponível.

— Ah, claro. E eu sou uma passageira na sua vida? — A mágoa misturou-se aos outros sentimentos. — Eu só quero te proteger, Aurora. Como sempre quis. Quero que você sobreviva, não importa o custo.

Como era possível que Aurora não enxergasse o óbvio? Ela não podia ter mais nenhuma memória se estivesse morta, congelada sob o peso de uma maldição.

— Esse custo não é seu para pagar! — Aurora bateu uma mão contra o batente da janela. — Como a lembrança dos nossos beijos e da nossa primeira vez. Como a coragem que eu ganhei, e a autonomia, e a independência, como as partes boas e as partes ruins. — Os olhos verdes se encheram de lágrimas, faiscando sob o peso das palavras de Aurora, e uma onda avassaladora de carinho se sobrepôs momentaneamente à mágoa que Dimitria sentia.

— Aurora, eu... — Ela estava prestes a pedir desculpas, mas Aurora falou de novo, aço ao redor de suas palavras, transformando-as em navalha:

— Quão injusto seria perder minha vontade de novo para um Coromandel, Dimitria? Seu irmão me colocou nessa situação. Você vai me impedir de sair dela?

Dimitria engoliu em seco, e quaisquer desculpas morreram sob o que Aurora dizia. Sua silhueta estava iluminada pelos raios pálidos da lua, fazendo-a parecer ainda mais gelada do que a maldição sugeria.

Dimitria assentiu, cruzando os braços, reprimindo as lágrimas.

— Parece que o feitiço esfriou seu coração, também — ela retrucou, e viu que havia conseguido produzir o efeito desejado quando Aurora inalou o ar num sobressalto. Uma pontada de satisfação misturou-se à tristeza profunda em seu peito, e ela se recusou a dizer qualquer coisa mais, sabendo que a batalha havia ficado empatada.

As duas foram para cama em silêncio, engolidas pela brisa quente e abafada da briga.

Capítulo 13

A mágoa se erguia como uma muralha entre as duas, acompanhando-as quando tomaram o caminho até o pântano na manhã seguinte.

Dimitria sabia que tinha que se desculpar; insinuar que Aurora não ligava para ela era egoísta e mentiroso. E, ainda assim, ela não conseguia superar a mágoa pelas palavras da namorada, pela facilidade com que ela usara o ponto fraco de Dimitria, como uma predadora. Ela sabia que Igor fora o responsável pela maldição, e sentia culpa o suficiente sozinha sem Aurora precisar lhe provocar.

Em sua opinião, o pecado de Aurora era maior — portanto, ela que se desculpasse primeiro.

Aparentemente, porém, a namorada pensava a mesma coisa — e por isso as duas estavam silenciosas e sonolentas sob a névoa branca da manhã. Dimitria desviou toda sua atenção para Félix, que explicava a maneira correta de manejar o barco pelos canais sinuosos de Marais-de-la-Lune.

Qualquer coisa para evitar os olhos verdes e gentis de Aurora, seus lábios nevados de açúcar das beignets.

— Tem certeza que não querem que eu vá com vocês? Posso fechar a loja por hoje. — Félix franziu a testa, a mão apoiada na curva elegante da proa, e Dimitria se perguntou quanto da oferta tinha a ver com carinho pela embarcação.

Tristão revirou os olhos, entregando um pergaminho dobrado para Dimitria e apoiando a mão no ombro do marido.

— Elas sabem se virar, e hoje a gente tem as entregas para a Junta Comunal, lembra?

— Ah, é. — O rosto de Félix se iluminou com a lembrança repentina. — O que eu faria sem você?

— Sem mim eu não sei, mas se ouvisse metade do que eu te digo poderíamos estar ricos.

— Você e Osha com essa ladainha de sempre. Não precisamos ser ricos, Tris, só felizes o suficiente para não importar. — Félix beijou o rosto de Tristão, sorrindo com um tom de quem encerra qualquer discussão.

Tristão amoleceu sob o beijo do marido, mas manteve o tom incisivo.

— Você sempre fala isso, mas nunca comeu hadoque defumado em um chalé nas montanhas — Tristão retrucou, e retribuiu o beijo antes de se voltar para Dimitria e Aurora, que começavam a embarcar no bote. Ele encarou o canal para além delas, respirando fundo e inalando a névoa e o ar já quente da manhã.

— Tomem cuidado. Cáligo é... — Ele escolheu a palavra, cuidadoso. — Peculiar.

— Geralmente quem diz esse tipo de coisa quer dizer "mortal", *Tris*. E além disso, ela pode ser *peculiar*, mas eu sou insistente. — Dimitria retrucou, apanhando um dos remos que ficava na lateral do barco e medindo-o nas mãos. Mesmo com o peso da aljava e arco em seu corpo, Dimitria conseguiria manusear o barco sem problema. De uma coisa ela sabia: não estava prestes a ir em direção a uma bruxa do pântano sem seu arco, e especialmente sem as flechas venenosas que trouxera para a viagem.

Tristão não riu do comentário, lançando um olhar de desdém para as duas antes de desfazer o nó que prendia o barco ao píer.

— Arrogante como sempre, Coromandel. Tente não se afogar.

— Ou ser comida por crocodilos — Félix acrescentou, sério, empurrando o barco para ajudar no impulso e depois envolvendo a cintura de Tristão com os braços. Sua testa estava franzida de preocupação quando ele falou em seguida. — Ou deixar que meu barco seja comido por crocodilos.

Suas prioridades parecem mesmo em ordem, pensou Dimitria, enfiando o remo nas águas do canal e impulsionando o barco.

Aurora fazia o mesmo ao seu lado, seguindo a cadência estabelecida pela caçadora, e logo o píer — e junto às silhuetas de Tristão e Félix — sumiu por trás de uma camada grossa e branca de névoa.

O silêncio entre as duas fez com que os sons do canal e da manhã enchessem o ar, ininterruptos. Havia o zumbido insistente das cigarras, sobrepondo-se a um trilar constante de passarinhos. Ocasionalmente, um pio mais grave cortava o som, marcando a batida da cidade com um ritmo que parecia combinado.

Mais consistente que tudo, porém, era o som do remo puxando a água, conduzindo o bote pelos canais e embalando a viagem com seu vigor. Depois de alguns minutos, seus braços ardiam com o movimento constante, e as pernas por fazê-lo de pé, mas Dimitria não se importava.

Era melhor do que pensar em Aurora.

Perto da cidade, os canais eram ladeados por ruas de pedra e paralelepípedo, mas não demorou muito para que as avenidas dessem lugar a estradas simples, árvores verdejantes tomando conta do espaço como as casas antes delas e dando vista para algumas construções esparsas e solitárias. Em pouco menos de meia hora, porém, não havia mais estrada, nem terra — só campos verdes e caudalosos às duas margens do canal, cobertos por salgueiros cuja folhagem tocava a água.

Alguns raios de sol penetravam pela camada de nuvens que cobria o céu, filtrando pela folhagem verde e projetando uma luz quente e natural em cima das duas. Dimitria tentou não pensar em como a luz batendo fazia os cabelos de Aurora parecerem trigo, ou como o verde das árvores tinha o mesmo tom de seus olhos. Ela manteve o olhar no horizonte, onde a massa sombria do pântano começava a se avolumar.

Enfim o canal se abriu em uma pequena bacia às margens do pântano. A névoa era mais densa ali e misturava-se com o verde criando um cenário estranho. Havia outros sons ali — o coaxar de sapos, o ocasional barulho de água, sempre acompanhado por uma sombra subaquática que se afastava rapidamente quando o remo de Dimitria encontrava a superfície do canal. Mesmo a água ali era verde, um verde-escuro como musgo, coberta por limo e hastes de folhas que nasciam nas profundezas do pântano.

— É aqui. — Dimitria quebrou o silêncio e sua voz ecoou pelo ar como um sino; Aurora estremeceu e assentiu. Ela apontou uma reentrância na parede de salgueiros, um túnel de árvores e raízes que formava uma entrada.

Dimitria considerava a si mesma uma pessoa corajosa, mas um tremor lhe perpassou o corpo ao encarar aquela boca úmida, seus dentes de raízes, sua língua escura e caudalosa. Havia muitas coisas que preferia à ideia de guiar o pequeno barco de Félix por ali, e ela engoliu em seco, enfiando o remo na água para evitar que a corrente do canal as levasse contra sua vontade. Suor frio escorria por seu pescoço e suas costas, e Dimitria disse a si mesma que era fruto da remada e não indicador de algo mais sinistro.

Ela deu alguns passos para trás no pequeno barco, trombando contra o corpo quente e teso de Aurora.

— Demi? — Aurora ergueu os olhos para a caçadora, tantas coisas não ditas em seu olhar que era como encarar as águas do canal: não havia como saber o que existia em suas profundezas. Dimitria não sabia se a namorada estava prestes a pedir desculpas, e descobriu que preferia não saber. Estava apegada à sua mágoa como um bicho de estimação venenoso, e endureceu o olhar, afastando-o das águas perigosas dos olhos de Aurora.

— Não temos tempo a perder — ela retrucou, seca, e enfiou a pá do remo na água, levando-as na direção inevitável.

O pântano fechou sua boca sobre elas imediatamente. A folhagem criava noite ali, salgueiros e chorões formando uma cortina densa e espessa que caía quase à altura de Dimitria. O canal era estreito, apenas um tanto mais largo que o bote, e levava para a frente como uma garganta escura.

O cheiro pungente de terra e mato invadiu as narinas de Dimitria, enchendo seus pulmões como se a própria terra estivesse sufocando-a. Mesmo o calor do sol não era capaz de chegar ali, e a umidade banhava o corpo da caçadora com insistência pegajosa.

Elas avançaram um pouco mais até que o canal se ramificou em várias direções, túneis que levavam para dentro das entranhas do pântano. Um som de algo na água interrompeu o silêncio, e o coração de Dimitria martelou ao virar na direção — ela só conseguiu ver as pontas pretas de escamas submergindo antes que sumissem.

— Você viu isso? — Aurora sussurrou, pois qualquer som mais alto cortaria o ar como uma flecha, e Dimitria apenas assentiu. Ela sentiu farpas de madeira, ásperas contra a palma de sua mão, e se forçou a relaxar os dedos no cabo do remo.

Não era apenas a pouca luz, ou o que quer que se escondesse debaixo da água. Havia um cheiro cediço e profano ali, o cheiro que Dimitria costumava associar a cemitérios e túmulos recém-abertos. O cheiro do passado, com suas longas unhas e mandíbulas inescapáveis.

Ela não queria pensar em mandíbulas, não quando as escamas estavam tão perto. Dimitria tirou o mapa de Tristão de dentro do bolso, acompanhando o desenho de uma linha preta que se estendia da bacia onde elas estavam por um dos canais — o mais escuro e sinuoso de todos.

É lógico.

Dimitria quase perguntou a Aurora se achava que aquela era uma piada de mau gosto de Tristão, uma vingança pelo que tinha acontecido dois anos antes. Talvez Félix e Osha fossem atores contratados, e as duas fossem passar o resto de seus dias perdidas nas águas turvas e ameaçadoras do pântano. Ela abriu a boca para dizê-lo, mas mudou de ideia: a mágoa ainda estava alojada em seu peito, e Dimitria não queria traí-la com uma brincadeira.

Em vez disso, seguiu o caminho na direção do canal estreito.

O som dos pássaros morreu ali, e, quando a cortina de salgueiros se fechou atrás das duas, nem mesmo o coaxar de sapos parecia capaz de adentrar o silêncio denso e pesado que se abateu sobre o bote. Dimitria olhou o mapa novamente, procurando as reentrâncias estreitas e labirínticas no canal.

Uma esquerda, uma direita, uma curva tão apertada que o bote quase ficou preso entre as margens. Depois de algumas viradas, Dimitria se sentia tão perdida quanto um coelho em uma manada, e manteve os olhos fixos no mapa, com medo de errar qualquer instrução. O pântano não tinha nenhuma lógica, e, entre seus canais escondidos pela névoa e caminhos confusos e tortuosos, ela se perguntava quantas pessoas não haviam sumido para sempre em busca da bruxa da Crescente.

Não era só o caminho tortuoso — havia uma sensação inquietante na nuca de Dimitria, e enfim ela entendeu o que era ao ver os olhos atentos e luminosos de uma coruja, fixos no pequeno bote. Elas estavam sendo observadas, não só pelos animais, mas por alguma *coisa* que se esgueirava no pântano, escondida por trás das raízes do mangue. Uma coisa cheia de escamas e dentes, prestes a dar o bote na primeira curva errada que fizessem.

Enfim o pequeno túnel em que estavam começou a se abrir de leve, as raízes de árvores formando arcos mais largos até que chegaram a um lago oval. Poucos raios de sol conseguiam penetrar pelo dossel de folhas que cobria o lago, mas era o máximo de iluminação que iam ter ali. Dimitria suspirou de alívio pela primeira vez, e, quando passou a mão no pescoço, um suor gelado molhou seus dedos.

No fundo do lago, um nó de raízes e folhagem formava algo que lembrava vagamente uma cabana. O teto era coberto pelas lâminas verdes das folhas de salgueiro, que se derramavam por cima de uma estrutura entranhada de raízes ao redor do tronco sólido e castanho de um cipreste. Uma porta estava fechada na parte da frente do tronco, feito também de raízes, mas uma luz esverdeada e pálida brilhava na parte de dentro da cabana. Olhar para a pequena construção foi o suficiente para provocar uma sensação intensa e penetrante nos ossos de Dimitria; seus dedos formigaram e ela teve a vontade insuportável de virar o bote e ir embora dali.

Na água ao redor da cabana, estacas de madeira emergiram da água, formando uma cerca ameaçadora. A mensagem era direta: quem quer que estivesse lá não queria ser incomodado. Não eram só as estacas, porém: o ar ali era hostil, carregado de magia e perigo, e os instintos da caçadora gritavam a plenos pulmões para que ela ouvisse o recado.

E ainda assim, Dimitria sabia que não tinha escolha.

Ela interrompeu o movimento do bote, enfiando o remo na água e ouvindo Aurora também fazer isso. Mesmo magoada pela briga, Dimitria procurou o olhar da namorada, ancorando-se nele para achar a coragem que parecia lhe faltar. A doçura ainda estava ali, como Dimitria a conhecia, e ela sentiu um fisgar em seu coração. Iam ficar bem.

Agarrada àquela certeza, Dimitria abriu a boca para falar.

— Cáligo...

Antes que terminasse de falar, um tremor se espalhou por baixo das águas do lago. Três sombras surgiram perto das estacas, e a ponta de suas escamas quebrou a superfície da água. Olhos reptilianos acompanharam, e de repente os três maiores crocodilos que Dimitria jamais vira arreganharam suas presas, os olhos maldosos e violentos.

Não eram crocodilos normais. Suas escamas eram brancas como osso, escorregadias e brilhantes pela água do canal, e se moviam de forma rápida e nauseante. Dimitria não perdeu tempo, alcançando uma flecha e armando seu arco, mas os animais rodearam o pequeno barco e estalaram as presas, famintos. De perto, seus olhos cintilavam com o brilho pouco natural da magia.

— Demi — Aurora se afastou da borda do bote, encolhida contra as pernas de Dimitria, e a caçadora reprimiu o medo, focando a atenção em um dos animais. As penas da flecha faziam cócegas entre os dedos, e ela mediu a tensão do arco, mirando firmemente em um dos crocodilos e soltando a flecha. O animal foi mais rápido, porém, e a flecha sumiu na água quando ele desviou.

O maior dos crocodilos abriu a boca — suas mandíbulas eram tão grandes quanto o barco, os dentes amarelos do tamanho do antebraço de Dimitria — e uma voz ameaçadora soou pelo alagadiço, parecendo vir das entranhas da água, submersa e distorcida. Ainda assim, era como o eco antigo de uma memória, e uma lembrança surgiu no fundo da mente de Dimitria, elusiva e sem sentido.

A voz era familiar, mas também era tingida de magia, e isso lhe fazia lembrar de Igor.

— Quem são vocês?

— Viemos em busca de ajuda! — Dimitria tentou não demonstrar a irritação, mas era difícil não sentir raiva de quem quer que estivesse atiçando crocodilos gigantes na direção das duas. Era mais fácil sentir raiva do que medo. — Mande seus monstros embora.

— Não me importa o que querem — disse a voz, calmamente, quase que parecendo se divertir. — Eu perguntei quem são vocês.

— Eu sou Aurora van Vintermer, ela é Dimitria Coromandel — respondeu Aurora depressa, os olhos fixos no crocodilo à direita do barco. Ele a encarava com a mesma intensidade. — Viemos de Nurensalem para te encontrar.

— Nurensalem — a voz repetiu, saboreando a palavra como se fosse uma beignet. Não era uma pergunta, e logo depois um silêncio pesado encheu o espaço. Em seguida, os corpos brancos e escorregadios dos crocodilos se afastaram do barco, deslizando nas águas escuras, e alívio misturou-se às batidas do coração de Dimitria.

A folhagem no topo da casa se abriu levemente, e encarapitada no telhado estava uma bruxa. Seu corpo era coberto por folhas de salgueiro, o rosto oculto por uma máscara de madeira seca, e seus cabelos escuros caíam como cordas ao redor do corpo, lisos e espessos. Dimitria não conseguia parar de olhar para a figura. Se sentia tão faminta quanto os crocodilos, tentando decifrar qualquer detalhe que fosse, mas as feições estavam cobertas tanto pela máscara quanto pelas sombras do pântano, e algo dizia à caçadora que elas não deveriam se aproximar.

A bruxa falou de novo, e dessa vez sua voz era mais leve, livre da influência do feitiço que havia feito. Ainda assim, um formigar intenso espalhou-se pelo corpo de Dimitria quando ela falou, como se houvesse algo além de magia em suas palavras.

— Falaram quem são vocês e eu lhes direi quem sou eu. Me chamam de Cáligo, a bruxa do pântano, e é assim que podem me chamar. O que querem no meu lar? — O queixo de Aurora pendeu levemente, e ela parecia prestes a dizer alguma coisa quando Dimitria a interrompeu. Não tinham tempo a perder.

— Minha noiv... — ela se corrigiu antes de continuar, e sabia que soava desesperada pelo jeito que as palavras pareciam engasgar em sua garganta — ... namorada está sob o efeito de uma maldição. Nos disseram que é incurável.

A bruxa assentiu lentamente.

— Eu sinto o cheiro da morte em você, Aurora van Vintermer. — Aquilo provocou uma repulsa intensa em Dimitria, e ela cerrou os dentes para impedir-se de lançar o café da manhã canal adentro. — O feiticeiro que jogou essa maldição morreu, estou certa?

Dimitria assentiu, tentando não pensar em Igor, mas era impossível. A memória dele parecia assombrar aquele pântano tanto quanto os salgueiros e crocodilos.

— Quando um feiticeiro morre, seus feitiços se comportam de maneiras estranhas e incompreensíveis. Me diga, quais os efeitos da maldição?

— Ela está congelando — Dimitria respondeu, afastando o desespero e a náusea. — Quando fica frio, começa a tossir como se...

— O inverno tivesse feito morada dentro de si — completou a bruxa, e havia uma nota de tristeza em suas palavras, uma demonstração de pena por Aurora. — Sinto o frio mesmo de longe, empesteando meu pântano e esfriando meus dedos. Está em seu coração, eu receio.

O eco às palavras de Dimitria era tão evidente que ela teve que reprimir a vontade violenta de gritar.

— Pode nos ajudar? — Aurora foi até a proa do barco, apertando a balaustrada, os nós de seus dedos ficando brancos.

A bruxa ficou em silêncio por um segundo. Ela estendeu a mão, segurando uma raiz reta e nodosa que estava a seu alcance, e quando a puxou Dimitria percebeu que não era uma raiz — era um cajado, formado da mesma madeira que sustentava os mangues. Na ponta, um cristal branco e leitoso emitia uma luz pálida, prateada como a da lua.

Ela murmurou algumas palavras e o brilho do cristal se intensificou. Dimitria tentou ignorar a sensação de familiaridade que sentia quando a bruxa se movia, como se seus movimentos fossem coreografados em uma dança que a caçadora conhecia.

Com um leve ranger, a porta da cabana se abriu. O tentáculo escuro e retorcido de uma raiz de madeira se estendeu para fora, sua ponta enrolada em um frasco de poção cujo líquido prateado refletia a pouca luz do sol. Ele se estendeu até o bote das duas.

O estômago de Dimitria revirou ao reconhecer o que o tentáculo segurava.

— Este tônico é capaz de apagar os efeitos de qualquer maldição. Porém, eu receio que seu efeito colateral seja cruel. Ele apaga...

— As memórias de quem o toma. — Dimitria suspirou pesadamente, estendendo a mão para apanhar o frasco da ponta do tentáculo, que se retraiu em direção à casa quando ficou livre. Dimitria apertou os dedos ao redor do vidro, sentindo-o quente e pesado em suas mãos.

— Nós sabemos.

— Não há outra maneira? — Aurora perguntou, a voz pequena e angustiada como a de uma criança, e o coração de Dimitria se partiu em mil pedacinhos. Havia uma réstia minúscula de esperança, uma única gota, mas Cáligo a apagou com sua resposta.

— Não. Eu sinto muito — ela disse, e Dimitria acreditou nela.

O frasco vítreo e inútil cintilava na ponta do tentáculo de madeira, e Dimitria soube que faria de tudo para que Aurora bebesse dele. Apanhou-o com cuidado, girando-o nas mãos.

Era igualzinho ao frasco de Solomar, ela reparou, exceto pela falta de rótulo, compensada por uma marcação a fogo na rolha que tampava o objeto — uma flor-de-lis ali estampada.

A memória a atingiu como um relâmpago: Miguel Custódio, segurando um envelope marcado por uma flor-de-lis.

O ataque à magicina de Solomar.

— O que é isso? — ela perguntou, erguendo o frasco e sentindo o coração rugir em seus ouvidos. De repente, o pântano ficou ainda mais ameaçador, pesado e escuro como uma tumba. — Esse símbolo?

— É meu — a bruxa respondeu, soando confusa. — É como reconhecem um trabalho feito por Cáligo.

— Demi, o quê... — Aurora se virou, mas Dimitria a interrompeu, colocando o frasco em um bolso de suas calças. Enquanto falava, ela ergueu lentamente o arco e armou uma flecha.

— O que você fez com Solomar Grigori?

O nome do Grão-Mago foi como o detonador de uma bomba.

Cáligo deu um grito agudo, feroz e intenso, erguendo o cajado e emitindo um halo de luz branca que clareou o pântano. Dimitria treinou sua flecha na direção da bruxa, mas, assim que o projétil se soltou do arco, Cáligo traçou uma linha no ar com o cajado. A flecha se desintegrou em uma onda de luz branca, desfazendo-se em pó nas águas escuras do canal.

O bote adejou, e um dos crocodilos explodiu da água, colocando as patas dianteiras na proa de madeira. Aurora apanhou um remo, agitando-o sem controle na direção do animal, mas ele mordeu a ponta do objeto e o despedaçou em suas presas. Dimitria armou outra flecha, apontando-a de novo para Cáligo, mas Aurora gritou e ela desviou o alvo — a flecha voou na direção da garganta do crocodilo e fincou-se na carne macia e cinzenta entre seus dentes.

O crocodilo rugiu de dor. Dimitria não tinha mais as flechas encantadas do irmão, mas havia embebido os projéteis com uma essência de hera venenosa que causava queimação e urticárias ácidas.

O animal debateu-se na água, levantando pingos escuros e ondas que invadiam o bote, e Dimitria segurou-se nas bordas de madeira, tentando manter o equilíbrio. O crocodilo, porém, não parecia abatido apenas por uma flecha: ele voltou a investir no barco, seu peso fazendo- -o balançar perigosamente.

— SAIAM! SAIAM DAQUI! — A voz da bruxa voltou a ser distorcida e cheia de magia, e Dimitria reprimiu o pânico que se avolumava em seu peito. Ela lançou mais uma flecha no crocodilo, e a ponta ficou-se no olho esquerdo do animal.

Dessa vez, foi o suficiente. Ele bramou, sangue escuro escorrendo pelas escamas brancas, e fugiu para dentro da água em espasmos chapinhantes. Apesar disso, outras duas silhuetas volumosas se aproximavam na água, serpenteando com vigor assassino.

Dimitria não perdeu tempo. Ela ignorou os crocodilos e apontou mais uma vez para Cáligo. Armando três flechas venenosas em seu arco, Dimitria disparou.

A bruxa fez mais um arco no ar com seu cajado, lançando um feitiço de cor branca e ondulante. Uma das flechas passou ilesa, indo de encontro a ela e atingindo seu braço — mas as outras duas efetuaram um giro no ar e miraram em Dimitria.

A caçadora não teve tempo de reagir, e as flechas atingiram seu ombro esquerdo.

Dor. Ardente e intensa, explodindo como espinhos que nasciam em suas entranhas e cresciam de dentro para fora, rompendo pele e músculo em uma expansão contínua de agonia.

Um urro de dor nasceu e morreu em seus lábios, e Dimitria cambaleou para trás — uma, duas vezes — tropeçando na borda do barco e pendendo em direção à água. A dor era tamanha que sua consciência se esvaiu antes mesmo que batesse na superfície, e o grito de Aurora chamando seu nome soou como uma prece inútil e distante.

Capítulo 14

Dimitria estava presa em um pesadelo.

Quer dizer, parecia um pesadelo — mas era uma memória, que sob a lente do conhecimento de quem sabia o que ia acontecer se transformava em anunciação de uma tragédia. O passado tinha gosto de medo se engolido com os temperos do presente — um prato que, mesmo doce, amargava ao se saber o final.

No pesadelo, Dimitria caminhava por uma floresta fria. As árvores pareciam ossos, brancas e magras, silhuetas descarnadas contra a noite de inverno. Uma fumaça escura enchia as bordas da lembrança, que tinha cheiro e gosto — fumaça e fogo, carvão e desespero.

Apenas uma palavra enchia o ar, um som que se repetia de novo e de novo, dito por vozes dissonantes e engasgadas.

Denali. Denali! DENALI!

Uma das árvores se moveu na direção de Dimitria — não era uma árvore. Era sua mãe, tão magra e com a pele negra tão pálida que parecia um dos pinheiros desnudos. Seus cabelos, que tinham provocado inveja nas mulheres de Nurensalem pela cor de asa de corvo e espessura luxuriosa, agora não passavam de fiapos cobrindo uma cabeça que parecia enorme e pesada na estrutura fina e quebradiça de seu pescoço.

— Denali? — Ela agarrou os ombros de Dimitria, os dedos finos criando sulcos na pele. A dor se fazia sentir através do sonho, o fisgar frio e desesperado daquele gesto, e ela evitou olhar o rosto de Hipátia.

Ela nunca olhava.

— Não, mamãe — ela respondeu, e, mesmo que a memória fosse de muitos anos antes, no pesadelo a voz era da Dimitria adulta. — Denali se foi.

— Denali, pare com isso — Hipátia segurou o rosto de Dimitria com os dedos magros, e ela resistiu ao gesto insistente que a puxava. A outra mão continuava fincada em seu ombro, apertando tanto que Dimitria trincou os dentes para não gritar. O pesadelo sempre acabava assim, com a mãe suplicando para que a encarasse nos olhos, Dimitria evitando como se sua vida dependesse disso.

Ela nunca tinha sentido tanta dor, porém. Talvez por isso, Dimitria cedeu à pressão, virando o rosto na direção de Hipátia. Assim que encarou a mãe, um arrependimento se espalhou pela caçadora como a dor que queimava em seu ombro.

Hipátia não tinha olhos. Em seu lugar, dois sulcos escuros e infinitos encaravam Dimitria, como se quisessem engoli-la por completo.

— Denali, onde você está?

Dimitria abriu a boca e gritou. O mundo ficou escuro, e ela caiu novamente na febre e na dor.

* * *

A caçadora levantou-se num sobressalto.

Era fim de tarde na casa de Osha. A luz laranja do pôr do sol entrava pela janela, banhando o quarto com um calor convidativo, e Aurora dormia em uma cadeira ao lado da cama. Seus olhos estavam com olheiras escuras, os cabelos oleosos e desalinhados sobre o rosto, mas ela dormia profundamente, as mãos enroladas em seu diário.

Um assomo de afeição tomou o peito de Dimitria, que lembrou da briga, e soube que pediria desculpas assim que acordasse.

A caçadora respirou fundo, sentindo uma pontada aguda de dor em seu ombro esquerdo. As memórias vieram em rápida sucessão — o pântano, a flor-de-lis, os crocodilos, a flechada. Um gosto amargo e salgado invadiu sua boca, e Dimitria prometeu a si mesma nunca mais usar veneno de hera venenosa em suas flechas.

— Você podia ter morrido, Mitra. — Osha apareceu, apoiada no batente da porta, um prato fundo e fumegante em suas mãos. Os cabelos ruivos estavam presos em uma trança, que ela afastou ao se aproximar da cama de Dimitria. — Eu sou boa com venenos, mas duas doses são fortes demais até pra mim.

— Osha. Obrigada. — Uma onda de gratidão invadiu a caçadora, que estendeu as mãos para apanhar o prato e ouviu um ronco faminto em seu estômago. O cheiro suave de frango e gordura subiu da fumaça, e ela teve que se controlar para usar a colher que Osha lhe entregou em seguida. — O que aconteceu?

Osha suspirou fundo, lançando um olhar para Aurora antes de continuar, falando baixo.

— A loirinha te trouxe encharcada e sem vida ontem, duas flechas te atravessando que nem um peixe que mordeu anzol. Não sei como ela conseguiu tirar você da água, Mitra, eu realmente não sei, mas você escolheu bem sua mulher.

Dimitria lançou um olhar de soslaio a Aurora, que ressoava suavemente, e deu uma colherada na sopa enquanto pensava nas palavras de Osha. Uma coisa lhe chamou atenção.

— Ontem? — Ela olhou para fora, alarmada. — Eu fiquei...

— Mais de um dia desacordada.

— Isso explica a fome — ela sorriu, mas Osha cerrou os lábios.

— Eu disse para Tris que vocês não deveriam ir sozinhas. Mas Félix tinha um pedido importante, e alguém tinha que ficar com Hugo. — Ela suspirou. — Vocês deveriam ter esperado.

— Aurora não tem tempo a perder — Dimitria respondeu, suave. — Precisávamos da ajuda da bruxa. Eu só não achei que ela fosse ficar tão violenta de repente.

— E vocês conseguiram? Espero que seu pequeno mergulho no canal infestado de crocodilos tenha valido a pena.

Dimitria apoiou a sopa na mesa de cabeceira e debruçou sobre suas pernas, ignorando a pontada de dor e alcançando o bolso da calça. O frasco de poção continuava ali, e, quando Dimitria o tirou, o líquido prateado brilhava com a mesma intensidade.

Se por um lado aquela era a solução para os problemas das duas, por outro pensar no que significava aquele antídoto causava uma agonia em Dimitria que nada tinha a ver com as flechas envenenadas.

É claro que ela estava preparada para as consequências. Não poderia existir um mundo em que Aurora não estivesse viva, e portanto não era tanto uma escolha quanto uma inevitabilidade. Dimitria sabia daquilo desde que haviam dado o primeiro passo para fora de Nurensalem.

Então por que doía tanto?

Talvez porque você se deixou enganar pela esperança, disse uma voz pequena e triste em sua mente, e Dimitria soube que estava certa. Ela sabia que a poção que custava a memória de Aurora poderia ser a única solução, mesmo após todo o caminho percorrido, mesmo depois da jornada que fizeram. E ainda assim, havia plantado uma semente de fé em seu coração, e a semente tinha se tornado uma flor cheia de espinhos.

— Mitra? — Osha franziu a testa, e Dimitria percebeu que existiam lágrimas em seus olhos quando os ergueu para o olhar da maraense. Ela tentou engolir as lágrimas, tentou empurrá-las para baixo, mas talvez por causa da dor — ou do cansaço intenso que se alojava em seus ossos — não conseguiu. Sua respiração ficou rasa e dolorida, e Dimitria chorou, soluçando inconsolável com o rosto escondido nas mãos.

Não é justo, ela pensou, desolada, *ela é tudo o que eu tenho*.

Pensar em Aurora era pensar em tudo que as duas compartilharam. Todos os momentos. Os grandes — quando ela foi jantar pela primeira vez na casa de Bóris como namorada de Aurora, ou, depois, quando as duas deitaram no cobertor de lã que havia arrumado em seu quarto e ficaram nuas sob o luar. A primeira briga, e o que havia acontecido depois — os beijos intensos e urgentes, que tinham solidificado tudo que Dimitria sentia.

Mas não eram só os momentos grandes que doíam. Dimitria pensava também nos pequenos — nas piadas que só faziam sentido para as duas, nas comidas que haviam experimentado juntas e que agora amavam. Nos apelidos e gestos que se costuravam para formar a tapeçaria de um amor. Um grande amor, percebia ela, era feito de milhares de momentos pequenos — que ganhavam grandeza em conjunto, como pinceladas de um quadro ou ondas no mar. Era nos momentos silenciosos entre o primeiro beijo e o "sim" que se formava uma história como a delas.

Era de uma ironia cruel que, para que a história continuasse, elas teriam que desfazer a tapeçaria, puxando cada fio e desalinhando as imagens que formavam aquele amor.

Dimitria sabia que chorava de luto — ela já tinha chorado tantas perdas que aquelas lágrimas lhe eram familiares. Ela chorava por Aurora, e por si, e por tudo que elas teriam que perder para continuar seguindo em frente.

Não que houvesse outra maneira. Mas a inevitabilidade daquele destino só o tornava mais doloroso.

Ela enfim ergueu o rosto, vendo que Osha a observava com a testa franzida e os lábios cerrados. Era pena, um sentimento que Dimitria não costumava apreciar, mas caía bem naquele momento — tanto quanto a sopa de frango havia feito bem para seu estômago.

Às vezes, tanto a alma quanto o corpo precisavam de um alento quente e macio.

— Essa poção resolve os problemas de Aurora. Arranca a maldição de dentro pra fora — ela disse, um sorriso triste nos lábios. — É como se nunca tivesse existido.

Osha ficou em silêncio por um segundo, assentindo. Quando falou, foi com a calma resignada de quem sabia que havia um porém.

— E qual o preço a se pagar?

— Nossas memórias. Os últimos dois anos... arrancados dela, junto com a maldição.

Osha suspirou de tristeza, buscando a mão de Dimitria e apertando-a com suavidade. Seus anéis eram gelados contra a pele da caçadora, mas Osha era toda calor e carinho.

— Sabe, Mitra — ela disse, pautando as palavras com cuidado — quando Hugo foi atacado pelos crocodilos, ficou sem falar. Cuidamos dos ferimentos e da febre, ele quase perdeu uma perna. Mas foi o silêncio que me assustou. Ele olhava para nós e era como se não nos visse.

Era evidente pelo tom de Osha que mesmo falar no assunto era doloroso, mas ela continuou:

— Na época, Félix estava ocupado com as ideias de Tristão, de expansão para a padaria, e botou na cabeça que o ataque foi sua culpa. — Ela revirou os olhos, rindo, mas havia uma nota de amargor no que dizia. — Meu filho estava catatônico e perdido, e meu marido se enfiou em delírios de culpa e desespero.

Dimitria assentiu, tentando e falhando em imaginar um Félix que não fosse nada além de atencioso e doce. Ao menos, a história explicava o porquê de ele não querer nem ouvir falar em aumentar a produção de beignets.

— Como vocês...? — Dimitria perguntou.

— Tristão — respondeu Osha, simplesmente. — Ele não desistiu de nenhum de nós. Continuou brincando com Hugo todos os dias, ensinando-o a esgrimir. Levava Félix até a loja e o ajudava com as beignets. Me abraçou e me ajudou a chorar.

Era difícil imaginar Tristão sendo tão... amável era a palavra, mas Dimitria pensou em outro termo que o descrevia — e a situação — ainda melhor. Teimoso. Tristão não deixaria que nada se colocasse no caminho do que ele achava que merecia, mesmo que isso fosse tristeza ou dor. Mesmo que precisasse se dobrar a um sentimento que, sem dúvida, achava aborrecedor: a esperança.

— E aí, quase um mês depois... Hugo voltou a falar — Osha sorriu, seus olhos cintilando com a lembrança. — Do nada, como quem nunca tinha parado. Como quem só deu uma longa, longa pausa. Ele se lembrou de nós, e nós lembramos dele, e Félix lembrou que não era sua culpa.

— Tudo por causa de Tristão? — Dimitria ergueu uma sobrancelha, ainda cética.

— Tudo porque Tristão continuou nos lembrando, dia a dia, que o que precisávamos estava exatamente ali. Que, em meio a uma vida de crocodilos e culpa, nosso laço é a constância necessária para enfrentar a tempestade. Que, às vezes, certas feridas precisam de tempo para curar.

Dimitria não sabia o que dizer. Por um lado, sentia o coração aquecido ao pensar nos três juntos, enfim felizes após tanta dor. Talvez ela pudesse imaginar que o futuro não fosse apenas dor e tristeza, que haveria um caminho para a esperança. Talvez, quem sabe, Dimitria pudesse sonhar com uma chance. Ela só precisava daquilo, na verdade: uma chance para acreditar que poderia ser feliz ao lado de Aurora, e que podiam resolver tudo juntas.

Por outro lado... será que ela poderia ser essa constância para Aurora?

Será que elas conseguiriam enfrentar a tempestade, ou iriam naufragar contra as ondas e as pedras?

Dimitria estava prestes a falar quando o som de Aurora acordando a interrompeu.

— Dimitria? — A primeira palavra que escapou da voz sonolenta de Aurora foi seu nome, e seu coração deu um salto. Ela se virou para a amada, esticando os braços e ignorando a pontada de dor no ombro, fazendo menção a se levantar quando Aurora saltou de sua cadeira e a envolveu num abraço.

Foi tão apertado que o ferimento de Dimitria latejou em protesto, mas ela o ignorou, enterrando o rosto nos cabelos loiros e inalando o cheiro familiar e reconfortante de Aurora. As lágrimas voltaram a pinicar seus olhos, e Dimitria deixou que algumas escapassem, incapaz de impedi-las.

— Meu amor. Meu amor, você está bem — Aurora murmurou contra seu rosto, marcando sua pele com beijos suaves e urgentes, como se quisesse ter certeza de que Dimitria era de carne e osso. Um lampejo de alegria se expandiu no peito da caçadora, e ela quis rir ao mesmo tempo que as lágrimas caíam.

— Vou ficar menos bem — ela disse, enfim sufocando no torque do abraço — se você me esmagar, linda.

— Ah! — Aurora soltou o abraço de imediato, afobada e desalinhada, e só então viu que Osha estava ao lado da cama, observando as duas.

— Ela já até comeu sopa, loirinha. — Osha deu um sorriso torto e Aurora segurou a mão de Dimitria, como se não quisesse abrir mão de tocá-la por um minuto que fosse.

— Desculpe, Demi, eu só... — Ela respirou fundo, e o cansaço evidente em seu rosto abatido. — Eu estou feliz que você acordou. Você ficou com uma febre alta o dia inteiro.

— Foram as flechas envenenadas — Dimitria disse, dando um sorriso encabulado. — A bruxa me acertou de jeito. Inclusive... como você me tirou da água?

Aurora arqueou uma sobrancelha, seu rosto tingindo-se de um rubor de orgulho.

— Você não chegou a cair por completo. Eu segurei suas pernas e só a parte de cima ficou submersa, então eu consegui te puxar e sair remando pra longe dali.

— E a...

— Cáligo fugiu assim que a sua flecha a atingiu. — Aurora fez um meneio com a cabeça, e então seu rosto se iluminou com uma lembrança. — Ai, pela Deusa, e falando nisso. Demi, você ouviu a bruxa?

— Ouvi, ela disse que...

— Não *o que* ela disse — Aurora interrompeu, urgente. — *Como* ela disse.

— Não entendi. — Dimitria franziu a testa, mas a sensação formigante da lembrança voltou a pinicar seus ombros e nuca. Ela havia sentido algo familiar, não havia? Uma sombra difusa e incoerente, com o cheiro terroso e úmido de túmulos revirados.

— Demi — Aurora encarou a caçadora, os olhos verdes alarmados sob as olheiras. — A bruxa tinha a sua voz. Ela falava igualzinho a você.

* * *

— Eu sei que não é uma boa ideia. Eu vou fazer assim mesmo.

Dimitria nem ao menos olhou para trás para responder, ignorando as agulhadas insistentes de dor que irradiavam de seu ombro e o céu sangrento de crepúsculo. Havia apenas um caminho a seguir, e Dimitria pensava nele enquanto desfazia os nós que prendiam o bote de Félix no píer.

— Mitra, larga a mão de ser teimosa! — Osha estava aborrecida, rodeando a caçadora enquanto Aurora trazia um remo extra para o bote. Hugo estava enrolado nas pernas da mãe, observando a situação com olhos de passarinho, e parecia afinado à preocupação dela. — Félix e Tristão devem voltar em breve, se você esperar uma hora que seja.

— Não dá pra esperar, Osha. — Dimitria enfim soltou o barco do píer, e a embarcação ondulou intensamente nas águas do canal, na mesma cadência de seu coração.

Mas aquilo — o coração, o medo, a dor que demandava sua atenção como a um animal — nada era tão importante quanto o pântano e o que talvez esperasse por Dimitria dentro dele. Ela se virou para Aurora, que aguardava pacientemente no barco.

— Amor, eu sei que... — Ela engoliu em seco, ciente de que, se havia alguém para quem devia respostas, essa pessoa era Aurora. — Eu sei que é perigoso, e, se você não quiser ir, eu...

— Eu vou com você, Demi. — Havia uma ferocidade intensa nos olhos de Aurora, e ela apertou o remo em resposta. — Para onde você for, eu vou.

O amor rugiu como um leão em seu peito, e Dimitria se virou para o barco. Antes de embarcar, porém, ela girou nos calcanhares e correu até Osha, envolvendo-a em um abraço apertado que provocou uma nova onda de dor em seu ombro.

— Você é uma mula nortenha, sabia disso? — Osha disse, exasperada e perplexa, mas havia algo mais tenro do que isso em seus olhos quando ela esquadrinhou o rosto de Dimitria.

— Alguém me disse que eu encontraria uma pessoa do meu passado aqui.

— E eu estava falando de Tristão, Mitra...

— E se não for só ele? — Dimitria disse, sabendo que era impossível. Era impossível, ela já sabia o final daquela história, e ainda assim... — E se meu passado estiver me esperando no pântano?

Osha apertou os lábios.

— Eu nunca mais leio sua mão, Mitra.

— Dona moça? — Hugo puxou a barra do colete de Dimitria, que se virou para o garotinho. — Dona moça das tranças?

Ela agachou para ficar na altura da criança, e sorriu, tentando transmitir uma calma que não sentia.

— Cuidado com os *crocodilos*, tá? — ele falou a palavra com um cuidado de quem já havia encontrado a coisa real, e o coração de Dimitria deu uma fisgada antes de assentir.

— Prometo. — Ela bagunçou os cachos castanhos antes de se virar para trás. Aurora a esperava de pé no bote, e o céu de crepúsculo escurecia a cada segundo, em uma mistura de azul e vermelho que parecia o anúncio de um mau presságio.

Dimitria não tinha tempo para maus presságios.

Ela correu até o bote, embarcando e começando o tortuoso caminho até o pântano.

A jornada foi silenciosa, como da primeira vez. No fim do dia, os sons ficavam mais intensos e agudos — mais cigarras dominavam o ar, e não era apenas o coaxar de sapos que quebrava o trilar. Dimitria sentia o medo subindo pelo seu corpo, concentrando-se no ferimento em seu ombro, e o ignorou, procurando o olhar de Aurora de vez em quando e deixando que os olhos verdes fossem seu bálsamo.

Elas chegaram na bacia que dava acesso ao pântano e Aurora quebrou o silêncio.

— Demi, eu... — Ela respirou fundo. — Me desculpa por nossa briga. Eu disse coisas que não queria. Eu só estou com medo.

Dimitria encarou o rosto da namorada, suas sobrancelhas franzidas, os olhos cerrados. Ela buscou pela mágoa em seu peito, mas não encontrou nada além de amor.

— Nós duas dissemos — Dimitria respondeu, suave, e cruzou o espaço entre elas, tomando o rosto de Aurora nas mãos. Ela semicerrou os olhos, saboreando o toque de Dimitria, e a caçadora respirou fundo, expelindo toda a tristeza e o pesar. — Nós duas estamos com medo.

— Você, com medo? — Aurora sorriu, um sorriso triste e dolorido, e Dimitria teve que reprimir a vontade de beijá-la.

— Eu, com medo. — Ela assentiu, aproximando os rostos até que os narizes se tocassem. O corpo de Aurora era magnético, quente, e Dimitria só queria apagar as lembranças da briga com memórias daquele corpo e daquele calor. Ela desceu uma das mãos, segurando Aurora pela cintura, ancorando-a a si. — Medo de que você esqueça de nós. Medo de que vai acontecer quando você tomar a poção.

— Se eu tomar.

— *Quando* você tomar — Dimitria enfatizou. — Mas eu sei que esse medo só significa que eu te amo. Eu te amo, eu te amo, e não quero te perder, e essa é a coisa mais importante de todas. Eu quero uma vida inteira pra criar novas memórias ao seu lado. Quero nosso futuro muito mais que tenho medo de perder nosso passado.

— Nosso passado é o nosso futuro, Demi — suplicou Aurora, as mãos apoiadas nos ombros da caçadora, e a tristeza era tão profunda que quase provocou lágrimas na caçadora.

— Não, meu bem. Nós somos o nosso futuro. Juntas.

Dimitria beijou Aurora de uma maneira que dizia tudo que não era capaz de expressar em palavras. Era salgado como as lágrimas das duas, era quente e urgente como o ar noturno do pântano, e era delas — era intenso e presente e acendia todos os pedaços do corpo de Dimitria como fizera desde a primeira vez que se beijaram.

Ela memorizou cada detalhe. A maciez dos lábios carnudos contra os seus, os pequenos suspiros que Aurora dava quando ela apertava sua cintura, as leves cócegas quando algumas mechas se desprendiam dos cabelos loiros e roçavam em seu rosto. As curvas de sua bochecha, de seu pequeno nariz contra a pele de Dimitria, a diferença de altura que fazia com que ela tivesse que se curvar levemente para aprofundar o beijo. A língua, que chamava a sua em um encontro úmido e saboroso, que provocava efeitos em outras partes do corpo de Dimitria, que era capaz de traçar caminhos tão lentos e deliciosos.

Mais do que tudo, Dimitria tentou memorizar o que se passava em seu coração — como o aro de dor que o apertava parecia afrouxar, um pouco, quando ela estava sob os lábios de Aurora.

Depois do instante eterno, as duas se soltaram, ofegando de leve e com sorrisos bobos estampados nos rostos.

Dimitria fechou os olhos, inalando o cheiro terroso do pântano, que se misturava à doçura de figos de Aurora.

— Você acha mesmo que pode ser... — Aurora disse, enfim, olhando para a entrada do pântano e estremecendo com um arrepio. — Que ela pode estar lá?

Dimitria deu de ombros, ainda sob o efeito do beijo, mas a quentura esfriou rápido sob a possibilidade que surgira em sua mente quando Aurora disse que a bruxa tinha a sua voz. Ela não tinha certeza, não tinha como ter. Para todos os efeitos, na verdade, era mais provável que fosse impossível — que a semelhança tivesse como explicação um feitiço ou uma bizarrice do pântano.

E ainda assim, ela sabia que não importava. Havia uma pequena possibilidade, e por isso Dimitria tinha que segui-la: esperança nada mais era, afinal, do que uma demonstração de teimosia.

Mais do que isso. Ela ainda se lembrava das palavras que sua mãe dissera, há tantos anos antes, palavras que ainda assombravam certos pesadelos:

Você e sua irmã estão ligadas desde o dia em que nasceram. Uma não pode existir sem a outra.

Se houvesse a menor chance de que aquilo fosse verdade, Dimitria precisava saber.

Ela apanhou o remo, virando o bote na direção do canal estreito e fechado por folhagens.

— Só há um jeito de descobrir.

Remando juntas, deixaram que o pântano as engolisse.

Capítulo 15

Dimitria soube antes de chegar ao alagadiço da bruxa que havia algo profundamente errado.

Não era só a noite, que penetrava pelas reentrâncias da abóbada e enchia o ar com uma escuridão intensa e espessa, quebrada somente pela luz bruxuleante da lamparina que Aurora havia acendido na proa do barco. Também não era apenas a ausência de sons — o coaxar dos sapos, o trilar dos pássaros noturnos, tudo havia aquietado quase por completo, e, exceto pelo remo encontrando a água, era como se alguém houvesse colocado algodão em seus ouvidos. O silêncio fazia com que o som de seu coração martelando ecoasse como sinos no pântano, e ainda assim não era só isso que inquietava Dimitria.

Também havia o peso da poção de memória em seu bolso, maior do que o da caixa de alianças que um dia ela acreditara ser feita de chumbo puro.

O que quer que estivesse esperando por elas ao fim daquela jornada não seria a solução para o problema de Aurora — para o problema que ela tinha cruzado o continente para resolver, apenas para chegar exatamente à mesma solução que Solomar oferecera, ao que parecia ter sido uma vida atrás. A caçadora ignorou a dúvida, como se a pequena esperança que havia sentido pudesse ser suficiente para curar todas as suas agonias. Ela ignorou a sensação da poção de memória no bolso, tanto quanto ignorava as fisgadas de dor em seu ombro, e continuou remando.

O pântano estava repleto de medo, palpável a cada curva e reentrância de raízes. Medo em cada sombra e silhueta estranha, medo como um tambor, inevitável em suas vibrações. O que poderia estar esperando as duas, na madrugada eterna do mangue?

O que, ou quem?

Era evidente que Aurora também sentia o mesmo. Ela remava na mesma cadência de Dimitria, mas os olhos percorriam de relance os arredores pantanosos, como se tivesse certeza de que alguém — ou algo — sairia de trás dos galhos nodosos dos mangues, algo coberto de lama e vingança.

Uma névoa branca e espessa cobria a água, e cada movimento do remo levantava espirais de bruma que mais pareciam fantasmas, misturando-se às sombras e sussurrando maldições inquebráveis.

É só o farfalhar dos salgueiros, Dimitria repetiu para si mesma, respirando fundo e sentindo aquele cheiro de terra molhada encher-lhe o pulmão, como se estivesse sendo enterrada viva.

Um gota de suor desceu por suas costas como um dedo fantasmagórico, e Dimitria arrepiou-se a despeito do calor abafado. Ela continuou remando, seguindo a direção do medo mais do que as instruções cuidadosamente registradas de Tristão.

Enfim chegaram ao alagadiço. A cabana ainda estava ali, como elas a haviam deixado, mas as estacas que demarcavam os limites da propriedade haviam sido destruídas — talvez por fogo, considerando as pontas chamuscadas de cinza e faísca.

Mais adiante, um crocodilo enorme jazia morto na pequena faixa de terra que rodeava a cabana, o sangue escuro gotejando lentamente na água que lambia as margens. O cadáver estava aberto na barriga de cima a baixo, e as bordas dos cortes tinham o mesmo aspecto queimado das estacas.

Dimitria aproximou o bote com cuidado, armando o arco e ignorando a agulhada de dor no ombro. Sons abafados saíam de dentro da cabana, uma cadência indistinta de gritos e coisas quebrando, e, pela luz embaçada da janela, ela conseguia enxergar uma silhueta dentro da casa.

Uma, não — duas, a segunda maior e mais esguia do que a primeira, empunhando um objeto com intenções evidentes. As duas silhuetas se tornaram uma quando a maior atacou, segurando a outra que se debatia sem sucesso.

— Quem é? — perguntou Aurora, a voz baixa e tensa. — Está em perigo.

— Quem são, você quer dizer — Dimitria respondeu. Inalou fundo e afastou qualquer sombra de medo e de dor, mantendo o arco em prumo e ignorando o tremor que subia e descia por seus braços. Lançou um olhar tenso a Aurora, que voltou a remar. — Acho que é o que vamos descobrir.

Elas atracaram o barco nas margens lodosas da pequena praia de terra. Dimitria saltou com o arco armado, ao lado de Aurora, que empunhava o remo do barco como se fosse uma arma letal. Trocaram um olhar, e o coração de Dimitria apertou ao ver a namorada tão destemida, segurando o remo com a expressão fechada. Mas o barulho de briga dentro do chalé aumentou e o aperto em seu peito ficou mais gelado. A caçadora se voltou para a cabana e indicou o caminho.

Juntas correram até uma porta de madeira chamuscada. As raízes de mangue que haviam coberto a porta também estavam queimadas, e tinham a coloração cinzenta e desagradável de coisas mortas. O som de coisas sendo quebradas e empurradas com violência era mais alto ali, e ecoava por trás da madeira.

Não havia tempo para delicadezas. Dimitria chutou a porta, que se abriu com um estrondo.

A bruxa e um homem brigavam por controle.

Ele estava vencendo: havia colocado um saco marrom na cabeça dela e puxava a base, tentando estrangulá-la enquanto murmurava palavras desconexas. Seus dedos brilhavam vermelhos e amarelos com chamas vivas e violentas, e ele tentava transferir o fogo para o saco marrom. As chamas lambiam a pele aparentemente antideflagrante do homem e ele não esboçava nenhuma reação — e então Dimitria viu que não era apenas um homem. Era um mago.

Um mago de olhos cruéis e azuis, cabelos pretos e lisos que desciam por seus ombros, um mago que Dimitria achava, até aquele momento, estar morto.

— Solomar? — Em sua confusão, Dimitria baixou levemente o arco, e esse foi seu erro: Solomar ergueu os olhos na direção das duas, soltando uma mão para lançar uma bola de fogo na direção da caçadora.

Aurora se colocou na frente dela, rebatendo o fogo com um gesto violento do remo. Dimitria não conseguiu ter tempo para apreciar sua agilidade; Solomar armou outra bola de fogo e ela soltou o arco no chão, puxando sua faca e partindo para cima do mago.

Ele não teve chance contra o primeiro soco de Dimitria, nem contra o segundo — e largou a bruxa, erguendo os braços para proteger o rosto. Ela o agarrou pela gola da túnica azul, prendendo-o contra a parede com uma das mãos e segurando seu punho flamejante com a outra. Dimitria ignorou o queimar das chamas lambendo seus dedos, e apertou a mão contra o pescoço de Solomar, o suficiente para mantê-lo preso.

Solomar debateu-se contra ela. Ele gemeu palavras desconexas, e as chamas desceram pela extensão de seu braço, queimando as mãos de Dimitria como centelhas que a fizeram soltar o mago, gritando de dor. Ele a empurrou para trás.

A caçadora cambaleou, mas evitou a queda. Desviou de um soco flamejante de Solomar, girou o corpo e deu uma joelhada no flanco do mago, que cedeu ao impacto e foi ao chão. Dimitria o agarrou com a outra mão, trincando os dentes quando o ferimento em seu ombro protestou contra o movimento.

O mago tentou aplicar o mesmo golpe, mas uma voz familiar soou atrás de Dimitria.

— Eu cuido dele.

Uma onda de choque estremeceu a caçadora. Talvez fosse pela mera sugestão, mas, agora que ela imaginava de quem a voz poderia ser, a familiaridade ficava evidente.

As mãos do mago ficaram envoltas pela luz branca e leitosa do cajado da bruxa. As chamas esfriaram sob o feitiço, e algemas de luz envolveram os punhos de Solomar. Ele caiu ao chão, ofegante de ódio, quando a caçadora enfim soltou seu pescoço.

Dimitria ficou paralisada por um segundo. Ela não queria olhar para trás, de onde a voz viera.

Era perigoso demais ter esperanças.

Em vez disso, olhou ao redor, enquanto tentava recuperar o fôlego perdido no embate. Estava dentro da cabana de raízes e folhas, que, a julgar pela quantidade de poções e pelo caldeirão de estanho posicionado ao fundo, pertencia a uma bruxa.

Obviamente.

Uma bruxa que, aparentemente, havia vivido sozinha por muito tempo. Cogumelos e cristais nasciam nas paredes da cabana, e sua luminescência era suficiente para prover uma parca luz. Toda a parte leste do lugar era coberta por prateleiras, onde um universo sem fim de frascos se organizava em fileiras de vidro verde-escuro e líquidos multicoloridos.

Um caldeirão estava mais ao fundo, caído — certamente por causa da briga. Seu conteúdo espumoso e esverdeado se espalhava lentamente no chão e adquirira um aspecto esponjoso e estranho, crescendo em flores de fungo que fumegavam. Ao lado do caldeirão, estava um grimório — e mesmo de longe Dimitria conseguia ver que suas páginas eram cobertas de uma caligrafia rústica e apressada.

A mesma caligrafia que era a sua quando escrevia qualquer coisa.

— Demi? — A voz de Aurora soou às suas costas, e ela soube que tinha ficado parada por tempo demais. Engoliu em seco, travando o maxilar e se preparando para uma decepção. Não havia chance de aquela bruxa ser quem achava que era.

Dimitria se virou devagar, percorrendo o espaço de anos com um simples gesto.

E Denali a encarou de volta, com o mesmo rosto arrogante e esculpido que Dimitria via no espelho.

Eram iguais, mas não eram. Denali era uma Dimitria perdida. Tinha os mesmos cabelos pretos e a pele negra de tom quente, os mesmos olhos marrons e bravios, mas eram todos os detalhes que as distinguiam que chamaram atenção da caçadora. Em vez da trança arrumada, suas mechas caíam onduladas por seu ombro e suas costas. Seu rosto era marcado por cicatrizes, e os olhos brilhavam de medo e desconfiança, refletindo o cintilar branco do cajado que ela empunhava em defesa. Como alguém encurralado, ela olhava ao redor e analisava as saídas de sua própria casa.

Eram iguais, mas diferentes — tão diferentes que Dimitria até aquele momento duvidava de quem poderia ser aquela pessoa. Era como se estivesse olhando para um eco do passado, uma melodia dissonante.

Dimitria deu um, dois passos em sua direção. Esticou a mão trêmula, como se a irmã gêmea perdida fosse um fantasma, como se esperasse que seus dedos fossem atravessá-la — mas, quando chegou perto o suficiente para tocá-la, Denali recuou, vacilante e assustada. O ferimento em seu ombro latejou, mas Dimitria não conseguia pensar em nada que não fosse aquela pessoa em frente a si.

— Você não sabe quem eu sou — Dimitria disse, e não era uma pergunta.

— Que truque é esse? — a bruxa respondeu, e, agora que estava procurando por elas, a caçadora conseguia escutar as notas cadenciadas de sua própria voz. — Solomar, o que você fez?

Ela lançou um olhar repleto do mais puro ódio para o mago, que, mesmo com as mãos presas no simulacro tacanho de uma prece, sorria com um desdém que pertencia ao inferno.

— O que eu não fiz direito. Eu devia ter te matado quando tive a chance. Mas meu coração é nobre demais e me impediu de assassinar uma criança.

— Você o quê? — Dimitria sentiu um zumbido de raiva em seus ouvidos.

— A culpa foi de Hipátia — ele acrescentou, encarando Dimitria com olhos frios e calculistas. — Ela quis envenenar sua prática com nepotismo e tratamento especial. Eu era muito mais promissor do que esse projeto de bruxa, e ainda assim tinha que implorar por sua atenção.

— Era filha dela — Dimitria disse, vagarosamente, lembrando da luz perdida nos olhos da mãe quando Denali havia desaparecido.

— E por isso mesmo Hipátia não conseguia vê-la claramente.

— O que você fez comigo? — Denali apontou o cajado na direção de Solomar, e seu ódio era tão atordoante quanto a luz que emanava da ponta. As algemas brancas brilharam mais, apertando ao redor dos punhos de Solomar e criando sulcos vermelhos na pele do mago.

— Eu só te fiz esquecer. — Ele fez uma careta de dor, mas conseguiu dizer, sem um pingo de remorso na voz. — E garanti que jamais voltaria a encontrar o caminho de casa.

Um grito enraivecido partiu os lábios da bruxa, e ela avançou com o cajado.

Foi seu erro. Solomar ergueu os braços e o impacto do cajado partiu as algemas brancas, desfazendo-as por completo.

Ele tomou o cajado das mãos de Denali, golpeando-o contra o chão e estilhaçando o cristal branco em milhares de fragmentos. O quebrar do cristal emitiu uma força palpável, que acertou Denali em cheio.

Ela cambaleou para trás, e caiu desfalecida no chão ao lado de Aurora.

Dimitria lutou contra o pânico e o medo e todos os sentimentos que se misturavam em seu peito. Ela agarrou a faca, ficando de olho em quaisquer bolas de fogo que o mago conjurasse. Em vez disso, Solomar enfiou a mão na abertura de sua túnica e puxou um colar de opala de dentro das vestes.

A opala brilhava com as cores da aurora boreal. Dimitria franziu a testa, sem entender, e Solomar arrebentou o cordão do pescoço com um puxão.

— O que você...

— Me escute, Coromandel — ele disse, sério. — Eu posso desfazer os efeitos da poção que cura a maldição de Aurora. Há uma maneira de devolver suas memórias, e eu posso dá-la a você.

— Ah, porque você é um cara bacana e tudo mais? — Dimitria desdenhou, empunhando a faca.

— Porque você vai me entregar sua irmã.

Solomar não reagiu ao desdém de Dimitria. Ele ergueu o colar de opala lentamente, e, mesmo sem entender o que ele estava prestes a fazer, a caçadora soube que havia algo perigoso ali.

— E em troca, todas as lembranças do seu amor serão protegidas.

Uma onda de ódio e tentação se misturou no peito de Dimitria, e ela a afastou, tentando ignorar as palavras de Solomar. *Não seja idiota*, ela pensou, rangendo os dentes, *ele só está manipulando você*.

— Ela não tomou a poção ainda, Solomar — Dimitria retrucou, mais para ganhar tempo do que qualquer outra coisa. — Nós podemos descobrir outro jeito, sozinhas. Ainda temos muito tempo até o inverno chegar.

Ela não sentia nem metade da certeza que sugeriam aquelas palavras, mas Dimitria se agarrou à bravata mesmo assim.

Solomar suspirou fundo, um sorriso maldoso em seus lábios.

— Eu não teria tanta certeza.

O mago lançou o colar de opala no chão, e a pedra se partiu em mil pedaços.

A primeira coisa que Dimitria sentiu foi o frio.

Um frio cortante, tão gelado que invadiu os ossos da caçadora, tão intenso que ela se encolheu mesmo contra sua vontade, um frio que até então estivera contido naquele pequeno pedaço de joia e agora se espalhava pela cabana.

Dos fragmentos brilhantes, uma névoa multicolorida começou a surgir. Era quase líquida em suas cores ondulantes — verdes e lilases que se misturavam em um leque de cores vibrando no ar, flutuando sob uma brisa que se tornava vento rapidamente. As cores encheram o teto da cabana, espalhando-se como uma coberta de seda por cima de Dimitria.

Uma aurora boreal, que Solomar havia trazido para o Sul de Ancoragem.

Ela olhou para trás, na direção de Aurora, para seu rosto transfixado no arco-íris de gelo que dançava acima de suas cabeças. A caçadora se voltou para Solomar, mas restava apenas o vazio no lugar onde o mago estivera.

Dimitria soube, tarde demais, que elas não haviam conseguido fugir do frio. O inverno as havia alcançado, suas garras inclementes e afiadas como...

... como as de um urso.

O corpo de Aurora não tinha escolha.

Dimitria correu até ela, desespero impulsionando cada passo, mas assim que chegou perto soube que era tarde: seu corpo estava ficando azul, sua pele vítrea e congelada.

Aurora colapsou ao chão, dobrou seu corpo até que fosse apenas um montinho pálido e frio.

Dimitria a acompanhou, de joelhos.

— Aurora! — O nome ficou engasgado em sua garganta. Dimitria envolveu o corpo que era como uma estátua de gelo em seus braços, ignorando as queimaduras de frio que fustigavam sua pele.

Ela procurou o rosto de Aurora, desesperada. Pequenos flocos de gelo já haviam se solidificado nos cílios loiros, na face tão branca que parecia feita de vidro. Dimitria segurou-o como se fosse quebrar, até que ele começou a se transformar em um ciclo torturante — na carranca de um urso e de volta para o rosto que ela conhecia — como se mesmo a maldição de Igor estivesse perdendo força ante à doença que a consumia de dentro para fora.

Aurora arquejou nos braços de Dimitria, arregalando os olhos, e suas íris verdes de primavera haviam ficado brancas e leitosas. Um vinco profundo marcou sua bochecha, atravessando-a da testa ao queixo — não era uma ruga.

A rachadura ameaçava partir o corpo vítreo, e Dimitria foi tomada pelo pavor.

— Demi — Aurora ofegou, a voz abafada e distante. — Por favor, não... não...

Não me deixe morrer? Não apague minhas memórias? Havia uma súplica silenciosa nos olhos brancos, e Dimitria amaldiçoou todas as deusas de Ancoragem por não poder entender o que Aurora queria dizer em seus últimos momentos. Ela sentiu inveja de cada casal feliz na Romândia, cada pessoa cujo coração não precisava se partir por uma decisão impossível. Naquele momento, a raiva — uma raiva indistinta e desesperada, que corria em seu sangue como veneno — preencheu todo o mais.

Não. Aquilo não podia estar acontecendo. Sua respiração estava entrecortada, e Dimitria agarrou Aurora contra si, incapaz de sentir seus batimentos, o rugir de seu sangue, as respirações mesmo que ofegantes.

Ela lutou contra o frio, mas o medo era mais difícil de conter — e tão gelado quanto.

Dimitria sabia o que precisava fazer. Ela sempre soubera, na verdade, mas a certeza não tirava a dor que se espalhava por seu corpo, mais intensa do que qualquer flecha envenenada, mais fria do que o inverno de Nurensalem. Suas lágrimas congelaram antes que pudessem rolar pelo rosto, e o corpo convulsionante de Aurora desacelerou, petrificando-se rápido demais.

Ela alcançou o frasco de poção que ainda estava no bolso da calça, as mãos trêmulas e vacilantes.

Dimitria soluçava agora, e o som de seu coração partido enchia o ar com a mesma força da tempestade de neve que rugia na pequena cabana.

Tomando cuidado para não derramar nenhuma gota, ela segurou o rosto de Aurora com delicadeza, puxando seu queixo e abrindo os lábios azuis e gelados. Seu peito rasgava, expandia-se até quase ser capaz de engoli-la, e só havia vazio dentro de si.

Hesitou por alguns momentos. Aurora esfriava a cada segundo, mas Dimitria não conseguia finalizar — lutava contra si mesma, contra seu egoísmo e o que sabia ser certo. Fitou o rosto branco e gelado, as rachaduras que cresciam como flores, como as raízes, e era quase bonito — não fosse um caixão de gelo para sua amada, talvez Dimitria pudesse encontrar alguma beleza na magia.

O último beijo das duas ainda estava fresco em sua memória — uma tarde de primavera em meio ao inverno que a consumia naquele momento, fora e dentro de seu corpo, derrubando tudo que era verde, tudo que tinha vida.

Aurora agonizou em seus braços, os gestos desacelerando como se lascas de gelo estivessem nascendo em seu coração.

— Eu sei — Dimitria chorou, soluçando desconsolada. — Eu sei.

Ela despediu-se da memória do beijo, guardando-a no peito como um amuleto, como uma prece. A dor parecia nascer dentro dela, espalhando-se como os espinhos de uma rosa, e, mesmo que o egoísmo tivesse perdido a batalha, não iria ficar quieto enquanto morria.

Dimitria perdera muitas coisas na vida. Ela se lembrava de cada perda, mais do que existira antes. A perda era mais fácil de entender, era eterna. A perda havia feito morada em seu corpo e endurecido cada parte vulnerável de seu coração, para impedir qualquer um de dividir o espaço com ela. A perda era egoísta, indelével.

A perda tinha sido tudo isso, até conhecer Aurora. Por dois gloriosos anos ela fora capaz de esquecer a perda, substituí-la com o gosto doce e macio do amor. Com o toque suave da alegria, a leveza da esperança.

Mas ela tinha sido enganada. A perda sempre estivera ali, à espreita, para lembrar a Dimitria que o amor tinha um preço, que a esperança era pesada como uma bola de canhão. E que, no final, a única coisa com a qual a caçadora podia contar era a perda — sombria e onipresente, que arrasava as terras tenras e jovens de seu peito. A perda, que havia levado sua irmã, sua mãe, seu pai, seu irmão — e agora a família que ela havia escolhido, e se deixado acreditar que era sua por direito.

Ela devia ter sabido disso. E ainda assim, de tudo que estava prestes a perder, Dimitria não tinha coragem de apagar a lembrança do beijo — aquele último beijo, que havia sido o pôr do sol de um dia — uma vida — quase perfeita.

A última coisa que as duas dividiram foi aquele momento. Como se soubesse disso, Aurora fechou os dedos ao redor da mão da caçadora, segurando-a.

Ancorando-se a ela.

E então, com um soluço de dor, Dimitria verteu a poção prateada na boca de Aurora, apagando para sempre as memórias que formavam a história de seu amor.

Capítulo 16

D e início, nada aconteceu.

Dimitria ficou suspensa pelo que pareceram horas, observando as feições pálidas e sem vida de Aurora, sentindo o desespero encher seu peito como gelo. A tempestade rugia dentro da cabana, fazendo as mãos de Dimitria formigarem e ficarem entorpecidas, congelando as lágrimas que teimavam em rolar por sua face.

E então...

O corpo de Aurora voltou a ganhar cor lentamente. Aos poucos foi ficando mais viçoso, suas bochechas pêssego e depois cor-de-rosa. Ela engoliu o ar em pequenos soluços, e quando abriu os olhos eram orbes verdes e atentas que encaravam Dimitria.

A esperança, elixir dos tolos, voltou a esgueirar-se em seu coração. Ela esquadrinhou o rosto sardento e confuso de Aurora, em silêncio, com medo de quebrar a pequena e frágil possibilidade de que, por qualquer motivo, a poção não tivesse o efeito prometido por Denali e Solomar. Dimitria nunca tinha acreditado em milagres, mas talvez aquele fosse o momento para começar.

E então Aurora abriu a boca, e partiu qualquer ilusão com suas palavras cuidadosas e reticentes.

— Dimitria? — Ela disse o nome da caçadora com um rigor formal que não era comum, um distanciamento que foi como a flechada que Dimitria levara no ombro: ardente e dolorido. — Onde... onde estamos? O que aconteceu?

Dimitria lutou contra as lágrimas, tentando não trair seus sentimentos.

— Qual a última coisa que você se lembra?

— Eu... — Aurora franziu a testa no esforço de se lembrar. — Estávamos nos estábulos de meu pai. E eu, bom... nós... — O rubor de seu rosto se aprofundou, e ela abriu a boca para continuar a falar, perdida em palavras. — Aconteceu uma coisa que, bem, se me permite, eu peço desculpas. Foi absolutamente inapropriado, mas... mas eu...

Seria meigo vê-la atrapalhada com a reação ao primeiro beijo das duas, não fosse absolutamente desolador. Ao menos ela se lembrava do primeiro beijo, e aquela fagulha de alegria acendeu um incêndio no coração da caçadora.

Dimitria não se conteve. Ela a puxou num abraço feroz, protetor, deixando-se perder no cheiro de figos e mel, na quentura macia do corpo de Aurora contra o seu, no jeito que todos os relevos dela se encaixavam nos nichos e espaços de seu corpo. Os batimentos cardíacos reverberavam no corpo de Dimitria, e não havia nenhum resquício do frio profundo que estivera assombrando seus ossos. Aurora era quente, e convidativa — mas, quando ela se desvencilhou suavemente dos braços de Dimitria, o rosto ainda um profundo tom de vermelho, a caçadora soube que não era mais sua.

— Dimitria, eu...

— Não posso explicar tudo agora, meu be... — Dimitria apertou os lábios, impedindo-se de usar o apelido carinhoso — Aurora. Nós estamos em uma cidade chamada Marais-de-la-Lune.

— Marais-de-la-Lune — Aurora repetiu, a testa ainda franzida em confusão.

— Você perdeu a memória — Dimitria disse, sabendo que teria que contar tudo com mais cuidado em algum momento.

— Ah — Aurora assentiu lentamente. — Quanto... quanto tempo eu perdi? — Havia uma nota de esperança em sua voz, algo que sugeria a Dimitria que ela não imaginava a magnitude do que tinha se passado. A caçadora respirou fundo, até sentir uma pontada de dor nos pulmões, antes de responder.

— Dois anos — ela enfim disse, e mesmo sem querer havia tanto pesar em sua voz que foi incapaz de escondê-lo.

Aurora não respondeu, em silêncio, perdida em pensamentos. Se fosse outra ocasião, Dimitria até acharia engraçado como até suas feições — que a caçadora conhecia tão bem — pareciam diferentes sob a ausência das memórias.

— Eu... — Aurora respirou fundo, afastando os cabelos do rosto. — Dois anos? Você tem certeza?

Dimitria assentiu, sabendo que perderia a compostura se dissesse qualquer coisa a mais.

Sentia-se vazia. Havia um buraco fundo onde seu coração costumava estar, e ela soube que eventualmente teria que chorar tudo o que havia perdido. Em algum momento, aquela perda imensa, aquele pedaço de nada, a dominaria com toda a força.

— O que aconteceu? Por que está tão frio?

— Eu... prometo que vou te contar tudo. — Dimitria teve que erguer a voz para se sobressair à tempestade. — Mas é muita coisa pra falar rápido.

O suspiro fundo e agoniado de Aurora quase a fez chorar, mas sabia que precisava ser forte. Ainda assim, a outra assentiu, suave, mesmo que evidentemente a contragosto, o olhar perdido ao seu redor.

— E quem é aquela?

Aurora indicava a figura desacordada de Denali, e Dimitria percebeu que, naquele momento, não era só a perda que assombrava os salões de sua alma.

— Aquela... é minha irmã.

— Achei que você só tivesse um irmão. — Aurora sorriu, de leve, toda gentileza e cuidado. — Boas notícias, então.

— Meu irmão morreu — Dimitria respondeu, sem querer entrar nos detalhes que aquelas três palavras anunciavam. — Mas ela está viva, então, é, acho que sim.

— Eu posso deixá-las a sós. — Aurora franziu a testa com suavidade, confusão e mágoa misturadas em sua expressão. — Na verdade, preciso de um pouco... um pouco de ar.

A caçadora indicou a porta, querendo acompanhá-la, estar junto a ela em seus momentos de confusão e dor. Mas bastou um olhar para a namorada — ex, agora — para que percebesse que havia uma distância entre elas, algo que se revelava na maneira como Aurora abraçava o próprio corpo e se afastava sutilmente de Dimitria, que esfriava seus olhos verdes e fazia com que olhasse nervosamente para todos os objetos estranhos que a cercavam.

Ela precisava estar com alguém em quem confiava, e naquele momento Dimitria não era aquela pessoa.

— Fique à vontade. Só... não saia de perto da cabana, está bem?

Aurora assentiu, e, após alguns momentos, Dimitria e Denali estavam a sós.

A caçadora foi até a bruxa, e só percebeu que tivera medo de que a nevasca e Solomar a tivessem matado quando o temor frio encontrou o alívio caloroso que a preencheu ao ver que a irmã respirava, ainda que ofegante.

Queria tocá-la, mas o fez com cuidado. Cada detalhe de Denali a tornava mais real. A aspereza de seu vestido de algodão, o jeito que as ondas escuras de seus cabelos refletiam a luz dos cristais da cabana. O cheiro forte de terra e solidão que emanava da bruxa, não de todo desagradável: era o mesmo odor do pântano, um aroma úmido e inquieto que fazia com que Denali parecesse oriunda das águas lodosas.

Mas Dimitria sabia que as origens da bruxa ficavam bem mais ao norte.

— Nali? — O apelido era estranho na sua boca.

Dimitria havia ouvido a mãe lamentar o nome de Denali como uma prece, e depois de tanto ouvi-lo entre choros e ranger de dentes mais parecia assombro do que nome. Primeiro, como gritos na floresta, tentando encontrar uma menininha perdida. Depois, como parte de cada conversa, cada súplica que poderia levar ao encontro. Quando veio a resignação, o nome de Denali aparecia no meio da noite, em pesadelos assustadores e constantes que faziam Hipátia gritar. Em sua última noite — antes que desistisse de viver — o nome de Denali veio como um suspiro de alívio.

A bruxa tossiu, seu nome uma isca que a levava de volta à consciência, e Dimitria estremeceu ao vê-la se mexer.

Nas certezas que havia conjurado em sua mente, Denali jamais se mexeria de novo.

— Nali — Dimitria repetiu a palavra, segurando as mãos de Denali e encontrando-as nodosas e ásperas sob seus dedos. Mãos de quem havia caçado para sobreviver, mãos que haviam construído uma vida no pântano tanto quanto a vida que Dimitria construíra para si em Nurensalem. Mas ela tivera Igor, e a ausência de qualquer outra pessoa na vida de Denali se fazia evidente não só nos calos secos de suas mãos, mas nas linhas severas e teimosas de seu rosto.

Denali abriu os olhos. Eram iguais aos de Dimitria: belos, escuros, e cheios de desconfiança.

Um espelho partido, um fantasma, um caminho que há muito havia se fechado. Tudo isso passava pela mente de Dimitria enquanto ela encarava a face que seria idêntica à sua, se houvessem levado a mesma vida. Os planos eram iguais — os mesmos malares quadrados e arrogantes, o nariz reto, as sobrancelhas grossas descortinando olhos levemente inclinados, a boca larga e debochada. Diferiam, porém, na execução: a solidão de Denali a havia feito arredia e escusa, com mais linhas e tensão em seu rosto que Dimitria via no espelho.

E, por alguma ironia cruel, a mesma falta de reconhecimento que Dimitria vira no olhar de Aurora. As duas pessoas mais importantes de sua vida, seu passado e seu futuro numa cabana — e nenhuma se lembrava de quem ela era.

Dimitria respirou, trêmula. Ela odiava sentir pena de si mesma, mas a sentiu assim mesmo, avassaladora como a tempestade de gelo. Alguns flocos de neve caíram em seu rosto, e a caçadora estremeceu — de frio ou tristeza, ela não tinha certeza.

Denali enrugou a testa em uma careta. Antes que Dimitria pudesse dizer qualquer coisa, a bruxa apanhou com dificuldade o cajado caído. Não havia mais pedra na ponta rugosa de madeira, e ela levantou-se para ir em direção às estantes no outro lado da cabana. Dimitria a observou enquanto ela puxou uma banqueta de madeira, alcançou o cacho de cristais brilhando no teto, e arrancou um deles. Denali inspecionou a rocha brilhante com alguma atenção; depois, decidida, encaixou no topo do cajado.

Ela riscou um arco curto no ar, e a tempestade de neve se desfez em uma espiral, sumindo com o som oco de uma tampa fechando.

— Ilusão de Anemoi. Um truquezinho sujo se é que eu já vi algum — ela disse, estalando a língua em descaso e indo novamente até Dimitria.

— Não foi mentira — Dimitria falou, engolindo todas as outras coisas que queria dizer. — Aurora ficou gelada. Ela ia morrer.

— Eu disse ilusão, não mentira — Denali corrigiu, professoral e impaciente, e Dimitria conseguiu ouvir o tom de Igor na inflexão com que a irmã falava. — São coisas diferentes. Deixe-me ver, onde foi parar...

Dimitria abriu a boca para responder, mas só conseguia observar os gestos precisos de Denali, que andava pela cabana com a mesma impaciência com a qual falara. Ela não tinha olhado para Dimitria por mais de três segundos, e sua indiferença doeu, fez acender a velha fagulha de raiva que Dimitria conhecia tão bem. Ela tentou engoli-la, enquanto observava a irmã.

Ela ajeitava seus pertences, colocando-os no lugar com uma eficiência bruta, analisando os danos causados pela tempestade de Solomar com uma irritação crescente. A neve havia desaparecido, mas o vento da nevasca tinha derrubado móveis e frascos por todo lado, e Denali falava sozinha enquanto trabalhava, como se uma vida sem companhia a tivesse obrigado a conversar consigo mesma.

Mas Dimitria tinha perguntas demais para deixá-la em paz.

— Denali — ela pigarreou, esperando que a súplica e a raiva não estivessem tão evidentes em sua voz. — Eu sou sua irmã.

Se a caçadora estava esperando algum tipo de reencontro, foi em vão. Denali nem ao menos olhou para ela, continuando a alinhar os frascos de poção caídos.

— Reparei — ela disse — e desde que chegou só me trouxe problemas.

— Como? — o choque gelou o corpo de Dimitria, mais do que a tempestade havia feito.

— Como acha que Solomar me encontrou? Eu tenho fugido dele como uma praga, e um dia depois da sua visita ele me acha? — Denali revirou os olhos, enfim encarando Dimitria, as mãos nos quadris, o olhar faiscante. Uma linha dura cruzava seus lábios, e havia mais que indiferença ali: havia desgosto.

— Eu não tive...

— A intenção? Era exatamente isso que eu queria evitar quando te mandei embora. Aparentemente, não o fiz rápido o suficiente.

Dimitria ignorou a agulhada de mágoa em seu peito.

— Você sabia que ele estava te procurando? — A pergunta implícita era se Denali sabia que tinha uma irmã ou uma família perdida, se não havia ido procurá-las por escolha. Mas a bruxa encarou Dimitria, e também existia mágoa em seus olhos, algo que sugeria que por trás da bravata impaciente havia um mundo de dor.

— A única coisa que sei, desde que me entendo por gente, é que Solomar é perigoso. Agora, sei que ele me tirou minhas memórias e minha vida, e sei que me mandou o mais longe de casa que conseguiu — sua voz ia ficando mais irritada, soando como se Denali tivesse ensaiado cada uma daquelas palavras em uma diatribe silenciosa. — Sei que eu tinha uma vida, uma irmã! — ela ergueu os braços, exasperada, fechando as mãos em punhos. — E que tudo isso foi arrancado de mim por aquele homem.

Dimitria não sabia o que dizer. Ela fitou a irmã sem nenhuma palavra para oferecer, nada que começasse a endereçar toda a mágoa que estava contida entre as duas naquele momento.

Como transpor vinte e cinco anos? Denali e ela eram estranhas. Haviam sido irmãs, um dia, mas, por mais semelhantes que fossem na superfície, suas histórias não podiam ser mais distintas. O que Dimitria podia oferecer além de mais dor, mais mágoa, mais lembranças que Denali nunca poderia viver — sem contar a ameaça de Solomar em sua porta?

Tudo era tão óbvio. Solomar havia desaparecido de propósito. Talvez tivesse até mesmo plantado o símbolo da flor-de-lis em seu escritório, para levar Dimitria e Aurora até seu verdadeiro alvo. Dimitria lembrou dos piratas e poderia apostar que tinham sido arranjados por Solomar, também.

E ainda assim Dimitria acompanhava a irmã com olhos famintos e saudosos de quem esperara uma vida inteira para revê-la.

— Pare com isso! — Denali disse, exasperada, as mãos nos quadris.

— Parar com o quê? — Dimitria respondeu.

— De me olhar desse jeito — Dimitria ergueu uma sobrancelha, confusa, e Denali revirou os olhos em um gesto tão semelhante ao que Dimitria fazia, que foi como se o mundo tivesse parado por um segundo. — Como se eu fosse uma miragem. Ou um milagre. Ou...

— ... Ou uma memória — completou a caçadora, aproximando-se da irmã com o mesmo cuidado que teria com um filhote de coelho. — Quando você sumiu, eu fiquei três noites acampada na floresta, esperando você voltar. Eu tinha certeza... certeza...

Ela engoliu um meio soluço, e então não conseguiu mais segurar. O choro partiu Dimitria ao meio, abrindo seu peito a fogo, rasgando sua garganta com um arfar de dor e tristeza.

Dimitria chorou e, uma vez que ela começou, as lágrimas eram sementes que faziam nascer mais lágrimas onde eram plantadas. Seus olhos ardiam com o fluir livre da dor que guardara por tanto tempo, e naquele momento Dimitria chorou pela criança que tinha sido, esperando em vão por uma irmã que enfim havia voltado para ela.

A caçadora mal reparou quando os braços de Denali a envolveram, tão parecidos com os seus que era como ser abraçada por si mesma.

Aurora também foi até ela, tendo reentrado silenciosamente na cabana em algum momento — e não a abraçou, como Aurora antigamente faria, mas apoiou sua mão quente e macia em seu ombro, deixando que se enganasse por um segundo; que talvez, se ela continuasse chorando, suas lágrimas pudessem trazer as lembranças de volta.

Não podiam. Mas ela se deixou sentir o abraço de Denali, sentir seu corpo rígido e incerto, seu coração que batia e que talvez pudesse um dia ter amor pela irmã que também havia perdido.

Dimitria chorou por um longo tempo. Ela se desfez em lágrimas, se debulhou até que seus olhos estivessem vermelhos e pesados e ela achasse que não havia mais água em seu corpo.

Ela chorou até que Denali enfim desvencilhou o abraço, hesitante e com um olhar preocupado.

— O que você veio fazer aqui, Dimitria? — ela perguntou, e havia mais suavidade do que raiva em suas palavras, e talvez por isso Dimitria sentiu que podia falar.

As três sentaram-se no chão, ao lado de uma pequena fogueira que Denali acendera, e por horas ela falou.

Dimitria contou tudo, ignorando a madrugada que avançava do lado de fora da cabana. Ela contou da maldição de Aurora, de como Igor fora envenenado por uma noção possessiva e egoísta de amor. Se Denali teve algum problema para imaginar o pequeno bebê que ela havia conhecido como um assassino, sua expressão não revelou nada. Aurora era quem tinha mais perguntas, a boca aberta em choque quando Dimitria contou que a última vítima de Igor quase tinha sido Astra.

Ela não quis falar do que tinha acontecido depois, dos anos que havia passado com Aurora, seu relacionamento e como ele florescera. Doía demais, e Dimitria não queria usar palavras para descrever o que até então tinha sido óbvio. Em vez disso, ela falou de como a maldição se aprofundara, de como suas sementes haviam fincado raízes e uma doença no corpo de Aurora. Contou da viagem, de Osha e Félix e Tristão — e Aurora sorriu quando Dimitria contou que era o mesmo Tristão que havia sido tão odioso com elas no passado. Falou da poção de Solomar, e, quando ergueu o frasco que Denali tinha dado para ela no dia anterior, a bruxa apanhou o vidro vazio com pesar.

— Eu lhes disse a mesma coisa que ele, então.

— Nós viemos em busca de uma alternativa — Dimitria respondeu, e as lágrimas que ela pensava terem acabado quase voltaram a embargar sua fala. — Mas em vez disso o trouxemos direto até você. Ele ia te matar, Nali.

— Não seria tão fácil assim. — Denali deu um pequeno riso debochado, encarando a irmã por trás de sobrancelhas grossas e inquisitivas e cruzando os braços. Mesmo seus maneirismos eram os de um Coromandel: ela cruzava os braços ao contrário, o direito por cima do esquerdo. — Matar uma bruxa é muito mais difícil do que parece. É por isso que ele não o fez quando eu era criança; meus poderes provavelmente eram bem mais intensos e inesperados. Coisas estranhas acontecem quando...

— ... Magos morrem — Dimitria ecoou as palavras que Denali havia dito no dia anterior, assentindo.

— É por esse motivo que eu me dediquei a escrever um ritual para fazer exatamente isso.

Aurora franziu a testa.

— Matar um mago?

— Não qualquer mago. Solomar. — Os olhos de Denali adquiriram um brilho obsessivo. — Eu vaguei por Ancoragem por muito tempo antes de chegar a esse pântano. Minha magia me mantinha, mas eu sabia que alguém havia me mandado para longe, e não tinha certeza se ele tinha espiões ou cúmplices. Eu só sabia seu nome: Solomar. Uma palavra que me acompanhava como um presságio de medo. E aí você aparece no meu quintal, falando o nome dele. Pode imaginar o que eu pensei.

— Você vagou por Ancoragem? Sozinha?

Dimitria tentou imaginar a criança esperta e corajosa que fora sua irmã, aventurando-se sozinha nas vastas florestas entre Nurensalem e Marais-de-la-Lune, e seu peito se encheu de ódio pelo mago.

— O que mais eu poderia ter feito? — Denali parecia interpretar o ódio de Dimitria como uma crítica, e se fechou em si mesma. — Eu caminhei durante meses. Tinha minha magia, mas não sabia de onde ela viera. Não sabia de nada além do fato de que precisava ir para longe. Aqui foi o mais longe a que consegui chegar, e o pântano sabia que eu precisava de abrigo. De um esconderijo. De um lugar onde pudesse, ao longo dos anos, coletar informações sobre Solomar, quem ele era, o tipo de ameaça que oferecia.

— Você podia ter morrido.

— Como eu disse, eu sou difícil de matar — Denali respondeu, um meio-sorriso nos lábios, e por um momento um calor humano emanou da bruxa. — Por isso mesmo, quando descobri que Solomar era um mago, eu soube que teria que me esforçar para executar minha vingança

— E como você pretende fazer isso?

Denali apertou os lábios. A desconfiança voltou a surgir em seu rosto, mas Dimitria cruzou o espaço entre as duas, colocando sua mão sobre a de Denali. Ela sentiu a outra estremecer sob o toque, encolhendo os dedos, mas a bruxa manteve-se ali.

Enfim, ela falou.

— Escrevi um ritual que usa a magia elemental do pântano e energia residual da lua para desestabilizar suas proteções. A lua de sangue acontecerá em algumas semanas, o que é extremamente propício para nossos propósitos. E então eu vou matá-lo, para que nunca mais machuque ninguém.

Magia elemental? Dimitria franziu a testa, sem entender como aquilo poderia funcionar.

— Lua de sangue? E você está planejando isso há...

— Desde que me estabeleci como Cáligo na Crescente. — Denali ergueu o queixo em uma postura arrogante. — Eu sabia que não era questão de "se", e sim quando Solomar iria me encontrar. Estive tentando me manter escondida, mas minha fama se espalhou. A magia ajuda as pessoas, e pessoas falam...

Dimitria assentiu. Por um lado, a ideia de matar Solomar e impedir que sua ambição custasse mais vítimas era absolutamente sedutora. Por outro, havia o que ele dissera logo antes de desaparecer, a tentadora possibilidade de que houvesse como recuperar as memórias de Aurora. Dimitria arriscou um olhar de soslaio, perdendo-se no perfil suave que ela conhecera tão bem.

— E se não o matássemos? — ela disse, culpada de estar sugerindo aquilo para a maior vítima do mago, mas sem conseguir evitar. — Ele falou que talvez houvesse uma cura para Aurora. Talvez, se nós...

— Deixe de ser tola, Dimitria — Denali respondeu, ríspida. — Aurora está viva e livre da maldição. Ou Solomar estava mentindo para você ou o preço a se pagar por isso é alto demais.

Dimitria fez um muxoxo de escárnio. Claro que a resposta era fácil para Denali; não tinha sido ela que acabara de ter as memórias da pessoa que amava arrancadas de si. Uma vida sem memórias era tudo que ela conhecia: a única pessoa capaz de entender o valor de tudo que as memórias representavam era Dimitria, e também a única enviesada o suficiente para que sua luta por elas fosse vista apenas como um ato de egoísmo. Ela quis brigar, quis discutir, mas as lágrimas pareciam ter drenado até mesmo sua capacidade de lutar. Ela suspirou, e foi Aurora que enfim quebrou o silêncio tenso e combativo entre as irmãs.

— Bom... de qualquer forma, precisaremos conduzir o ritual, não é? — ela perguntou, suavemente, e Denali assentiu. — Me parece que devemos nos esconder, já que Solomar já sabe onde fica a sua casa, e planejar o ritual para a lua de sangue.

Denali concordou com a cabeça, erguendo-se do chão com elegância e começando a colocar alguns pertences em uma sacola. Ela apanhava objetos aparentemente aleatórios, atravessando a cabana a passos largos e objetivos.

— A coisa mais importante é o lugar onde anotei os passos e detalhes do ritual; temos que seguir cada uma das etapas. Vamos precisar de sangue e tripas, uma fonte de magia elemental, água do pântano, claro; um calendário lunar. Está tudo explicado no meu grimório. — Deu a volta no caldeirão de estanho que estava de volta em posição correta, e agachou para alcançar um alçapão oculto no soalho. — Deve estar...

Denali interrompeu a frase com um grito de frustração. Não era muito diferente ao barulho estridente e silvoso que os crocodilos faziam, e um calafrio percorreu Dimitria ao ouvir o som, como se entendesse o que ele significava antes que a irmã pudesse explicar.

Ainda assim, o peso do choque afundou em seu estômago como uma pedra quando Denali levantou os olhos arregalados para Aurora e Dimitria, medo e raiva estampados nas linhas severas de seu rosto.

— Meu grimório. Solomar roubou meu grimório — ela engoliu em seco, ofegando. — Ele tem o ritual.

Capítulo 17

Ao observar a irmã correndo pela cabana de um lado para o outro, revirando cada frasco e móvel em busca do grimório, Dimitria teve a sensação de estar olhando para um espelho. Ela nunca tinha se considerado uma mulher particularmente estonteante — sabia que era bonita, mas jamais iria ao extremo de usar uma palavra como "linda" para se descrever. No entanto, ao observar as linhas precisas de sua irmã, os cabelos escuros que pareciam uma cortina de noite, a pele negra que como veludo refletia a luz, os olhos que, mesmo angustiados e cheios de medo, reluziam como ouro no fundo de uma mina, ela não pôde deixar de sentir uma renovada apreciação pelo próprio corpo — sua própria linhagem, que achara estar perdida no passado.

Ela imaginou como seria quando voltassem para Romândia, juntas — o que Denali acharia de sua pequena casa perto da floresta, da praça de Nurensalem, das casas e lojas que pouco haviam mudado nos últimos vinte anos. Talvez abrissem uma magicina própria; talvez até mesmo caçassem juntas, e Dimitria pudesse compensar todo o tempo perdido entre as irmãs. Talvez, em um futuro não tão distante, Denali a acompanhasse na igreja quando fosse a hora, e compensasse toda uma ausência de Coromandéis na vida de Dimitria.

Não era só afeição que ela sentia ao olhar Denali, porém — havia um instinto de proteção quase visceral, que rugia por dentro de seu peito. Quando Denali enfim parou de procurar o grimório e recostou as costas na parede em postura derrotada, Dimitria sentiu um formigamento intenso nas mãos, como se fosse capaz de moer Solomar em pedaços pelo que ele fizera.

— Vamos atrás dele — a caçadora disse, resoluta, apanhando o arco caído e ignorando a dor que ainda reverberava do ferimento em seu ombro.

— E como você pretende encontrá-lo?

Dimitria estava ciente das falhas em seu plano, mas continuou mesmo assim:

— Não tem algum lugar ideal para conduzir o ritual?

— Sim, Dimitria — Denali respondeu, cortante — um lugar que guarde energia mágica corrente e que tenha vista para o céu. Mas Cáligo inteiro é mágico, então Solomar pode escolher qualquer ponto de sua costa.

— O pântano é mágico? — Dimitria ergueu uma sobrancelha, mas era uma pergunta tola: ela havia percebido a vibração intensa de magia que permeava as águas escuras e raízes nodosas do mangue, não havia? Mesmo que não pudesse compreender, a sentia, presente e antiga.

— Podemos perguntar na cidade? Alguém vai saber onde Solomar está se escondendo — Aurora ofereceu, e foi tão condizente com a visão de mundo da aristocrata que um dia Aurora fora que o coração de Dimitria doeu. É lógico que a solução pareceria tão simples quanto usar de influência e política para resolver o problema.

Ainda assim, não era má ideia voltar para a base: a noite só avançava no pântano escuro, e, mesmo que sua bruxa estivesse do lado das duas, Dimitria não achava que seria prudente passar muito tempo ali. Ela assentiu, endireitando as costas e estremecendo de dor quando o arco bateu contra seu ferimento. Aurora a observava, e estendeu a mão.

— Quer que eu leve? Parece pesado. — Ela apontou para a arma e, após alguns instantes de hesitação, Dimitria ofereceu o objeto. Os dedos das duas roçaram levemente quando o arco passou de uma para outra, e a troca de olhares pareceu infinita. Dimitria vasculhou os olhos verdes e tão familiares, ainda que tão desconhecidos, e ignorou o choque quase elétrico do toque de Aurora.

Ela não podia se deixar distrair. Voltou seu olhar para Denali, que continuava plantada no chão como uma árvore, e franziu a testa.

— Você não vem?

— Sair daqui? — De repente a ironia e suavidade sumiram da voz da bruxa, em seus lugares havia uma pontada inconfundível de medo. — Eu... eu não posso. Se encontrarem o lugar do ritual, vocês podem voltar e então eu...

— Voltar? — Dimitria riu, incrédula — Nali, você não precisa mais se esconder nesse pântano. Se encontrarmos Solomar, podemos acabar com tudo isso. Você pode voltar pra casa.

— Esta é minha casa, Dimitria — Denali retrucou, aço e defesa em seu tom. Foi um golpe afiado e direto no coração de Dimitria, partindo as imagens de amor e família que ela havia conjurado minutos antes.

— Matar Solomar é um ato de justiça e nada mais.

— Você está confundindo justiça com vingança — Dimitria disse, rápido demais, ainda ferida pelo futuro que parecia lhe escapar.

Sua irmã pareceu estar chocada.

— Não foi você que sofreu a vida inteira no esquecimento.

— Não, eu tive que lembrar de tudo — A caçadora sabia que estava falando alto demais, depressa demais, com raiva demais, mas era incapaz de interromper a frustração que vinha em ondas incontroláveis. — Você nem sabe o que perdeu. Eu senti cada pedaço da sua ausência, cada buraco que você deixou. Mamãe definhou, você sabia? Ela nem conseguia me olhar nos olhos, porque eu era parecida demais com você. Papai se entregou aos lobos e me deixou sozinha. Sozinha! — ela gritava agora, as mãos fechadas em punhos tão apertados que podia sentir as unhas fincando em suas palmas. — Enquanto você vivia sem saber, eu soube a cada dia que minha vida teria sido outra se você não estivesse morta. Eu vivi o luto por mais de vinte anos, Denali. Não venha me falar de sofrimento! Você vai pra Nurensalem comigo, e isso não é um pedido.

Denali não respondeu. Ela se fechou, o rosto coberto pela penumbra da cabana. Eram gêmeas, e ainda assim Dimitria era incapaz de decifrar o que se passava na cabeça da irmã, o que era aquele sentimento incompreensível que Denali carregava no peito, e a distância intransponível entre as duas se espalhava como um abismo.

O silêncio era pesado e denso, o tipo de silêncio cheio de pólvora onde até o menor dos sons provocaria uma explosão. Dimitria nada disse: ela respirava fundo, não para se acalmar, mas para continuar gritando se fosse preciso. Segundos se tornaram minutos, e as duas mulheres — tão parecidas e tão distintas, um espelho distorcido uma da outra — se encararam em reprovação silenciosa.

Denali quebrou o silêncio, enfim, seca e fria.

— Irei com vocês até Solomar. Mesmo que essa cidade seja hostil para mim, é meu dever garantir que ele jamais fará mal a mais ninguém. — Ela apanhou a bolsa transversal que estava apoiada em cima da mesa e a colocou por cima dos ombros, enfiando frascos de poção enquanto falava — E o mataremos antes que conduza seu ritual.

Dimitria sabia que havia um *mas* no final daquela frase e se preparou para ele, sentindo mais medo do que raiva.

— Mas assim que estiver feito, eu volto para meu pântano — continuou Denali, e não havia espaço para negociação no tom resoluto com que falou. — Um dia houve uma Denali em Nurensalem; mas nem esse dia nem essa Denali existem mais. O tempo passou, Dimitria, e, queira você ou não, o passado não me amarra. Eu ficarei aqui, e *isso* — ela imprimiu uma ameaça explícita ao ecoar as palavras da irmã — não é um pedido.

Dimitria reprimiu o que queria dizer, a raiva bloqueando sua garganta. Como espinhos e cacos de vidro, imagens de futuro partidas sob o martelo duro e pesado da realidade. Não era justo, mas Dimitria estava se acostumando ao fato de que, em sua vida, nada parecia ser.

Ela travou o maxilar, como se todo o sentimento estivesse prestes a transbordar por sua boca. A injustiça queimava, ardia contra as feridas abertas de seu coração, as tornando mais doloridas e mais intensas. Dimitria saiu da cabana, sabendo que iria explodir se passasse mais um segundo ali.

O som dos passos de Aurora e Denali a acompanhando seguiu logo depois. Dimitria freou o impulso de segurar a mão de Aurora, guardando a necessidade de conforto em uma caixinha dentro do peito — uma caixinha cheia de mágoa, explosiva e instável. A rejeição da irmã estava ali, recém-colocada e ardendo como carvão em brasa, mas Dimitria a ignorou. Ela tinha passado a vida sozinha.

Não seria difícil se acostumar a fazê-lo de novo.

O pântano continuava sombrio na noite sem estrelas formada pela abóboda de folhagens, e Dimitria deu passos vacilantes até o bote meio submerso. Estava tão absorta em seus sentimentos que nem ao menos notou a ausência do corpo de crocodilo gigante, que ela e Aurora haviam visto quando entraram na cabana.

Estava prestes a empurrar o bote para a água quando o instinto tomou conta de si. Dimitria retraiu o gesto, rápida como uma flecha, exatamente quando uma massa escorregadia e enorme — maior do que o barco — emergiu da superfície escura, mordendo o ar com um estalar letal.

Era um dos crocodilos, mas seu corpo reptiliano estava albino e manchado, e seus olhos tinham a cor vermelha e brilhante das chamas que Solomar havia usado para atacá-las. Sua barriga estava aberta pelo ferimento, que dava vista às entranhas vermelhas e brilhantes do animal. De uma ferida inchada e verde em sua boca escorria sangue — fruto da flechada de Dimitria, sem dúvida.

Ainda assim, investia contra a caçadora como se sua vida dependesse disso, mas não dependia, Dimitria notou ao olhar o bicho com mais atenção.

Ele estava morto, mesmo que seu cadáver reanimado por magia não parecesse saber do fato.

— Demi! — o grito de Aurora cortou o silêncio do pântano, mas a caçadora não precisou do aviso da amada para se afastar da água. Ela virou-se para correr, mas foi lenta demais. O crocodilo tinha uma rapidez sobrenatural, e sua cauda enrolou-se no tornozelo de Dimitria, erguendo-a do chão com tamanha agilidade que a vertigem esfriou suas entranhas como água gelada.

O mundo virou de cabeça para baixo e o ferimento no ombro de Dimitria ardeu com o gesto brusco. Ela se debateu no aperto do animal, tentando alcançar a faca de caça que ficava presa em seu cinto e falhando miseravelmente.

— Luna, solte-a! — Denali gritou, mas o crocodilo nem ao menos reagiu. Ele colocou Dimitria por cima de sua bocarra, e ela pôde contar as fileiras de dentes afiados e assustadores, reluzindo contra a luz inútil do cajado de Denali.

Luna abriu a boca, recuando para abocanhar Dimitria, até que uma flecha se fincou na carne macia e exposta de sua garganta.

Ela largou Dimitria com um guincho de dor. Desnorteada, a caçadora rolou no chão para longe do crocodilo, erguendo a cabeça e vendo que Aurora empunhava seu arco, ofegante. Havia certa precisão em seus gestos, mesmo que fossem vacilantes e incertos, e, quando ela encaixou mais uma flecha no pivô, Dimitria sentiu o coração dando um salto no peito — e não era apenas pelo ataque iminente.

Aurora tinha aprendido a atirar com Dimitria. Se ela lembrava daquilo... talvez pudesse se lembrar de mais alguma coisa.

Ela não teve tempo de concluir o pensamento. Luna avançou para fora da água, e junto dela saíram dois outros crocodilos gigantes — tão famintos e violentos quanto ela, e aparentemente também controlados por alguma magia residual de Solomar. Denali descreveu linhas no ar com a ponta do cajado, que acendeu e emitiu raios de luz branca na ilhota.

— Mariflor, Maribel! Para trás, chega! — Os crocodilos de Denali, porém, ignoravam suas ordens. Elas avançavam, as patas manchadas de lama e as escamas brancas e macilentas, os olhos reptilianos fixos na cabana da bruxa.

— Denali, precisamos sair daqui! — Aurora gritou, atirando contra um dos crocodilos. A flecha bateu sem efeito contra o casco branco, e o animal rastejou em direção a ela, as mandíbulas abertas em uma ameaça evidente.

Aurora e Denali estavam encurraladas, e Luna, Maribel e Mariflor não pareciam muito abertas a um acordo.

Denali instigou o cajado na direção do crocodilo.

Uma luz branca e atordoante surgiu do centro do cristal, raios quase sólidos como um catavento ao redor do objeto. A luz fez os bichos guincharem em sons dissonantes, debatendo-se contra o clarão e uns contra os outros em um frenesi por tempo suficiente para que Denali e Aurora pudessem correr ao redor delas, em direção a Dimitria e ao bote.

— Entrem! — Dimitria chutou o bote na água sem controle, o coração acelerado e os olhos fixos nos crocodilos, que ainda se debatiam, mas não por muito tempo, ao que parecia. Quanto mais distante Denali ficava da cabana, mais a luz do cajado perdia potência. Dimitria pulou para dentro do bote, e estendeu a mão, puxando Aurora para dentro.

Denali hesitou. Um dos pés estava no bote, o outro plantado firmemente na terra lodosa da pequena praia, sua túnica marrom enrolada nos tornozelos. Ela encarava os crocodilos com uma expressão de dor, tão pura e verdadeira que por um momento Dimitria sentiu ciúmes do sentimento que a irmã demonstrava com tanta facilidade por um trio de animais famintos.

— Denali — ela chamou, urgente, a mão estendida na direção da bruxa. Os crocodilos albinos reanimados as encaravam com olhos maldosos e astutos, e Dimitria sabia que precisavam sair dali.

A bruxa engoliu em seco, uma, duas vezes. Havia um brilho estranho em seu olhar, uma tristeza profunda e complicada — mas a tristeza se solidificou em frieza quando ela enfim encarou Dimitria, e aceitou a mão da caçadora para entrar no bote.

Dimitria apanhou um remo, mas Denali ergueu uma mão, interrompendo seu gesto. Ela bateu na borda do bote com a ponta brilhante do cajado — e os veios da madeira se encheram da mesma luz branca que o cristal mágico emitia, uma luz que reverberava na escuridão opressiva do pântano.

Denali descreveu um arco elegante no ar, apontando na direção da saída, e o bote acompanhou seus movimentos, deixando a cabana e os crocodilos — que olhavam para sua antiga mãe com uma mistura de violência e abandono.

* * *

O alagadiço logo ficou para trás, mas Dimitria só conseguiu respirar tranquila quando elas enfim chegaram à borda do Cáligo. Foi uma viagem silenciosa e rápida, e Dimitria reprimiu todas as perguntas que queria fazer sobre a magia da irmã — como os raios brancos e leitosos de luz conduziam o barco, como os movimentos de seu cajado guiavam a embarcação com precisão pelos canais apertados do pântano. Ela queria sair dali, daquele lugar imerso em sombras, e apenas ao avistar os pontos brilhantes e distantes das estrelas na abóbada conseguiu emitir um suspiro de alívio.

— Você está preocupada — Aurora enfim falou com ela, mantendo a voz baixa e suave como se para não perturbar a noite, e não era uma pergunta. Dimitria a encarou, procurando algum sinal da mulher com quem vivera durante dois anos que mais pareciam uma eternidade, mas, embora houvesse ansiedade genuína nos olhos verdes, era distante e reservada como a de uma conhecida.

Ela travou o maxilar, reprimindo muito mais do que preocupação, e retribuiu o olhar de Aurora. Sabia que a intensidade com que a encarava devia causar estranheza, mas era difícil não fazê-lo — certos hábitos eram impossíveis de largar.

— Estou — ela enfim respondeu, cuidadosa. — Por sua causa é só preocupação e não, sei lá, uma perna perdida.

— Podia ter sido mais que uma perna.

— Verdade, a Luna tinha cara de esfomeada. — Dimitria deu um meio-sorriso, lembrando da precisão com que Aurora havia atirado a flecha. A despeito de si mesma, uma semente de esperança se plantou no terreno tolo e arrasado de seu coração, e ela franziu a testa, tentando ignorá-la. Mas era impossível, e, depois de hesitar alguns segundos, Dimitria perguntou. — Como você sabia atirar?

Aurora ficou em silêncio por um instante, o olhar perdido. Ela era tão bonita. Seus cabelos eram um halo ao redor da face suave e redonda, as sardas pequenas constelações como o céu acima das duas, e Dimitria se aproximou quase sem querer, interpretando o silêncio como o convite aconchegante e cúmplice que sempre fora.

— Eu aprendi com alguém, eu acho. — Duas sobrancelhas loiras se uniram no meio da testa de Aurora, e ela partiu os lábios como se fosse dizer mais alguma coisa, como se estivesse na ponta da língua. Lambeu os lábios, e eram tão semelhantes a pétalas molhadas pelo orvalho da manhã que Dimitria se perguntou se seriam tão doces quanto. Só as Deusas sabiam o quanto ela estava precisando de um toque de doçura, um alento ao turbilhão de emoções que se avolumava em seu peito como uma tempestade.

— Alguém? — a caçadora insistiu, desesperada para se agarrar a qualquer coisa que trouxesse uma centelha de esperança. Ela sabia que estava pressionando Aurora, sabia que o desespero tinha uma face feia e intrusiva, mas não conseguia pará-lo.

— Eu... — Aurora fechou os olhos, inalando o ar úmido e fresco da noite no canal, e pequenos fios loiros soltaram-se de seu penteado, uma tapeçaria dourada que decorava sua face. Dimitria estendeu a mão e tirou um dos fios, as mãos trêmulas na tentativa de ser delicada e cuidadosa, e, quando Aurora nada disse, ela se aproximou mais, lembrando do quanto a namorada gostava do seu toque, do seu carinho.

Dimitria se inclinou para um beijo quase sem perceber, e só sentiu a mão de Aurora em seu peito quando era tarde demais.

— Dimitria. — Aurora a impedia de seguir, parecendo confusa. O choque banhou o corpo de Dimitria como água gelada, tanto quanto a vergonha que lhe incendiou o rosto, queimando mais que a raiva.

Não era justo. Aquela mulher parecia Aurora, falava como Aurora, e não era Aurora — não a sua Aurora, a que gostava de tortas de morango, cavalgadas em manhãs frias, de apanhar flores. A Aurora que segurara sua mão quando Dimitria lhe disse que enterrara sozinha o seu único irmão, a Aurora que havia dito que lhe amava sob a luz da manhã pós-aurora boreal — e que fizera todas essas coisas não só com palavras mas com todos os pequenos e grandes gestos que compõem um grande amor. Não, não só grande: o maior dos amores, aquele tipo de amor que arrasa um coração para os próximos, aquele que era capaz de transformar uma sequência de dias em uma vida, um conjunto de madeira em uma casa. Um coração em um lar.

Um amor que só acontecia uma vez na vida. Um amor feito de momentos tão diversos e tão distintos que poderiam ser as gotas escuras de água do mangue, os flocos de neve nas cordilheiras de Ororo, e que agora havia desaparecido e deixado Dimitria sozinha em sua ruína.

— Eu ia te pedir em casamento, sabia? — ela disse, estrangulada e inutilmente, pois era a única coisa que podia fazer naquele momento. A única coisa que poderia causar uma reação em Aurora, mesmo que essa reação fosse a mágoa.

Aurora não respondeu, a confusão ainda mais profunda em seus olhos, e Dimitria tirou a caixinha de madeira que sempre levava consigo de dentro do bolso da calça. Abriu o objeto, fitando os aros de prata que tinham sido feitos com todo o cuidado, e só conseguiu sentir uma tristeza profunda pela garota estúpida que tinha mandado fazê-los.

Aurora havia perdido a memória, e levado consigo a Dimitria que ela fora.

— Dimitria, eu... eu não sei o que você quer de mim. — A angústia em sua voz era uma faca no coração da caçadora.

— Diga que me ama — Dimitria pediu, e foi tão sincero e tão infantil que ela precisou reprimir um soluço —, por favor, diga que me ama.

Aurora não respondeu. Seu rosto era uma máscara de mágoa e dor, e ela balançou a cabeça.

— Eu não posso, Demi. — O apelido da caçadora parecia uma zombaria naquela voz. — Eu não me lembro de nada.

— Diga que me ama! — Dimitria ergueu a voz, e se arrependeu imediatamente, e a vergonha queimou a dor e a mágoa e se transformou em raiva. — Diga que eu ainda sou a pessoa que você ama. Diga que vai passar a vida comigo, que vamos envelhecer juntas. Diga que me ama tanto que até dói, e eu vou te responder que não é pra doer. Diga o que você sempre me falou, Aurora.

— Eu não posso — os olhos de Aurora reluziam com lágrimas, que rolaram por seu rosto e iluminaram as sardas. — Me desculpe, Dimitria, mas eu não posso.

Dimitria engoliu em seco, as próprias lágrimas vertendo dentro de si. Ela endureceu a postura, tentando erguer as muralhas que sempre soubera erguer, e arrancou qualquer semente de esperança do peito.

Não havia nada para salvar ali.

Ela lançou o olhar para Denali, que conduzia o barco e fingia não escutar a conversa das duas, e, num ímpeto incontrolável, arremessou as alianças no canal.

Aurora ofegou, mas era tarde. A caixa de madeira mal flutuou, e o peso da prata fez com que desaparecesse sob as águas escuras e ondulosas do Relier.

Capítulo 18

Uma pequena armada de gôndolas metálicas as aguardava na saída do pântano.

Eram pelo menos cinco, cada uma com um grupo de guardas que as observava, empunhando cimitarras. Usavam túnicas brancas, cobertas por armaduras que lembravam a couraça de um crocodilo. Suas espadas tinham a mesma curva da lua, que reluzia cada vez mais forte no céu noturno.

— Em nome da Guarda da Crescente, eu ordeno que parem.

Uma mulher mais à frente na formação ergueu a própria espada, e a lâmina adamascada cintilou com um reflexo prateado e cruel. Era nitidamente a líder: sua armadura era adornada por ombreiras de bronze, escamadas como cascas de tartaruga, e marcada por símbolos de lua crescente.

Dimitria encarou o grupo, e imediatamente o desconforto instalou-se em seu peito, gelado e atento. Ela não gostava da maneira como encaravam Denali, seu olhar cheio de desdém mesmo sob a pouca claridade da lua, e seus músculos ficaram rígidos de tensão à medida que a gôndola se aproximava delas.

— Tamara, reviste o barco. — A mulher que havia falado primeiro se virou para outra a seu lado, que assentiu. Ela deu algumas remadas para emparelhar com o bote delas, pulando para dentro com a espada em riste.

— O que é isso? — Tamara apontou para a bolsa que Denali carregava consigo, e a bruxa o apertou ainda mais contra seu corpo, afastando-se da guarda. Seu rosto estava fechado em uma expressão de desagrado, os olhos escuros brilhando ameaçadores por baixo do cenho franzido. A guarda se voltou para a mulher que havia dado a ordem. — Capitã, essa daqui se recusa a cooperar.

Tamara não parecia muito disposta a usar sua cimitarra para arrancar os pertences de uma mulher indefesa, e a capitã emitiu um muxoxo impaciente. Um capacete escondia suas feições, mas ela o removeu com a mão livre, revelando uma cabeça branca e quase careca, olhos afiados e uma beleza intimidadora.

Denali suspirou em pesar, como se já soubesse quem era a mulher.

— A tenente Marie está pedindo para revistar seus pertences — a capitã disse, o tom arrogante cortando tanto quanto sua espada o faria. — A Guarda da Crescente tem soberania em Marais-de-la-Lune, então coopere ou serei obrigada a ser menos gentil.

Dimitria apertou os lábios. Ela não tinha experiências muito boas com os guardas de Nurensalem, e estava prestes a pedir que Denali entregasse a bolsa quando Aurora endireitou o corpo, respondendo com uma voz altiva.

— Pelo que eu saiba, ninguém tem direito de invadir a privacidade de uma civil que não ofereça ameaça. — Ela ergueu o queixo e, embora não chegasse nem perto de compensar a diferença de altura que tinha com a capitã, era mais intimidadora do que sugeria seu corpo curvo e macio. — A não ser que a civilidade de Nurensalem ainda não tenha chegado aqui.

— Uma Nortenha? — A capitã ergueu uma sobrancelha, abaixando levemente a cimitarra. — Marais-de-la-Lune é uma cidade sob minha vigência, e eu decido quem é ou não uma ameaça.

— Muito conveniente. — Aurora não soava nem um pouco intimidada pela postura altiva da capitã, e cruzou os braços, a voz aristocrática e inflexível. — Em Nurensalem conhecemos a justiça, mas talvez você não conheça o conceito? Meu pai ficaria surpreso em saber que seus maiores parceiros comerciais têm hábitos tão retrógrados.

Dimitria teve que reprimir uma risada amarga. Ela lembrava bem o que Aurora chamava de justiça em Nurensalem, e só existia para um tipo específico de pessoa. Ainda assim, era impossível não admirar sua arrogância protetora.

— E quem é o seu pai? — retrucou a capitã, impaciente. Porém era visível que sua atitude mudara frente ao que ela logicamente reconhecia como autoridade e nobreza.

— Bóris van Vintermer. — Aurora colocou as mãos nos quadris, a sombra de um sorriso em seus lábios. — Sou sua herdeira e estas são as minhas acompanhantes. Receio que terei que pedir que pare de nos importunar.

Tamara se afastou de Denali a contragosto, apoiando a mão não tão discreta na bainha da espada, e se virou para a capitã, que analisava a cena com um olhar calculista e o cenho franzido.

— Van Vintermer conhece bem o que temos que fazer para proteger o pântano, senhorita. Eu sou a capitã Catarina Duval, responsável por Marais e pela guarda. Recebemos uma informação de que havia magia descontrolada aqui.

Dimitria imaginava quem teria plantado aquela informação, e fez um murmúrio de desprezo que lhe ganhou um olhar atravessado de Catarina. A capitã abaixou o corpo e deslizou dois dedos em riste pela lateral da embarcação, onde até então estavam visíveis os veios de magia de Denali. Ela balançou a cabeça em desgosto.

— E magia por acaso é proibida em Marais-de-la-Lune, capitã? — Aurora perguntou com uma afetação falsamente curiosa, tão afiada quanto a cimitarra da capitã.

— Apenas magos registrados podem praticar feitiços sob a minha jurisdição, srta. Van Vintermer. A Crescente existe em uma bacia instável de magia, pode imaginar que tipo de gente essa energia atrai se não formos cuidadosos.

— Ah, eu imagino que tenha apenas um *tipo* de gente que você goste de ter na sua cidade — Aurora respondeu, a insolência quase visível por trás do véu de complacência. — Mas posso assegurar-lhe que eu e minhas guarda-costas não somos assim.

Guarda-costas. As palavras eram duras e frias e machucavam o coração de Dimitria, como cacos de vidro espalhados em sua caixa torácica, mas ela apenas assentiu, a postura severa e distante.

Catarina observou o bote por alguns segundos, em silêncio, as linhas rígidas de seu rosto fazendo com que parecesse mais estátua do que gente. Enfim ela estalou os dedos, e Tamara pulou novamente para a gôndola esguia da capitã. A lua estava refletida nas águas pantanosas abaixo delas, e seu brilho banhava a esquadra de guardas com uma luz fantasmagórica.

— Muito bem. Acredito em sua palavra, Van Vintermer. — Dimitria revirou os olhos. É claro que a capitã acreditava na loira rica. Catarina continuou: — Acho melhor escoltarmos vocês para a estalagem. Eu odiaria que a filha de Bóris van Vintermer ficasse à mercê de magos escusos.

Aurora abriu a boca para retrucar, o rosto tingindo-se do mais leve rubor.

— Não será necessário.

— Eu insisto — Catarina respondeu, embainhando sua espada com um raspar metálico e definitivo. — Os canais não são seguros, especialmente a essa hora da noite.

Ela ladrou algumas ordens para o restante da guarda, que se organizou em formação no canal estreito com velocidade e precisão impressionantes. Catarina observava os movimentos de sua guarda, as mãos às costas e a postura altiva de quem estava acostumada a ver suas ordens obedecidas imediatamente.

De certo modo, era impossível não lembrar de Clemente Brandenburgo.

Após alguns minutos que pareceram segundos, a escolta começou a fazer seu caminho preciso e cuidadoso pelo canal. O bote de Dimitria, Aurora e Denali seguiu atrás, e Dimitria remava devagar, colocando alguma distância entre elas e o pelotão.

— Você foi sensacional — ela sussurrou para Aurora, os olhos fixos nas costas retas de Catarina Duval. — Achei que o apelido de língua de prata fosse exclusividade do seu pai.

Aurora deu o mais leve dos sorrisos — mas logo retraiu a expressão, mantendo o olhar distante e perdido nas margens do Relier. Seus lábios estavam apertados em uma linha dura, o queixo levemente erguido em prepotência aristocrática, tão incomum à doçura e leveza às quais Dimitria estava acostumada que forçou-se a se lembrar que aquela ainda era Aurora.

— Eu não me conformo com esse tipo de abuso de poder.

— Não que Nurensalem seja muito diferente — argumentou Dimitria, dando um sorriso de lado. — Os guardas do Brandenburgo não eram muito mais corteses do que essa guarda da Crescente aí.

— Mas na Romândia nós pelo menos temos princípios — ela respondeu, e Dimitria franziu a testa, confusa.

— Você está sendo um pouco preconceituosa, Aurora.

— Eu só não gostei de como ela me tratou.

— Da maneira que eu vejo — Dimitria disse, tentando ser cuidadosa na mesma medida que seu coração em frangalhos estava exausto de se conter — poder responde a poder, não importa qual seja o lugar do mundo.

Aurora respirou fundo, como se estivesse ensaiando algo, mas pareceu mudar de ideia no último segundo. Um traço de irritação subiu pela garganta de Dimitria, e ela também repensou a própria atitude. Aurora havia acabado de passar por um trauma. Ela não podia culpá-la por estar acostumada a seu privilégio.

— Eu usei meu poder para o bem, Demi. Ao menos, tentei usar.

— E eu sou grata por isso. — A última coisa que Dimitria queria era brigar de novo, ainda mais quando Catarina Duval achava que ela era guarda-costas de Aurora. Então ela empurrou qualquer frustração para baixo, cedendo ao cansaço. — Não me lembro de a Aurora que eu conheci ser tão brava assim.

Ela dissera em forma de brincadeira, uma flâmula branca que indicava uma trégua. Ainda assim, quando Aurora a encarou, seus olhos verdes faiscavam de desgosto.

— Pois a Aurora que você conheceu não existe mais, Dimitria. E é bom você se acostumar com isso.

A frase a atingiu como um soco, tão doloroso que ela realmente achou que houvesse sido golpeada. Não era um golpe físico, mas não queria dizer que era menos real, ou que doía menos do que o ferimento de flecha que ainda latejava no ombro da caçadora.

Quando elas enfim atracaram no porto da Asa Leste, a lua havia empalidecido quase completamente contra um céu misturado, todas as cores de uma aquarela derretendo contra a alvorada que se anunciava. O cansaço pesava nas costas de Dimitria, fazendo arder seus braços e peito com insistência dolorida, e quando ela piscou, demorando-se no gesto para saborear a sensação de olhos fechados, uma corrente de exaustão vibrou por trás de suas pálpebras.

Catarina — cuja postura mal havia se alterado durante a navegação, como se houvesse um cabo de vassoura amarrado a sua espinha dorsal — fez uma mesura curta quando elas desembarcaram, os olhos analisando Dimitria e Denali atentamente, como se quisesse lembrar de suas feições.

— Sejam bem-vindas à Crescente. Se precisar de mim, Van Vintermer, sabe onde me encontrar.

Aurora conseguiu responder com um aceno de cabeça, mas o esgotamento estava escrito em sua expressão pálida e nos círculos arroxeados embaixo de seus olhos. Dimitria conseguia lê-la como as pegadas de uma presa na floresta, e sabia que Aurora estava prestes a desfazer-se ali mesmo a qualquer segundo.

A armada de Catarina desapareceu na curva do canal, apontando na direção oeste, e somente quando o último barco havia sumido Denali emitiu um suspiro longo e irritado de alívio.

— Você salvou minha vida, Aurora — ela disse, direta e sem rodeios, da mesma maneira que alguém diria obrigado. — Duval está subindo pelas paredes para pegar o *monstro de Cáligo* desde que eu comecei a vender meus serviços para os cidadãos.

— Qual o problema dela? — Aurora arqueou uma sobrancelha.

— O mesmo problema que qualquer pessoa que tem uma migalha de poder. Ela tem medo que alguém o tire dela.

— Não acho que seja só poder que torne alguém tão babaca — Dimitria estremeceu em desgosto. — Me parece que Catarina Duval nasceu com uma raiz de mangue enfiada no...

— Mitra! — a voz de Osha ecoou pelo porto pouco iluminado, e a vidente emergiu das sombras no fim da estrada, carregando uma lamparina que a cada minuto se tornava mais obsoleta. Na névoa persistente do começo da manhã, porém, a luz bruxuleante da vela emitia uma aura etérea ao redor da maraense, e por um segundo Dimitria pensou estar vendo um fantasma.

Não seria a primeira vez naquele dia.

— Como você sabia que a gente estava aqui?

— As conchas me disseram que haveria sangue ao amanhecer — Osha replicou, como se fosse a coisa mais natural do mundo. — E você está sangrando, ao que parece.

Dimitria nem ao menos olhou para o esparadrapo em seu ombro, que Osha fizera para cobrir o ferimento de flecha. Estava tão exausta que até mesmo a dor ficava em segundo plano, distante e difusa como a neblina.

Assim que se aproximou, Osha fitou Denali com olhos atentos, passando-os de Aurora para a bruxa com uma expressão que parecia trazer um milhão de perguntas.

Em vez de fazê-las, ela estendeu a mão.

— Venha. Vamos para casa. Vocês precisam de descanso.

Em silêncio, as três acompanharam a maraense pelas ruas sinuosas da Asa Leste.

* * *

Dimitria só acordou quando era noite de novo. Osha havia colocado a menor gota de essência de erva-moura em seu chá, e isso — combinado ao cansaço, à dor e à tristeza — tinha sido suficiente para colocá-la em um sono profundo e agitado que durara a maior parte do dia. Ela sabia que não era de dia pelo som das cigarras que flutuava pela janela aberta, junto com a brisa mais fria — ainda que úmida — mas não havia aberto os olhos ainda, na esperança de que as últimas horas tivessem sido apenas um sonho.

Sonho, não. Um pesadelo, daqueles que arrancavam seu fôlego e a faziam acordar em meio a um suor frio de desespero. Um pesadelo que só era acalentado pelas mãos quentes e cuidadosas de Aurora, sua paciência, sua voz suave e mais calmante que erva-moura.

Ela abriu os olhos, e Aurora de fato estava ao seu lado — mas não deitada na cama, dormindo a seu lado, e sim enrolada perto da janela, o nariz enfiado no diário que tinha carregado consigo desde o começo da viagem. Em vez de carinho e acalento, havia uma obsessão febril em seus olhos, que estavam focados por baixo do cenho franzido.

— Aurora? — Dimitria a chamou com a garganta seca. Ela a ignorou, tão absorta no próprio diário que parecia alheia a qualquer coisa que não fossem as páginas que virava com tanto afinco. Parecia ter algo de proposital no jeito que ela franzia o nariz para as palavras que havia escrito, como se estivesse tentando decifrar uma língua estranha. Tão estranha quanto ela parecia para Dimitria.

— Aurora — repetiu Dimitria, uma nota de medo em sua voz.

Talvez tenha sido o medo que fizera com que a Aurora levantasse os olhos e fitasse a caçadora.

— Você acordou — ela disse. Até mesmo o óbvio soava como uma canção em sua voz, mas era no ritmo errado: mais hesitante, mais gelado. — Achei que fosse dormir para sempre.

— Para sempre parece uma boa pedida, depois de tudo o que aconteceu. — Dimitria suspirou, sem querer quebrar aquela pequena paz que parecia instaurada entre as duas, e ao mesmo tempo desejando desesperadamente seu colo macio e convidativo. — O que você está fazendo?

Aurora apertou os lábios, fechando o diário momentaneamente e marcando a página na qual estava com o polegar.

— Eu anotei tudo.

Dimitria franziu a testa em confusão.

— Como?

— Aqui — Aurora procurou uma página específica perto do começo do diário, e começou a ler. — *6 de setembro.* — Três meses antes, quando elas haviam começado a viagem. — *O frio parece mais intenso hoje, como se o inverno não fosse tardar a vir. Hoje começamos nosso trajeto a Marais-de-la-Lune; devemos chegar à estalagem recomendada por meu pai em algumas horas de cavalgada (Demi vai amar essa parte). Estou com medo, mas há coragem em meu coração, e talvez seja essa a receita para desvendar o que está por vir. Estou encarando a jornada como uma viagem romântica, mesmo que Demi vá me fazer dormir em barracas em alguns momentos. Com ela, até que não é uma perspectiva tão ruim.* — Aurora respirou fundo antes de continuar. — *3 de outubro. Estamos em algum ponto entre Nurensalem e Santa Ororo, e enfim estamos acampando! É melhor do que eu achava que seria, especialmente por causa* — de quem mais? — *Demi. Ela me escreveu uma música tão bonita que faz parecer que estamos em lua de mel (mesmo que ainda não sejamos casadas, embora eu pretenda mudar isso em breve). Eu não sei o que faria sem ela — com certeza não estaria acampando, visto que minhas habilidades de montar uma barraca são patéticas na melhor das hipóteses.* — Aurora avançou mais páginas. — *9 de novembro. Eu odeio navegar com todas as minhas forças. Por sorte, Demi fez uma amiga (eu teria mais ciúmes se Osha não fosse tão simpática).*

Dimitria não estava preparada para a abrasão ardida e venenosa de dor que queimou seu peito ao ouvir aquelas palavras. A esperança embutida nelas, a cumplicidade entre as duas, a inocência — era demais. Ela só queria que Aurora parasse, que o diário se desfizesse em combustão tão destrutiva quanto a poção havia feito com as memórias, e ao mesmo tempo queria absorver cada palavra doce que Aurora havia usado para descrevê-las.

Não dava. Era dor demais, tanta dor que Dimitria desejava que seu peito ficasse vazio, que ela nunca mais pudesse sentir nada. Seria melhor não sentir nada do que a alternativa — os espinhos que se enterravam em seu peito, que roubavam seu ar, que perfuravam a carne macia até que saísse sangue.

Naquele momento, a proposta de Solomar era mais do que uma mera ilusão — se havia uma chance que fosse de recuperar a memória de Aurora, ela o faria. Dimitria trocaria sua vida para parar de sentir aquela dor. Mais do que dor, na verdade: era um vazio, uma ausência de algo que ela se acostumara a sentir. Como se, depois de muito tempo, ao visitar um bosque que conhecera quando criança, ele estivesse absolutamente vazio de árvores e flores, e só houvesse um descampado perdido e queimado.

— Pare — ela pediu, engolindo um soluço. Doía demais. Ouvir tudo aquilo, sabendo que estava perdido, sabendo que cada detalhe daqueles tinha desaparecido no vento, era tortura na pele frágil e machucada da caçadora. Ela interrompeu Aurora, sem saber se aguentaria ouvir mais um segundo. — Por favor, pare.

Aurora aquiesceu, fechando o diário.

— Tudo isso foi embora — ela disse, calma e séria, e se em sua voz existia qualquer vestígio da dor que Dimitria sentia isso era ocultado pela evidente confusão e raiva que havia escolhido priorizar. — E eu não sei o que fazer com o futuro exceto ir para a frente.

Dimitria ficou em silêncio. Em teoria, ela concordava com aquilo — mas era difícil seguir adiante quando tudo que ela era estava ancorado ao que vinha antes, quando o passado insistia em estar tão perto que ela podia sentir seu cheiro. Como alguém que saía de uma sala, mas seu perfume se mantinha lá. O passado tinha ido embora, mas evidências de sua presença ainda assombravam a caçadora, e ela não sabia afastar aqueles fantasmas — ou deixá-los ir.

— Solomar disse que pode haver um jeito de recuperar as memórias — Dimitria falou, sentindo-se tola e infantil, e ainda assim incapaz de largar aquele pequeno ramalhete de possibilidade. — Se fizermos o que ele quer.

Aurora negou veementemente com a cabeça.

— Tudo que você me contou na cabana, tudo que está nesse diário — Aurora pontificou as palavras com toques incisivos na capa de couro — demonstra que Solomar é um mentiroso. Ele nos enganou para que viéssemos até Marais, você mesma me contou. Foi capaz de atacar Denali quando ela era uma criança, não foi? O que faz você pensar que estaria falando a verdade agora?

Eu quero desesperadamente que ele esteja, Dimitria pensou em dizer, mas guardou para si. Ela um dia pudera ser o quão tola quisesse na frente de Aurora, ser vulnerável e cheia de esperanças, mas até isso tinha sido roubado das duas. Dimitria engoliu em seco.

— Eu só quero você de volta — ela disse, magoada e culpada, e a culpa a abateu com mais força ao encarar a decepção no rosto de Aurora. — É a única coisa que eu quero.

— Não tem volta, Demi. Essa Aurora — ela ergueu o diário, vigor violento em seu gesto, confusão e mágoa espalhadas em cada fôlego — não existe mais. Ela me deixou suas lembranças, mas não significam nada pra mim. E eu não posso concordar em arriscar tudo pela promessa falsa de um homem tão perigoso.

Dimitria analisou cada centímetro daquele rosto. Seus contornos redondos, suas bochechas suaves, a constelação de sardas. Tão familiares, e ainda assim não havia nada ali — nenhuma âncora na qual ela pudesse se agarrar para sobreviver à tempestade que se avolumava em seu peito.

Ela sabia que o certo era continuar conversando, desfazendo os nós doloridos e inescapáveis que amarravam as duas. Sabia que as promessas de Solomar eram vazias e talvez mentirosas, por mais que ela quisesse que o "talvez" fosse verdadeiro. Sabia que devia continuar tentando, que havia prometido para Aurora que iria tentar.

Mas Dimitria estava cansada de tentar.

Perdida em tristeza e desilusão, a caçadora ergueu-se da cama, querendo mais do que tudo ficar sozinha.

Sem dirigir mais nenhuma palavra a Aurora, ela saiu do quarto, fechando a porta para a garota que ela amava — e que, agora, era uma estranha.

Capítulo 19

Denali estava imersa em uma conversa que parecia séria quando Dimitria a encontrou.

Era uma visão quase que cômica, a bruxa agachada perto de Hugo, cujo bombardeio de perguntas parecia intrigar mais do que incomodar. Félix estava ao lado dos dois, preparando peixe em uma grelha a céu aberto e observando o filho com um meio-sorriso no rosto, mas havia uma seriedade desenhada nas linhas bonitas e altivas do padeiro. Dimitria se aproximou, atraída tanto pelo cheiro salgado de peixe frito quanto pela conversa do menino com a irmã.

Isso e a vontade de escapar de Aurora, é lógico.

— E como você sabia que era bruxa, moça?

Denali deu de ombros, passando o cajado de uma mão para outra. Ela deu uma batidinha com o objeto na grama do jardim dos fundos da casa, e uma chuva de faíscas brancas desprendeu-se do cristal e flutuou pelo céu, brilhando momentaneamente contra o crepúsculo que avançava.

— A energia mágica é algo indelével. Eu sabia que corria por minhas veias da mesma maneira que você sabe que consegue mexer sua mão para pegar uma boneca.

Dimitria apertou os lábios, tentando não rir, e, se Hugo ficou confuso com o uso da palavra indelével, nada disse.

— Eu não gosto de boneca — ele respondeu, passando o peso de uma perna para outra como se o esforço de ficar parado fosse demais. — Mas queria ser bruxo, também. Mamãe faz magia e ela é superlegal.

— Sua mãe não faz magia, Hugo — corrigiu Félix, virando o corpo levemente enquanto gerenciava os peixes. — Ela lê o futuro.

— Clarividência é um tipo de magia — argumentou Denali, uma sobrancelha arqueada. — Não é impossível que ele tenha força mágica nos ossos, Romero. Se quiser eu posso efetuar alguns testes.

Félix revirou os olhos, evidentemente não gostando daquela conversa. Ainda assim, o excelente anfitrião que era, apenas deu um sorriso breve.

— Prefiro que Hugo aprenda a ler por enquanto.

— Eu já sei ler, papai. — Foi a vez de Hugo revirar os olhos, e por um momento ficou muito parecido com Félix. — E sei fazer contas, sei o nome de todos os peixes do canal e estou aprendendo a lutar com a espada.

— São feitos impressionantes para alguém do seu tamanho — Denali disse, e não havia condescendência no jeito que falava. Ela conversava com Hugo como se fosse um pequeno adulto, e não uma criança de cinco anos.

Félix terminou de cozinhar, fechando a tampa da grelha e colocando os filés de peixe em pratos que havia empilhado em uma mesa de madeira. As tainhas tinham uma crosta escura e levemente queimada, e sua fumaça enchia o ar do crepúsculo com um cheiro delicioso de rio e sal.

— Imagina se eu fosse bruxo, papai — Hugo insistiu, rodeando o pai como uma abelhinha enquanto Félix preparava os pratos. — A gente poderia morar em um castelo.

— Agora eu gostaria apenas que você comesse o seu jantar — Félix disse, bagunçando o cabelo do filho com a mão desocupada. — E eu não sei o que seu pai e sua mãe estão botando nessa sua cabeça, mas não precisamos de um castelo.

— Mas pai, se eu fosse igual à dona bruxa...

— Sem mais nem menos — Félix encerrou a conversa, segurando o prato e pegando Hugo pela mão com delicadeza. — Vem, vamos deixar a dona bruxa em paz. Sirvam-se, meninas: tainha é gostosa quente.

Hugo era um garoto educado e mesmo a contragosto acompanhou o pai até a mesa no pórtico dos fundos, onde se instalaram enquanto o filho tagarelava incessantemente. À distância, Dimitria só conseguia ouvir a cadência diminuta e aguda do menino, e deu um meio-sorriso ao pensar na dor de cabeça que ele daria a Félix agora que conhecera uma bruxa de verdade.

A caçadora apanhou dois pratos. Entregou um para Denali e sentou-se ao lado dela, na grama mesmo, testando o silêncio entre as duas como se fosse uma ferida recém-aberta. A verdade é que Dimitria estava exausta de tanto brigar: só havia espaço para um cansaço profundo e silencioso, que nem o dia inteiro dormindo fora capaz de eliminar.

O silêncio era tênue, e em vez de quebrá-lo Dimitria apoiou o prato nos joelhos e tirou um pedaço de peixe com a mão. Estava quente e fumegante, e a carne branca partiu-se em seus dedos como manteiga, então não foi surpresa quando ela colocou o peixe na boca e o gosto de fumaça e sal quase a fez chorar.

Denali teve a mesma reação, suspirando de prazer ao comer o próprio filé.

— O que ele coloca nisso daqui? — ela ecoou a pergunta que Dimitria estava fazendo a si mesma, enquanto engolia o pedaço e partia mais um.

— Eu não sei, mas não me surpreenderia se Félix também fosse um bruxo. — Dimitria riu, imaginando o que mais aquelas mãos eram capazes de cozinhar além de beignets e tainha. Não era à toa que Tristão se casara com ele.

— Sabe — comentou Denali, entre mordidas — cozinhar é um tipo de magia. Poções são uma mistura de ingredientes mágicos e intenção, e não é tão diferente de cozinhar um prato.

— Só que em vez de peixe grelhado eu ganho, sei lá, uma orelha extra.

— É, quase isso — Denali riu, e o som de sua risada era irônico e profundo como o de Dimitria.

— Talvez explique por que eu nunca levei jeito pra cozinha. Ou pra magia — Dimitria acrescentou. — Se não fosse por Igor eu comeria caça queimada ou crua.

— Eca — Denali torceu o nariz, a sombra de um sorriso nos lábios, mas em seguida ficou séria. — Deve ter sido muito difícil, quando ele morreu.

Aquele era geralmente o tipo de conversa que Dimitria costumava evitar. Mesmo quando Aurora perguntava, tentando entender o seu luto, Dimitria se fechava em si mesma, como se aquela dor em particular estivesse tão bem trancada e escondida que fosse perigoso expô-la à luz do dia. Por algum motivo, porém, ela não conseguiu fazer a mesma coisa com Denali: talvez fosse o cansaço, ou toda a tristeza que estava sentindo, ou talvez fosse porque Denali havia conhecido Igor antes que ele se tornasse o que havia se tornado.

Talvez fosse o rosto sério e severo de Denali, tão parecido com o seu que era como se Dimitria estivesse falando consigo mesma.

— Eu fiquei dois meses sem conseguir comer direito — ela disse, silenciosa e calma, como se estivesse narrando uma história que acontecera com outra pessoa. — Não era só tristeza, era uma coisa física. Tudo que eu enfiava goela abaixo parecia envenenado. Eu acabava vomitando alguns minutos depois. — Dimitria respirou fundo, sem querer deixar que os tentáculos da tristeza envolvessem seu coração; mas não havia nada para envolver. — Eu quase definhei. E quando finalmente consegui segurar alguma coisa no estômago, os pesadelos começaram. Eu sonhava com ele morrendo, de novo e de novo, e nunca conseguia fazer nada. Ele era meu melhor amigo, e eu não pude evitar que ele se transformasse em um... em um monstro.

Dimitria só percebeu que estava chorando quando a palavra engasgou em sua garganta, e deu um suspiro fundo, sentindo o ar expandir em seu pulmão até que doesse.

— É a história da minha vida, ao que parece. Sou incapaz de proteger quem eu amo, não importa o quanto eu me esforce.

Denali ficou em silêncio por alguns minutos, e a vergonha espalhou-se pelo peito de Dimitria. Ela se envergonhava de ter dito qualquer coisa, de ter revelado mesmo que fossem alguns resquícios de vulnerabilidade.

— Eu estou viva — a irmã disse, enfim, sem muita convicção, e a dúvida doía em sua voz, uma ferida aberta mesmo depois de tantos anos. Como se, por ter passado tanto tempo no limbo, sem memórias, ela duvidasse de sua própria existência. — Posso ser uma bruxa do pântano, mas ainda estou aqui. Aurora ainda está aqui.

Dimitria sorriu de lado, um sorriso pequeno e triste.

— É. Uma namorada que é o amor da minha vida, mas não sabe disso, e uma irmã bruxa que não se lembra de mim.

— Aurora não é o amor da sua vida, ainda. Mas ela está viva.

— Eu sei. Mas eu fiquei tanto tempo sozinha... E então ela veio e coloriu meu mundo, e agora eu tenho que deixar isso para trás, sabe? E recomeçar. — Dimitria suspirou fundo, sentindo a fisgada da culpa. — Desculpe. Você viveu sozinha todos esses anos, eu não deveria falar como se fosse a pior coisa do mundo... eu nem perguntei como foi sua vida.

— Eu tinha o pântano — Denali respondeu, o olhar perdido. Havia uma calma em seu tom, a calma de quem já havia aceitado um destino que faria Dimitria gritar de ódio e frustração. — Foi difícil, no começo. Eu não sabia para onde ir ou em quem confiar. Comecei a conversar com animais, e com as flores, e eles me contaram o caminho.

— Isso é conversa de maluco, Nali.

— Estou falando sério. — Denali apertou os olhos, tentando explicar. — Eles me levaram até Cáligo, e, quando eu cheguei ao pântano, estava em casa. Mesmo que não fizesse ideia de quem era, mesmo que só lembrasse meu primeiro nome. O pântano me abrigou. Cuidou de mim. Deixou tudo menos assustador e solitário.

— Como?

Denali suspirou fundo.

— Todo tipo de viajante mágico passa por Cáligo, uma hora ou outra. É uma fonte quase inesgotável de magia, e não é à toa que as pessoas que têm o dom se sintam atraídas por ele, quase como se fosse um ímã que as leva para suas águas. Magos além de Ancoragem, dragões de Esmeraldina, até um *coven* de sereias. E todos eles acabavam na minha casa, quando precisavam de uma refeição e um lugar onde pernoitar. Em troca, me contavam coisas. Me ensinavam sobre a magia, deixavam livros e poções e feitiços de seus próprios grimórios. É terrível pensar que Solomar tem acesso a todo esse conhecimento, que me foi dado de tão bom grado. Quem realmente tem o dom da magia não pensa em mantê-lo só para si; a magia só cresce quando é compartilhada.

— Então você compartilhou bastante.

— Não só isso. Marais vive em uma bacia de magia, e a cada lua de sangue eu ficava mais forte. Me alimentei do que vinha da terra, tanto comida quanto a força mágica que corre por esses canais.

Era a segunda vez que Denali falava na lua de sangue, e Dimitria franziu a testa, lembrando vagamente de algo que Osha mencionara.

— O que é essa lua de sangue?

— É o motivo para o Carnaval. Ele começa na primeira lua crescente da primavera e termina uma semana depois, quando a lua cheia nasce vermelha. Chamam de lua de sangue e dizem que pode realizar desejos.

— E isso é verdade?

A bruxa pensou um pouco antes de responder.

— Os desejos, não. Claro, há uma lenda por trás da lua vermelha, mas são só histórias que as pessoas contam umas pras outras, ao redor de uma fogueira. A verdade é que a lua de sangue é um poderoso catalisador de magia, e isso faz com que o potencial de mágica se espalhe como fogo em um palheiro.

Dimitria escutou, perplexa, pensando que teria que passar uma eternidade conversando com Denali para aprender tudo que a irmã vivera. Tentou pensar em como teria sido para a pequena garota ter que se virar na imensidão úmida do pântano, as escolhas que ela tivera que fazer, as companhias que teve. Tudo soava tão diferente — sereias e dragões? E ainda assim, fazia certo sentido: Denali parecia uma bruxa poderosa o suficiente para criar seus próprios rituais, e, mesmo que fosse arisca, não estava morta. No final das contas, não era isso que importava?

Dimitria pensou nas próprias escolhas, em toda uma vida guardando seu coração. Se lhe perguntassem se era feliz, dois anos atrás, Dimitria diria que sim, não diria? Talvez Denali tivesse encontrado seu próprio tipo de felicidade.

Talvez a felicidade dela fosse existir longe de Dimitria.

— Você sempre foi bem mais sábia do que eu — ela disse, enfim, fechando os olhos para lembrar da garotinha que fora tão parecida com ela, seus cabelos longos e escuros, suas mãozinhas encaixadas nas de Dimitria. Seu riso rouco, seu cérebro afiado, o jeito como ela ficava pensando em silêncio, ouvindo Hipátia recitar feitiços.

— Como era? — A sombra da saudade escureceu levemente os olhos castanhos da irmã, e havia uma fome oculta por trás da frieza e calma. — Nossa família? Eu consigo me lembrar de imagens desconexas, uma mulher altiva perto da fogueira, um homem loiro com toras apoiadas nos ombros. Mas não lembro seus nomes. O som de suas vozes.

Dimitria engoliu em seco. Não era de seu feitio ficar pensando nos anos felizes antes de Denali sumir, quando sua mãe ainda era uma pessoa e não uma casca. Mas ela o fez, mesmo assim, pois Denali estava pedindo, e havia uma súplica silenciosa em seus olhos.

— Hipátia e Igor. Chamavam ele de Galego, por causa do cabelo — ela respondeu, sorrindo. — Mamãe era muito engraçada. Quando não estava atendendo pacientes, estava no Berrante tomando uma cerveja e contando histórias. Ela não ria só com a boca. Ria com o corpo inteiro.

Denali apertou os lábios, franzindo a testa, como se tentasse recuperar a memória perdida.

— Papai era mais calmo. Era um caçador, sabia que ficar fazendo barulho afastaria as presas. — Falar no pai era mais difícil do que

Dimitria pensara, e ela desviou o olhar de Denali, preferindo perdê-lo nas ondulações do canal mais adiante. Ele refletia estrelas esparsas que começavam a encher o céu, cintilantes como vagalumes. — Ele gostava de ficar do lado de fora, acho que até por isso dava mais bola pra mim, já que eu sempre fui do tipo que só fica feliz ao ar livre. Ele acordava mais cedo que os rouxinóis, saía pra pegar lenha mesmo nos dias mais frios do inverno. E adorava a aurora boreal. Costumava levar um cobertor de pele de urso e uma banqueta para o lado de fora, nas noites de aurora, e até Igor o acompanhava, mesmo pequenininho. O geniozinho já sabia o nome de todas as constelações antes mesmo de ter cinco anos. Igor era um mago excelente, Nali. Ele fazia todas as minhas armas: flechas encantadas, adagas que nunca perdiam o fio... Eu sou uma caçadora bem pior desde que ele foi embora.

Dimitria travou o maxilar e expirou o ar pelo nariz, fechando os olhos e deixando que a escuridão acalmasse o coração acelerado e dolorido. Ela só os abriu quando Denali colocou a mão vacilante em seu braço, apertando os dedos com leveza.

— E você era minha melhor amiga. A gente fazia quase tudo juntas, isso até mamãe perceber que você era mágica e começar a te ensinar. Ainda assim você me mostrava tudo, e eu mal conseguia esconder o orgulho de ter uma irmã como você. Eu sonhava que a gente ia viajar o mundo, você uma maga itinerante, eu sua companheira. — Dimitria riu, amarga.

— De certa forma, viajamos o mundo, não? — Denali respondeu, e talvez fosse impressão de Dimitria, mas a voz da irmã estava mais abafada, como se ela estivesse segurando o choro. — Eu e você. E chegamos a Cáligo, onde nos reencontramos. Então talvez esse sonho não seja tão irreal assim.

Dimitria entendia o que Denali queria dizer, mas não era o que ela precisava ouvir. Nunca em sua vida havia se sentido tão sozinha, e doía ainda mais quando a irmã — sua única chance de acalento e família — agia como se ela também fosse uma estranha. Mesmo que fosse, mesmo que na verdade Dimitria soubesse que nada era tão simples assim, por um segundo ela só quis que Denali a abraçasse e dissesse que estariam juntas para sempre.

— Não seria irreal se você voltasse pra casa comigo, Nali. — Dimitria franziu a testa, confusa e ainda magoada, e Denali afastou a mão de seu braço. — Nurensalem é sua casa. É o lugar certo para uma Coromandel.

Ela voltou a encarar a irmã, cujo perfil altivo e esculpido lembrava as linhas audaciosas das cordilheiras de Ororo. O Norte estava escrito em cada pedaço de suas feições: a pele negra de veludo quente, as sobrancelhas grossas e arrogantes, os olhos marcados por cílios escuros que eram feitos para segurar flocos de neve. Denali pertencia à Romândia, a Nurensalem, a Dimitria — mas, quando ela se virou para a irmã, uma luz estrangeira brilhava em seus olhos.

— Não me peça para abandonar quem eu tive que me tornar para preencher um espaço cujo formato é de quem eu fui. Não me peça para desfazer o vazio em seu coração, Demi. Eu tenho os meus próprios vazios para preencher.

Ficaram naquele silêncio impassível e tenso por alguns segundos, palavras não ditas preenchendo o espaço entre as duas. Por um lado, Dimitria sabia que a irmã era sua própria pessoa. Por outro, não era justo que lhe negasse aquilo, era?

Ela já tinha perdido coisas demais.

Dimitria estava prestes a levantar-se quando Denali a interrompeu com um toque suave.

— Há uma coisa que eu posso fazer por você, porém. Você disse que Igor encantava suas flechas?

Dimitria encarou os olhos gêmeos e distantes, e por um segundo viu o rosto astuto e ambicioso do irmão. Não era o que ela tinha perdido — mas talvez pudesse ser uma coisa nova, se ela permitisse ao seu coração aceitar.

Capítulo 20

Faltavam três semanas para a lua de sangue, duas semanas para o Carnaval da Crescente, e Marais-de-la-Lune havia decidido se transformar em um forno a lenha.

Não que Osha se importasse. Ela parecia desabrochar no calor de fim de primavera, mesmo num dia particularmente abafado, em que Dimitria só conseguia rastejar de um cômodo para o outro, tentando evitar Aurora e ser uma hóspede útil. Mas Osha flanava de um lado para o outro, carregando jarras de chá doce e gelado e munida de um sorriso tão solar quanto o dia, e, quando ela sugeriu que fossem aproveitar o canal nos fundos da casa, Dimitria quase chorou de gratidão.

Ela se lembrava bem da última vez que havia nadado, no lago recém-descongelado aos fundos de Winterhaugen, ao lado de uma Aurora corada e completamente nua. As circunstâncias agora eram diferentes, embora, pela cara de Aurora, ela certamente gostaria de estar usando menos roupa do que o traje de banho simples e cheio de rendas que, mesmo leve, ainda parecia demais para o calor do dia.

Dimitria não conseguia evitar demorar os olhos no pequeno vestido, o jeito com que desenhava as curvas precisas de Aurora, e que se moldou a seu corpo assim que ela tomou coragem e se jogou no canal, espalhando água por todos os lados.

— É quentinha! E não tem crocodilo nenhum.

— É claro que é — Osha replicou, incrédula, enquanto se aproximava do canal com Hugo a tiracolo. — Só nortenhos são insensatos o suficiente para nadar em fiordes congelados.

— Eu já nadei em um fiorde. — Tristão pousou uma bandeja com linguiças de porco cruas ao lado da pequena grelha de Félix, que já começava a aquecê-la com um pouco de carvão. Em sua outra mão, carregava uma espada de aço curta e afiada. — Qualquer um teria morrido com o choque térmico, mas eu tenho disposição pra isso.

Osha parou ao lado dele tempo suficiente para dar um tapinha em seu ombro.

— Largue a mão de ser exibido.

— Mamãe, eu posso nadar em um fiorde um dia? — Hugo estava nitidamente morrendo de vontade de entrar na água, e dava passinhos animados na borda do canal.

— Um dia quem sabe, amor. Se seu pai for com você. E não entre ainda, tá?

— Não há crocodilos em fiordes, pelo menos — Félix falou baixo, mas Dimitria o escutou, e sentiu uma pontada de pena pela sua preocupação evidente. Ele nem ao menos olhou as linguiças que Tristão deixara a seu lado, focado em analisar o canal com uma atenção quase obsessiva.

Tristão percebeu a angústia do marido, e foi até ele, dando um beijo suave em seu rosto.

— Ei. Nenhum crocodilo é páreo para a Garra. — Tristão indicou a espada, e Félix retribuiu o sorriso meio a contragosto, cedendo ao olhar gentil do marido. Era evidente que era menos a espada que resolvia suas preocupações, e sim a presença do homem que amava. Félix acenou com a cabeça, e Osha, entendendo o gesto, pulou com Hugo para dentro das águas prateadas do canal.

Dimitria observou Hugo enquanto ele nadava, e embora não houvesse elegância em seus gestos existia algo ainda melhor: a mais pura alegria de uma criança que estava vivendo exatamente o que desejava. Era evidente que ele não estava, como seus pais, preocupado com o que acontecera no passado — ou como Denali, que observava o grupo a distância como um morcego desconfiado, com o que aconteceria no futuro. Para ele e seus bracinhos de moinho de vento, que o impulsionavam pelo canal com rapidez impressionante, só havia aquilo: Osha nadando atrás dele como uma mamãe ganso, Tristão sentado nas margens do canal, com os pés meio submersos e a espada no colo, e Félix, preparando linguiças e tentando deixar o que acontecera para trás.

Existia mais alguém no canal para quem o passado era algo de pouca importância, e esse alguém era Aurora. Dimitria acompanhou os movimentos da jovem, que era mais elegante e menos destemida que Hugo, e demorou-se nas curvas generosas de seus braços, o jeito com que seu cabelo loiro ficava pesado e brilhante quando molhado. Dimitria sentou-se na grama ao lado da grelha de Félix, deixando o sol aquecer seus membros cansados mais um pouco antes de se aventurar na água. Ela gostava de nadar, mas não estava exatamente confiante de que a água estava mesmo quentinha.

Não dava pra confiar totalmente em nada, afinal de contas.

— Não vai nadar? — Félix puxou conversa, girando as linguiças com cuidado. O cheiro salgado e pungente de carne de porco grelhada encheu o ar, e Dimitria salivou.

— Já, já. Quero antes ficar com mais calor.

— A água é quente.

— E não tem crocodilos — Dimitria respondeu, erguendo uma sobrancelha e fitando o rosto de Félix. Depois de um instante, ele assentiu, entendendo o que ela queria dizer e sorrindo também.

— Certas coisas são mais fáceis de crer do que outras. É só colocar a ponta do pé e ver a temperatura por si mesma.

— Ela pode ser quente só na superfície, sabe — Dimitria respondeu, ciente de que não estava falando apenas da água. Mas era fácil falar com Félix, mais fácil do que com Denali, ao menos. — Eu tenho medo de... confiar demais.

Félix assentiu enquanto girava as linguiças novamente. Ele as deixou de lado por um instante, começando a cortar um abacaxi em fatias grossas que pingavam suco.

— Espero que não seja indiscrição minha, mas... Osha me contou sobre o que aconteceu. Com Aurora, eu digo. E... Eu sinto muito, Dimitria. Não deve estar sendo fácil para você, lidar com tudo isso sozinha.

Dimitria se perguntou como ele sabia que ela estava — não, que ela era — sozinha. Será que havia algo em seu rosto que denunciava a sua solidão? Como se, da mesma maneira que suas tranças e brincos, a caçadora a vestisse para onde quer que fosse. Mas mesmo que fosse óbvio, falar dela machucava demais, era recente demais, e talvez por isso Dimitria tenha perguntado:

— Como foi pra você? O acidente do Hugo.

Félix ficou sério, e sem sorrir, curvado por cima do abacaxi, Dimitria teve um vislumbre de como ele ficaria quando envelhecesse. Ele terminou de cortar as rodelas e as colocou na grelha ao lado da linguiça. O abacaxi fez um silvo alto quando encontrou a chapa quente, e Félix salpicou uma mistura de ervas por cima das frutas.

— Eu sou de Marais, sabe — ele disse enfim, encarando Dimitria com um olhar suave. — Osha vem de *Sankta* Ororo, e claro que você sabe de onde Tristão é. Mas eu nasci aqui, entre os salgueiros. O pântano é o meu lar. Eu o conheço como a palma de minha mão, sei mapear seus canais de olhos fechados. E em todos os meus anos nadando nele, nunca fui mordido por um crocodilo. Nem uma vez.

Havia uma corrente intensa e dolorosa por baixo daquelas palavras, e Dimitria a reconheceu imediatamente como culpa. Ela deixou que ele continuasse.

— Quando meu filho nasceu, o apelido que Osha deu a ele era peixinho. Porque ele sempre amou nadar. Tinha uma aptidão natural, estava sempre no canal. A gente nunca teve medo. Sempre soubemos que havia riscos, que havia crocodilos nos canais, mas nunca tivemos medo. Os canais eram nossa casa.

Dimitria arriscou um olhar para Osha e Hugo, que chapinhavam na água e jogavam algum tipo de jogo com Aurora. Tristão sorria, mas mantinha os olhos atentos.

— E então, um dia, nossa casa se voltou contra nós. Eu não estava com ele; teria visto os crocodilos, se estivesse. Hugo estava nadando sozinho. Quer dizer, Osha estava olhando, mas ele estava sozinho na água. E Osha não é daqui, ela não tem como saber que os crocodilos são extremamente protecionistas, ou que as raízes no lado oeste do canal abrigam ninhos de crocodilo. Eu sei de tudo isso, mas eu não estava lá.

Os olhos de Félix reluziam sob a luz do sol, e ele os limpou discretamente com o dorso da mão. Dimitria freou o impulso de se levantar e abraçá-lo.

— Eu não deixei ele entrar na água por meses. Primeiro, é claro, ele tinha que se recuperar. Depois foi o inverno, e Hugo nem queria estar perto da água. Mas eu achei que ele teria medo, achei que nunca mais fosse querer colocar os pés no canal. Qual não foi minha surpresa quando no primeiro dia quente de primavera, ele apareceu com a roupinha de nadar? — Félix sorriu, incrédulo. — Mas eu não deixei. Ele estava curado, falante como nunca. Mas eu não estava pronto e deixei que meu medo falasse mais alto do que a felicidade do meu filho.

— Quando você deixou ele nadar de novo?

Félix deu um meio-sorriso, seus lábios cerrados.

— Ele perdeu um verão inteiro por minha causa. Brigou comigo, a peste, ele e Osha. Só Tristão entendeu que quem precisava de mais tempo era eu. Na verdade, esse é exatamente o motivo pelo qual Tristão nos completa. Osha é uma ilha distante, e eu sou o porto. Tristão é o barco que vai de um ao outro.

Dimitria assentiu de leve. Ela entendia o que ele queria dizer, e ainda assim o medo apertava o seu coração. Era cedo demais para abri-lo, mesmo que um pouquinho. Ela ainda não conseguia deixar a luz entrar.

— Mas você conseguiu?

Félix deu de ombros.

— Eu não sei se o Félix que existia antes do ataque vai voltar um dia a existir. Ou se algum dia eu conseguirei deixar que Hugo nade sozinho de novo, sem que Tristão esteja como um cão de guarda ao seu lado. Mas você pode ver por si mesma.

Dimitria olhou de novo, e bem nesse momento o rostinho de Hugo rompeu a superfície da água.

— Ganhei — Hugo exclamou triunfante, um sorriso brilhante em seu rosto. — Quase dois minutos, Aurora, eu ganhei de você!

Aurora, que ofegava ao seu lado, abriu um sorriso não condizente com seu título de perdedora. O coração de Dimitria quase perdeu um compasso ao vê-la daquele jeito, leve e feliz, e ela teve que se lembrar que aquela não era sua Aurora, ainda que parecesse.

Ainda que sorrisse do mesmo jeito.

Dimitria ergueu o corpo, ficando lado a lado com Félix. Ela não sabia bem o que dizer — o que seria capaz de traduzir o redemoinho de sentimentos que revirava em seu peito, que a fazia querer rir e soluçar e chorar ao mesmo tempo. Mas Félix, ao contrário de Osha, não parecia precisar de palavras. Ele colocou uma mão delicada em seu ombro, dando um pequeno apertão.

— Meu conselho, Dimitria? Entre na água.

A caçadora fitou as feições do homem, seu rosto bonito e reluzente no sol.

Decidida, ela correu até a margem, e depois de hesitar por um momento...

Se lançou nas águas do canal.

A água não estava exatamente quente — mas isso era uma bênção, pois foi como um beijo fresco em seu corpo. Dimitria rompeu a superfície da água e boiou, deixando que a leve corrente a sustentasse.

Com as orelhas parcialmente submersas, todos os sons pareciam vir de um lugar distante, como se ouvidos através de uma concha, e todos os sentidos de Dimitria ficavam mais aguçados. O riso de Aurora brincando com Hugo percorria sua pele e provocava arrepios, e o cheiro das linguiças e do abacaxi preencheu o ar por cima do aroma limpo e gelado do canal. Acima de tudo tinha o sol, que Dimitria achara tão inclemente nos últimos dias, e que agora aquecia seu corpo de maneira quase irresistível. A água lambia as bordas de seu corpo, e Dimitria deixou-se levar pelas sensações, esquecendo até mesmo da fisgada incômoda que o ferimento em seu ombro ainda causava.

Denali se aproximou da borda da água, ainda extremamente similar a um morcego desconfiado devido à túnica escura que usava, mas parecendo, como um gato, disposta a achar algum trecho de sol. Dimitria conseguia vê-la, de onde estava boiando, e pensou em todas as maneiras que as duas eram diferentes. Era fácil ver onde eram iguais — o rosto que encarava Denali do reflexo na água era desenhado com as mesmas linhas que compunham as feições de Dimitria — mas, daquele ponto de vista, a caçadora só conseguia pensar em todas as diferenças.

Não pela primeira vez desde que haviam se reencontrado, ela relembrou as palavras da mãe.

Você e sua irmã estão ligadas desde o dia em que nasceram. Uma não pode existir sem a outra. Denali precisa de você.

Como era injusto o peso que aquelas palavras colocaram nela. *Eu também precisava dela*, pensou Dimitria, *e mesmo assim tive que viver. E agora ela nem ao menos me quer.*

O pensamento doía, e Dimitria fechou os olhos para espantar as lágrimas que ameaçavam molhar seu rosto como o Relier molhava todo o resto. Família um dia já significara muito para Dimitria, e agora... Agora, a família que ela escolhera tinha esquecido dela, e a família que reencontrara não fazia questão de sua presença.

Por um momento fugaz, ela pensou em submergir nas profundezas do rio. Ela pensou em como seria fácil esquecer de tudo aquilo — de

Aurora, da irmã, de tudo o que perdera. O pensamento era enganosamente doce, mas Dimitria o abandonou, emergindo para afastar a água dos ouvidos.

Hugo estava observando-a com um olhar atento quando ela enfim abriu os olhos.

— Ah! — Ela se recuperou do susto e deu um meio-sorriso. — Oi. Não tinha te visto aí.

Ele ficou em silêncio por um segundo, estudando-a como um besouro curioso.

— Aurora disse que você é muito boa de nadar. Quer apostar corrida com a gente?

Dimitria franziu a testa e procurou Aurora, que fez um movimento exausto com as mãos, como se suplicasse que a caçadora tirasse a atenção do menininho de si por alguns segundos. Ela estava saindo do rio, o corpo molhado refletindo a luz do sol, e indo até Félix para pegar um prato de comida, e Dimitria sorriu ao vê-la daquele jeito.

Talvez fosse o frescor da água do rio, ou o jeitinho de Hugo — ou o fato de que Aurora era muito convincente quando estava toda molhada. Talvez, fosse o fato de que Dimitria tinha medo do que havia sentido alguns segundos antes, boiando sozinha no rio.

De todo modo, ela se voltou para Hugo com um sorriso arrogante.

— Boa, não: eu sou a melhor. Vamos apostar corrida nós dois?

A tarde se derreteu em meio ao cheiro doce e pungente de linguiças com abacaxi, sob o sol escaldante de Marais.

* * *

— ... e os crocodilos são muito mais territoriais do que os jacarés, por isso você tem que tomar mais cuidado! Ah, deixa que eu faço pra você.

Hugo se inclinou na direção da fogueira com cuidado, esticando um graveto comprido que estava espetado em uma massa branca e macia. Dimitria o segurou no colo, sustentando a cintura do garoto para que ele não caísse de boca na fogueira — ele devia estar morrendo de sono, depois de horas brincando no canal e no sol, mas não dava sinais de parar a sua aula sobre a diferença entre jacarés e crocodilos.

— Eu disse que ele não ia parar — comentou Osha, que comia um sanduíche de biscoito, chocolate derretido e marshmallow tostado.

— Em defesa de Hugo, foi Dimitria quem perguntou — Aurora respondeu, de boca cheia, colocando de lado o próprio graveto após ter devorado mais um dos pequenos sanduíches. Eram os preferidos de Hugo, e depois do sol e da água, o jeito perfeito de encerrar o dia.

Estavam os sete ao redor de uma fogueira nos fundos da casa de Osha, aproveitando que Marais enfim decidira dar uma trégua no calor e os abençoava com uma brisa fresca e agradável. A brisa tinha trazido consigo as estrelas, que pontilhavam uma abóbada escura e profunda, e eram acompanhadas por uma fatia fina e dourada de lua.

Osha estava aos pés de Félix, que estava sentado abraçado com Tristão; a seu lado, Denali observava a fogueira com a sua desconfiança costumeira. Aurora, Dimitria e Hugo — que se aninhava de novo no colo da caçadora e a havia declarado sua pessoa favorita frente à energia inesgotável que ela tinha com crianças — estavam do outro lado, seus rostos brilhando dourados à luz trêmula e oscilante do fogo acendido por Félix.

Hugo ofereceu o palito de marshmallow tostado a Dimitria. Ela fez como acabara de aprender com Félix, e dobrou duas fatias de biscoito por cima da iguaria. A massa branca e semiderretida verteu por cima dos biscoitos, e Dimitria a enfiou na boca, os dedos pegajosos pela cobertura doce.

— Não acredito que você não põe chocolate — Aurora disse, incrédula, enquanto comia o chocolate sobressalente que Dimitria havia deixado de lado.

A caçadora deu de ombros, rindo e saboreando a massa doce, a mistura de texturas — o crocante do biscoito, o macio do marshmallow — em sua boca. Talvez ela devesse ficar triste por ver mais um exemplo da amnésia de Aurora sendo demonstrado. A sua Aurora saberia que ela não gostava de comidas doces demais. Naquele momento, com seu corpo pesado por causa do cansaço físico do dia e as bochechas coradas de sol, não se importou.

— Eu gosto dos meus doces amargos e das minhas mulheres doces. — Dimitria arriscou o charme, e a satisfação ronronou em seu peito como um gato amansado quando viu que Aurora estava corando.

— Mitra, você é ridícula! — Osha arremessou o seu próprio graveto na direção de Dimitria, rindo, e fagulhas voaram da fogueira. — Tristão, ela sempre foi assim?

— Pior, docinho. — Tristão brincava distraidamente com o cabelo ruivo, fazendo cafuné enquanto aninhava a cabeça no ombro de Félix. Por mais que o comentário fosse ácido, não havia a antiga maldade de Tristão nele, e Dimitria sorriu a contragosto. Há alguns anos, seria o suficiente para que começasse uma briga. Não era só Aurora que tinha mudado, no fim das contas.

— Não pior que você, o homem mais insuportavelmente insistente de Nurensalem — Dimitria retrucou, incapaz de deixar passar completamente, e Félix riu.

— Você devia ter visto o que esse homem fez para me conquistar, Dimitria. Eu achei que ele fosse explodir de tanto comer beignets.

— A culpa não é minha que você demorou a dar o braço a torcer.

— Falou o homem que não sabe ouvir não como resposta — Félix retrucou, dando um beijo na bochecha de Tristão.

— Nenhum de vocês dois sabe ouvir não como resposta. — Osha revirou os olhos. — Eu tenho propriedade para falar, já que li a mão de Félix pelo menos doze vezes até que visse que havia um encontro nosso em seu futuro.

Os três riram afetuosamente, e o coração de Dimitria ficou mais quentinho ao vê-los juntos, felizes. Era como se não existissem sem as três partes unidas, como se seu amor fosse visível a olho nu, e a caçadora se perguntou se ela e Aurora já tinham sido assim.

Ela arriscou um olhar furtivo para a outra e, quando viu que ela fazia o mesmo, desviou os olhos rapidamente.

— Dimitria tem razão, porém — Tristão continuou, e talvez fosse o brilho vermelho da fogueira, mas ela podia jurar que ele estava corando. — Eu fui bem insuportável. Pode parecer difícil de acreditar, mas eu tinha um lado muito arrogante e preconceituoso. Não me orgulho do homem que era.

— Ah, é bem fácil de acreditar — retrucou Osha, olhando para o marido, que respondeu com uma expressão de ultraje. — O que foi? Com essa carinha de almofada e nenhum calo nas mãos, eu soube assim que te conheci o tipo de pessoa que você era.

— Nossa. — Tristão se virou para Félix, como quem procura algum cúmplice para sua afronta. — Você também me achava péssimo?

— A sua sorte é que você é bonito e que gostamos de um caso perdido nessa casa. — Félix deu uma piscadela, sorrindo com carinho quando Tristão cruzou os braços, contrariado. — Vai dizer que não se lembra do que disse quando veio jantar aqui pela primeira vez?

— Eu fui um perfeito cavalheiro. Disse que seu caldo de feijão era tão gostoso quanto suas beignets.

— E também disse que apreciava ver de perto a rotina da plebe de Marais. — Osha revirou os olhos, mas sorria. — Criticou nossa escolha de decoração e falou que queria dar uma cristaleira de presente para ver se deixava o ambiente mais elegante.

— Tá vendo? Eu fui generoso!

Os três riram, e Osha apoiou a cabeça no colo de Tristão, afagando seu joelho com carinho.

— Você era um almofadinha arrogante que se achava melhor do que nós.

— E também era o homem mais persuasivo e confiante que eu já havia visto — completou Félix, dando um beijo em sua bochecha.

— Por sua causa, nossa casa nunca esteve tão bem decorada...

— E meus negócios nunca foram tão bem.

Tristão fez um muxoxo, mas era evidente que o tom de lisonja e carinho do marido e da esposa era mais que suficiente para derreter seu exterior ofendido.

— Mas nós também fizemos você mudar pra melhor, não é? — Osha e Félix se entreolharam, expressões travessas de quem esconde um segredo em seus rostos. Era impossível não achar adorável, ainda mais quando Tristão enfim deu o braço a torcer.

— É possível que eu tenha ficado um pouquinhozinho menos altivo...

— Arrogante.

— Do que eu era antes. Sim. Mas não precisam ficar se gabando disso.

Os três caíram em risada, e Dimitria se perguntou se aquilo não era um exemplo de milagre. Certas coisas mudavam, no fim das contas — mesmo que ela ainda não conseguisse perdoar Tristão por todas as coisas odiosas que já havia dito e feito, pela maneira com que tratara ela e Igor.

Bom, ao menos ela conseguia apreciar que aquele Tristão que ela conhecera não existia mais. Ao menos, não da mesma maneira.

Hugo, que já havia terminado de mastigar o seu quinto marshmallow, se virou para Dimitria de novo.

— Tia Mitra, você sabia que crocodilos podem viver até setenta anos?

— Ah não, chega de crocodilos — Félix disse, afetuoso. — Dimitria deve saber todos os fatos que existem sobre eles, e eu também.

Secretamente, Dimitria agradeceu pela intervenção.

— Que tal uma história? — Osha sugeriu, fitando Denali, que comia em silêncio. — Você deve ter várias histórias do pântano, Denali. Nos conte uma, adoraríamos ouvir.

Denali ergueu os olhos lentamente. Era impressionante o quão deslocada ela parecia, mesmo quando partilhava da mesma roda que os outros, e Dimitria sentiu um arroubo de afeição por Osha, por tentar fazê-la se sentir incluída. Ainda assim, a suspeita estava evidente em cada gesto da bruxa; ela ergueu o graveto de marshmallows como se fosse seu cajado, e o aproximou do corpo, tensionando os braços como uma coruja que se encolhia em sua toca.

Dimitria estudou os olhos da bruxa, procurando sinais de que a irmã ainda estava ali, enterrada debaixo da desconfiança e do medo. Ela estudou o nariz reto e altivo, os olhos luminosos na pele negra, levemente erguidos debaixo de grossas sobrancelhas, a boca desenhada sem qualquer linha de expressão. Denali não parecia ser do tipo que era acostumada a sorrir.

Então, Dimitria teve uma ideia.

— Nali, conte a história da lua de sangue. Você mesma disse que era uma história para contar ao redor da fogueira.

Denali ficou em silêncio, apreensiva. E então, sem aviso, começou a falar:

— Há muitos anos, vivia em Marais-de-la-Lune uma mulher chamada Teresa. Ela era uma mulher simples, mas sua simplicidade escondia um segredo. Ela era uma bruxa.

Enquanto falava, as chamas bruxuleavam no rosto de Denali, criando sombras que se moviam e distorciam suas feições. Hugo se aninhou mais no colo de Dimitria, apertando as mãos ao redor da borda de sua camisa.

— Teresa usava seus poderes para ajudar a pequena vila de pescadores que havia aqui, abençoando os canais para que nunca faltassem peixes e usando sua magia para pequenos consertos e curas. Em troca, os pescadores lhe davam comida e abrigo. Mas Teresa era muito mais poderosa do que a vila se dava conta. Tinha um poder terrível: podia ressuscitar os mortos. Ela sabia que com tamanho poder vinha um preço, e que reviver alguém que já havia partido exigia sangue e sacrifício. Então, jurou nunca fazê-lo.

Um calafrio percorreu o corpo de Dimitria quando pensou no cadáver de Igor, sangue seco espalhado por uma túnica preta, erguendo-se do chão. Ela piscou com força para afastar a imagem.

— Teresa mantinha esse poder em segredo, pois sabia que era arriscado demais, e que os aldeões eram tolos demais. Isso mudou quando ela conheceu um pescador chamado Lúcio. Ele era um jovem viúvo, pai de uma menininha de apenas dois anos. Pérola era seu único e maior amor, até conhecer Teresa. Ela era uma bruxa, e Lúcio tinha medo de seus poderes, mas o amor superou qualquer receio. E mesmo que Lúcio fosse um homem ingênuo e pouco sábio, Teresa também se apaixonou por ele.

Denali se aproximou da fogueira, estendendo as mãos para aquecê-las sob o calor das chamas, e Dimitria pensou ter visto a sombra de um sorriso em seus lábios — ou talvez fosse apenas um truque do fogo.

— Eles se casaram em uma cerimônia simples sob o salgueiro no centro do pântano. Por um tempo, viveram felizes, e Marais começou a deixar de ser uma aldeia para virar vilarejo, e depois uma cidade. E então, quando Pérola fez dez anos, ela se afogou no canal e morreu.

Hugo escondeu o rosto na curva do pescoço de Dimitria.

— Tadinha da Pérola. Tadinho do pai dela. — ele disse, baixinho, e Dimitria envolveu a criança com um abraço.

— Teresa também teve pena do marido. Dizem que suas lágrimas foram tantas que aumentaram os canais, e os fizeram crescer até o mar. E quando não podia mais aguentar vê-lo sofrer, Teresa fez o impensável. Era uma noite de lua cheia, a última da primavera, e ela aproveitou o escuro da noite para sair de casa com uma faca de estripar peixe e o pequeno cadáver de Pérola, que apodrecia na própria cama pois Lúcio não tivera coragem de enterrá-la. Teresa a levou até o salgueiro onde ocorrera o seu casamento, e fez o ritual para trazê-la de volta à vida.

Osha lançou um olhar preocupado a Hugo, que enterrara a cara no ombro de Dimitria e estremecia em seus braços.

— Menos detalhes, por favor, Denali.

Denali assentiu, parecendo sem graça de repente, mas continuou:

— Teresa foi até o centro do canal com Pérola no colo. A lua cheia estava perfeitamente refletida nas águas cristalinas, observando a tudo atentamente. Teresa ergueu a faca de peixe e começou a falar as palavras proibidas, e por um momento seu corpo ficou coberto de uma substância branca e leitosa como a luz da lua. Ela precisava de um sacrifício, e estava prestes a oferecer a própria vida por Pérola quando Lúcio chegou.

Dimitria segurou a respiração.

— Ele havia acordado durante a noite e percebido a ausência da esposa e do corpo da filha. Seguiu seus passos até o pântano, e, quando viu a mulher que amava apontando uma faca para o cadáver, ficou atordoado de dor. Ele afogou Teresa no canal.

O silêncio pairou na fogueira, sóbrio e gelado. Dimitria conseguia imaginar as imagens conjuradas por Denali, da mulher debatendo-se sob as águas pegajosas do Relier, o luar banhando seus membros. Um calafrio percorreu seu corpo, e Dimitria desviou o olhar para Aurora. Ela também tremia.

— Mas a bruxa não sabia que era ele, e, em seu último rompante tentando se defender, enterrou a faca de pesca no pescoço do marido. Seu sangue verteu na água, cobrindo o reflexo da lua e tingindo-o de vermelho-escuro. Quando percebeu o que havia feito, Teresa se matou. Três cadáveres afundaram sob as águas do canal naquela noite, e descansam até hoje, enterrados sob o lodo e as raízes.

Dimitria enfim soltou a respiração, abraçando Hugo com mais força ainda.

— Nali, essa história é horrível.

Aurora concordou com a cabeça, os olhos marejados, e deu uma limpadinha discreta em suas lágrimas.

— É realmente triste.

Denali fez um gesto ambíguo com as mãos.

— No dia seguinte, um novo salgueiro havia nascido no pântano, e à noite a lua cheia nasceu tingida de vermelho, imbuída do poder de Teresa. Desde então, é assim em todos os anos, ao fim da última lua crescente da primavera.

— Eu nunca tinha ouvido a história contada assim — Félix comentou, e ele também tinha se aninhado em Tristão, como Hugo fizera com Dimitria. Ela sorriu com a semelhança entre pai e filho. — Na história que eu ouvi, a bruxa era má e matou a criança.

Denali revirou os olhos.

— Claro. A bruxa sempre é má.

— Eu também ouvi assim — Osha disse, e se desprendeu dos maridos para ir até Hugo, que continuava enrolado em Dimitria. Ela fez carinho nos cachos do menino e percebeu que o que havia interpretado como medo era exaustão: Hugo dormia em seu colo, ressoando tranquilo.

— Ele apagou.

Osha deu um pequeno sorriso e o puxou delicadamente do colo de Dimitria, trazendo-o para o seu.

— Esse aqui não tem medo de nada. É que nem o pai. — Ela lançou um olhar carinhoso para Tristão, que também parecia prestes a cair no sono. — Vou levá-lo para a cama. Você me ajuda, Tris?

Tristão e Félix se levantaram, acompanhando a esposa. Osha lançou um último olhar para Denali, e deu um meio-sorriso.

— Obrigada pela história, Nali.

A família deu seus boas-noites e entrou na casa, enquanto Dimitria e Aurora começavam a apagar a fogueira e apanhar os últimos pratos de marshmallow e chocolate. Aurora se adiantou com os pratos e sobraram apenas Dimitria e Denali, que havia se fechado novamente após a história. Dimitria se virou para ela.

— Você acha que é verdade?

— O quê?

— Que a bruxa morreu e é isso que concede poderes à lua.

Denali considerou a resposta por um minuto.

— Se é verdade ou não, não importa. O que é verdade é que a lua de sangue é uma intensa catalisadora de magia, que atrai toda a força mágica para si e a amplia. É isso que Solomar está esperando. Só com esse tipo de poder ele seria capaz de me matar, e vice-versa.

A aspereza das palavras de Denali não deveria vir como uma surpresa para Dimitria, mas ainda sim ela franziu a testa, confusa.

— Você sabe que o assassinato não é a única alternativa, não é?

— Para você, só se for. Para mim, não existe nenhuma outra maneira de seguir em frente. Enquanto estiver vivo, Solomar vai estar atrás de me matar. Será que você é estúpida demais para entender isso?

A boca de Dimitria ficou seca, e o peito chamuscado como a lenha escura da fogueira recém-apagada. Ela não sabia como lidar com aqueles rompantes de grosseria de Denali, mesmo que soubesse que a bruxa não tinha convivido com outro ser humano por anos. *Mas eu não sou qualquer uma*, pensou ela, magoada. *Era para eu ser a sua irmã.*

Mas será que ainda era? Será que os laços de sangue eram suficientes, ou será que, como na história de Teresa, a dor seria maior do que qualquer razão?

Ela não tinha resposta — e, quanto mais encarava o olhar hostil e na defensiva de Denali, mais achava que jamais seria capaz de ter.

Enfim, ela respondeu.

— Eu só estou dizendo que ele é um monstro, mas você não precisa ser um também.

Denali deu um riso amargo.

— Eu tive que me transformar em um, Dimitria, e é bom que você se lembre disso. Daqui a três semanas, eu vou matar Solomar. Se não quiser que eu faça o mesmo com você, não fique no meu caminho.

Era duro, mesmo que não fosse sério — não tinha como ser sério, não é? Denali era sua irmã, mesmo que ainda não visse isso. Era sangue de seu sangue, e jamais seria capaz de fazer mal a Dimitria, não é? Pela terceira ou quarta vez naquele dia, ela se lembrou do que a mãe dissera, sobre o laço compartilhado pelas duas, e se perguntou quanto daquele laço corria em Denali, também.

Quanto daquele laço ela tivera que abandonar, para sobreviver tão longe de Nurensalem.

A bruxa caminhou para dentro da casa a passos largos e firmes, deixando Dimitria sozinha com seus pensamentos e uma mágoa que ameaçava engoli-la de dentro para fora.

* * *

O ritmo cada vez mais intenso dos preparativos para o Carnaval tomou a energia das semanas, transformando-as em dias enquanto a contagem regressiva diminuía. Osha e Tristão faziam contas e traziam sacas e mais sacas de farinha para a casa, tentando calcular quantos ingredientes precisariam para alimentar a multidão que certamente encheria a barraquinha de Félix durante a semana. Já o confeiteiro procurava ficar longe das conversas logísticas, e em vez disso fazia os últimos testes em suas receitas de recheio especial para as beignets.

Dimitria, Denali e Aurora tinham suas preparações para fazer. Sabiam que Solomar tentaria algo na lua de sangue, que era o último dia do Carnaval, mas não sabiam onde ele estaria, e Denali passara dias debruçada sobre mapas e cristais de previsão, tentando estimar o local que concentraria a maior quantidade de energia mágica. Mais do que isso, na verdade: ela tinha decidido que faria um projeto especial para o arco de Dimitria, e já havia elaborado uma lista de ingredientes que a caçadora deveria conseguir com os mercadores que chegavam de todos os lugares durante o Carnaval.

Hugo, por outro lado, continuava fascinado com a presença austera da bruxa, e a seguia por todo o lado como uma pequena e falante sombra. Era fofo vê-la falando muito seriamente com o garoto, explicando cada pedaço de um mapa estelar ou desenhando figuras brilhantes no chão, que corriam quando ele se aproximava.

Dimitria manteve distância. Entre a estranheza com Denali e as poucas palavras que trocava com Aurora, ela tinha conseguido evitar brigas — o que, para seu coração cansado e ainda se recuperando, era o melhor que podia fazer naquelas circunstâncias.

Junto a tudo isso, Aurora tinha decidido que queria aprender a lutar. Dimitria era forçada a lembrar de todas as aulas de combate que haviam tido juntas — mesmo que Aurora lembrasse apenas daquela primeira, na qual tudo tinha mudado. Por isso, quando Tristão se ofereceu para ensiná-la a empunhar um florete e tentar alguns golpes no jardim nos fundos da casa, Dimitria nem ao menos conseguira ficar com ciúmes.

Não muito, ao menos.

— Isso. Abra mais a sua posição, não quer que ninguém te derrube, não é?

Sei que gosta de mulher com pernas abertas, Tristão, mas se ela abrir mais vai rasgar ao meio, Dimitria pensou, e em vez de falar qualquer coisa deu mais uma mordida no pêssego doce e crocante que havia trazido da cozinha.

Não que Tristão fosse um professor ruim — longe disso, visto que Aurora havia aprendido a bloquear ataques e encontrar os pontos vulneráveis de um atacante — mas Dimitria tinha que admitir que vê-lo ajustando a postura de Aurora, segurando-a pela cintura e conduzindo seus movimentos, era talvez levemente... incômodo. Especialmente considerando que Aurora usava roupas pouco características: um macacão de linho leve e vaporoso, que ondulava à leve brisa e fazia com que a silhueta de Aurora alternasse entre evidente e oculta. Seu cabelo estava preso em um coque trançado, deixando à mostra a coluna branca salpicada de sardas que era seu pescoço, e a visão fazia Dimitria pensar na deusa Ororo, diáfana e régia.

Não que Aurora parecesse estar cedendo aos charmes de Tristão: ela mantinha o foco em seu florete, que empunhava com uma exatidão técnica que dificilmente se traduziria em uma luta de verdade. Ainda assim, Tristão parecia não saber fazer nada sem balançar as mechas loiras e lançar sorrisos insinuantes, o que tornava a cena cômica, no mínimo.

— Acho que ela precisa segurar a espada mais em cima — Dimitria arriscou a sugestão, e Tristão revirou os olhos.

— Eu sou o melhor espadachim ambidestro de Marais, não preciso da sua ajuda. E, de mais a mais, não é a mesma técnica. Um florete é bem mais delicado do que uma espada curta, Coromandel.

— E ainda assim tem uma ponta que fura, né? Ela precisa ser capaz de enfiar essa ponta em quem quer que esteja vindo na sua direção, independente da técnica.

Tristão fez um muxoxo debochado.

— Pois fique sabendo que o florete é uma arma bem mais elegante e refinada. Não é para furar, ela vai dar pequenas estocadas.

Dimitria reprimiu uma risada.

— Ah, sim. Bom, talvez valha a pena ensiná-la a usar garfos e facas primeiro. Assim ela pode fazer como manda a etiqueta e levar Solomar para jantar antes do duelo oficial.

Aurora riu — e a risada cristalina provocou ondas de prazer em Dimitria — mas Tristão ignorou a piada e continuou conduzindo. Uma coisa Dimitria precisava admitir: ele era um professor metódico e, diferente da caçadora, estava genuinamente interessado em ensinar Aurora a se defender.

Mesmo que na época não pudesse falar abertamente sobre, quando Dimitria dera aulas de defesa pessoal para Aurora, seu objetivo principal fora ficar perto dela, da maneira que fosse possível.

Ela resolveu guardar mais comentários para si e deu mais uma mordida no pêssego. A penugem e carne macia da fruta roçaram em seus lábios antes que o suco doce invadisse sua boca, e Dimitria devaneou por um instante enquanto observava Aurora, as bochechas coradas, sua carne talvez mais macia do que a do pêssego nas mãos de Dimitria. A única coisa que ela queria era voltar a perder-se em sua doçura, tomar seus lábios com a mesma voracidade com que havia acabado de devorar o pomo coral e suculento.

Depois de uma hora — que sob o sol inclemente com certeza se fazia sentir em Aurora — Tristão encerrou o treino, declarando que começariam de novo no dia seguinte. Aurora foi até Dimitria com o rosto vermelho de sol e esforço, fios de cabelo desalinhados caindo do coque trançado e grudando na pele suada de seu pescoço.

Ela estava ainda mais linda do que quando havia começado, e Dimitria reprimiu todas as memórias de Aurora suada e corada que tinha na memória.

— Foi muito bom — ela disse, evitando o olhar.

— Também achei! Eu estou melhorando.

— Definitivamente. — Dimitria não mencionou que a Aurora de antes tinha aprendido a manejar uma espada com muito mais graça do que ela agora conseguira. Não fazia sentido compará-la com sua imagem perdida.

E ainda assim ela o fez, para si mesma.

— Ei. — Como se fosse capaz de ouvir a dor que contraía o coração da caçadora, Aurora colocou uma mão em seu braço, tentando diminuir a distância entre as duas com o toque. Sua pele estava quente, e o calor emanava no corpo de Dimitria. — Eu vou me proteger. Você e Denali vão poder focar em Solomar, e não em mim.

Então ela interpretara a reticência de Dimitria como medo por sua segurança no embate que estava por vir. Não que Dimitria não tivesse medo — na verdade, ela sabia que, independente do que acontecesse, sua prioridade seria proteger Aurora, e ela confiava em si mesma para fazê-lo. Não, sua dor era muito mais o luto pela perda de Aurora, espalhado em todos os pequenos momentos que evidenciavam o que não pertencia mais a ela. Dimitria havia percebido que perder alguém não acontecia de uma só vez, mas sim a cada vez que a ausência se fazia valer de novo, em milhares de pedaços espalhados por uma vida.

Ela se perguntava se algum dia iria parar de perdê-la.

— O que você está fazendo? — Tristão se aproximou das duas e deu um aperto vigoroso no ombro de Aurora. — Precisa se alongar, e depois ir tomar banho. Senão amanhã vai acordar cheia de dores e não vamos conseguir fazer nem o primeiro passe.

Aurora lançou um último olhar para Dimitria antes de assentir, e, quando a caçadora arriscou encará-la de volta, viu que seus olhos brilhavam mais do que o comum, como se houvesse lágrimas esperando para cair.

— Obrigada pelas aulas, Tris — Aurora engoliu em seco e se afastou dos dois, desaparecendo porta adentro.

Assim que ela saiu, Dimitria soltou um longo suspiro. Seu olhar continuava preso à porta, como se pudesse mantê-la perto de si um pouco mais. Tristão acompanhou seu olhar, o semblante atento.

— Coromandel — ele disse enfim, tropeçando no nome dela como se estivesse meio sem jeito. — Eu sinto muito pelo que aconteceu.

Dimitria não precisava perguntar como ele sabia; Osha havia contado para os dois maridos, é claro, e Tristão sabia que havia um preço a se pagar para acabar com a maldição de Aurora. Ainda assim, seus sentimentos eram estranhos para Dimitria. Ele tinha feito o inferno na vida das duas, fizera de tudo para separá-las. Dimitria encarou aquele homem que ela tivera tanta certeza conhecer e que agora era um estranho a seus olhos.

Dimitria se perguntou se ele só estava dizendo aquilo por dizer, se era sua educação falando mais alto.

E então, ele continuou.

— Por um longo tempo, eu quis esquecer de tudo que havia acontecido comigo. Esquecer de Nurensalem, meu pai. De vocês duas. — Tristão respirou fundo, parecendo procurar as palavras certas. — Mas quando eu conheci Félix... eu soube que precisava ser exatamente quem eu era, com todos os meus erros, para chegar até aqui. E então, não quis mais esquecer.

Dimitria não queria chorar, especialmente não na frente de um homem que um dia considerara como seu inimigo. E ainda assim, a vontade vinha, como uma pressão em seu céu da boca que fez com que a caçadora desviasse o olhar e pigarreasse fundo para afastá-la.

— Eu não esqueci do que você fez — ela respondeu. — Com meu irmão. Você o tratou como um animal, Tristão.

Tristão ficou em silêncio por alguns minutos. O semblante bonito e altivo estava tomado por uma expressão contemplativa e séria, que acentuava as linhas do seu rosto, como um lembrete de tudo pelo qual ele havia passado. Dimitria quase se arrependeu de sua rispidez, mas ele ergueu a mão, impedindo-a de falar qualquer coisa.

— Não posso mudar o passado, Coromandel. Mas talvez eu possa ensinar Aurora a ser excelente com o florete. Tão excelente que possa se defender de qualquer ataque e ameaça. Tão excelente que você nunca terá que perdê-la. Não de novo.

Não era um pedido de desculpas, mas Dimitria entendeu exatamente o que ele queria dizer. Ela havia perdido demais, tanto que o tamanho da perda era maior do que seu próprio coração — e de repente a caçadora soube que o que enxergava em Tristão não era somente arrependimento ou culpa.

Era perda, também.

Dimitria assentiu lentamente, baixando a guarda por um instante e deixando que ele visse um sorriso brotar em seu rosto. Não era um sorriso de felicidade, mas talvez fosse um começo. Ele a encarou com o olhar profundo, aqueles olhos azuis e gelados que um dia fizeram Dimitria duvidar de que houvesse uma alma ali.

E então, Tristão a abraçou. Foi breve, e ele balbuciou desculpas depois de fazê-lo, mas o calor do gesto espalhou-se por Dimitria da mesma maneira — e quando ele se afastou da caçadora, murmurando uma razão pouco convincente para sair logo dali, ela não sentiu raiva, nem pena dele.

Ele sabia o que era a perda, de certa forma. E por isso mesmo, tudo que ele oferecia era muito mais do que uma gentileza.

Era um presente.

Capítulo 21

No primeiro dia do Carnaval, a Crescente amanheceu em festa.

Mesmo que Dimitria tivesse desejado ficar em casa, teria sido impossível. As caravanas começaram a ganhar as ruas assim que o sol raiou, e o som de gaitas e violinos e pandeiros misturava-se à algazarra desprendida de um povo que estava altamente alcoolizado, mesmo nas poucas horas da manhã.

— Você me disse que era melhor que o Festival das Luzes, mas eu não imaginava que *melhor* significasse mais barulhenta! — comentou Dimitria ao descer para tomar café da manhã, vendo que Osha já estava inteiramente festiva.

A maraense sorriu para ela, virando-se e fazendo as dezenas de paetês costurados em seu vestido reluzirem.

— Espere até chegar à Asa Oeste, Mitra. Dizem que o último rei do Carnaval da Crescente ainda está perdido no pântano, tentando combater uma ressaca.

Depois de duas semanas de antecipação, Dimitria tinha que admitir que estava ao menos curiosa para conhecer o Carnaval. Osha havia emprestado roupas festivas para a caçadora, que usava um colete roxo e amarelo por cima de uma túnica branca que deixava seus ombros à mostra, e os cabelos presos em duas tranças cheias de anéis prateados, em vez da trança única que costumava fazer. Cada um dos membros da casa, na verdade, estava adornado com algo diferente naquele dia: Hugo tinha o rosto coberto de pintura facial que o transformava em um pequeno leão; Tristão havia arrumado trajes de seda pura que refletiam a luz do sol, e Félix usava um avental adornado com moedas douradas, que tilintavam quando ele caminhava.

Denali emergiu do quarto com o olhar assustado e sonolento. Ela não tinha entrado no clima de festa — seria difícil imaginar a bruxa vestindo qualquer outra coisa que não fosse sua túnica preta — mas, quando Aurora desceu as escadas, Dimitria perdeu o fôlego. Ela estava linda.

As roupas de Osha, que era bastante magra, não teriam caído bem nas curvas generosas de Aurora, e por isso ela tinha se aventurado até o centro da cidade na noite anterior em busca de um traje. Ao que parecia, ela havia encontrado: um vestido escandalosamente curto, cujo corpete descia até a cintura e se abria em camadas de babados que não chegavam ao seu joelho. Dimitria tentou evitar olhar demais para o decote de Aurora, mas o espartilho acetinado tornava a tarefa quase impossível, ainda mais considerando que as mechas da frente dos cabelos loiros, que normalmente cobririam a vista, estavam enroladas ao redor da cabeça de Aurora como uma tiara de tranças. O restante da cabeleira caía em suas costas como uma cascata.

O pescoço de Dimitria ficou quente com a visão, e ela arranjou uma desculpa para sair da casa — qualquer coisa para não ter que ficar fechada em algum lugar com a perdição em pessoa que estava Aurora.

A casa inteira se aventurou no pequeno bote de Félix, cruzando a cidade na direção do som e algazarra. Seria um dia cheio para a tenda de clarividência de Osha e para a barraca de beignets — Tristão estava fazendo contas de quantos quilos a mais de farinha teriam que comprar e a que horas o estoque recém-pronto de massa acabaria.

— Não precisa ficar tão nervoso, meu doce — Félix disse, sorrindo para o marido enquanto remava pelos canais. O sol já batia inclemente contra o grupo, mesmo tão cedo, e sob a luz o padeiro ficava ainda mais bonito. — Se acabar, acabou.

— *Se acabar, acabou* — repetiu Tristão, imitando Félix com deboche perfeito. — Claro! E voltamos para casa com bolsos vazios e ambições murchas. — Ele revirou os olhos, apertando o braço ao redor da cintura de Osha e se dirigindo à esposa. — Meu bem, me passe mais um daqueles papéis, sim?

Osha fez o que o marido pediu, apanhando um calhamaço de papéis com anotações diminutas e passando para ele.

— Se você nos deixasse contratar pelo menos mais um padeiro, Félix, Tristão não ficaria à beira de um colapso todo o Carnaval.

— Eu *não estou* à beira de um colapso.

— O que é colapso, mamãe? — Hugo observava a água com atenção, sem dúvida à procura de crocodilos, mas virou a cabeça para indagar Osha, que ria ante o caos.

— Eu posso ajudá-los — Denali ofereceu, tímida, cobrindo o rosto dos raios de sol que a atingiam em cheio. — Tenho jeito para cozinha.

— Eba! A bruxa vai ficar com a gente hoje — Hugo sorriu.

Dimitria abriu a boca para protestar. Era sua esperança que a irmã e ela conseguissem comprar os ingredientes necessários para o encantamento das armas.

— Ah, Coromandel, isso seria esplêndido! — Tristão abriu um sorriso pouco característico, e foi tão incomum que arrancou as palavras da boca de Dimitria. Além do mais, ela tinha a lista de compras que precisava, e seria um jeito de agradecer aos Romero por tudo que haviam feito. Ainda assim, ela deu um olhar de soslaio a Aurora, que segurava Hugo no colo e parecia tão tensa quanto Dimitria.

Elas só haviam brigado ou se evitado desde que voltaram de Cáligo. Será que existia alguma chance de o Carnaval ser algo além de mais uma oportunidade para brigar?

Dimitria não teve tempo de pensar. Félix ancorou o bote na rua lateral à barraca de beignets, que mesmo tão cedo já estava cheia de clientes impacientes. Ele desceu do barco e estendeu a mão, ajudando Tristão a descer e dando um beijo no marido antes de puxar Hugo para fora do barco com Denali.

— Eu sugiro que vocês desçam aqui, Mitra — Osha disse, apanhando o remo das mãos de Félix e dando um beijo leve nele antes de virar-se para a caçadora. — As ruas paralelas a nós estão bloqueadas com barracas de comida e jogos, e vocês podem me encontrar na praça central depois.

Dimitria levantou a lista de compras que Denali havia feito para ela.

— E os ingredientes?

— Ah, isso se arranja! Tem uma botica perto daqui, no quinto quarteirão.

Osha explicou o caminho, e Dimitria tentou procurar alguma desculpa que fosse para não ficar a sós com Aurora. Mas não havia nenhuma, e ela se viu resignada, descendo do barco e ficando lado a lado com Aurora, o desconforto evidente nas duas.

— Divirta-se, Mitra. Um Carnaval da Crescente é algo a ser vivido ao menos uma vez na vida, e não há espaço para carrancas.

— Eu não tô com uma carranca — Dimitria resmungou, e Osha jogou a cabeça para trás, dando uma gargalhada.

— Certo. E eu não preciso ver seu futuro para saber que ele está cheio de felicidade, seguindo pelo terceiro ou quarto quarteirões. Até mais tarde!

Dimitria engoliu a resposta mal-educada, e esperou Osha desaparecer na curva do canal para enfim encarar as ruas coloridas e animadas de Marais-de-la-Lune.

Os quarteirões se espalhavam como uma grade, numerados em um sentido e com nomes como Rua do Mel do outro. Era uma cidade muito maior que Nurensalem: havia pessoas por todos os lados, mesmo que Dimitria não soubesse quem era nativo e quem só estava de passagem pela celebração.

Não seria impossível pensar que pessoas de todos os cantos de Ancoragem viessem pela festa, na verdade.

As duas avançaram pelas ruas, olhares perdidos na miríade de coisas acontecendo ao redor — vendedores de comida cujos pratos fritos e apetitosos emitiam cheiros convidativos, balões e fitas coloridas enfeitando cada poste, pessoas debruçando-se por cima das janelas que davam vista para a rua e colocando bandeiras e estandartes em evidência. Maior do que tudo, era a música que enchia o ar, tão vibrante quanto as cores que quase faziam Dimitria se sentir tonta. O excesso de estímulos era quase bom, pois era uma desculpa excelente para não pensar em Aurora ou no desconforto que Dimitria sentia ao olhar para ela.

— É tão colorido — Aurora ecoou seus pensamentos, parando em uma barraca e pagando enquanto olhava ao redor. O vendedor entregou um espeto cheio de bolinhas douradas de massa, cujo cheiro salgado e quente fez Dimitria salivar.

Aurora deu uma mordida no espeto, e seus olhos se iluminaram de prazer.

— Acho que é polvo.

— Lula, senhorita — o vendedor disse, um sorriso nos lábios. — Bolinho de lula frita fresquinho, o melhor da rua, e só treze peças de cobre. Uma pechincha!

— Não melhor que minhas ostras! — uma vendedora gritou do outro lado da rua, enquanto entregava uma bandeja de ostras para um casal de homens. — São ostras da baía de Cáligo, pesquei essa manhã! Mais frescas que esse polvo amanhecido.

— Mentirosa. E são lulas! — O velho revirou os olhos, oferecendo um espeto para Dimitria. Ela deu uma mordida no de Aurora, e o gosto de peixe frito lhe invadiu a boca. Era muito gostoso, quente e macio e cheio de recheio. Ela pegou o espeto, mas virou-se em seguida e foi até a barraca das ostras, vencida pela curiosidade de experimentar a iguaria até então inédita.

A vendedora não mentira: as ostras estavam frescas e geladas sob os dedos da caçadora. Aurora notou a expressão de Dimitria, porque terminou de comer o último dos bolinhos de polvo e ajudou Dimitria a abrir o molusco. Era uma concha cheia de relevos escuros e pontiagudos e parecia bem pouco apetitosa.

— Não é todo mundo que gosta — Aurora avisou, a sombra de um sorriso surgindo enquanto observava Dimitria.

— Com um aviso desse é que eu vou querer experimentar. — Dimitria sorriu, desafiadora.

— Vai de uma vez só, então. E não esquece do limão!

Ela soltou a carne da ostra de sua concha com a ajuda de um garfinho, pingando algumas gotas de limão por cima do molusco. Como se tomasse um gole de cerveja, enfiou-o goela abaixo. Era escorregadia e molhada como um peixe cru, e tinha sabor de mar — salgada, intensa, o gosto forte acendendo luzes atrás das narinas de Dimitria, e o azedo do limão complementava perfeitamente a sensação.

Era uma delícia.

Compraram mais uma porção de ostras, dessa vez fritas, das quais Dimitria gostou menos do que as cruas, mas que Aurora devorou. Fizeram o caminho pela rua parando em cada barraca, experimentando as iguarias de Marais e esvaziando os bolsos na medida em que enchiam o bucho.

— O que é isso? — Aurora parou na frente de uma barraca mais ao fundo do quarteirão, cuja fila se estendia por alguns metros. Uma placa ondulava em cima das duas e mostrava um desenho de um crocodilo sorridente, fileiras de dentes ilustradas em detalhe.

— É pata de crocodilo frita — uma mulher na fila disse, e os olhos de Aurora se arregalaram. Dimitria riu da expressão de choque, sentindo uma afeição tão súbita pela garota, cuja criação protegida se fazia sentir de maneira óbvia quando ela interagia com o povo. Era como havia sido antes, e Dimitria saboreou o momento tanto quanto tinha saboreado a ostra, com o saudosismo de quem havia se lembrado de um sabor esquecido.

— Podemos ir mais pra frente. Tenho certeza que tem outras coisas por aqui.

— Eu quero experimentar! Você teve coragem com a ostra — Aurora deu de ombros, entrando na fila. — Não vou ser eu que vou arredar o pé.

Dimitria a acompanhou, sorrindo de lado.

— Então quer dizer que as mesas dos Van Vintermer nunca viram pata de crocodilo?

— Não temos esse tipo de iguaria em Nurensalem, eu receio — Aurora riu, os dentes brancos brilhando contra seus lábios de pétala de flor. Ela puxou os cabelos em um coque: mesmo com o vestido leve de linho branco que estava usando, a cabeleira loira devia ser uma tortura naquele calor.

— Nem me fale. Acho que, se eu caçasse um crocodilo em Nurensalem, poderia vendê-lo por seu peso em ouro.

Aurora riu.

— Qual a coisa mais inesperada que você já caçou?

A filha de Bóris van Vintermer, Dimitria quis dizer, mas mordeu a língua.

— A viúva de um músico em Úlria.

Aurora deu um pequeno guincho bem-humorado e bateu de leve no braço de Dimitria.

— Você não presta.

Dimitria sorriu, apreciando a conversa fácil e o toque delicado de Aurora. Ela tinha esquecido de quanto era gostoso estarem juntas, quanto Aurora lhe fazia bem. Estava prestes a dizer mais alguma coisa quando chegaram ao começo da fila, onde um vendedor com nanismo as encarava impacientemente.

— Duas patas de crocodilo, por favor, senhor.

— Só vendemos porção de quinze, moça — o homem disse, parecendo já cansado do movimento. Era bonito, com cabelos castanhos aparados curtos ao redor do rosto. Aurora colocou mais peças de ouro na bancada, e o homem as trocou por uma bandejinha fumegante de patas de crocodilo fritas. Os pequenos dedos pontudos ainda estavam curvados, e, mesmo com o cheiro de fritura delicioso, Dimitria sentiu que talvez aquele fosse o limite de sua aventura gastronômica.

Levaram as patas de crocodilo para a lateral do quarteirão, que encontrava com o canal. Aurora pegou a primeira pata, pinçando a carne com os dedos.

— Se for ruim, não me conta — Dimitria disse, observando-a atentamente.

— Se for ruim, você vai saber — Aurora retrucou, apreensiva. Ela lambeu a crosta dourada da patinha, e Dimitria quase desejou que a língua rosa demorasse mais na tarefa. Dando-se por satisfeita, Aurora comeu.

Ela mastigou por alguns instantes, o olhar pensativo. Quando enfim engoliu, havia uma expressão satisfeita em seu rosto, os lábios puxados em um sorriso.

— Melhor que frango frito! Vai, experimenta.

Dimitria o fez. De fato, o gosto era como de frango: uma carne macia e pouco intensa, talvez um pouco mais fibrosa do que Dimitria estava acostumada. Ela engoliu uma patinha.

— Qual a chance — ela disse, de boca cheia — do cara ter vendido frango por crocodilo?

— Se for frango frito, nós acabamos de ser exploradas — Aurora riu.

— Nem cinquenta asinhas de frango valem o que acabamos de pagar.

O dia avançou enquanto elas experimentavam Marais pela boca. Não era só de comida que era feito o Carnaval, porém: havia bandas tocando música nas ruas, enchendo o ar de som e palmas. Mais que tudo, existia uma energia palpável na atmosfera, como se a soma de pessoas, comida deliciosa e boa música formasse algo novo, poderoso e especial.

Dimitria podia senti-la, aquecendo seu coração e deixando-a mais relaxada, e quase não doía olhar para Aurora — ela podia se enganar por alguns momentos e imaginar que aquela era a sua Aurora, e não uma estranha vinda das terras do passado. Era leve, e a conversa fluía — superficial mas contínua, fácil como sempre fora entre as duas. Não era difícil encontrar assuntos que não fossem a maldição e as memórias, e, entre comidas novas e músicas, Dimitria se deixou levar pela ilusão de que aquela era só uma viagem de férias.

O dia avançava e se tornava mais quente, raios inclementes de sol forçando as pessoas a procurarem sombra nos salgueiros derramados nos quarteirões, e ainda assim eles só faziam encher, como se a simples ideia de ficar de fora da comemoração fosse incompreensível para os sulistas.

Enfim, Dimitria encontrou a botica que Osha havia indicado. Era uma lojinha quase engolida pelos dois salgueiros que ladeavam a construção, mas sua vitrine cheia de ramalhetes de ervas e sementes parecia exatamente o que a caçadora procurava. Aurora estava na fila para comprar doces, e Dimitria entrou sozinha, disposta a terminar a lista de compras.

Quando enfim saiu da botica, a sacola cheia de mica, um frasco de sangue de cordeiro firmemente arrolhado e pó de quartzo, Aurora não estava mais na barraca de comida — e sim mais adiante. Dimitria caminhou pela rua e aproximou-se, acompanhando algum movimento no centro de uma área cercada de gente.

— O que você está vendo? — Aurora sorriu para ela e abriu caminho para que Dimitria pudesse ver o que se passava. O círculo de pessoas estava ao redor de uma estrutura montada na rua de paralelepípedos. A figura de um crocodilo de madeira estava esculpida em cima de um pilar de toras e engrenagens, cujos veios brilhavam com a luz característica da magia. Uma menina estava montada em cima do crocodilo, com as mãos agarradas em uma alça de couro que envolvia o pescoço do falso animal.

Havia um homem alto e gordo ao lado da estrutura. Ele estava à frente de um barril de tamanho considerável e tinha uma expressão divertida no rosto bigodudo.

Ele bateu palmas uma vez, e o pilar de madeira se mexeu, levando o crocodilo — e a menina — consigo. O crocodilo foi para a frente e depois para trás, seguindo a cadência das palmas. A menina acompanhava os movimentos de sua montaria, mas o homem começou a aumentar o ritmo das palmas e aos poucos as pessoas da roda se juntaram a ele. A cada nova adição à cacofonia, o pilar se movia mais bruscamente, sacudidelas se tornando chacoalhões.

A menina durou alguns segundos, mas, quando até Aurora estava batendo as mãos em velocidade, ela não aguentou. Suas mãos soltaram-se da alça e ela caiu da montaria, as costas batendo com um baque no chão.

Em alguns segundos ela se levantou, rindo. A multidão irrompeu em aplausos, e mais uma pessoa tomou seu lugar no crocodilo de madeira.

— Quem ficar mais de dois minutos ganha o barril de poncho de leite. — Aurora apontou para o barril ao lado do operador do crocodilo.

— E você quer ganhar? — Dimitria ergueu uma sobrancelha, divertida.

— Eu quero tentar ficar mais de dois minutos — Aurora argumentou, sorrindo, mas em seguida suspirando fundo, hesitante. — Meu pai... ele diria que não é algo digno de uma Van Vintermer.

Dimitria ficou em silêncio, sem querer influenciá-la, mas pensando em quanto Bóris havia visto a filha crescer nos últimos dois anos. Aurora lançou mais um olhar para o crocodilo mágico e se virou de novo para Dimitria.

— Talvez você possa tentar? Pra eu ter um gostinho de como seria. Depois você me conta. — Ela sugeriu, animação e inveja em sua voz.

— Ah, e é digno de uma Coromandel? — Dimitria riu, sabendo que Aurora se arrependera das palavras ao ver o tom vermelho ganhar seu rosto. O som de palmas encheu o ar. — Relaxe. E seu pai não está aqui, está?

Aurora considerou por um tempo. Dimitria se lembrava bem do quanto, no começo, ela demorara para tomar as rédeas de suas próprias decisões — como se sua vida não fosse propriamente sua, e sim de todas as expectativas que as pessoas tinham dela.

O homem que havia tomado o lugar da menina foi ao chão, e a multidão deu risada.

— Você vai achar ridículo? — Havia medo sincero na voz de Aurora, e Dimitria refreou o impulso de segurar seu rosto e beijá-la.

— Ridícula é a última coisa que você jamais seria para mim.

Ela respirou fundo e, como se nem estivesse pensando, deu um beijo suave no rosto de Dimitria. A caçadora nem teve tempo de responder ao gesto; Aurora correu até o homem gordo, dando algumas moedas de ouro e montando no crocodilo.

— Moça bonita paga metade, mas leva o dobro! — alguém na multidão gritou, e Dimitria revirou os olhos, enciumada e agitada na mesma medida. Aurora era realmente bonita, ainda mais depois de algumas horas no calor de Marais, com os cabelos em um coque bagunçado e o rosto corado de sol. Seu vestido de linho ficava amassado contra o crocodilo de madeira, mas a forma de Aurora era perfeita, e, quando a garota segurou nas alças de couro, Dimitria só conseguia lembrar de sua primeira aula de montaria.

O operador começou a bater palmas. De início o movimento foi suave, e Aurora o acompanhou com o pêndulo de seu próprio corpo, para a frente e para trás inversamente ao crocodilo. Ela enrolou as alças nos pulsos, trazendo o corpo mais perto do crocodilo, e suas curvas generosas se derramavam sobre a madeira e faziam-na encaixar perfeitamente no animal. Dimitria sentiu um rubor espalhar-se por seu corpo ao vê-la daquela maneira, e deu um meio-sorriso ao pensar em todas as vezes que vira Aurora se debruçar sobre ela.

As palmas se intensificaram. O crocodilo deu um tranco adiante, e o corpo de Aurora deslizou pela lateral — mas ela segurou firme, fazendo um contrapeso e mantendo-se em cima do bicho. Isso gerou alguns gritos de encorajamento e mais palmas — outro tranco, ao qual ela respondeu com elegância. Mais palmas. O pilar de madeira rodopiou, e o crocodilo fez um giro no ar — um movimento que Dimitria ainda não havia visto — Aurora rodopiou com o animal, travando os calcanhares na cauda de madeira e dando um gritinho de animação.

— Um minuto! — o operador gritou, sorrindo, e subiu o ritmo das palmas.

Aurora não perdeu a compostura. O crocodilo ia para a frente, ela ia para trás. Girava, e ela fazia o contrapeso. Empinava seu corpo de madeira, ela agarrava as alças de couro e descia o torso contra as costas do animal. A multidão bateu ainda mais palmas, torcendo por ela, e Dimitria não conseguiu evitar que o orgulho desabrochasse em seu peito, ao vê-la tão feliz e tão segura de si.

A Aurora que ela conhecera dois anos antes não era assim, mas Dimitria não conseguia sentir esperança. Ela simplesmente focou no movimento do corpo da mulher que amava, seu desprendimento e seu sorriso, tão intenso quanto o sol que castigava seu rosto.

— Dois minutos! — o operador gritou de novo, e logo em seguida Aurora caiu, rodopiando para fora do crocodilo com certa elegância. Dimitria correu até ela, um sorriso bobo no rosto, e ajudou-a a se levantar.

— Você está bem?

— Eu ganhei — Aurora ofegou, parecendo tonta e satisfeita. — Como me saí?

— Você foi perfeita — Dimitria sorriu, inclinando-se para um beijo. O tempo parou por um segundo tão longo que ela pôde contar os cílios loiros, as gotas de suor que escorriam pela testa e rosto ruborizados de Aurora.

Ela refreou seus impulsos e ajudou a garota a se levantar.

— Parabéns, mocinha. — O homem de bigode que havia conduzido as palmas se aproximou das duas, carregando o barril de poncho como se fosse uma bolsa. — Não vá tomar tudo de uma vez.

Dimitria e Aurora se entreolharam, um sorriso idêntico nos lábios.

Elas tomaram tudo de uma vez.

Dimitria não sabia se era o efeito do poncho, o sol que mesmo no fim da tarde não dava sinais de ir embora, a música ou as pessoas ou a energia no ar — mas, quando elas enfim chegaram à tenda de Osha, o mundo parecia mais leve do que nos últimos meses.

Provavelmente era o poncho. A mistura de creme e doses cavalares de conhaque, noz-moscada e açúcar era perigosamente doce, gelada como uma colherada de neve, e havia descido como um bálsamo para o dia que parecia ser o mais quente do ano. Tinha sido fácil drenar quase metade do barril sozinha — e Aurora havia feito sua parte, também, o que significava que agora as duas caminhavam alegremente pela rua, trançando as pernas e cantarolando uma música local.

— Eu não sabia que você cantava, Demi! — Aurora empurrou o ombro dela, mais bruta do que pretendia, mas Dimitria achou o gesto terrivelmente engraçado e caiu na gargalhada enquanto recuperava o fôlego.

— Lógico que sabia! — ela disse, ultrajada, mas a dor era bem menos perceptível quando Dimitria estava sob o efeito inebriante do álcool. — Eu cantei uma música pra você! — Sua língua estava pesada e lenta, certamente efeito do poncho, e as palavras se atrapalhavam em sua boca. — *Primaveee-e-e-era, você me fez primave-e-e-era!*

Aurora riu, leve como uma criança, e esbarrou em Dimitria com descuido que parecia proposital, pois sua mão encaixou na da caçadora. Os dedos de Dimitria formigaram, quentes e inquietos, e ela segurou a mão de volta, deixando que qualquer pensamento escorregasse por seu cérebro liso de poncho e não criasse raízes lá.

Era bom andar de mãos dadas com ela, atravessando a praça e tentando não entrar no caminho de nenhuma das dezenas de turistas. O sol garantia uma qualidade reluzente às construções de pedra e metal, folheando-os em ouro e calor, e também o fazia com os cabelos de Aurora, seu rosto queimado de sol. Até suas sardas apareciam mais, como se reveladas pelos raios dourados, e Dimitria, que frequentemente pensava nelas como constelações, daquela vez imaginou sementes florescendo na primavera.

— No que você tá pensando? — Aurora aproximou-se de Dimitria e imitou a cadência de seus passos.

Dimitria não tinha mais freio — o poncho havia diluído qualquer controle de impulso, e ela falou imediatamente.

— Em como você é linda. — Ela se virou para encarar Aurora, e teve que apertar os olhos ante o sol que reluzia no rosto da garota. *Ela é o próprio sol*, Dimitria pensou, bêbada e feliz. — Linda e doce, e uma excelente montadora de crocodilos.

— Isso eu sou. — Aurora esticou o queixo para a frente, abrindo um sorriso largo e branco. — Você também é linda. E doce. Hugo adora você. E corajosa. O que você fez no pântano, com o crocodilo mágico da Nali. *Pisash, fush, pou-pou* — Aurora imitou os sons, e era tão fofo que Dimitria quis colocá-la em um potinho de vidro. — Foi muito legal. Muito incrível. Você é bem incrível.

Aquelas palavras deveriam doer, deveriam provocar uma onda de medo e tristeza no coração de Dimitria, ecoando como um refrão que ela preferia esquecer, mas, talvez por causa do sol ou do álcool, ela apenas sorriu, sentindo-se tão bêbada das palavras de Aurora quanto do poncho.

Ela estava prestes a beijá-la quando a voz de Osha interrompeu o momento.

— Mitra! Aurora! — Ela saiu de dentro da tenda, olhando a fila que se estendia do lado de fora e balançando a cabeça. Aurora ficou parada por alguns segundos a mais, porém Dimitria a puxou pela mão, levando-as até a porta de Osha.

— Dia cheio?

— Mais cheio impossível. — Osha as analisou com um olhar astuto, demorando-se nas mãos entrelaçadas e apertando os lábios em um quase sorriso. — E então? O que acharam do Carnaval?

— Positiva...mente... impressio...mente...? — Aurora respondeu, com a certeza de que estava falando algo que fazia sentido, e Osha caiu na gargalhada.

— Vejo que alguém ficou familiarizada com o leite de Marais.

— Mais que familiarizada — Dimitria disse, e Osha riu ainda mais, percebendo os efeitos do álcool na voz da caçadora.

— Osha, eu quero que você veja o meu futuro — Aurora pediu, e Osha encarou a fila que continuava crescendo antes de responder.

— Passar você na frente e ofender meus futuros clientes? — Ela ergueu a sobrancelha por cima do olho azul, séria, mas o rosto se partiu em um sorriso. — É claro. Venha comigo, loirinha.

Dimitria fez menção de segui-las para dentro da cabana, mas Osha a impediu com uma mão em seu peito.

— Ah, ah — ela balançou a cabeça em negativa. — Essa é da loirinha, Mitra.

— Mas ela ouviu a minha leitura de mão! Não é justo. — Dimitria protestou.

— E quem falou em justiça? — Osha riu, empurrando Aurora para dentro com delicadeza. — Vá achar Denali, Tristão a trouxe para conhecer o restante da praça e comprar mais farinha. Eles devem estar em algum lugar por aí, Aurora já encontra você.

Um tanto a contragosto, mas mais maleável que o normal por causa do poncho, Dimitria aquiesceu, voltando-se para a praça e sua imensidão de pessoas, barracas e edifícios.

Não era muito diferente da praça de Nurensalem em estrutura, mas tinha ao menos o triplo do tamanho. Mesmo sua Junta Comunal era maior, e sua torre do relógio fazia sombra na praça inteira, elevando-se por cima das pessoas como se fosse o olho sempre alerta de Catarina Duval.

Havia dezenas de pessoas ali, talvez uma centena — comprando comida e bebida das barracas, tocando música que enchia o ar do som de pandeiros e violinos, escondendo-se do sol sob a sombra dos diversos salgueiros que rodeavam a praça. Era estonteante — mesmo o cheiro de canela e sol parecia inebriar os sentidos, e Dimitria teve que esquadrinhar a multidão algumas vezes antes de avistar o topete de Tristão.

Ela foi até o homem, que estava ao lado do prédio da Junta Comunal — onde mais? — e conversava alegremente com Denali, que tinha cara de cansaço. Enfiada na túnica escura que escondia as formas de seu corpo, a bruxa parecia um morcego, e era um contraste evidente para a silhueta bem-vestida e asseada de Tristão.

— ... E foi assim que meu pai decidiu que não teria mais nenhum falcão de estimação. Já bastava o dedo!

Aparentemente certas coisas não mudavam, e ele ainda gostava de ouvir o som da própria voz.

— Demi — Denali avistou a irmã e abriu um sorriso, tão genuíno e incomum que o coração de Dimitria pareceu crescer no peito. Talvez fosse alívio por não precisar escutar as histórias de Tristão sozinha, mas Dimitria se deixou aproveitar da ambiguidade de interpretações que o poncho lhe deixava ter.

— Ah, Coromandel — Tristão apertou sua mão. — É bom vê-la. Onde está Aurora?

— Sua esposa está lendo o futuro dela. — Dimitria revirou os olhos, indicando sua falta de crença naquilo, e Tristão sorriu afetuosamente.

— Osha é um prodígio. — Ele olhou ao redor, inalando o ar com satisfação. — O Carnaval é incrível, não é?

— É bem divertido — Dimitria admitiu.

— Devo confessar que prefiro a festa da Crescente ao Festival das Luzes. É frio demais para se divertir de verdade, você há de concordar.

E você sempre tinha que ir fantasiado de príncipe de Nurensalem, pensou Dimitria, reprimindo uma risada ao lembrar de Tristão entrando em cima de um cavalo branco.

— Sei que somos protecionistas com nossas tradições, mas todos os nortenhos com quem falei hoje deram o braço a torcer — Tristão continuou, e mesmo sob a névoa agradável da embriaguez Dimitria franziu a testa.

— Anda conversando com muitos nortenhos?

— Pelo menos dois deles vieram comprar beignets — Tristão disse. — Vi a garota de novo aqui na praça agora pouco, uma coisinha baixa e ruiva. O namorado dela parecia seu irmão — ele limpou a garganta depois de dizê-lo, mas Dimitria não estava prestando atenção.

Uma garota ruiva e um homem que parecia Igor.

Faela e Tiago.

— Onde ela está? — O álcool pareceu evaporar de suas veias, e Dimitria de repente se sentiu mais sóbria do que nunca. Denali a encarou com expressão confusa, mas Dimitria devolveu o olhar com seriedade. — São os aprendizes de Solomar. Devem saber onde ele está.

— Ela estava aqui pela praça — Tristão disse baixinho, como se estivesse envergonhado por não ter interceptado os dois. — Ah! — seu olhar se iluminou com uma lembrança. — Ela estava tomando cerveja no lado oeste da última vez que a vi. Escondendo-se debaixo de um salgueiro. Eu achei que era medo do sol.

— Tristão, segure isso. — Dimitria enfiou a sacola de itens mágicos que havia comprado na botica nas mãos de Tristão, e, aliviada do peso extra, cruzou a praça na direção indicada, Denali em seus calcanhares.

Agora que sabia do que estava em busca, não foi difícil avistar Faela. Seus cabelos brilhavam mesmo à sombra de um salgueiro, e ao lado da garota gorda e baixinha havia um homem alto e esguio, que chamava tanta atenção quanto uma vara de pescar.

Talvez, se não tivesse tanto poncho em seu estômago, Dimitria houvesse pensado em algo mais inteligente para fazer — mas, em seu estado, ela só conseguiu erguer a mão e apontar para os dois, gritando em sua direção.

— Vocês!

Os aprendizes encararam as irmãs por alguns segundos antes de baterem em retirada.

Dimitria fez menção de correr, mas Denali a segurou pelo braço.

— Espera.

A bruxa puxou de dentro da túnica o cristal branco que costumava ficar no topo de seu cajado. Denali envolveu a pedra com as mãos e o restante do cajado apareceu, batendo contra o chão com um baque abafado de madeira.

Denali tocou a ponta do cristal nas botas de Dimitria, e veios de magia cobriram o couro e os cadarços. Um formigamento intenso reverberou por suas pernas, e Denali fez o mesmo nos próprios pés. Os aprendizes já estavam longe, no lado oposto da praça, e logo sumiriam de vista.

Quando Dimitria deu um passo à frente, não estava mais andando. Estava deslizando pelo chão, mais veloz do que um pássaro.

— Agora sim. — Denali sorriu e, de mãos dadas com Dimitria, foi atrás dos aprendizes.

Elas cortaram a multidão de turistas como água de rio ao redor das pedras, ignorando os gritos de surpresa quando passavam. Dimitria tinha a atenção concentrada em Faela e Tiago, que viraram um quarteirão em direção à Asa Leste da cidade, contornando as ruas com agilidade.

As bandeirolas e casas se transformaram em borrões enquanto corriam, tentando interceptar os aprendizes. Eles eram espertos e se enfiaram na multidão, passando por cima de cercas e correndo pelas ruelas que cortavam os quarteirões.

Correram até que a multidão foi rareando, em uma área mais distante do coração do Carnaval, e por um momento Dimitria achou que iam perdê-los.

Ainda assim, não eram páreos para o feitiço de Denali. As irmãs os alcançaram rapidamente, fechando-os em uma esquina de paralelepípedos, ofegantes e triunfais.

— A gente só quer conversar — falou Dimitria.

Faela pareceu pouco convencida, com uma expressão de desconfiança, e então ergueu uma mão e murmurou um feitiço. Um domo de luz branca cobriu a ela e Tiago, emitindo uma força fria e intensa, e estalactites de gelo se formaram no exterior do domo. Eram como estacas, pontiagudas e ameaçadoras.

Elas se desprenderam do domo com velocidade e foram na direção das irmãs.

Denali não hesitou. Descreveu um arco no ar com seu cajado, do mesmo jeito que havia feito com as flechas de Dimitria, e as estalactites caíram ao chão, derretendo em poças de água. Faela rosnou em frustração e encarou Tiago. Os dois entrelaçaram os braços e começaram um cântico em uma língua que Dimitria nunca ouvira antes, algo que se parecia com uma mistura de galês antigo e ulriano. Sob seus pés, ondas de gelo começaram a se formar, solidificando-se em placas brancas e azuis.

— Um portal de Adelaide? — Denali riu e girou o cajado nas mãos. — Nortenhos não têm nenhuma criatividade.

Ela bateu o cajado no chão, três vezes seguidas, e o brilho do cristal oscilou. Ondas de impacto reverberaram pelo chão, partindo as placas de gelo, e Denali puxou o cajado para cima. Quando o fez, as placas acompanharam seu movimento, envolvendo os corpos de Faela e Tiago em uma prisão congelada.

— Uau — Dimitria disse, impressionada, fitando a irmã que ofegava, mas com uma expressão satisfeita no rosto.

— Como eu disse, o pântano me ensinou uma coisa ou outra.

As duas correram até os aprendizes.

Faela estava fumegando de raiva.

— Achei que vocês só queriam conversar — ela disse, irritada.

— Se considerar como seu mestre quis "conversar" conosco como parâmetro, eu fui até boazinha demais — Denali retrucou. — Falando nisso, onde ele está?

Os aprendizes se entreolharam, uma conversa silenciosa em seus olhares.

— Ei! — Denali bateu o cajado contra as placas de gelo, chamando a atenção. — Posso arrancar a resposta de vocês com uma Compulsão de Ótis que deixa uma ressaca de três dias. Querem vomitar até as tripas ou vão me contar o que sabem e ficar livres para ir comer beignets?

Tiago empalideceu e Faela engoliu em seco. Ela considerou a oferta de Denali e enfim suspirou fundo.

— Ele está preparando um ritual. Não nos disse nada, exceto o que tínhamos que comprar, então a sua Compulsão seria inútil. — Ela revirou os olhos. — Será na nascente do Relier. É tudo o que sei.

Dimitria sentiu um arrepio de suspeita subir pela espinha. Parecia fácil demais que Faela lhes dissesse tudo aquilo de bandeja. Mas ela viu que a garota dava olhadelas constantes para Tiago, e reconheceu a preocupação oculta nos olhos castanhos, por trás da bravata e irritação.

Faela estava tentando protegê-lo.

Dimitria abriu a boca para falar, mas a voz altiva de Catarina Duval interrompeu.

— Alto!

Dimitria se virou e a Guarda da Crescente estava rodeando a capitã, que empunhava sua cimitarra na direção das irmãs. A seu lado, estava Tamara, a mesma guarda que havia invadido o barco delas naquela noite, semanas antes.

— Eu sabia que você era uma bruxa.

Dimitria olhou ao redor, tentando encontrar uma saída, e Denali suspirou fundo, batendo o cajado no chão três vezes.

— O que você está fazendo? — perguntou Dimitria, tensa, enquanto Catarina e Tamara marchavam na direção delas.

— Algo sem nenhuma criatividade — Denali disse, e girou o cajado como um cata-vento. O gelo soltou Faela e Tiago, e deslizou em placas até os pés das irmãs com o som desagradável de giz riscando um quadro. Assim que estavam em posição, Denali subiu em uma das placas. Dimitria encarou a irmã, encarapitada em uma placa de gelo enquanto empunhava um cajado, e só percebeu que estava encarando em choque quando Denali gritou, urgente.

— Demi, vamos!

Dimitria pulou ao lado dela. Catarina estava chegando perto, cruzando o espaço da rua com intenção evidente, e esticou a espada para fechar o espaço entre elas.

Denali bateu o cajado no chão, e Dimitria caiu em direção a um abismo.

Capítulo 22

O portal as materializou no jardim da casa de Osha, cuspindo-as na terra com um vento cortante e gelado. Dimitria rolou na grama, tossindo lascas de gelo que haviam se alojado em sua garganta e engolindo o ar em lufadas desesperadas. Qualquer resquício de embriaguez fora exorcizado de seu corpo,

— Dimitria — Denali chamou, levantando-se com uma elegância incompatível com quem havia acabado de ser teletransportada por um túnel de gelo. — Você está bem?

— O que — Dimitria arfou, enfim erguendo-se do chão e apoiando as mãos nos joelhos para respirar mais fundo — foi isso?

— Portal de Adelaide. Aproveitei que o feitiço deles estava pronto e reutilizei.

Denali respirou fundo. Ao contrário de Dimitria, seu cabelo não parecia mais desgrenhado do que antes, mas havia um tom pálido em sua pele negra. Ela começou a caminhar com propósito para a casa dos Romero.

— Onde você vai?

— Tomar um banho. Feitiços nortenhos têm cheiro de alce.

— Mas e o ritual? — Dimitria queria perguntar sobre o feitiço, conversar com a irmã, mas Denali simplesmente continuou andando.

— Sabemos onde ele estará. Agora a gente espera. Não há nada o que conversar, Dimitria.

Dimitria não sentia cheiro algum além do odor de grama e árvore que sempre pairava no quintal, e, agora que o vento frio do feitiço havia se dissipado, uma onda de calor se abatia por cima dela como um cobertor opressivo. Recuperou o fôlego, deixando o olhar perder-se nos tons vermelhos e laranjas que se derretiam do horizonte para o canal nos fundos da casa, sinalizando o fim do dia — e do Carnaval.

A adrenalina ainda corria pelo seu corpo, e, mais do que ela, tudo que havia acontecido. Ela quase beijara Aurora — o que isso significaria, se de fato tivesse acontecido? Duas semanas quase sem se falar, e então um beijo bêbado não seriam o suficiente para transpor a distância entre as duas, mas ela não conseguia evitar que o seu coração batesse mais forte.

A lembrança da festa — suas cores, os sabores de ostra e polvo e beignets, o gosto persistente de poncho de leite se demoraram em sua boca, e Dimitria deu um meio-sorriso ao lembrar de Aurora em cima do crocodilo mágico, livre e feliz. Ela sentiu vontade de chorar, mas não eram lágrimas de tristeza. Dimitria não conseguia nomear o que estava sentindo, por mais que tentasse.

Mesmo que tivesse sido um bom dia, um bom momento sob o sol, era só isso. Um momento, e nada mais — e Dimitria tentou se resignar a esse sentimento, enquanto tirava os trajes do Carnaval e tentava pensar no turbilhão que revolvia em seu peito.

Já era noite quando os Romero — e Aurora — enfim voltaram para casa, em uma cacofonia de sons e risadas que Dimitria ouviu mesmo de cima do telhado. Ela tentara falar com Denali, mas a irmã estava se preparando impacientemente para o confronto no final da semana, e Dimitria se pegou subindo as escadas na lateral da casa e deitando-se nas telhas, contando as estrelas que começavam a aparecer no céu.

As saudades de Nurensalem — de sua casa, mesmo do frio cortante que enrijecia até o seu piscar — a atacaram com tudo, especialmente quando ela lembrou de todas as madrugadas que ela e Aurora haviam passado no telhado.

Como se ouvisse seus pensamentos, ela apareceu pela claraboia que dava acesso à cobertura, trazendo consigo uma expressão inescrutável e uma trouxinha que cheirava a beignets.

Dimitria ergueu o corpo ao vê-la, e seu coração deu um salto quando percebeu que, mesmo sem se lembrar de nada, ainda havia vindo procurá-la no telhado.

Certas coisas não mudavam.

— Vocês não podiam deixar o Carnaval em paz, não é? — Aurora perguntou, um sorriso nos lábios.

— Sabe que eu gosto de causar uma impressão — Dimitria disse, dando espaço para que Aurora se juntasse a ela. A garota o fez, esticando o vestido por cima das telhas e abrindo a trouxa de beignets, em um gesto tão familiar à última noite em Nurensalem que quase doeu.

— Catarina está louca procurando por vocês. Na verdade, por Denali: tem certeza que ela é uma bruxa herege e perigosa.

— Herege eu não sei, mas Denali não é exatamente um gatinho. Ela faz umas coisas impressionantes com aquele cajado.

— Honestamente, eu acho que Catarina deveria se preocupar mais com você e a sua teimosia. — Aurora deu uma mordida na beignet, suspirando de prazer momentaneamente antes de continuar. — Sério, o *que* Félix coloca nessas coisas?

— Um feitiço. Ou drogas — Dimitria respondeu, sorrindo ao se lembrar de Denali fazendo a mesma pergunta. — E como assim, "minha teimosia"?

— Denali contou que vocês acharam Solomar. Quer dizer, os aprendizes dele, mas... dá na mesma. Achei que fosse ser muito mais difícil.

— Não há nada difícil demais para uma Coromandel — Dimitria disse sorrindo, e Aurora revirou os olhos, mas retribuiu o gesto.

— Como eu falei. Já estava escrito que você encontraria os aprendizes de Solomar com mais rapidez do que eu posso piscar.

— Isso me lembra. — Dimitria deu uma mordida na massa açucarada que, mesmo fria, estava entre as melhores coisas que já havia comido. — Como foi sua sessão com Osha? O que ela disse sobre o seu futuro? Mais teimosia minha pela frente? Uma linha da vida interrompida frequentemente por um perigo em forma de Coromandel?

Aurora não riu. Em vez disso, ela hesitou — seu olhar ficou perdido por um instante, e ela limpou as mãos sujas de açúcar no vestido de linho, demorando-se no gesto.

— Ela não leu a minha mão, — ela disse, subitamente. — apenas tirou cartas. Uma para o passado, outra para o presente. E outra para o futuro.

Dimitria ficou em silêncio, o riso e a brincadeira esquecidos. Ela fitava Aurora, analisando seu perfil de nariz arrebitado, esperando que continuasse.

— A carta do passado era "O Tesouro". Osha disse que significava prosperidade, o que faz sentido por causa do meu pai, mas também significava que eu sempre fui protegida demais, guardada a sete chaves dentro de casa. — Aurora respirou fundo antes de seguir. — O presente era "A Tempestade", o que acho que faz sentido considerando, bom... tudo que está acontecendo conosco.

Dimitria esperou, mas Aurora se manteve em silêncio, estendendo-se por segundos e minutos. A caçadora chegou mais perto da garota, procurando seu olhar, mas Aurora o mantinha fixo no horizonte.

— E a carta do futuro?

Aurora hesitou antes de responder.

— Era o passado.

Dimitria franziu a testa sem entender, e ainda assim uma chama suave de esperança acendeu em seu peito. Ela a ignorou, sem querer prestar atenção na pequena fonte de luz e calor, tentando compreender o que Aurora havia dito.

— Como assim?

— "O Passado." A carta do futuro era o passado, como se o passado estivesse no meu futuro. Osha não soube me explicar, mas disse que pode ser um aprendizado do meu passado, ou...

Ela não precisou dizer o óbvio para que Dimitria colocasse a carroça na frente dos bois. Ou significava que Aurora iria recuperar suas memórias — que o passado literalmente estava em seu futuro.

Seu coração estava à deriva, sob ondas desconexas e violentas, mesmo que Dimitria tentasse controlá-lo. Ela não acreditava em clarividência, e ainda assim Osha acertara antes, não é? Se aquilo significava que havia uma chance — por menor que fosse — de recuperar as memórias de Aurora... Era bom demais para ser verdade. Doía ter esperança, e ainda assim a esperança veio, um bálsamo que acalentava as feridas ainda abertas em seu peito.

— Demi... — Como se fosse capaz de sentir a esperança que emanava de Dimitria, Aurora aplacou seu entusiasmo com o jeito cuidadoso com que disse seu nome. Ela se virou para a caçadora, os olhos verdes enrugados de preocupação. — Eu sei o que você está pensando, mas não tenho certeza de que é fácil assim. O passado é o passado. Eu...

— Mas justamente não é, certo? O passado é o futuro, Aurora. — Dimitria retribuiu seu olhar, querendo que sua voz não denunciasse o tamanho da esperança em seu peito, mas não tinha como. — Se há alguma maneira de trazê-lo de volta, é a melhor notícia do mundo.

— Eu não tenho como ficar vivendo na expectativa do passado voltar, Dimitria — Aurora retrucou, exausta, as sobrancelhas unidas em súplica. — Vou viver cada dia do meu futuro esperando?

— Não, vamos atrás dele! Você mesma disse que eu sou teimosa, meu be...

— Dimitria, você está se escutando? — Aurora ergueu as mãos em frustração. — Minha vida não vai se tornar uma eterna busca por algo que foi embora. Não é justo comigo.

— Que justiça é essa, Aurora? — Dimitria sentia que as duas estavam escorregando novamente para um território perigoso, mesmo que não quisesse, mesmo que seu único desejo fosse recuperar a cadência fácil e leve que houvera entre as duas no Carnaval. — Como se fosse justo eu perder você.

— Mas você não me perdeu. Eu ainda estou aqui — Aurora suplicou.

— Não é a mesma coisa.

— Nunca será a mesma coisa, Demi. E se você gastar nosso futuro procurando o passado, vai esquecer de viver o presente.

— Belas palavras — Dimitria falou, com mais amargor do que pretendia, e Aurora apertou os lábios em mágoa. — Não muda o fato de que pode haver uma solução e você está agindo como se fosse impossível.

— E você está agindo como se eu não existisse. Você mesma me disse que se apaixonou por mim há dois anos. Por que isso não pode acontecer de novo? Por que eu não basto?

Porque você não é ela, Dimitria quis dizer, mas reprimiu as palavras. Estava cansada de brigar, de correr em círculos para chegar a lugar nenhum. A Aurora de antes entenderia — aquela nova Aurora não sabia o que tinha perdido. Nunca saberia, pois se soubesse também saberia que qualquer chance de recuperá-lo era uma chance que devia ser buscada até o último segundo.

Em seguida, Dimitria se levantou, lançando um último olhar para as constelações que pontilhavam o céu. Era um céu diferente daquele a que ela estava acostumada em Nurensalem — a estrela do Norte não estava à vista, e em vez dela brilhava a Cruz do Sul, que guiava os marinheiros de Marais-de-la-Lune. Aquele céu se parecia com Aurora, ela pensou: tão semelhante e tão distinto que era como olhar para uma versão incompleta do que se conhecia.

— Amanhã vai ser um dia cheio — ela afirmou, evitando o olhar de Aurora. — É melhor irmos dormir.

— Dimitria...

— Boa noite, Aurora. — Dimitria abriu a claraboia, descendo o corpo pela abertura.

Sua boca se abriu para dizer algo, mas a caçadora fechou a portinhola antes que qualquer som saísse.

* * *

Naquela noite, Dimitria teve um novo pesadelo.

Não era a primeira vez que ela tinha pesadelos — mas aquele era inédito. Não havia sombras de sua família, ou árvores brancas e geladas que ecoavam lamentos. Em vez disso, ela estava em uma planície às margens do pântano. Uma lua crescente, quase cheia, estava pendurada no céu, brilhando cor-de-rosa como um pintassilgo.

A planície se elevava em um penhasco a alguns metros de onde ela estava. Em cima do penhasco, recortado contra o brilho da lua, estava uma silhueta escura que ela reconheceu de imediato: Solomar, e o mago encarava Dimitria com um olhar calculista.

Ela sabia que estava sonhando — Dimitria sempre sabia que seus sonhos não eram reais, mas isso não os impedia de serem assustadores. Ainda assim tentou sacar a adaga, mas não havia nenhuma arma embainhada em seu cinto. A caçadora respirou fundo, tentando acordar. *Nem morta eu vou até o maluco.* Ela fechou os olhos e imaginou sua cama, seu corpo largado sem lençóis ou colchas, mas quando os abriu novamente ainda estava na planície.

— Preciso falar com você, Coromandel — Solomar afirmou, e mesmo à distância sua voz sussurrante se fazia ouvir, gelada e escorregadia como uma serpente.

Dimitria começou a caminhar na direção oposta do mago, mas assim que deu alguns passos seu corpo foi manipulado como se por uma mão invisível, e ela voltou exatamente ao lugar em que estivera antes.

— Não vou machucá-la — Solomar falou de novo. Poderia ser impressão da caçadora, mas sentiu que havia uma certa zombaria em sua voz. — Fale comigo e te deixarei ir.

— Ah, claro! Bem confiável. — Dimitria revirou os olhos, mas, a cada passo que tentava dar em uma direção contrária ao penhasco, a mão invisível corrigia seus movimentos. Enfim, após alguns segundos, quando a irritação da caçadora já ultrapassara o bom senso, ela marchou em direção a Solomar.

Ele estava igualzinho ao que ela se lembrava do dia no pântano — cabelos platinados da mesma cor que seria o luar em noites comuns, penteados para trás, os olhos gelados como as placas de neve do Portal de Adelaide.

Seu primeiro impulso foi estapeá-lo, mas sua mão atravessou a imagem do mago como galhos em uma cachoeira. Era apenas uma ilusão, e Dimitria teve que se controlar para não sair correndo de novo dali.

Ao menos uma ilusão não poderia machucá-la. Cansada, a caçadora sentou no chão à frente do mago, pinçando a ponte do nariz com os dedos e suspirando fundo. Ela precisava daquela noite de sono, e se o plano de Solomar fosse vencê-la pela exaustão não queria cair direto em sua isca. Resignada, e sabendo que o único jeito de encerrar aquilo era deixá-lo falar, perguntou.

— Tá. O que você quer?

— Vocês estão vindo me encontrar — Solomar afirmou. — Eu planejava invadir seus sonhos para fazer o convite pessoalmente, mas meus aprendizes foram mais rápidos.

— Nós fomos mais rápidas que seus aprendizes, você quer dizer — Dimitria retrucou, voltando a revirar os olhos, mas sentindo um incômodo com a tranquilidade na voz dele. Solomar havia planejado para que elas o encontrassem, e ela não gostava de pensar no que aquilo poderia significar.

— Dá no mesmo. De qualquer modo, estou ansioso para vê-las. Tentei encontrá-las antes, mas meus piratas não foram tão efetivos em seus métodos. Ainda assim, o destino fez exatamente o que eu tinha certeza que faria, quando nos encontramos em Nurensalem. E me trouxe até aqui.

É claro que os piratas tinham sido mandados pelo mago. A irritação transformou-se em raiva, borbulhando em seu peito. *Vou te mostrar essa ansiedade.*

— Quer por favor cortar a conversa furada? — Dimitria o encarou, forçando-se a fitar de frente os olhos azuis gélidos. — O que você quer comigo?

Solomar balançou a mão como se estivessem falando de trivialidades.

— A pergunta correta é: o que *você* quer?

— Nesse momento, eu quero dormir.

Dimitria estava cansada daquela brincadeira. Levantou-se do chão, batendo as calças como se o sonho tivesse deixado poeira, e começou a se afastar do mago. Mas Solomar falou de novo, e suas palavras provocaram um calafrio na caçadora.

— Você quer suas memórias de volta, não é?

Ela parou de andar. Um gosto amargo invadiu sua boca, e ela o engoliu, tentando reprimir a irritação que também fervia em seu corpo.

— São as memórias de Aurora.

— Ah, mas são suas também — Solomar retrucou. — E eu sei que ela está cética, mas há uma maneira, Coromandel, algo que trará tudo que vocês viveram de volta em um passe de mágica.

Ele está mentindo, Dimitria falou para si mesma, mas não sabia o quanto acreditava naquilo. Solomar podia estar mentindo, é lógico, mas Osha tinha visto o futuro de Aurora, não tinha?

E se fosse essa a resposta que Osha vira nas cartas?

Não. Dimitria só percebeu que estava com as mãos cerradas quando sentiu o fisgar das unhas nas palmas, ardendo como seu coração, que vibrava em uma frequência arrítmica e pulsante. Ela pensou no Carnaval, e nos momentos que dividira com Aurora — como eles poderiam ser muito melhores se ela tivesse suas memórias de volta. Sim, podia não passar de uma esperança tola, uma manipulação barata que Solomar operava nela, mas tinha a chance de ser verdade — e por algum motivo aquela pequena chance apequenava ainda mais o restante da realidade.

— O que você quer? — Dimitria cuspiu as palavras ao repetir a pergunta, trincando os dentes. Ela se virou para Solomar, a raiva emanando de seus movimentos e o alcançando mesmo através do sonho. — Me fale o que você quer, ou juro que descubro um jeito de fazer meu soco funcionar em sonho.

Solomar pareceu satisfeito com a ameaça.

— Você sabe o que eu quero.

Dimitria sabia, mas o mero pensamento fazia surgir uma náusea intensa em seu estômago, que ameaçava virá-lo de dentro para fora.

— Denali não é minha para te dar — ela disse, mesmo que quisesse dizer que protegeria sua irmã a qualquer custo. Ela queria dizer isso, mas a recusa de Denali em segui-la — a recusa de Denali em ser sua irmã — ainda doía no coração da caçadora, e ela não conseguia esquecer.

— Ah, mas ela é sua — Solomar retrucou, e havia uma pontada de irritação em sua voz. — Quer você queira ou não, há um laço que as une. E esse laço está me impedindo de fazer o que preciso.

Uma queimação subiu pela garganta de Dimitria com essas palavras. O laço entre as duas, que a mãe sempre dissera existir. Será que não era só uma metáfora? Ele existia, então?

— Isso não faz o menor sentido.

— Sua mãe garantiu que você estaria ligada a ela, e ela a você, Dimitria. Por que você acha que veio até Marais?

— Porque você nos mandou para cá, com aquela flor-de-lis idiota.

— Eu sabia que você era minha única chance de encontrá-la. Desde que são crianças, você a protege. As coisas não mudaram. Pense, Dimitria!

Dimitria pensou e lembrou de todas as vezes que as palavras de Hipátia — sobre como Denali e ela estavam ligadas — ecoaram em sua mente desde que havia reencontrado a irmã. Ela sabia em seu âmago que Solomar estava certo, que existia algo em si que protegia a bruxa de um ataque direto, mesmo que o mago tivesse toda a magia da lua de sangue a seu dispor.

— Abandone o laço. Você não precisa fazer nada além de renunciá-la, e Aurora será sua novamente.

— Eu não acredito em você — Dimitria disse, quase como que tentando convencer a si mesma.

Solomar suspirou fundo. Ele enfiou uma mão nas vestes escuras e tirou uma corrente enrolada em seu pescoço.

— Ah, que ótimo — disse Dimitria. — Mais uma joia amaldiçoada.

Na ponta, havia um pequeno frasco de poção pendurado. Um rótulo de pergaminho com sua caligrafia fina e precisa cobria o objeto, e duas palavras estavam escritas nele: *In Memoriam*.

Dimitria lembrou vagamente do frasco de líquido esverdeado e denso na prateleira de Solomar, há o que parecia uma vida inteira. A náusea que havia sentido ao pensar em trair Denali se expandiu, envolvendo o corpo da caçadora como uma vertigem.

— Essa poção restaura a memória. É raríssima; poucos magos conseguem fabricá-la e leva ingredientes que são quase impossíveis de obter. Sangue do mago que lançou a maldição, para começo de conversa.

Choque misturou-se a náusea, gelado e desagradável.

— Está dizendo que...

— Seu irmão era extremamente dedicado ao ofício de ser mago. Mais de uma vez deixou seu sangue em amostras de poções e experimentos específicos. Por sorte eu tive a sabedoria de guardá-lo.

Dimitria ficou em silêncio, encarando o frasco. O corpo de seu irmão apodrecia debaixo da terra, e após dois anos provavelmente não haveria nenhuma gota de sangue restante: estaria seco, apenas ossos e terra. Não que ela fosse ter coragem de tirá-lo de seu descanso e violar o cadáver, mesmo que fosse possível, o que só tornava aquela poção ainda mais valiosa.

Ela sentiu a respiração rarear, e freou o impulso de tentar tomar a poção da mão aracnídea de Solomar.

— Me entregue Denali, e eu te darei a poção.

— E o que me impede de matá-lo e pegar a poção para mim, hein? — Dimitria mal conseguia segurar o desejo de atacá-lo, correndo em suas veias como veneno. — Quando você estiver morto, eu pego esse colar e dou a Aurora.

Solomar suspirou novamente. Ele soltou a corrente, deixando-a descansar sobre seu peito, e tirou mais um objeto de dentro das vestes — uma adaga com aspecto maligno, suas bordas curvas refletindo a luz pálida do luar.

A adrenalina dominou o corpo de Dimitria, mas Solomar não apontou a arma para ela. Em vez disso, estendeu a mão e fez um corte fundo no polegar. Sangue escuro brotou do ferimento imediatamente, florescendo como um cravo na pele branca.

Assim que o sangue começou a verter, a poção emitiu um brilho doentio. Algumas partes do líquido verde ficaram opacas, borbulhando em um gás escuro que parecia nocivo e desfazia-se no pequeno frasco. A poção começou a diminuir em volume, sua linha baixando quanto mais o mago sangrava.

— Pare! — Dimitria não conseguiu evitar; aquela podia ser sua única chance de salvar as memórias de Aurora. — Pare com isso!

Solomar estancou o ferimento com um lenço branco, que se manchou de vermelho assim que o encostou no corte. Em alguns segundos, porém, o sangramento havia quase cessado, e a evaporação dentro do frasco de poção, que agora estava pela metade, também.

— Se um pequeno corte é capaz de fazer isso, imagine o que a minha morte não causaria a essa dose única de poção. Me mate e não sobrará nada, Coromandel. Tem a minha palavra.

— Sua palavra não vale de nada. Eu não acredito em você — a caçadora retrucou, desesperada, sabendo que aquelas palavras eram vazias, e que sua revolta era tão inútil quanto palavras ao vento. Era uma revolta misturada com a chama da esperança, seu gosto doce tirando as arestas do ódio que ela precisava manipular. Dimitria tentou agarrar-se ao que sabia — Solomar era um mentiroso, um homem calculista cheio de inveja. Mas o que era a realidade perto da promessa de sua esperança?

Nada.

Aos poucos, o mundo ao redor dos dois começou a escurecer. A imagem de Solomar estava ficando difusa e inconstante, como um reflexo na água que ondulava sob o movimento da corrente, e ele ainda foi capaz de falar uma última frase antes de desaparecer.

— Minha palavra é a única coisa que você tem, Coromandel.

Em alguns segundos, a planície enluarada desapareceu.

Dimitria ergueu o corpo, sentindo a fronha e os lençóis úmidos de suor. Na cama a seu lado, Aurora dormia um sono agitado, revirando-se — a janela recortava um pedaço do céu noturno, as estrelas empalidecendo sob a luz da alvorada. Ela freou a vontade de acordá-la e contar o que tinha acontecido.

Não havia espaço para conforto entre as duas, ainda mais depois da briga.

Seu coração continuava acelerado, e a dúvida — venenosa e densa, como a poção no frasco de Solomar — ameaçava infiltrar cada veia do corpo da caçadora, bombeada pelo tambor incessante de seu coração.

Seria impossível dormir depois daquilo, e Dimitria temia ser jogada em mais um pesadelo onde seria sequestrada por Solomar — então, passou o resto da noite acordada, contemplando a escolha impossível que envenenava seu coração como erva-moura.

Capítulo 23

As noites de sono se tornaram uma verdadeira tortura depois da visita inesperada de Solomar.

Cada vez que Dimitria fechava os olhos, ele estava lá esperando. Era sempre a mesma coisa: a planície sob o luar cor-de-rosa, a figura hirsuta e ameaçadora de Solomar recortada na escuridão, o mesmo pedido e a mesma barganha: *me entregue Denali, e eu devolverei as memórias de Aurora*. Havia uma semana até a lua de sangue, e cada noite ela ia dormir mais tarde, e acordava mais cedo no dia seguinte, o corpo cansado de quem havia revirado na cama e rangido os dentes a noite inteira.

A ironia é que, mesmo durante o dia, as palavras do mago continuavam assombrando a caçadora. Não havia contado sobre seu sonho para ninguém — Osha, Tristão e Félix não entenderiam, Denali se sentiria traída, e Aurora...

Bom, ela e Aurora não andavam conversando muito. A leveza fugaz que havia desabrochado durante o Carnaval da Crescente sumira, e nenhuma das duas parecia ter energia para outra briga.

Mais uma decepção.

Talvez por isso, e para distrair o corpo cansado que implorava por uma noite decente de sono, Dimitria agarrava qualquer chance de se ocupar. Ajudar Osha a fazer a limpeza trimestral da loja de quiromancia? *Com certeza.* Ser assistente de cozinha por um dia ao lado de Félix, fritando beignets e servindo a quilométrica fila de clientes impacientes e famintos? *Conte comigo.* Cuidar de Hugo enquanto Tristão ia até o banco pedir um empréstimo para comprar novos utensílios para a cozinha da padaria e contratar um assistente melhor do que Dimitria? *Sem problemas.*

Hugo era o mais fácil, na verdade, pois, desde o dia em que haviam nadado juntos, Dimitria era a pessoa preferida do menino. Mas se ela fosse sincera consigo mesma, estar perto dos Romero lhe dava uma sensação boa — uma leveza. Ela se revelava no modo em que cada vez mais o silêncio era confortável entre eles, ou nos olhares cúmplices que havia começado a trocar com Félix quando Osha e Tristão brigavam ao jogar carteado, ou mesmo no brinde de cerveja que ela e Tristão trocavam após um duelo de espada no fim do dia, "só pra praticar".

Mais do que tudo, os três — quatro, contando Hugo — respeitavam o tempo de Dimitria. Ela não queria falar de seu luto, sua mágoa, seus medos. Às vezes, queria apenas a companhia cuidadosa de quem não se importava em dividir espaço com um coração partido.

Às vezes, só a presença bastava.

Em pouco tempo, a casa azul em Marais-de-la-Lune havia se tornado um lar, e aquelas pessoas, bom...

Uma família, de certa forma.

Por isso, talvez, a cada dia que a lua de sangue se aproximava, Dimitria procurava mais chances de estar perto dos quatro — naquela noite, era separando sacas de farinha para que Félix abastecesse seu estoque, e carregando-as em uma gôndola que flutuava no canal dos fundos da casa para que estivesse pronta assim que a manhã raiasse. Seus braços doíam com o esforço, mas era mais fácil pensar neles do que em seu coração. Uma parte dele estava desesperada por sua casa, seu chalé, seus cavalos. Outra parte não queria ir embora — afinal, Nurensalem não seria a mesma sem a Aurora que ela conhecia, ou sabendo que havia deixado a irmã que pensara estar morta para trás.

Como num passe de mágica, a irmã que dominava sua mente apareceu ao seu lado. Denali estava vestida toda de preto, e foi como se surgisse das sombras — em um minuto não estava lá e em outro caminhava ao lado de Dimitria com alguma impaciência. Ela empunhava o cajado na mão esquerda e indicou as sacas com a ponta de cristal.

— Isso seria muito mais fácil com um feitiço de levitação.

— Puxa — Dimitria grunhiu enquanto carregava a última saca para dentro da gôndola, que ondulou sob o peso da farinha. — Excelente observação agora que eu finalmente terminei de colocá-las aqui.

Se Denali se sentiu irritada por sua ironia, não demonstrou.

— Se você acabou, preciso que venha comigo.

Dimitria limpou o suor que escorria por sua testa, puxando a trança para cima para ver se a parca brisa que soprava era suficiente para ajudar a abater ao menos um pouco do calor sufocante de Marais. Ela encarou enquanto Denali se afastava a passos largos, ignorando o fato de que a irmã não a estava acompanhando.

Quando enfim pareceu perceber, já estava na metade do quintal. A bruxa virou para trás, a testa franzida em evidente confusão.

— Eu disse "venha comigo".

— E eu — respondeu Dimitria, a velha impaciência em sua voz, mas havia algo a mais por baixo delas — não sou um cachorro. Você me tratou de forma péssima desde que nos conhecemos, nos reencontramos, sei lá como quer chamar. Sei que teve uma vida difícil, mas a culpa não é minha, e eu estou cansada de lidar com a sua grosseria. Se quer a minha ajuda, peça.

As palavras saíram trêmulas, mas ao mesmo tempo não era raiva que as impulsionava. Dimitria não tinha mais energia para a raiva ou para a irritação. Ela só queria que a irmã olhasse para ela — que a reconhecesse.

Em vez disso, Denali simplesmente revirou os olhos — e deu duas batidinhas no chão com o cajado. Um círculo de luz se abriu debaixo dos pés de Dimitria, e de repente ela perdeu o chão, desaparecendo pelo buraco mágico.

Do nada, a paisagem ao redor era outra. Estava às margens do Relier, em frente a uma bacia de água banhada pela luz da lua e rodeada de árvores. Sob o manto da noite, suas raízes retorcidas pareciam cobras, a cortina de folhagens um manto diáfano e encantador. Vagalumes amarelos esvoaçavam ao redor do pequeno lago, tocando a água e misturando-se ao reflexo das estrelas que empoçavam aos pés da maior árvore que Dimitria já havia visto.

Era um salgueiro gigante. Tinha a altura de ao menos dez vezes a caçadora, a largura de uma carroça, e seus galhos erguiam-se aos céus como centenas de braços em adoração. Uma folhagem verde e farta derramava-se deles e tocava a superfície da água, ondulando sob uma brisa suave que beijava a pele de Dimitria e provocava calafrios. Perto da árvore, os vagalumes pareciam multiplicar-se, decorando-a como se fossem pequenas velas entremeadas no fronde.

De pé sobre as raízes retorcidas, estava Denali.

A luz dos vagalumes suavizava a aspereza de sua expressão sempre desconfiada, rejuvenescendo a bruxa de tal forma que parecia uma adolescente. Não só a luz: o jeito com que ela acariciava o tronco do salgueiro como se fosse um velho amigo, murmurando palavras cujo som não se podia ouvir sob o coaxar dos sapos e trilar de grilos que enchia o local. Uma trilha de pedras marcava o caminho até a bruxa, relevos planos e cinzentos que apareciam sobre a água e criavam uma trilha precária pela qual Dimitria seguiu.

— Onde estamos? — perguntou, quando estava suficientemente perto da irmã. — E como você me trouxe até aqui?

— É a terceira vez que vê um Portal de Adelaide, Dimitria. Achei que já estivesse acostumada.

Ela refreou o impulso de revirar os olhos.

— Não respondeu minha outra pergunta.

Denali enfim a encarou. A aspereza voltou a seu rosto quando os lábios se crisparam em irritação, mas ainda havia aquela luz preciosa em seus olhos, o brilho amarelo dos vagalumes que os tornavam lanternas na penumbra.

— Este é meu santuário. É onde venho conversar com Cáligo. Ou Teresa, como era seu nome quando estava viva.

Dimitria arregalou os olhos ante a lembrança da história. Então era verdadeira. Ela olhou para o salgueiro com reverência renovada, pensando em toda a perda que fora necessária para que algo tão espetacular existisse.

— Ela é especial — retrucou Denali, como se lesse os pensamentos da irmã. — Suas folhas podem ser usadas para todo tipo de ritual. Sua seiva é curativa e tem propriedades mágicas. O casco consegue aguentar ataques de fogo e ácido. Foi dele que fiz meu cajado. É o segredo mais bem guardado de Marais-de-la-Lune.

— Segredo?

— Pode imaginar o que Catarina Duval faria com esse lugar se o conhecesse? — Denali torceu o nariz, dizendo o nome da capitã com desdém. — Chegaria com seus machados e venderia Cáligo pelo peso. Os maraenses não sabem conviver com o que é frágil.

— E você sabe? — Dimitria não conseguiu evitar o tom árido de suas palavras, mas era o que sentia. Era como se o salgueiro compelisse a falar a verdade, como se mentir em sua presença fosse desonrá-lo.

— Não comece. — A irmã respirou fundo, como se encerrasse o assunto. — Eu não te chamei aqui para brigar. Chamei porque preciso de sua ajuda.

— Ah, agora você precisa de mim — Dimitria cruzou os braços, um sorrisinho de vitória sombreando seus lábios.

— De qualquer um, na verdade. — Ela podia jurar que a pele negra do rosto de Denali, coberta pelas sombras da clareira, estava corada. — Quero fazer um ritual e nesse caso específico são necessárias duas pessoas.

— Como você fazia esse tipo de coisa antes?

— Nunca precisei de força o suficiente para matar um mago, Dimitria.

A caçadora hesitou um pouco antes de responder.

— Você realmente acha que essa é a melhor ideia, não é?

— Não há outra maneira. — A resposta veio rápida e cortante. — Enquanto ele viver, irá me ameaçar e, enquanto me ameaçar, viverei presa nesse pântano.

— Achei que você gostasse de estar "presa".

— Não comece — repetiu Denali, e Dimitria ergueu as mãos como quem se rende.

— O que você precisa de mim?

Denali explicou rapidamente os passos do ritual, que pareciam simples o suficiente. Ela desenharia símbolos de força no casco da árvore, de um lado, e Dimitria deveria recitar as palavras ritualísticas que apareceriam do outro lado.

— É só isso? — A caçadora ergueu uma sobrancelha, desconfiada. Em sua experiência, a magia costumava ser mais traiçoeira do que aquilo. Mas Denali assentiu, com uma expressão de pena que fez Dimitria sentir vergonha de ter perguntado. Ela não entendia nada sobre feitiços, e a irmã sim.

Ficou evidente a necessidade de uma segunda pessoa: a circunferência da árvore era ampla o suficiente para que, quando ela deu a volta e parou exatamente na frente de Denali, mas do outro lado, a irmã ficasse oculta atrás do tronco massivo.

Dimitria se posicionou o mais firmemente que podia por cima do tablado de raízes, e em seguida o som de uma faca sendo desembainhada cortou o ar. Ela não sabia como, mas era palpável que o som havia incomodado a árvore: uma sensação fria espalhou-se na clareira, e Denali murmurou palavras de carinho à traumatizada Teresa.

Em seguida, ouviu o raspar da ponta da faca contra o casco. Não imaginava qual seria o "símbolo de força" que Denali estava desenhando, mas, antes que pudesse se perguntar, palavras começaram a surgir entalhadas no casco à sua frente. Os riscos eram iluminados e amarelos como os vagalumes que as rodeavam, e Dimitria começou a recitar as palavras à medida que foram aparecendo.

— *Um gigante nevado e paciente. Branco e raivoso, feito de garras e dentes.*

A sensação fria da clareira fez morada na base do estômago de Dimitria. A suspeita do que Denali estava desenhando surgiu em sua mente, mas ela a ignorou, afastando-a como se fosse um dos mosquitos endêmicos ao pântano. A irmã podia não gostar dela, mas não faria isso, não é?

Dimitria continuou a ler.

— *Se esconde no inverno, míngua sem morrer. Toda primavera, volta a renascer.*

Não era possível. Dimitria trincou os dentes, engolindo em seco para tentar acalmar o coração que batia acelerado. As palavras emitiram mais uma vez um brilho suave, e desapareceram — e então as placas marrons de casco começaram a se rearranjar em uma forma que a caçadora conhecia bem.

Uma última frase surgiu abaixo da carranca que se formava.

— *Raivoso e letal, uma besta animal. Silencioso, cumpre o percurso...*

A madeira agora não era mais só madeira — era um focinho comprido e distorcido num esgar de raiva, um par de olhos malignos e amarelos, duas orelhas redondas em cima de uma cara animalesca.

— *O rei do inverno, a força de um urso.*

O urso de madeira rosnou, mostrando as presas afiadas e mortais, e de repente Dimitria não estava mais em Marais-de-la-Lune — seu corpo estava, mas sua mente tinha sido transportada para Nurensalem. Para o dia em que descobrira que Aurora estava sob os efeitos da maldição de Igor, o dia em que sua vida mudara para sempre.

Ela deu um passo em falso para trás, e seus pés escorregaram nas raízes. Vertigem, frio, e enfim — *splash!* — a água do lago espelhado a envolveu em um abraço frio e viscoso.

A água era uma mordaça gelada. Tinha gosto de moedas e pedregulhos, mas entrava pela garganta de Dimitria queimando como uma labareda. Ela se debateu debaixo da água, que era muito mais funda do que parecera, e seus braços ralaram contra as pedras compridas que erguiam-se como colunas do fundo do rio. Pelo canto do olho, uma silhueta ágil e cinzenta cruzou abaixo de Dimitria, e seu coração acelerou à imagem mental dos crocodilos que infestavam aquelas águas.

Ela tentou nadar, mas o medo — o pânico — tornava impossível que se impulsionasse para a superfície.

E então, algo a agarrou pelo colarinho — uma força inescapável que a arrastou para cima e para fora.

A mão invisível a jogou na grama que ladeava o pequeno lago formado pela bacia do Relier. Mesmo pinicando sob seu corpo e em sua garganta, a grama e o ar fresco eram um bálsamo frente à queimação agoniante da água. Dimitria tossiu incessantemente, tentando expelir cada gota do Relier que teimava em descer por seu esôfago.

Denali ajoelhou a seu lado, e a figura da bruxa ondulou na visão turva de Dimitria como se fosse um reflexo na água. Ela se apoiava no cajado, e talvez, se estivesse em um estado melhor, a caçadora teria percebido o olhar genuíno de preocupação em seu semblante franzido, ou o pulsar da magia no cajado que indicava que a havia tirado da água.

Da maneira que estava, porém, a raiva queimava qualquer impressão benévola.

— O que foi... — ela tentou dizer, em meio a tossidas e engulhos de ar — ... isso?

— Eu te disse — retrucou Denali, e havia uma pontada evidente de remorso em sua voz. — Um ritual de força. Agora estou pronta para matar Solom...

— Esquece Solomar por um maldito segundo. Você não me disse que eu ia ter que encarar um urso branco! Ou isso foi só um efeito colateral do seu *ritual*? — Dimitria procurou o olhar da irmã, desesperada para acreditar que havia sido um acidente. Mas antes mesmo que a bruxa respondesse, o olhar desviado e os lábios franzidos disseram tudo.

— Você fez de propósito — ela murmurou, rindo de escárnio e erguendo-se com dificuldade do chão. O riso provocava uma pontada de dor; fosse em seu pulmão quase afogado ou fosse em seu coração, ela não sabia dizer.

— O ritual precisava de um componente emocional — Denali respondeu em defensiva, e foi brisa suficiente para avivar a chama da raiva no peito da irmã. — Eu achei que...

— ... Que explorar uma das memórias mais dolorosas do meu passado fosse o melhor caminho? Poxa, querida irmã, eu fico lisonjeada que meu trauma tenha sido útil para alguma coisa!

Sua voz ecoava na clareira, e os berros voltavam para si com a força que Dimitria os lançava, mas ela não se importava.

— Eu não sabia que ia ser tão terrível para você, Dimitria, mas foi um mal necessário.

— Mal necessário? Você nem se preocupou em saber o tamanho desse mal! — Quando eram pequenas, haviam se engalfinhado em algumas brigas, e mais do que nunca Dimitria sentiu o instinto de derrubá-la aos tapas. Suas mãos ardiam, sua respiração estava rarefeita. — Se tivesse me perguntado, se tivesse me pedido, eu teria te dito. Teria dito que é demais pra mim, que eu ainda estou enfrentando o momento mais difícil da minha vida, que não estou pronta para reviver isso dessa maneira.

— É por isso mesmo que não perguntei. Eu precisava da força.

— Você precisava, você escolheu não perguntar. É claro, você é a única pessoa que importa. A única pessoa que está sofrendo, que jamais sofreu. Rolem os tapetes, pois a maior sofredora do mundo irá passar.

— Não sabe o que eu vivi...

— E nem você sabe o que eu vivi! — As gêmeas estavam a um centímetro uma da outra, e ainda assim berravam tão alto que a garganta de Dimitria ardia. — Afinal, eu sou um objeto para você, como todo mundo que cruza o seu caminho.

— Não é minha culpa que seu coração é fraco — Denali disse então, o olhar se transformando em aço.

Uma satisfação perversa subiu pelo peito de Dimitria, ardida como a mágoa que sentia. Sabia que havia atingido a irmã, e se odiava por isso na mesma medida.

— Ao menos eu tenho um — ela sibilou em resposta, e, mais do que o grito, aquelas cinco palavras ecoaram com uma enorme intensidade.

Denali não respondeu. Encarava Dimitria com uma mistura de desprezo e raiva que a caçadora só tinha visto antes no espelho, e um longo silêncio se estendeu entre as duas. O silêncio parecia transpor todos os anos que haviam passado separadas, todas as pequenas e grandes diferenças que haviam criado fissuras no que poderia ser uma relação.

No espaço daquele silêncio, Dimitria pensou em tudo que podia dizer se estivesse menos magoada, com o coração menos dilacerado, sem todas as memórias e todo o pânico tão frescos que pareciam ter acontecido alguns minutos antes. Mas ela não sabia como transpor aquela distância, como quebrar aquele silêncio.

E aparentemente, nem Denali. Ela bateu o cajado de cristal no chão, abrindo um portal de Adelaide sob as duas.

E em meio segundo, estavam de volta à casa dos Romero.

Dimitria nem ao menos olhou para trás enquanto batia a porta dos fundos da casa atrás de si.

* * *

A última pessoa que Dimitria queria encontrar naquele momento era Tristão — e ainda assim, era ele quem estava sentado na mesa de jantar dos Romero, um par de óculos encarapitado no nariz, debruçado sobre uma pilha de pergaminhos espalhados. Ele corrigia alguns números com expressão atenta, a cabeça apoiada na mão direita e a esquerda segurando a caneta com que distribuía comentários em vermelho.

Dimitria detestava admitir, mas ele estava bonito — com a pose de homem sério, a camisa branca e simples levemente amarrotada, de um jeito que o Tristão do passado jamais usaria.

Ainda assim, se havia um jeito de piorar aquela noite era com uma conversa longa sobre o que quer que Brandenburgo estivesse analisando — provavelmente, pedidos de mercadoria de seu pai, ou algo assim — ainda mais considerando que ela estava pingando da cabeça aos pés e com a expressão evidente de quem havia brigado. Dimitria tentou se esgueirar em silêncio, mas, assim que passou ao lado de Tristão, ele deu uma risada arrogante.

— Você nunca teve talento para surdina, Coromandel, e muito menos quando parece uma lontra desmamada. Inclusive, sabia que eles não comem carne de lontra aqui? É realmente um fim de mundo.

Dimitria segurou uma resposta mal-educada e deu apenas um aceno curto de cabeça.

— Eu realmente preciso dormir.

— Você mal está dormindo — Tristão disse, e enfim ergueu o olhar dos pergaminhos para encarar Dimitria com um brilho indecifrável nos olhos azuis.

— Você não deixa passar uma, não é? — Dimitria respondeu, a contragosto.

— Osha e Félix são distraídos demais para acompanhar o que acontece nessa casa, mas eu sempre fui treinado a ter a atenção de uma águia. Venha, sente um pouco. Tem uma toalha no armário.

Dimitria foi até a cômoda indicada por Tristão e apanhou uma toalha felpuda e macia com que começou a tentar secar os cabelos e o rosto. Tirou as botas ensopadas, um pouco envergonhada de ter marchado casa adentro com os sapatos sujos, mas Tristão não pareceu se importar. Ele estava quase no fim do pergaminho, e ao sentar-se do lado dele Dimitria percebeu que não eram pedidos de mercadoria ou nada do tipo: na verdade, havia uma série de números e contas escritos em um garrancho que tinha mais esforço do que precisão.

As anotações de Tristão eram inúmeras, decorando a página como bandeirolas, mas havia pequenos sorrisos desenhados ao lado de algumas contas e comentários encorajadores ao lado de certas respostas.

— Está ensinando matemática a Hugo? — Dimitria adivinhou, e ele deu um sorriso satisfeito.

— Alguém precisa fazê-lo nessa casa. Félix acha que ele é novo demais e detesta corrigir os deveres, não gosta que Hugo se sinta triste. Osha, por outro lado, é mais um espírito livre e detesta números. Tudo muito bom, mas o meu filho será herdeiro dos Brandenburgo e eu posso não ter acesso à carne de lontra, mas tenho a matemática.

Ela não conseguiu conter um sorriso.

— Parece bem rédea curta.

— Ah, isso? — Tristão riu ao indicar as marcações. — Hugo está bem avançado, na verdade. Gosta que eu o desafie. Puxou essa ambição de mim, eu acho. — Tristão estufou o peito como um pombo em acasalamento. — Sei que ele não tem nada meu, bem, biologicamente. Mas em certos casos, laços de ouro podem ser mais espessos que os de sangue, não é?

Dimitria engoliu em seco. Em seu caso, estava vazia — dos laços de ouro, representados pelo anel que um dia tivera planos de colocar em Aurora; dos laços de sangue, que a uniam a Denali. Sentia-se absolutamente perdida, e pelo olhar preocupado de Tristão, isso transparecia em seu rosto.

— Ah, sinto muito, Coromandel — ele atropelou as palavras, como se fossem formigas em sua boca. — Imagino que as coisas com Denali não estejam fáceis.

Realmente perceptivo, pensou Dimitria, sem ironia. Era tão evidente assim que ela era incapaz de formar um laço com a própria irmã?

— Achei que fosse ser mais fácil. Natural, até. Somos gêmeas, a gente deveria... deveria se entender, não é?

— Nem sempre o que esperamos das pessoas é o que elas podem dar — retrucou Tristão, com tanta calma que Dimitria se perguntou como ele havia aprendido aquela lição. — Não significa que não podem nos dar nada, ou que devemos abandoná-las. E sim que não somos o centro do universo delas.

— É fácil dizer isso quando você é o centro do universo de alguém. Mais de um alguém — Dimitria indicou, um pouco defensiva.

Tristão considerou por um momento, dando um meio-sorriso.

— Nem sempre foi assim. Você tem que se lembrar, afinal era o centro do universo do meu sol.

A caçadora deu uma risada.

— Qual é, Tristão, você não era apaixonado de verdade por Aurora. Ela sempre foi um troféu para você.

— Só porque eu sempre fui ensinado que o amor é um troféu, não significa que eu não o sentia. — Ele a encarou, tirando os óculos e limpando as lentes com cuidado no tecido da camisa. — Eu amava Aurora, da minha maneira estúpida e imbecil. Ela não me escolheu, e meu mundo não parou de girar por causa disso. Na verdade, eu conheci o amor como ele queria me encontrar. Por inteiro. Dado de bom grado. O mesmo amor que eu vi entre vocês duas, no dia em que meu pai me deserdou.

Dimitria ficou em silêncio, sem saber o que dizer. Tinha como regra não sentir pena de um Brandenburgo, ainda mais naquele caso específico. E ainda assim, havia certo sentido no que ele dizia, mesmo que fosse irritante como um besouro zumbidor.

— Você não precisa me escutar. O que eu quero dizer é que, da grande perda, pode vir um grande amor.

— A perda não significa nada — Dimitria retrucou, ainda triste. — A dor só acontece.

— Por Deus, eu não sou Osha para ficar dando significado às coisas — ele revirou os olhos e riu, afetuoso. — Não, o que eu quero dizer é que, se conseguimos seguir em frente, pode ser que o futuro nos encontre. E nos abençoe de novo. Mas precisamos seguir em frente.

Como seria, seguir em frente? O que custaria a ela? Será que ela poderia abrir mão daquele passado, do que achava que a vida devia ser, mesmo que se agarrasse a ele com unhas e dentes e toda sua mágoa?

Dimitria não sabia a resposta.

— Acho que é hora de dormir. Você tem um longo dia pela frente amanhã. — Tristão juntou os papéis na mesa, e a caçadora lembrou-se de súbito do que iriam enfrentar na lua de sangue. Solomar, Denali, Aurora. O ritual.

A poção verde pendurada no pescoço do mago.

— Tente dormir um pouco, Coromandel. Se um dia morrer em combate, quero que seja porque um espadachim loiro, bonito e muito talentoso enfim conseguiu vencê-la em um duelo. Não porque está caindo de sono.

— Nem nos seus sonhos, Brandenburgo — ela retrucou, mas deu um sorriso amigável quando ele a deixou sozinha na sala.

Talvez Tristão tivesse algum lado bom, no final das contas.

Capítulo 24

Dimitria acordou no dia seguinte após somente duas horas de sono. Ela estava debruçada sobre um prato de ovos mexidos, tentando curar a noite quase insone e a ressaca emocional da briga com Denali com um belo café da manhã, quando Osha desceu para encontrá-la, Hugo a tiracolo e Tristão a seu lado. A caçadora deu um leve sorriso e desejou um bom-dia, mas, em vez de respondê-la, Tristão foi direto ao ponto.

— E então, quando vamos encontrar o mago?

Dimitria franziu a testa.

— Aurora, Denali e eu vamos sair assim que o sol se pôr. A lua de sangue só nasce completamente à noite. Mas... — ela hesitou por um segundo. — Eu não quero que venha conosco. Solomar é perigoso demais e sua hospitalidade já tem sido mais que suficiente.

Tristão ergueu o queixo, a postura altiva.

— É precisamente por isso que devo ir.

— Filho, vá pegar o seu café da manhã. Papai deixou pronto na cozinha. — Osha beijou o topo da testa de Hugo, colocando-o no chão. — Vocês não podem ir sozinhas, Mitra. Tristão é o melhor espadachim de Marais. Ele vai com vocês.

— Não estaremos sozinhas — Dimitria suspirou fundo, uma onda de frustração misturando-se ao carinho que sentia pela amiga. — Osha, você não tem ideia do que significa pra mim, mas eu não posso colocar ninguém mais em perigo.

— Está insinuando que eu não posso proteger minha família? — Tristão ergueu uma sobrancelha arrogante. — Coromandel, você já me viu usando uma espada. Solomar não será páreo para mim.

Dimitria não sabia o que dizer, exasperada. Era fato que Tristão era um excelente guerreiro, embora ela gostasse de acreditar que suas próprias habilidades eram superiores. Mas ela não queria pedir mais da família de Osha.

— E Hugo? — O garotinho tinha acabado de voltar da cozinha, um pequeno prato de ovos mexidos nas mãos. — Suponho que ele também seja um excelente espadachim?

— Papai está me ensinando — Hugo disse, sentando-se ao lado de Tristão e dando um sorriso orgulhoso. — Ele falou que daqui a pouco vou poder caçar monstros sozinho!

— Exatamente, filho, e não é todo garoto que pode aprender com o melhor espadachim ambidestro de Marais. — Tristão bagunçou os cachos castanhos do menininho, e quando se voltou para Dimitria tinha a mesma expressão presunçosa no rosto. — E não seja tola. Hugo ficará em casa com Félix e Osha. Deus sabe que meu marido leva mais jeito com beignets do que com espadas.

— Félix sabe o que vocês estão oferecendo?

— Félix conhece bem o homem com quem se casou, Coromandel — Tristão retrucou. — Ele não escolheu um covarde.

— Tristão irá ajudá-las, Mitra. Vocês são família — Osha acrescentou e, pela expressão em seu rosto, não era um pedido. — E eu tirei as cartas. Tristão vai ficar bem, eu tenho certeza.

— Você não precisa fazer isso. — Dimitria encarou Tristão, séria, incapaz de dar tanto peso à sorte lida nas cartas quanto Osha.

Ele ficou em silêncio por um instante, fitando a caçadora, e toda a história que transcorrera entre eles pareceu passar no espaço daquele olhar.

— Eu tenho uma dívida a pagar.

Foi só então que Dimitria percebeu que, por trás da arrogância de Tristão, havia outro sentimento, que transparecia no jeito em que ele evitava o olhar da caçadora e baixava os olhos azuis, tão similar ao momento em que ele a abraçara e Dimitria sentiu o leve toque do déjà-vu.

Aquela era a maneira de Tristão pedir desculpas.

Dimitria quis dizer que ele não precisava colocar sua vida em risco, ao mesmo tempo que as palavras de Osha tocaram o seu coração, delicadas e tenras. Família, ela tinha dito, mesmo que só houvessem passado algumas semanas juntas. Mas Dimitria sentia a afeição que corria entre as duas, formada nas conversas no *Salmão Dourado*, nadando no Relier, ao redor de uma fogueira tostando marshmallows.

Talvez família fosse formada daquele jeito, também — não só através de laços de sangue, mas por meio de tempo e carinho.

Ela olhou Osha com cuidado — seus traços angulosos, a cabeleira ruiva, a pele amarela com suas feições escritas em caligrafia fina e delicada. Os olhos bicolores, que sempre estavam faiscando de humor e inteligência.

Mesmo Tristão — o homem que Dimitria desprezara — tinha sido mudado pelos Romero, ou talvez sua casca tivesse rachado e revelado algo a mais por baixo do filho mimado e arrogante de Clemente Brandenburgo. Uma mudança indelével, que fazia com que alguém que tinha sido o seu pior inimigo agora se oferecesse para arriscar sua vida por ela e Aurora.

Dimitria sabia que elas precisariam de ajuda. Mesmo com os poderes de Denali, ela ainda não tinha certeza de que seriam capazes de matar o mago — ou se deveriam fazê-lo. Ele era poderoso, astuto — *e mais que isso*, pensou Dimitria, lembrando do sonho da noite anterior, *ele sabe minhas fraquezas.*

Talvez ela não precisasse ser forte em tudo. Talvez, só precisasse de pessoas que cobrissem seus pontos cegos — que fossem escudo para as tantas fraquezas às quais Dimitria sucumbiria, se estivesse sozinha.

Ela assentiu lentamente, enchendo o peito de ar.

— Está bem. Mas tem que me prometer uma coisa. Quando voltar a Nurensalem, nada de ficar na mansão de seu pai. Quero que conheça o chalé dos Coromandel. Entendido?

Tristão sorriu, e um peso levantou-se do peito de Dimitria ao aceitar ajuda, ao que parecia ser a primeira vez de sua vida.

* * *

Passaram o restante do dia fazendo preparativos para a jornada. Aurora e Dimitria se evitavam em uma dança complexa, e Tristão praticava golpes de espada no quintal com Hugo, observado por um Félix que parecia igualmente amuado e orgulhoso. Dimitria estava limpando suas adagas quando Denali a encontrou, uma trouxa de tecido nas mãos.

A irmã pigarreou, e Dimitria voltou-se para ela. Denali tinha prendido o cabelo em tranças, e com o penteado as duas ficavam ainda mais parecidas. Doía olhar para ela, mas era bom — e, sob a luz do entardecer, quando as sombras no rosto de Denali ficavam mais suaves e difusas, Dimitria conseguia enxergar as feições de Hipátia.

A briga era um espaço quase intransponível entre as duas, tensa e gelada. Mas Dimitria não queria brigar de novo, ou revisitar aqueles sentimentos, e então resolveu engolir sua bravata e tratar a irmã com a mesma frieza desconfiada que ela lhe dispensava.

Não era um perdão, mas era uma trégua.

— Obrigada por comprar os ingredientes — Denali disse, hesitando por um segundo antes de continuar. — Eu fiz isso para você.

Dimitria pegou a trouxa de tecido e desfez o embrulho cuidadosamente. Dentro, havia um ramalhete de flechas pretas, cujas pontas de pedra tinham um padrão complexo de linhas — algumas azuis, outras alaranjadas e verdes.

— As azuis são flechas perpétuas — Denali disse, respirando fundo. — Não erram o alvo. Aliás nenhuma delas erra. Mas essas especificamente voltam sozinhas para sua aljava. As laranjas são flechas de fogo, que acendem quando você atira.

— E as verdes? — Dimitria examinou as flechas, sentindo seu peso bem distribuído e observando cada detalhe: o feixe de corda enrolado na base, as penas de pintassilgo para dar estabilidade. Embora fosse habilidosa com espadas e adagas, o arco e flecha era a arma de escolha de Dimitria, e ela sentiu excitação e medo ao observar os objetos mágicos e elegantes.

— São flechas de captura. Te mostro como usar depois.

Era a primeira vez em muito tempo que Dimitria segurava armas encantadas feitas especialmente para ela nas mãos, e a lembrança de Igor a invadiu como a fogueira incandescente do festival das luzes. Doía, mas ao mesmo tempo era quente e dourada.

O agradecimento que ela queria dizer ficou engasgado na garganta, fazendo pressão contra a língua de Dimitria, brigando contra a mágoa que ainda sentia. Ela puxou o ar, tentando encontrar palavras que fizessem jus àquele presente. Denali, porém, não esperou; a bruxa avançou alguns passos em direção a ela, apoiando a mão em seu ombro e encarando-a diretamente.

— Olha... eu não sabia que tinha uma irmã. Eu sei que te magoa o fato de eu não ser quem você quer que eu seja. Mas eu estou tentando ser quem posso ser, e espero que você entenda isso.

Dimitria assentiu levemente, sentindo a culpa invadir seu peito, e ainda assim querendo mais. Queria ouvir desculpas, queria que Denali reconhecesse o abismo entre as duas, queria que se responsabilizasse por tê-la usado. E da mesma forma, ela sabia que havia pedido demais da irmã. Sabia, também, que havia coisas que nada poderia compensar — como se compensa uma vida? Talvez não houvesse como — talvez, como as flechas que ela agora carregava, o passado fosse impossível de se reaver.

Talvez o único jeito de seguir fosse com a próxima flecha, e a outra, tentando acertar melhor o alvo a cada tiro.

— Obrigada, Denali — ela enfim conseguiu dizer, apertando os dedos ao redor das flechas encantadas. — É o melhor presente que você poderia me dar.

Denali a abraçando seria algo extremo, mas ela flexionou os dedos no ombro de Dimitria, apertando de leve, e foi quase como um.

— Dimitria? — A voz de Aurora interrompeu o momento, e ficou evidente que estivera observando as duas. Seu corpo curvilíneo estava vestido para a luta, calças bege e uma camisa de linho, tão solar quanto os cabelos presos em um rabo de cavalo.

— Vou deixá-las a sós — Denali disse, soltando a irmã com um leve rubor no rosto. — Me procure depois para que eu te ensine a usar as flechas verdes.

Aurora se aproximou, mantendo alguma distância de Dimitria e analisando suas feições com um olhar preocupado. Os olhares se encontraram ao que parecia ser a primeira vez no dia, e Dimitria deixou-se demorar um segundo na familiaridade que ainda existia ali, ignorando tudo que se passara apenas por um momento.

— Você pode ficar com Félix e Osha, se quiser — Dimitria disse, cuidadosa, odiando ver Aurora tão pronta para lutar; ela era tão linda que fazia a dor de possivelmente perdê-la florescer em espasmos em seu peito. Não que já não houvesse perdido Aurora, de certa forma, mas ao menos em corpo ela estava lá, viva e respirando.

Aurora revirou os olhos, como se a mera sugestão fosse ridícula.

— Eu não sou uma donzela em apuros, Demi.

— Eu sei.

— Então não me trate como uma. — Soou ríspido e tenso, e Dimitria ergueu as sobrancelhas. Ela estava cansada de brigar, cansada de correr em círculos e chegar a lugar nenhum, mas Aurora esticou a mão e segurou a sua.

— Ei. — Ela suspirou, o olhar cabisbaixo. — Me desculpe.

— Tudo bem — Dimitria retrucou, sem graça. — Nós duas estamos nervosas.

— Não. Me desculpe por tudo. — Aurora ergueu os olhos, e as olheiras sob seus olhos denunciavam igualmente a noite maldormida, assim como Dimitria. — Eu percebi que não tenho tido cuidado o suficiente com você.

A caçadora ficou em silêncio, ciente do toque em sua mão.

— Posso não sentir exatamente o que você sente, mas sei o que você perdeu. Meu diário contou cada detalhe. E não deve ter sido... — ela se corrigiu — Não deve estar sendo fácil lidar com tudo isso. Especialmente sozinha.

Dimitria quis se desfazer em lágrimas, quis partir o peito e deixá-las correrem como uma cachoeira. Não o fez, mas apertou com mais força os dedos de Aurora, querendo senti-la.

— Não é que eu não queira recuperar tudo, Demi. Eu... Eu só tenho medo. Pelo meu próprio relato, eu quase morri. E estar do seu lado, ver você sorrindo, tudo isso é tão bom que eu não quero arriscar.

O que ela estava dizendo? A respiração de Dimitria ficou trêmula, e ela quase desviou o olhar de Aurora — era como encarar o sol, e ardia em seus olhos.

— Mas ao mesmo tempo, não quero tomar essa decisão sozinha. A última coisa que me lembro é de ter desejado você mais do que qualquer coisa que desejei antes. Me lembro dos seus lábios contra os meus, me lembro da luz no seu cabelo, da sensação das suas mãos na minha cintura. Me lembro de te achar a mulher mais linda que eu já vira, de toda a admiração que eu já sentia por você, e isso foi um único beijo. Eu não posso imaginar o que veio depois, mas sei que ficamos juntas. E não quero perder isso, entende?

Dimitria entendia. Ah se entendia. Era aquele entendimento que digladiava com sua vontade egoísta e infantil de ter tudo de volta num piscar de olhos, como se os últimos dois dias não passassem de um sonho ruim. Ela quase conseguia ouvir seu coração terminando de se partir, quebrando em mais pedaços ainda do que havia.

Mas Aurora estava pedindo desculpas, e era tão bom não estar brigando — era tão bom poder conversar com ela, poder ouvi-la abrir seu coração, que quase afastava o medo e a dor que Dimitria ainda carregava no peito.

Quase.

— Você me perdoa? Eu te peço paciência, Demi, mas quero resolver isso com você. Não sem você.

Dimitria assentiu lentamente. Ela queria beijá-la, mas não sabia se seria apropriado, e em vez disso concentrou tudo o que tinha no toque que conectava as duas, nos dedos entrelaçados que uniam sua mão com a da pessoa que ela mais amava no mundo. Talvez não fosse o suficiente, mas teria que ser, pois era tudo que podia dar naquele momento, quando estava tão perdida entre a dúvida, o medo, a desesperança — e aquele amor, que era atordoante como o sol, e tão doloroso quanto.

— É lógico que eu te perdoo, Aurora — ela enfim disse, e as palavras foram tristes e acalentadoras ao mesmo tempo. — Eu jamais enfrentaria Solomar sem te perdoar antes. Eu não quero brigar, não mais.

Foi tanto pedido quanto uma súplica.

Por um momento, foi como se as duas fossem se beijar — mas mesmo aquele pedaço de sinceridade parecia incapaz de transpor a enorme distância que se estendia entre elas. Ainda assim, pela primeira vez desde que Aurora tomara a poção, Dimitria sentiu uma gota de carinho — que, em seu coração seco e desiludido, mais se assemelhava a um oceano.

*　*　*

Quando a noite caiu, elas estavam prontas.

Aurora e Denali tinham terminado de colocar tudo de que precisavam no barco, e Tristão se despedia de Félix e Osha em um abraço apertado. O padeiro tinha a expressão temerosa que Dimitria vira em seu belo rosto durante toda a tarde, e encarava o marido com um olhar de alguém faminto olhando um prato de beignets.

— Por favor, tome cuidado. Me prometa que vão tomar cuidado.

— Eu li o futuro dele, docinho — Osha tranquilizou Félix, mas pelo seu tom parecia estar tranquilizando igualmente a si mesma. — Ele vai ficar bem.

— Meu amor, eu também quero voltar para você, fique tranquilo. E eu fui o melhor guerreiro de Nurensalem por anos. Não precisa se preocupar. — Tristão beijou o rosto do marido, aninhando-se em seus braços por alguns instantes. — Irei nos proteger, e estarei de volta assim que você e Hugo acordarem.

— Hugo não vai dormir essa noite, eu tentei colocá-lo na cama e ele não parava de falar. Na verdade, ninguém vai dormir — Félix retribuiu o beijo e puxou Tristão pela cintura, sem querer que se afastasse. — Tudo isso é um plano maligno para que eu aceite expandir a loja de beignets, é?

— Olha, agora que você mencionou. — Tristão sorriu, uma expressão tão apaixonada em seu rosto que Dimitria quase riu. Era estranho vê-lo tão rendido por alguém, mas ao mesmo tempo cabia perfeitamente no Tristão que Dimitria passara a conhecer nos últimos dias. — É brincadeira, meu amor.

Osha alisou as lapelas do casaco de Tristão, procurando por partículas invisíveis de poeira. Ela era tão corajosa e cheia de vida, mas o olhar com o qual encarou seu marido, em uma mistura de medo e pesar, fez com que parecesse anos mais nova — uma criança, temerosa e frágil.

— Eu te amo, Tris. — Osha disse, beijando-o com cuidado, como se quisesse memorizar aquele rosto.

— Nós te amamos — Félix disse, e depositou um último beijo nos lábios de Tristão, respirando fundo antes de se voltar para Dimitria, Denali e Aurora.

— Cuidem do meu coração, Nortenhas. E por favor, voltem em segurança — ele sorriu de lado, gentil e faceiro — eu gosto de vocês também.

Dimitria retribuiu o sorriso e fez uma promessa a si mesma de retornar com Tristão são e salvo, ou ela não se chamava Dimitria Coromandel.

Além do mais, se alguém fosse matar um Brandenburgo algum dia, que fosse ela, e não um mago desavisado.

O céu estava diferente naquela noite — em vez das manchas rosas e laranja do crepúsculo, o dia estava se desfazendo em tons de roxo, como se o vermelho da lua de sangue estivesse derretendo e espalhando-se pelo céu. Ainda não havia sinal da lua — era pelo menos uma hora de viagem até a nascente do Relier, e provavelmente o mesmo tempo até seu nascer completo. Ainda assim, o tempo escorria pelos dedos como areia em uma ampulheta, e Denali subiu no barco, chamando o grupo.

— Está na hora.

Dimitria entrou primeiro, observando o canal enquanto os outros embarcavam. De certo modo, seu coração se encontrava no mesmo estado das águas do Relier, espalhando-se em todas as direções sem saber qual era o melhor caminho, escondendo medo e temor por baixo de uma superfície aparentemente tranquila. Dimitria observou Denali, analisando os remos com postura de quem sabia o que estava fazendo, e Aurora, cuidado e hesitação escritos nos gestos delicados. Por um lado, elas estavam a seu lado, não estavam? Não eram, de fato, quem Dimitria queria que fossem — e, ao mesmo tempo, podiam ser um futuro, se Dimitria estivesse disposta a aceitá-lo.

E ainda assim havia a dúvida, que sussurrava na voz de Solomar e sugeria o impensável para Dimitria. Se houvesse uma maneira de salvar as memórias de Aurora — se houvesse um jeito de reverter toda a injustiça que havia acometido Dimitria — será que ela teria coragem de abandoná-la?

Será que o passado seria mais forte do que o futuro?

Era nisso que Dimitria pensava, seu coração distante e arrefecido, quando Tristão e Denali começaram a remar na direção do seu destino.

Capítulo 25

Enquanto navegavam até a nascente do Relier, a cadência frequente do remo contra as águas cada vez mais escuras lembrava Dimitria do tempo. O pequeno barco desbravava curvas e quebras do rio, sendo levado tanto pela corrente que tornava o rio algo vivo quanto pelo remar constante de Tristão, que mantinha os olhos fixos no horizonte e se deixava guiar pelas instruções precisas de Denali.

De certa forma, era assim que havia caminhado até aquele momento. Remando na direção que o canal de sua vida conduzia, escolhendo por quais afluentes iria seguir, recusando caminhos que levavam a direções desconhecidas. E ainda assim havia uma corrente que puxava seus pés, que a levara até aquele minuto. Às vezes, a corrente era sonolenta, suave — e às vezes era inevitável e impossível de resistir, como a gravidade puxando as águas de uma cachoeira.

Ela pensou em sua vida e em como, mesmo quando havia tentado escolher um caminho, as correntezas a levaram até Aurora, de novo e de novo, de forma tão inevitável que ela teria sido tola de resistir. E pensou em como, mesmo quando a corrente havia rareado, mesmo quando parecia fraca, ela continuara remando na direção dela, unindo seus caminhos como fitas entrelaçadas.

Havia outra semelhança do Relier com sua vida: um rio não fluía para trás, não importava o quanto de esforço fosse feito. Bóris van Vintermer havia gasto sua riqueza procurando um jeito de contornar a correnteza, contrariar a lei que dizia que a fluência do rio deveria ser obedecida. Dimitria pensou em como o tempo obedecia à mesma cadência, seguindo do passado em direção ao futuro sem ser domado ou interrompido.

Uma silhueta escura ondulou na água ao seu lado, e Dimitria estremeceu, pensando em Aurora, e em suas memórias perdidas nas profundezas de um rio.

O Relier cortava a planície como uma serpente, desacelerando nas curvas e ficando mais faceiro nas poucas retas, desdobrando-se à medida que o domo de céu escurecia. O horizonte era alto ali, oculto por trás dos salgueiros que ladeavam a beira do rio, e o céu estava carregado de nuvens pesadas, que escondiam as estrelas e o nascer do luar.

Ainda assim, Dimitria via uma luz pálida e vermelha começando a surgir por trás das nuvens, uma moeda cujo brilho se misturava ao céu e sangrava em tons de carmim e roxo.

Denali dissera que a lua de sangue não era um mau presságio — era apenas um catalisador de magia, uma lupa que atraía a força mágica para si e a ampliava — mas a simples silhueta vermelha provocava uma sensação de inquietação na caçadora, fazendo-a se sentir como um seixo afundando sob as águas do rio. Impotente, pequena; mais que isso, fazia-a se sentir como se estivesse encarando o próprio fim.

Mesmo sem ter nenhuma gota de aptidão para magia no sangue, era inegável para a caçadora que a lua vermelha trazia alguma coisa para a superfície, sublimando a magia em um vibrar constante no ar, que se misturava ao trilar dos grilos e pássaros, e parecia atingir outro sentido que não a audição. A sensação ardia na língua de Dimitria, fazia coçar garganta e olhos, e vibrava em seu peito, expandindo-se aos poucos quanto mais a lua ficava em evidência.

— Como o rio nasce no Sul? — A pergunta se formou de súbito em sua mente, e Dimitria se virou para Denali, a testa franzida. — Não deveria ser ao contrário? Ele deveria descer, do Norte ao Sul.

— A verdadeira nascente do Relier fica em Ororo. Perto de onde você veio — Denali respondeu, depois de indicar mais uma virada para Tristão.

— Então como...?

— Você está pensando na nascente de água. Solomar está na nascente de magia, onde toda força mágica do pântano se concentra e se espalha, pulsando como um coração. É o ponto mais baixo do rio.

Isso explicava o porquê de o barco estar cada vez mais rápido, mesmo que Tristão continuasse remando com a mesma cadência.

— E como ele pretende usar a magia? — Dimitria encarou a irmã, admirando em silêncio seu perfil altivo e sério.

— Matar um ser mágico exige energia. E para que alguém consiga carregar toda essa energia sozinho é necessário que expanda seu próprio limite de magia. Então o ritual consiste em drenar a força vital de coisas menores, usando a lua para transformar isso em mágica.

Um calafrio percorreu as costas de Dimitria.

— O que seriam "coisas menores"?

Denali deve ter percebido que a sobrancelha de Dimitria se erguera em desconfiança, pois explicou após uma pequena pausa.

— Coisas vivas. Cabras, cervos. Qualquer ritual de magia demanda um sacrifício. A força vital que corre em todos nós é um condutor de magia, então quando eu escrevi o ritual tive que levar isso em consideração.

Pensar em sacrifícios de magia lhe fazia, inevitavelmente, pensar em Igor, e Dimitria engoliu em seco. A vibração em seu peito ficou mais forte, subindo pela garganta, e em seu desconforto ela procurou a mão de Aurora — que, após um segundo de surpresa, retribuiu o gesto.

Seus olhares se encontraram, e Dimitria saboreou os vincos conhecidos que se formavam no cantinho dos olhos de Aurora, a curva de seu quase sorriso.

— E qual é o plano? — Aurora indagou, fitando a bruxa com curiosidade. — Quando ficarmos frente a frente com ele?

— Dimitria irá prendê-lo assim que ele estiver distraído com o ritual, e eu que terminarei o ritual no lugar dele. E então, vou matá-lo, e acabar de uma vez com tudo isso.

Aurora assentiu, trocando um olhar sério com Dimitria. Ela sentia a exaustão das noites maldormidas abater-se por cima do medo e da angústia, bem como as palavras de Solomar, que por mais que ela tentasse esquecer continuavam sussurrando em sua mente. Se ela renunciasse Denali, se abrisse mão do laço que as unia, Aurora poderia ser sua de novo. Isso se Solomar estivesse falando a verdade, o que, considerando seu histórico, era pouco provável.

Denali. Aurora. Solomar. Igor. Os rostos se revezavam na mente de Dimitria, insistentes e assustadores, mudando de expressão enquanto ela mudava de ideia. Dimitria sempre tinha tido certeza do que queria, de quem era — e agora se sentia tão à mercê das circunstâncias quanto o barco que seguia a correnteza.

Não havia tempo para pensar. De repente, eles estavam quase chegando.

Denali fez Tristão parar alguns metros adiante, atracando o barco antes da dobra mais severa do rio. Ali, a margem se elevava em uma inclinação suave, que descia do outro lado até uma planície distante. O rio continuava ali, e suas margens delineavam um espaço amplo e curvo, como a ponta de uma forca. À distância era possível ver três silhuetas caminhando e ajustando pedras em um terreno de grama adjacente ao rio.

Dimitria não precisava chegar perto para saber quem eram. Um dos encapuzados era mais alto e magro, o outro gordo, e o terceiro supervisionava o movimento dos aprendizes.

Desceram do barco em silêncio, aproveitando de sua posição oculta pelo barranco para aproximar-se da planície redonda. A vegetação era espessa ali, salgueiros e mangues debruçando-se sobre o rio e criando um labirinto de galhos e folhas que escondia os movimentos do grupo.

A escuridão dificultava a caminhada, mesmo que Dimitria estivesse acostumada a caçar na calada da noite, mas com alguma perícia conseguiram chegar a uma distância razoável de Solomar e seus aprendizes, até um ponto que lhes dava alguma vantagem.

Uma brisa quente cortou o ar, beijando a nuca de Dimitria e provocando-lhe um calafrio, e a camada de nuvens se abriu como uma casca de ovo, a gema vermelha e luminosa da lua cheia derramando-se na abertura.

As três figuras encapuzadas terminaram enfim de organizar as pedras em um padrão circular e se encaminharam para o centro do círculo, aguardando novas instruções.

A luz da lua era brava, recortando sombras com precisão de holofote, e, quando Solomar afastou o capuz, seus cabelos loiros pareciam feitos de fogo. Faela e Tiago fizeram o mesmo.

— Vai começar — Denali sussurrou, agachada ao lado de Dimitria.

Solomar estendeu as mãos, e os raios da lua envolveram seus dedos e punho, banhando a pele do mago e intensificando-se, como se ele estivesse transformando a luz em algo físico e palpável. A luz escorreu por seus braços, empoçando-se no chão em um arco líquido e unindo as pedras que os aprendizes haviam alinhado em um anel de luz. A luz também banhou Faela e Tiago, solidificando-se em colares gêmeos de magia vermelha ao redor de seus pescoços.

— Que a lua me dê força. Que o céu se abra para derramar sua magia sobre mim, e que eu a receba em meu sangue, meus ossos, meu espírito — disse Solomar, com a respiração entrecortada.

Dimitria armou o arco, encaixando uma flecha verde na rampa e tensionando a corda. Uma sensação vibrante espalhou-se por seus dedos — não era de todo desagradável quando vinha de sua arma, e Dimitria sucumbiu à força que corrigia seus movimentos por alguns centímetros. Ela estava exausta, e não tinha certeza de que seria capaz de acertar se não fosse a mira mágica que apontava a flecha diretamente para o joelho de Solomar.

Ao seu lado, o som de metal contra metal e passos na grama a fez entender que seus companheiros estavam desembainhando suas próprias armas — o cajado de Denali, uma espada de Tristão, e, no caso de Aurora, o florete curto com o qual ela havia praticado.

Dimitria tentou não pensar no quanto ela ficava linda empunhando um florete.

Solomar continuou com uma mão espalmada em direção aos céus. Tirou um livro de dentro das vestes — o grimório de Denali, ao que parecia — e o abriu cuidadosamente com uma só mão. Quando afastou as bordas de sua capa, porém, o brilho do frasco de poção reluziu com um reflexo vermelho, balançando sedutoramente.

A cobiça emanava quase tão intensamente quanto a magia, e Dimitria não conseguia parar de olhar o frasco de poção, que oscilava como um pêndulo.

A voz de Denali soou por trás de sua nuca, sussurrante e urgente.

— Agora, Dimitria.

Dimitria tensionou a corda, mas suas mãos estavam trêmulas e vacilantes — de exaustão, de medo, de dúvida. A flecha escapou por seus dedos, caindo no chão, e, no momento em que Dimitria ameaçou pegar outra flecha, Solomar fechou a mão livre com violência.

Os colares de magia no pescoço dos aprendizes apertaram contra a pele exposta. Faela começou a engasgar, e Tiago correu para ajudá-la, ajoelhado às margens do Relier — mas ele próprio estavam sem ar, asfixiado pela magia da lua de sangue.

Com um som nauseante de carne sendo cortada, ambas as cabeças caíram ao chão, separadas dos corpos dos aprendizes.

O sangue — real, dessa vez, espesso e quente — regou o chão, vertendo em poças escuras e pegajosas, e os corpos caíram nas profundezas do rio.

Dimitria ficou paralisada de choque. Ela quis gritar, quis falar qualquer coisa que encerrasse a finalidade daquele momento, mas estava congelada pelo vermelho do sangue, que sob a luz do luar parecia preto e viscoso, e se espalhava em rios caudalosos pela planície.

— Não! — Denali ergueu a voz, mas Solomar não a ouviu: estava em um transe intenso pelo ritual, como se não houvesse mais nada no mundo.

Os raios da lua começaram a ganhar matéria, peso, e se enrolaram ao redor do braço de Solomar, formando uma lança branca como osso no lugar onde antes havia seus dedos.

— Achei que era difícil matar pessoas mágicas? — Dimitria retrucou, pânico em sua voz, e apanhou uma nova flecha.

— Quanto menos magia, mais fácil. E ele tem o poder da lua a seu favor — Denali arfou, trocando o cajado de mãos.

Dimitria sentia o olhar de todos — Aurora, Tristão, Denali — sob si, e tentou afastar a sensação de remorso e medo, ignorando o coração que martelava no peito. Seus sentimentos já haviam custado demais. Ela encaixou a flecha verde no arco mais uma vez, mirando em Solomar, ignorando a exaustão que vibrava dentro de seu crânio.

Dessa vez, não hesitou. A caçadora deixou que a magia corrigisse seus movimentos, puxou a corda para trás e soltou — sentindo as penas escaparem por seus dedos quando a flecha voou.

Em pleno voo a flecha se dividiu em três, e uma rede esverdeada — que parecia feita de algas do pântano — se expandiu de seu cabo, exatamente como Denali havia mostrado.

A rede atingiu Solomar e envolveu seu corpo, prendendo os braços e pernas do mago em uma armadilha inescapável. Ele gritou, tentando afastá-la de si com a lança de osso, mas era tarde: o projétil tripartido da flecha se uniu novamente, formando uma ponta única e prendendo Solomar com destreza. Só o seu braço com o grimório estava para fora da rede encantada, que parecia apertar a cada movimento de protesto do mago.

Os quatro correram até a planície, e Dimitria tentou não olhar para o sangue de Faela e Tiago quando chegaram perto de Solomar.

— Chega — Denali o encarou com frieza, apontando o cajado para ele. — Isso acaba hoje.

Solomar a ignorou, encarando Dimitria em vez da irmã. O coração da caçadora martelava no peito, ardendo como brasa, aceso tal qual a lua que brilhava acima da planície.

— Você sabe o que tem que fazer, Coromandel. Eu sou sua única chance, você vai desperdiçá-la?

Dimitria ofegava — de medo ou ódio, ela não sabia, pois os dois sentimentos eram parecidos demais em seu coração. Ela encarou aquele rosto desprezível, cujas linhas frias e duras haviam assombrado seus pesadelos, e desejou que fosse mais fácil — que a resposta de matá-lo fosse muito mais óbvia do que a possível esperança de recuperar as memórias de Aurora, escondida tão perto do peito oco e vazio de Solomar.

Ela desejou muitas coisas naquele momento, e todas se misturaram em pânico e desespero, amargo e ácido em sua boca.

Denali arrancou o grimório das mãos de Solomar, e, mesmo focada no mago, a caçadora podia ouvir as palavras do ritual derramando-se da boca da irmã enquanto ela tentava clamar a magia da lua de sangue para si.

— Que a lua me dê força...

— Você matou seus aprendizes — Dimitria disse, tentando ganhar tempo. Um sorriso cruel surgiu no rosto de Solomar.

— Você não faria a mesma coisa se isso lhe trouxesse tudo o que mais quer? Se significasse que você finalmente pode parar de ter medo? O que é uma vida perto da certeza de que seu coração pode, enfim, descansar?

Dimitria não entendia o tipo de inveja que motivava o mago, mas entendia, talvez, o desespero de ter algo tão próximo que pudesse tocar — e ainda assim impossível, perdido para sempre. Ela jamais entenderia o que fazia um jovem talentoso e cheio de promessas amaldiçoar uma garotinha com planos e uma família, mas bastava um olhar furtivo para Aurora — que a encarava apreensivamente, as mãos segurando o florete com uma inocência tocante, o olhar que era ao mesmo tempo tão seu e tão estranho — e entendia que o maior desejo de um coração poderia levar alguém a fazer o impensável.

Não importava, agora. Era tarde demais, e Dimitria sabia disso, sabia que ela não era capaz de fazer a escolha que mudaria tudo — e ainda assim a desejava ardentemente.

Denali mataria Solomar, e a poção se desfaria em cinzas perdidas e inúteis. Dimitria manteve os olhos no mago e ergueu uma adaga na direção dele: a rede das flechas não seria capaz de segurá-lo para sempre. Solomar se debatia, tentando se soltar enquanto havia tempo.

O som de algo perturbando a água fez com que a caçadora virasse para trás. Havia alguma coisa saindo — alguma coisa que se movia sob a superfície e começava a despontar sobre as ondas escuras que ladeavam a planície.

Uma silhueta escamosa e disforme avançou para fora do rio, cambaleante a princípio, mas mais certeira à medida que rastejava na grama. Dimitria quis gritar, o coração batendo descompassado.

Aquela criatura não era igual a nada que ela tinha visto antes.

Era Tiago — ao menos, havia sido Tiago um dia, mas seu corpo estava misturado ao corpo torpe de um crocodilo, formando uma mistura macabra e antinatural, cujas costuras malfeitas eram coisas saídas de pesadelos. Era enorme — ao menos dois metros de altura, e cheio de escamas e garras, e dentes absolutamente letais.

Ele avançou diretamente para Aurora.

Se mexia tão rápido quanto os crocodilos reanimados de Denali, mas havia uma violência assustadora em seus movimentos — e quando seus dentes rasgaram o ar, estalando com ódio, a caçadora soube que Aurora estava em grave perigo.

Dimitria nem ao menos pensou em continuar vigiando Solomar. Seus instintos vieram à tona, impossíveis de serem ignorados, mais poderosos que qualquer exaustão. Ela precisava proteger Aurora.

Armou uma flecha laranja, e atirou na direção de Tiago.

A ponta da flecha se deflagrou em uma chama e atingiu em cheio o flanco da besta. Ele urrou de dor com um som gutural e rouco, mas o fogo consumiu-se em um segundo, desfazendo-se sem espalhar por suas escamas molhadas. Dimitria largou o arco e apanhou sua adaga, sabendo que estava longe demais, lenta demais.

Aurora esticou o florete na direção de Tiago, brandindo-o com a postura perfeita, mas ele o partiu ao meio com os dentes.

Ele deu o bote, as presas reluziam o vermelho da lua de sangue.

O som de dentes batendo contra metal soou pela clareira. Tristão interceptou seu movimento, a espada erguida em riste e expressão triunfal. Tiago guinchou, girando o corpo para atingir o espadachim com a cauda, mas Tristão foi mais rápido, cortando-a com um golpe eficiente.

O crocodilo urrou de dor e ódio. Dessa vez, o bramido misturava-se com a voz humana que Tiago um dia tivera, e o som provocou náuseas em Dimitria. Ainda assim, Tristão abriu um sorriso orgulhoso. Ele se colocou na frente de Aurora, protegendo-a, e uma onda de gratidão irritada por ele e sua espada ridícula inundou Dimitria.

Ele estocou novamente, traçando um arco agressivo no ar, e sua espada abriu um talho sangrento no flanco do crocodilo, cortando através de escamas e pele. Tristão avançou para cima de Tiago, até que estivesse perto da borda, e então desferiu o último golpe — enterrando a espada na garganta do monstro e empurrando-o para dentro da água com um chute.

Tiago agonizou por alguns segundos, e Dimitria prendeu a respiração ao vê-lo arrefecer — e então, desapareceu, engolido pelo Relier.

Tristão estava ofegante, mas ainda sorria, e se virou para Dimitria e Aurora com um sorriso no rosto.

— Está vendo, Coromandel? — ele disse, arrogante como sempre — eu disse que conseguia...

Da escuridão das águas, Faela surgiu — tão disforme quanto Tiago, mas maior e mais violenta. Ela avançou pela lateral de Tristão mais rápido do que Dimitria pode falar, e seus dentes se fincaram diretamente no braço oposto ao da espada.

Por um momento, o rosto de Tristão manteve-se congelado. Dimitria abriu a boca para dizer alguma coisa, qualquer coisa — mas era tarde. Náusea se espalhou por seu corpo, e tontura — havia sangue, tanto sangue que cobria o braço e a lateral do corpo de Tristão em um banho carmim. Aurora gritou quando ele ficou mole, seu rosto branco e fixo em uma expressão de surpresa.

Ele caiu ao chão. Faela abriu as presas para mordê-lo de novo, e Tristão ofegou — de medo ou dor, era impossível saber.

— Tristão! — Dimitria gritou, correndo até ele, mas Faela impedia que se aproximasse.

Ele ergueu os olhos para Dimitria, suor frio escorrendo pelo rosto. Com o que parecia ser todo o esforço do mundo, ele puxou a espada para trás, ganhando impulso. Dimitria pensou na promessa que fizera a Félix e Osha — mais uma promessa que, aparentemente, não poderia cumprir, pesando em seu peito como marfim.

Tristão jogou o peso do corpo para a frente, ficando a espada no céu da boca aberta do crocodilo.

Ele enfiou a lâmina para dentro, arfando, e Dimitria soube que mesmo aquele gesto estava custando cada segundo de consciência que ainda tinha. A lâmina deslizou até que a carne do crocodilo encontrasse o punho da espada, e sangue escuro e brilhante como óleo vertesse pelo braço de Tristão.

Ele caiu ao chão de joelhos, a espada vindo junto. O ferimento aberto fez jorrar ainda mais líquido vermelho por cima de Tristão, e Faela debateu-se em agonia, afastando-se do grupo e desaparecendo novamente sob as águas do Relier. Ela não parecia estar morta, mas quando se afastou, Dimitria enfim conseguiu se aproximar de Tristão.

Aurora correu até os dois, largando o florete e ajoelhando a seu lado. Ela o segurou pelo torso para que ele não caísse na água. Tristão ofegava de dor, respirando com dificuldade, o olhar perdido no céu escuro e ensanguentado que cobria a noite.

— Tristão, por favor. — Aurora segurou seu rosto, e Dimitria engoliu em seco. Ela reconhecia a morte quando a via, e estava escrita no olhar opaco e distante, em seu rosto pálido e frouxo, quase como se Tristão estivesse dormindo. Havia sangue demais escorrendo dele, banhando-o em uma poça escura e vermelha. *Como os cabelos de Osha*, Dimitria pensou, lembrando do último beijo dos dois. Lembrando, mais do que tudo, da promessa que fizera a ambos.

Tristão deu um último suspiro — calmo, talvez pela primeira vez em sua vida — e desfaleceu na grama manchada de sangue e promessas quebradas.

Capítulo 26

Se Dimitria achava que as coisas não podiam piorar, estava errada.

A primeira coisa que percebeu foi que havia algo errado no ritual de Denali. Ela continuava repetindo as palavras do grimório de maneira febril, mas a luz da lua se derramava preguiçosamente sobre seus braços, e não com o vigor que havia coberto Solomar. Uma lança de osso estava começando a se formar em sua mão esquerda, mas o processo era lento demais.

A segunda coisa que Dimitria percebeu é que Solomar havia conseguido enfim se livrar das flechas, e avançava diretamente para a bruxa.

Sua lança tinha o dobro do tamanho da de Denali, e a ponta brilhava perigosamente com os raios vermelhos do luar solidificados em osso e magia. Não era a arma completa — isso era evidente pela mistura de osso e músculo com raio de lua que ainda se fazia presente no braço do mago — mas nem por isso parecia menos letal.

Dimitria ficou paralisada por um instante, agachada ao lado do corpo de Tristão e de uma Aurora trêmula e assustada. A superfície do Relier ondulava de forma suspeita, e a caçadora sabia que a fome de Faela logo se sobreporia à dor.

Solomar segurou a lança mágica com as duas mãos e a apontou para Denali. Deixar Aurora desprotegida era a última coisa que Dimitria queria fazer.

Aurora estava assustada, mas não era indefesa. Havia um desafio escrito nas linhas severas que rodeavam seus olhos, no brilho feroz que emanava das orbes verdes. Por muitas vezes Dimitria havia dado voz ao impulso de protegê-la, contando para si mesma a história de que Aurora precisava de alguém que o fizesse. Naquele momento, porém, tudo o que enxergava era uma jovem cheia de força e coragem.

Ela abriu a boca para dizer o que ia fazer, para explicar o porquê precisava deixá-la, mas não foi necessário falar nada. Aurora se inclinou na direção de Dimitria, seguindo o magnetismo que unia as duas com a segurança de quem conhecia o caminho, e a beijou — leve, rápido, com gosto de suor e medo, mas um beijo que incendiou o peito de Dimitria e lhe encheu de uma coisa para a qual ela não tinha nome.

— Eu sei o que você tem que fazer — Aurora disse, encarando-a, ancorando seus olhares em uma prece muda. — Eu vou ficar bem.

Se Dimitria acreditava naquilo era outra história, mas ela soube, naquele momento, que tinha que acreditar.

A caçadora correu até Solomar, que avançava na direção de uma Denali absolutamente exposta.

Dimitria se colocou entre Solomar e a irmã, batendo a adaga que a acompanhara durante toda viagem contra a lança branca. O eco metálico de osso batendo contra a lâmina reverberou pelo braço da caçadora, mas ela não arredou pé, pressionando o corpo contra Solomar.

Ele estava imbuído de poder, coberto pela camada vermelha e espessa da magia da lua de sangue, e girou a lança de osso em uma velocidade sobrenatural. A lateral da lança bateu contra o corpo de Dimitria, e ela caiu ao chão, uma dor intensa espalhando-se por seu peitoral. Solomar ficou em cima dela, apontando a lança para seu coração, e por um momento o mundo desacelerou quando ele retraiu a arma para atingi-la em cheio.

Mas Dimitria não era considerada a melhor caçadora do Cantão da Romândia por nada.

Ela rolou para o lado, evitando o golpe um milissegundo antes que a atingisse.

A lança bateu contra o chão e ricocheteou. Respirando com dificuldade, Dimitria tentou afastar o medo e focar-se no movimento da arma.

Solomar não estava perto de desistir. O mago ajustou a mira e golpeou de novo.

De novo, Dimitria rolou — na direção da terra macia e lodosa que encontrava às margens do rio. A cacofonia da voz de Denali, falando uma língua que parecia reversa aos sons que Dimitria costumava escutar, misturava-se ao som de metal contra dentes — ela sabia que Aurora estava lutando novamente contra Faela, mas não podia parar para olhá-la.

Mais um golpe e Dimitria rolou mais uma vez, evitando-o e se aproximando do rio. Suas costas estavam pressionadas contra o chão molhado e quente — o flanco esquerdo sendo banhado pela água do Relier.

— Chega — disse Solomar, um brilho ensandecido em seus olhos, e ergueu a lança mais uma vez.

Sua ponta refletia todos os raios da lua, vermelha como o sangue de Faela e Tiago havia sido — como o sangue de Tristão, que manchava as mãos de Dimitria.

— Se você não vai renunciar a ela, saia do meu caminho.

Dessa vez, Dimitria não rolou.

Bastou um desvio de sua cabeça para que, em vez de músculo e osso, a ponta da lança encontrasse a terra — a lama, na verdade, tão macia que a arma fincou-se no chão, presa. Dimitria aproveitou o segundo de confusão no rosto do mago e desferiu um soco certeiro contra seu maxilar.

Suas juntas ficaram quentes e ásperas de encontro à pele do mago, e a magia espalhou-se por seu punho, quase queimando-o. Ela não ligou. Ergueu-se e desferiu outro soco, dessa vez no nariz de Solomar, e, quando sangue escorreu pelo queixo branco do mago, sentiu uma satisfação perversa. Ele cambaleou para trás, sua lança de osso e de magia enfim separada do braço.

Mas Solomar tinha uma última carta na manga. Ele cambaleou para trás, e tirou o colar da poção de dentro da capa, suspendendo-o no ar.

Por um segundo foi como se todo o oxigênio da clareira tivesse sumido, e o único ponto focal fosse aquele pequeno frasco de vidro e seu líquido opaco e esverdeado.

— Você vai mesmo fazer isso, Coromandel? — Solomar ofegou, os cabelos desalinhados, o corpo recortado contra o céu escuro e sangrento da lua vermelha. Ele nem ao menos parecia humano; seu olhar tinha um aspecto obsessivo na maneira com que encarava Dimitria, e o poder da lua que o cobria parecia o casulo de um inseto esperando para partir-se. — Vai abandonar a sua única chance de ser feliz?

Dimitria engoliu em seco, arfando de dor e dúvida. Ao seu redor, Denali e Aurora continuavam tentando — ela sabia porque ouvia os urros de Aurora contra Faela, e as palavras despejadas de Denali na tentativa de enlaçar o poder da lua para si. Arriscou um olhar para trás e viu a silhueta elegante de Aurora fazer um movimento em círculos ao redor do crocodilo, e por um segundo Dimitria estava de volta aos jardins de Winterhaugen, ensinando-a a empunhar uma adaga.

Não — ela estava de volta aos jardins dos Romero, vendo Tristão ensiná-la a golpear com um florete.

— O amor da sua vida por uma estranha — Solomar continuou, sedutor. As palavras não soavam como as de um lunático, mas como uma voz que ecoava na cabeça da própria Dimitria. *Eu faria qualquer coisa para ter Aurora de volta*, e aquela era a chance.

Àquela distância, qualquer semelhança física que Dimitria e Denali tinham ficava difusa — Denali era uma bruxa, mesmo que tivesse um nariz tão altivo quanto o de Dimitria ou olhos da mesma cor. Havia muitas pessoas com olhos castanhos em Ancoragem; Dimitria estava mesmo disposta a preferir alguém assim pela chance de se reunir com o amor de sua vida?

Uma pessoa que a havia machucado tanto?

E ainda assim... Ela olhou novamente para Solomar, suas mãos trêmulas e esqueléticas, seu olhar maníaco. O sangue de Faela e Tiago ainda estava fresco na grama às margens do Relier.

O sangue de Tristão ainda estava fresco demais.

Mais do que isso. Dimitria pensou em tudo que a obsessão de Solomar havia custado, em todos os momentos que o futuro fora alterado por causa de uma decisão — e de como, mesmo assim, ela havia encontrado alguma felicidade. Na mesma medida em que a perdera, Dimitria pensou nos momentos que ela e Aurora haviam dividido no Carnaval da Crescente, no gosto de Aurora ainda em seus lábios. Nos momentos ao redor da fogueira, nas tardes de calor tão insuportável que só o Relier havia sido bálsamo, nos momentos de riso e de refeições partilhadas ao redor de uma mesa.

Nas flechas mágicas que sua irmã fizera para ela, mesmo sem saber que a arma preferida de Dimitria era o arco e flecha.

O passado era impossível de mudar. Ela podia suspirar por ele, desejá-lo de volta, tentar segurá-lo nas mãos com todas as forças. Naquele momento ela se sentia ajoelhada ao lado de um túmulo, chorando pela morte de tudo que um dia passara e desejara, mais do que tudo, ter de volta, nem que por um segundo. Mas Dimitria sabia que, uma hora ou outra, ela teria que se levantar e dar um passo. E mais um, e mais um, até que fosse uma memória distante, até que houvesse distância o suficiente entre ela e o passado para que cada passo seu criasse um novo futuro.

Não fora exatamente isso que dissera para Aurora enquanto elas olhavam as estrelas, no que parecia uma eternidade atrás?

Nosso amor nunca vai deixar de existir. Ele existe além das memórias, além do tempo. Ele é uma escolha que a gente faz todos os dias. Mesmo que você me esqueça, eu sei que a gente vai continuar se escolhendo.

Estava na hora de honrar aquelas palavras.

Dimitria arrancou a lança branca fincada na terra. A magia da lua permeou os seus dedos, queimando a pele ao contato, mas ela ignorou a dor e a apontou diretamente para o peito do mago.

— Como quiser — ele disse, arrancando a poção do próprio peito e lançando o frasco no chão. Dimitria ofegou de surpresa, mas era tarde; o vidro se quebrou em milhares de pedacinhos, e a poção espalhou-se, inútil e perdida, na grama molhada, levando consigo a última chance de recuperar as memórias de Aurora.

Dimitria estaria mentindo para si mesma se dissesse que não doía, ver qualquer gota de esperança perdida sob os pés do mago. Mas ela não ignorou a dor, ou tentou empurrá-la — não, a dor escapou por seus lábios em um grito de tristeza, e foi essa dor que a impulsionou na direção dele, lança em riste.

Solomar tentou desviar, mas não teve chance. A lança mágica parecia atraída pelo poder que corria no corpo do mago, e, como se encaixasse uma chave na fechadura, Dimitria enterrou a ponta de osso no peito do mago.

Ele encarou Dimitria, o olhar perdido, de súbito livre do brilho obsessivo que sempre o acompanhara, como se a morte estivesse despindo-o de sua ambição. Dimitria fez questão de olhá-lo nos olhos, e viu que a luz da vida aos poucos desaparecia das íris azuis e gélidas, esvaindo-se como a lua ao amanhecer. Ela achou que ele poderia não sangrar, que seu corpo estava tão corrupto pela sede de poder que Solomar havia perdido até mesmo aquela característica humana, mas estava errada: suas mãos ficaram pegajosas com o sangue vermelho que verteu do ferimento, e Dimitria largou a lança, trêmula e assustada.

Era a primeira vez que matava alguém.

Solomar cambaleou para trás — um, dois passos — mas estava perto demais da margem do rio. Quase graciosamente, seu corpo descreveu um arco suave, sucumbindo à gravidade e caindo nas águas do Relier.

— Demi! — Denali gritou atrás dela, mas Dimitria não conseguia soltar os olhos da silhueta disforme que desaparecia debaixo da água, afundando rapidamente. Um grito, um som de algo enorme batendo contra o chão, e enfim ela olhou para trás: Denali arfava com o cajado apontado na direção do crocodilo Faela, que jazia, morto ou desacordado, aos pés de uma Aurora assustada.

— Demi — Denali repetiu, correndo até a irmã e a abraçando. Era desajeitado, forte demais, mas ela não se importou. — Você conseguiu. Ele está morto. Obrigada, obrigada. — Denali chorava, soluços percorrendo seu corpo. A caçadora retribuiu o gesto, e deixou-se desabar nos braços da irmã.

Como se todo pesar e medo que ela carregava no peito tivessem se transformado em lágrimas, Dimitria chorou.

Capítulo 27

Dimitria não conseguia ficar parada. Ela caminhava de um lado para o outro, gastando o soalho da sala de estar de Osha como se estivesse sendo carregada por uma corrente invisível, como se o ritmo de seus passos pudesse aliviar o nó intenso que amarrava seu estômago e coração.

Aurora a observava, apertando um copo de chá gelado nas mãos, seus olhos como pêndulos acompanhando a caçadora. Três horas passadas naquele corredor, três horas de espera e antecipação, três horas de passos quase ininterruptos para lá e para cá, e ela não havia dito nada — não tentara consolá-la, ou dizer que tudo ia ficar bem. Aurora apenas esperava junto a ela, em silêncio, ao seu lado, e sua simples presença emanava um pouco da calma que Dimitria não sentia, mas desesperadamente buscava.

A caçadora encarou novamente a porta fechada que separava a sala de estar do foco de sua aflição, e respirou fundo, mas o gesto não fez nada para aliviar o medo.

— Já passou tempo demais — Dimitria disse, freando o impulso de pedir por uma cerveja ou algo ainda mais forte. — Será que devemos entrar? Será que acabou? Talvez a gente deva entrar.

Ela procurou por concordância no rosto de Aurora, que lhe respondeu com silêncio e um suspiro longo, um evidente pedido por paciência.

Dimitria assentiu, entendendo, mas era como pedir a um peixe que não nadasse. Ela simplesmente não sabia ser paciente.

Ainda mais quando uma promessa estava em jogo.

Caminhou até a janela nos fundos da sala, que dava para o jardim — onde Félix e Hugo brincavam com uma bola. O menino andava devagar, arrastando os pés, e Félix não parava de olhar na direção da casa.

Ver Félix e Hugo multiplicou a ansiedade de Dimitria, e sua respiração ficou rasa e intensa. De repente não havia oxigênio o suficiente na sala, e ela se debruçou no parapeito da janela, inalando o ar quente e úmido do meio-dia. Mesmo ele não bastava, e sua cabeça estava leve como um balão. Dimitria enterrou o rosto nas mãos, e por um momento teve certeza de que o mundo a engoliria por completo.

Um toque gelado e súbito em sua nuca interrompeu a sensação de desabamento. Ela ergueu a cabeça e Aurora estava a seu lado, encostando o copo de chá gelado em sua pele. A sensação era imediatamente tranquilizadora, chamando a atenção de seu corpo para a temperatura e desviando-a do medo e da ansiedade.

Aurora aproximou-se dela, mantendo o copo encostado na pele e pegando sua mão. Quente e frio, macio e rígido, e o mundo externo tirou o foco de Dimitria do que ela temia, mesmo que por um momento. Ela encontrou o olhar de Aurora, tentando nomear, em silêncio, o tom de verde que pintava as íris — um verde azulado e amarelado ao mesmo tempo, como a folhagem dos salgueiros de Marais.

— Você acha que ele vai ficar bem? — Dimitria questionou, engasgando-se com as palavras.

— Eu não sei, Demi — Aurora confessou, o semblante triste. — Sei que elas estão fazendo de tudo para que assim seja.

Dimitria respirou fundo e sentiu as lágrimas lhe pinicarem os olhos.

— É culpa minha. Se eu não tivesse hesitado, se eu tivesse protegido ele...

— Ei. — Aurora apertou seus dedos, a pele macia. — Não diga isso. Solomar enfeitiçou seus aprendizes, ele nos atacou. Você não é a culpada por todo o mal do mundo, Demi.

— Mas se eu tivesse protegido...

— E se eu fosse melhor em manejar um florete, e se Denali tivesse conseguido fazer o ritual, e se todas as outras coisas que aconteceram e não aconteceram tivessem acontecido ou não acontecido, tudo seria diferente. — Aurora não soava impaciente, apenas cuidadosa. — Não precisa carregar o peso do mundo nos ombros.

— Alguém precisa — Dimitria disse, inconsolável, e as lágrimas caíram. — Se não, pra quê? Por que coisas assim acontecem? Se ninguém tem culpa, como a gente pode evitar que aconteçam de novo?

Aurora ficou em silêncio um segundo. Ela soltou a mão de Dimitria, e então limpou com cuidado as lágrimas que escorriam por seu rosto.

— Não podemos evitar, Demi. A melhor coisa que podemos fazer é seguir em frente.

— E o passado? — ela perguntou, deixando-se saborear o toque suave de Aurora, sua sabedoria tão simples.

— Que seja nosso guia, e não nossas correntes — Aurora respondeu, simplesmente.

Ela tinha razão, e, por mais teimosa que fosse, Dimitria sabia que aquilo era verdade.

— Obrigada — A caçadora disse, quando enfim sentiu que o mundo abria espaço ao redor de si e permitia que respirasse.

Aurora deu o menor dos sorrisos, linhas de preocupação escritas em seu rosto, e não precisou falar mais nada para que Dimitria entendesse que não havia pelo que agradecer. Ela sabia, como sempre soubera, na verdade, que estavam naquilo juntas.

Sem pedir licença, ela beijou Aurora.

Seus lábios eram mais quentes que suas mãos, mais macios — e ela retribuiu o beijo com a mesma intensidade que havia feito dois anos antes. Era diferente do beijo na batalha, um beijo que havia vindo do medo e da necessidade: aquele vinha de um lugar mais profundo no peito de Dimitria, menor e mais tenro.

Meu Deus, pensou Dimitria, *que saudade disso*. Ela se deixou saborear o gosto de figos e mel, a sensação quente que se espalhava em seu peito quando Aurora envolveu sua cintura com as mãos e puxou-a para mais perto, aninhando-se contra ela em um gesto protetor. Dimitria soube que, enquanto tivesse aquele beijo — aquele toque, aquele cheiro — poderia enfrentar qualquer coisa.

Não que tivesse parado de doer — ainda mais quando Aurora se afastou dela repentinamente assim que ouviram alguém na iminência de abrir a porta — mas a dor era mesclada com outro sentimento, para o qual Dimitria ainda não tinha um nome.

A caçadora também se virou na direção do som, ainda sentindo os lábios formigando por causa do beijo. A porta se abriu com delicadeza e Denali esticou a cabeça para fora. Ela não sorria, seu rosto coberto de suor e cansaço, e Dimitria quase não quis ouvir o que ela vinha dizer.

— Ele está vivo — ela disse e chamou-as com um gesto. — Podem vê-lo, mas... Ele está mudado.

Dimitria deu um, dois passos vacilantes — mas Aurora puxou-a pela mão, e juntas entraram no quarto onde estava Tristão.

Foi bom que Denali tivesse avisado que Tristão não era mais o mesmo, pois abrandou o choque de vê-lo sem um braço. Ele estava esticado sob uma maca improvisada, que Osha e Denali haviam montado por cima da cama do quarto de hóspedes, e a maraense sentava ao seu lado, fitando o marido com um misto de medo e amor nos olhos bicolores. Ele dormia, e pela sua expressão estava tendo sonhos agitados — mas, apesar de sua compleição pálida e suja, estava respirando. Curativos de linho e algodão cobriam seus ferimentos — e o maior deles era a evidente ausência de seu braço esquerdo.

Dimitria soltou o ar, e o alívio envolveu seu coração.

— Vou avisar Félix. — Osha endireitou o corpo, cambaleando levemente, e Dimitria quase não conseguiu encará-la sob o peso da culpa. Ela não queria lembrar da expressão aterrorizada em seu rosto quando elas haviam chegado à casa, horas antes, com um Tristão ensanguentado no barco.

— Osha, me desculpe. Eu não... Eu não consegui...

— Mitra — Osha interrompeu Dimitria, e seu tom foi tão direto que compeliu a caçadora a encará-la. Era o mesmo olhar que Osha sempre tivera, a mesma inteligência e calor, e, mesmo que Dimitria não se sentisse digna dele, o apreciou profundamente. — Ele está vivo. Todo o resto nós podemos consertar. Enquanto houver vida, há esperança.

Ela inclinou-se na direção de Dimitria e deu um beijo suave em sua bochecha.

— Preciso dar as boas notícias ao Félix e Hugo. Eu já volto.

Ela sumiu pela porta de madeira, e Dimitria teve que engolir em seco para não voltar a chorar.

— Você deve estar exausta, Denali — Aurora disse, ficando ao lado da bruxa. — Eu achei que ele estava além da salvação, mas vocês conseguiram. Por algum milagre, conseguiram.

— Não foi milagre. — Denali revirou os olhos, um lampejo de orgulho no rosto cansado. — Foram magia e ciência trabalhando juntas, e o restante da força mágica que consegui no ritual. Osha é uma curandeira muito capaz, e eu... Bom, sou a bruxa mais poderosa ao sul do Relier.

Dimitria deu um sorriso de lado. Ela não tinha como discordar daquilo.

— Ele ficará sem braço para sempre? — Aurora perguntou, e, mesmo que fosse uma pergunta tola, Dimitria a admirou por tê-la feito.

— Sem o braço original, sim. — Denali, porém, não parecia muito preocupada. — Mas é possível construir uma prótese mágica, quando eu tiver acesso aos meus ingredientes de novo. Não é algo fácil, mas...

— Você mesma disse que é a bruxa mais poderosa ao sul do Relier. Tenho certeza de que vai dar um jeito, Nali — Dimitria respondeu, sorrindo, e um lampejo do mesmo sentimento de alguns minutos antes ecoou em seu peito. Era esperança, ela percebeu, e, mesmo que soubesse reconhecê-la pelo que era, o elixir dos tolos, ainda assim a saboreou, doce e explosiva.

Osha tinha razão. Onde havia vida, havia esperança — e quando Félix interrompeu a conversa, correndo para dentro do quarto com o rosto aberto e leve de uma criança, ela soube que aquela casa estava cheia das duas coisas.

* * *

Fazia tempo que Dimitria não se sentia tão feliz.

Osha decidira fazer uma festa para comemorar a recuperação de Tristão, que assim que acordou começou a recontar a batalha contra Solomar como se tivesse sido o herói da história — de certa forma, ele fora. A magia de Denali havia acelerado a cicatrização do que restara do braço, e mesmo que ele não estivesse feliz com a perda — *como vou dizer que sou o melhor espadachim ambidestro de Marais?* — Tristão não recusava uma festa, especialmente uma em sua homenagem. Estava rodeado por uma audiência ávida e interessada enquanto ele contava a história da batalha pela nona ou décima vez seguida, Hugo em seu colo, ouvindo como se fosse a primeira.

O quintal de Osha estava cheio de gente — vizinhos, amigos, crianças que corriam em busca de vagalumes sob a luz crepuscular do fim do dia. No céu, a lua começava a brilhar — não vermelha como na noite de sangue, mas pálida e prateada, rodeada por estrelas.

Félix estava fritando beignets a todo vapor, e Osha conseguira até mesmo trazer o crocodilo mágico que Aurora montara durante o Carnaval — e que agora estava montando de novo, para a felicidade de um grupo de menininhas que haviam começado a chamá-la de "princesa Aurora". Dimitria conseguia ver tudo de seu ponto de vantagem — pois, por algum motivo, estava preferindo acompanhar a festa de longe, de cima do telhado.

Não que não gostasse de estar perto das pessoas. Na verdade, era uma inversão de papéis que Aurora estivesse no meio da festa e Dimitria acompanhasse à distância — sempre tivera sido o contrário, e Dimitria precisara ensiná-la a soltar-se em diversas ocasiões. Porém, aquela noite... Dimitria queria lembrar-se dela — das cores das bandeirolas flamulando à brisa quente e úmida, do cheiro de açúcar e carne e cerveja, da música que fluía como o Relier — e achava que conseguiria fazê-lo melhor se tirasse um tempo para olhar e guardar cada memória no coração.

Talvez, a jornada não tivesse transformado somente Aurora.

Dimitria sentia o suor grudando em sua pele e pensou com carinho como Nurensalem estaria vestida de branco, na calada do inverno — como seu céu estaria escuro e inescrutável, e como talvez, se elas fossem embora em breve, chegariam a tempo da última aurora boreal da temporada. Seria a primeira que Aurora e ela veriam juntas, e o pensamento lhe encheu de uma sensação doce e gelada, um alívio na noite abafada da Crescente. Dimitria tinha apreciado a última semana ali, os últimos meses no calor, mas sentia cada vez mais a falta da neve, do conforto de sua lareira.

Ela estava saboreando os seus momentos de solidão — não que estivesse exatamente solitária, já que o som da festa a envolvia com presença, mas precisava daquele tempo para si, quando as coisas ficavam barulhentas demais. Foi quando alguém apareceu no telhado — como, Dimitria estava começando a perceber, seria sua sina para o resto da vida. Ela quase chamou o nome de Aurora — mas não era ela que havia subido para encontrá-la, e o pequeno sorriso que Denali abriu ao perceber a surpresa em seu rosto fez valer a noite de Dimitria.

Ela se sentou ao lado da irmã, acomodando-se nas telhas e colocando o cajado de cristal no colo.

— Achei que era Aurora — Dimitria disse e Denali assentiu. Ela não havia dito muito mais sobre o estado de Aurora, mas parecia entender a pequena tristeza que acompanhava Dimitria toda vez que ela falava na garota.

— Ela me disse que você estaria aqui. O que está fazendo?

Dimitria respirou fundo, sentindo os aromas da festa, e deixou o olhar perder-se no céu. Não estava preparada para dizer tudo — para falar sobre o valor das memórias ou das dores que carregava no peito. A verdade é que, de certa forma, nem sabia se entendia tudo aquilo — eram sentimentos demais, alguns que ela preferia não encarar.

Em vez disso, indicou as constelações que começavam a despontar na abóbada escura.

— Uma vez, me disseram que olhar para o céu é nosso jeito de ver o passado. As constelações são as memórias de Ororo, antes que criasse o mundo, e de certa forma nós estamos lendo essas memórias. Como se fosse nosso jeito de olhar para trás.

Denali ficou em silêncio, esperando que Dimitria continuasse. Ela suspirou, tentando fazê-la entender.

— As constelações são diferentes em Nurensalem. Eu fico pensando se isso quer dizer que lá vivemos outro passado. Ou se existem tantos passados quanto existem possibilidades de futuro. E se isso for verdade, talvez seja hora de deixar estes passados descansarem.

Sua irmã assentiu lentamente, e quando Dimitria a encarou havia um entendimento profundo no olhar castanho e intenso. Denali baixou o próprio olhar, e quando voltou a encarar Dimitria existia algo quase indecifrável em sua expressão — uma pergunta não dita, que reverberava como a corrente do rio.

— Eu tenho que te agradecer, Dimitria. Vi o que Solomar deixou para trás, quando morreu. Sei que você abriu mão de muita coisa para me salvar.

Dimitria suspirou fundo.

— Então era verdade? Sobre a poção?

— Eu não sei. E provavelmente nunca saberemos, eu receio. Mas também sei que a verdade não importa tanto quanto os desejos do coração, e você teve que lutar contra isso para matá-lo. E eu... Eu não tenho sido a pessoa que você precisa. Fui muito cruel com você, especialmente naquela noite do ritual. Por isso, peço desculpas.

Não eram as desculpas mais emocionadas do mundo — na verdade, Denali as dizia com a pressa de quem quer acabar logo, o olhar perdido no horizonte. E ainda assim, fizeram desabrochar uma flor no peito da caçadora.

Dimitria deu um pequeno sorriso.

— Cabe mais de uma pessoa no meu coração. A vida inteira eu quis ter você de volta. Mesmo que a gente não possa ser irmã do mesmo jeito, seria tolice abrir mão do que eu posso ter por algo que não existe mais.

Denali concordou com a cabeça e então fez uma coisa inusitada — segurou a mão de Dimitria. Sua pele era áspera, cheia de calos, mas o gesto acendeu uma pequena chama no peito da caçadora.

— Obrigada, irmã querida.

Não era o suficiente para transpor a distância que havia entre elas — mas talvez, um dia, pudesse ser uma ponte.

— Sabe — disse Dimitria, tentando encontrar as palavras — eu não me importaria de vir visitar Marais uma vez por ano. Talvez possamos, não sei, passar o Solstício juntas?

Denali estava prestes a responder-lhe quando Catarina Duval e sua guarda invadiram a festa.

Foi tão repentino que ninguém teve tempo de reagir: em um segundo Dimitria e Denali estavam se encarando, em um momento de cumplicidade fraternal; no outro, Catarina e Tamara emergiram no canal aos fundos da casa, carregadas por uma das gôndolas de metal da capitã e acompanhadas pela Guarda da Crescente.

A frota volumosa refletia a luz da lua, suas popas cromadas como espadas, cada uma repleta de membros da guarda. Sua presença era impossível de ser ignorada, especialmente da forma que dominavam o canal.

A música e o som pararam assim que ela atracou o barco, saltando com elegância para as margens verdes da festa.

— Em nome da Junta Comunal de Marais-de-la-Lune — a voz da capitã ecoou pelo quintal, autoritária e cortante — estou em busca de Denali Coromandel, previamente conhecida como Cáligo, bruxa do pântano.

Dimitria e Denali trocaram olhares. A caçadora esperava ver preocupação ou raiva no rosto da irmã, mas só viu uma complacência calma — como se Denali estivesse esperando por aquele momento.

Ela se levantou, apanhando o cajado e descrevendo um arco com ele. A ponta de cristal começou a brilhar, como Dimitria já estava acostumada, e Denali conjurou uma escadaria de magia, descendo-as como se fossem físicas e não feitas de luz. Dimitria a acompanhou. Em alguns segundos, estavam frente a frente à Catarina, que a encarava com as sobrancelhas erguidas.

— A que devo o prazer de sua companhia? — Denali disse, calma e suave.

— Você sabe muito bem — Catarina respondeu, ríspida. — Não quer que diga como descobri seu nome?

— Eu imagino que você tenha seus contatos, capitã, especialmente depois do nosso último encontro. Afinal, não te deixariam manter o emprego se você não tivesse ao menos meio cérebro.

Dimitria reprimiu uma risada. A insolência era claramente um traço de família, e era bem óbvio quem tinha falado da existência de Denali para a capitã.

Catarina, porém, não pareceu se abalar.

— Mais do que meio cérebro, na verdade. Tenho autoridade sob o território do sul, portanto vim avisá-la de que você está banida da Crescente por uso indevido de magia.

Um burburinho de choque percorreu os convidados da festa. Dimitria lembrou-se de que não era só Tristão que havia usado os feitiços clandestinos de Denali, e ter sua única bruxa banida da cidade não era uma boa notícia.

Aurora — que, pelo jeito que ofegava, tinha acabado de sair do crocodilo mágico — se juntou a elas, endireitando a postura de maneira altiva.

— Não creio que alguém possa banir uma cidadã de sua própria cidade. Ao menos não na Romândia, mas pode me corrigir se estiver errada.

— Tem razão, srta. Van Vintermer, não se essa pessoa for de fato cidadã. Mas Denali Coromandel é uma nortenha, uma nortenha que infringiu as regulamentações de magia da Crescente. Portanto, como chefe da junta comunal — Catarina deu alguns passos em direção a elas, e não precisava estar empunhando sua cimitarra para ser ameaçadora — eu tenho o mais completo direito de mandá-la partir na próxima saída do *Salmão*.

Denali ficou em silêncio. Dimitria queria dizer alguma coisa — qualquer coisa, qualquer represália contra aquela injustiça ridícula. A irmã havia vivido sua vida inteira em Marais, havia ajudado seus habitantes e derramado sua magia sobre as pessoas até que ficasse conhecida muito além do pântano.

Mas Catarina soava irredutível, e Dimitria soube que sua jornada havia chegado ao fim. Num impulso, alcançou a mão da irmã.

Ela nunca soube o que fez Denali mudar de ideia — se foi simplesmente para irritar Catarina, ou por não ter escolha, ou se foi a sensação da mão de Dimitria na sua. Mas Denali assentiu, vagarosa e cuidadosamente, o olhar indecifrável.

— Eu estava em busca de climas mais frescos, mesmo.

Capítulo 28

Como voltar para casa depois de tanto tempo? Como recomeçar a jornada, retraçar seus passos, reencontrar os caminhos que levam à direção onde seu coração habita? O tempo havia mudado tanta coisa. Será que Dimitria seria a mesma pessoa que era quando cruzasse novamente a soleira de casa?

Só existia um jeito de descobrir.

Ela tinha acabado de colocar o último malão para dentro do *Salmão Dourado*. Osha, Tristão, Félix — e Hugo, no colo do pai — estavam a seu lado, esperando pacientemente enquanto Denali e Aurora terminavam de carregar as próprias malas — Aurora tendo praticamente o dobro de malas do que Dimitria e Denali, uma delas recheada de massa de beignets.

— Vocês têm que nos visitar em breve, Osha — Dimitria se dirigiu à maraense, sentindo uma onda de afeição intensa pela mulher que as acolhera; e feito muito mais do que isso. Pela amiga que havia feito no caminho, seu olhar doce e caloroso, seu sorriso sincero.

— Ah vamos, mamãe, por favor — disse Hugo, que havia chorado desconsoladamente quando Dimitria anunciou sua partida, mas agora estava resignado com a ideia de ter uma casa de férias nos fiordes.

Mesmo que não soubesse exatamente o que eram fiordes.

— Claro que vamos. Eu te disse que tenho família em Sankta Ororo, não é? Estou sempre fazendo o caminho até o Norte, Mitra.

— E agora também tem família em Nurensalem.

— Só não nos espere durante o inverno — Félix falou, sorrindo. — Eu já disse a Tristão que árvores do sul não florescem na neve.

— Não que você seja uma árvore. — Tristão riu, aninhando-se no peito de Félix e ajustando o curativo. — Denali disse que daqui a dois meses terá um braço para mim, então podemos passar o outono em Nurensalem.

— Primavera — corrigiu Dimitria, sorrindo. — Seu pai ficaria feliz em te ver.

Tristão revirou os olhos.

— Eu tenho outra família para visitar.

Denali e Aurora se aproximaram do grupo, tendo finalmente carregado as malas, e Aurora entrelaçou o braço no de Dimitria, num gesto tão natural que a caçadora quase esqueceu de tudo que havia acontecido. Quase — ela fitou o rosto de Aurora, encarando suas ausências e permanências, e sentiu que a dor em seu peito era como o ferimento de Tristão — ainda cicatrizando, mas, talvez, com a ajuda de curativos e cuidados, possível de ser curada. Mesmo que nunca mais voltasse ao que era antes, existia o futuro — um mundo de possibilidades, a tela em branco que convidava ao impossível.

Não eram só ossos e músculos que precisavam de tempo, afinal de contas.

— Mitra, foi um prazer conhecê-la — Félix despediu-se de Dimitria com um beijo, e depois Hugo, e por último Tristão, que não a beijou, mas apertou sua mão com um respeito e carinho que ela não se lembrava de ter recebido de um Brandenburgo antes.

Enquanto a família se despedia de Aurora e Denali, Dimitria segurou as mãos de Osha, encarando a amiga. Era estranho pensar no quanto haviam vivido nos últimos dias — e no quanto, mesmo que Dimitria estivesse indo em direção à própria casa, estava deixando uma parte sua em Marais.

— Não se esqueça de ser menos nortenha quando possível, Mitra — Osha disse, abrindo um sorriso que combinava perfeitamente com seus lábios carmim. — E de abrir essa cabeça dura para o que o futuro pode oferecer.

— E você não se esqueça de nós — Dimitria acrescentou, apreciando a sabedoria de Osha pelo que era: a manifestação mais sincera de seu carinho. — A Romândia precisa de mais pessoas que nem você.

— E eu não sei? — Osha envolveu Dimitria em um abraço apertado.

Seu cheiro de canela ficou nas roupas da caçadora por muito tempo depois — quando o *Salmão* começou a desbravar a contracorrente do Relier, e a silhueta dos Romero se tornou difusa no horizonte.

* * *

Embora o *Salmão Dourado* remasse contra a corrente, a viagem foi muito mais rápida do que Dimitria se lembrava — como se a falta de medo e ansiedade, de receio do que estava por vir, fosse uma bagagem a menos e tornasse a jornada de volta mais leve do que a de ida.

A mudança da paisagem era o maior indicador da passagem do tempo, ficando mais rara e fria à medida que o barco cortava o Relier e se encaminhava de volta para o Norte.

As cidades passavam como páginas de um livro — como as páginas do diário de Aurora, no qual ela voltara a escrever.

Na noite anterior à ancoragem em Santa Ororo, Aurora veio ver o pôr do sol na cabine de Dimitria. As coisas entre elas estavam doces, mesmo que frágeis — fios de ovos sob um bolo de nozes — e Dimitria preferia focar na doçura, especialmente quando elas conseguiam encontrar momentos para aproveitá-la. Eram aqueles momentos que se alojavam em seu coração e faziam morada — os jogos de xadrez, as longas conversas, as refeições lado a lado. Ainda havia muito o que cobrir, muito tempo para recuperar — mas não parecia mais tão intransponível, ao menos não mais do que o espaço entre Marais e Nurensalem.

— E o enjoo? Ele não fica pior aqui? — Dimitria perguntou, dando espaço para que se sentasse a seu lado na pequena cama. Denali, com quem ela estivera dividindo o quarto, estava acompanhando o capitão em um tour pelo mecanismo mágico do barco, fazendo sugestões para deixá-lo mais eficiente, e Dimitria estava sozinha, observando a água partir-se sob o casco de madeira, metal e magia.

— Não se preocupe com isso. As balas de gengibre de Osha têm ajudado — Aurora deu de ombros. — Além do mais, eu estava com saudades de você.

Dimitria sorriu. Seu coração acelerou levemente, e ela recostou com suavidade no ombro de Aurora, apoiando a cabeça contra a pele macia. Desde que haviam ido embora de Marais, as duas se tocavam com mais frequência — os beijos se tornaram mais profundos — mas elas ainda não tinham dormido juntas, e portanto cada toque era o prenúncio de algo a mais, que provocava arrepios na pele da caçadora.

— Você me vê todo dia.

— Não era de te ver que eu estava com saudades — Aurora disse, tomando o rosto de Dimitria nas mãos e levantando-o com cuidado. De tão perto, Dimitria conseguia contar as sardas em seu rosto, marcadas a fogo pela luz incendiária que banhava as duas, e sentiu vontade de beijar cada uma delas.

— Sabe... eu estava relendo entradas antigas dos diários e encontrei uma passagem peculiar.

Dimitria deu um leve sorriso e franziu a testa, esperando que ela explicasse.

— Foi mais ou menos um mês depois de eu ter começado a me transformar, pelo que eu li. Era fim do inverno, estava especialmente frio, e você me deixou dormir na sua casa.

Dimitria se lembrava exatamente. A memória era tão nítida que tinha gosto e cheiro, e provocava uma sensação quente que nada tinha a ver com os resquícios de sol.

— Você lembra? — Aurora decifrou a expressão de Dimitria imediatamente. — Eu não escrevi mais nada além disso — Era evidente que estava mentindo; Aurora nunca tinha sido uma boa mentirosa, e mesmo sob o laranja do poente seu rosto ficou mais vermelho, os olhos baixos.

Mas não era Dimitria que ia estragar aquele momento.

— Lembro — ela disse, suavemente.

— Me conta.

— Bom — Dimitria suspirou fundo, virando-se de frente para Aurora. Ela apoiou as mãos nos ombros dela, deslizando-as pela pele exposta em um decote de vestido, e segurando seu rosto. — Primeiro, nós fizemos isso.

A caçadora inclinou-se para um beijo. A boca de Aurora amaciou contra a sua, deslizando úmida, e o despontar de sua língua alcançou a boca de Dimitria em uma surpresa muito bem-vinda. Ela aprofundou o beijo, enterrando os dedos nos cabelos loiros, sentindo o gosto do suspiro de Aurora em sua boca. Dimitria nunca tinha sido uma mulher religiosa, mas aquele momento era como uma prece — sagrado.

— E depois? — Aurora falou contra a boca de Dimitria, ofegando suavemente, apertando a cintura da caçadora com urgência.

— Depois, você tirou a minha roupa. — Dimitria pegou as mãos de Aurora nas suas, e levou-as até os botões de seu colete, ajudando-a a desfazê-los um a um. Cada soltura de botão aumentava a antecipação que se avolumava no corpo de Dimitria, fazendo-a amolecer e esquentar ao mesmo tempo. Ela desvencilhou-se do colete de couro, que ela finalmente pudera voltar a usar, e Aurora tirou sua camisa, puxando o tecido de linho por baixo. Quando o véu branco desapareceu de seus olhos, Aurora encarava os seios de Dimitria com evidente reverência.

— Então você me beijou aqui — Dimitria indicou o próprio pescoço — e aqui — ela baixou a mão para os seios, o espaço entre eles, sua barriga.

Aurora seguiu as instruções, deixando primeiro um beijo suave no pescoço da caçadora — e o toque de sua boca e língua fez música verter dos lábios de Dimitria, tão involuntários como o quebrar das ondas do Relier contra o casco do barco. Ela continuou o caminho, e Dimitria fez carinho em seus cabelos, alisando as mechas e deixando os dedos deslizarem pelos fios dourados enquanto os beijos de Aurora incendiavam seu corpo de dentro para fora.

Ela deitou na cama enquanto Aurora a beijava e a empurrava contra o colchão com delicadeza, ficando por cima dela e beijando cada centímetro da pele negra e macia de sua barriga. Enquanto beijava, as mãos desfaziam as amarras da calça de couro da caçadora, afastando-a com uma pressa da qual Dimitria partilhava.

Ela também estava com saudades. As saudades eram tão incendiárias quanto o beijo, cresciam em seu peito até pressionarem dentro de Dimitria. Ela tinha certeza de que, naquele momento, era puro coração — que batia tão alto que todo o barco poderia ouvi-lo, pulsando, martelando, e em seu martelar ele fazia um único som:

Aurora.

— Suponho — Aurora disse, contra a pele da barriga de Dimitria — que eu tenha continuado a descer?

Dimitria quase riu, erguendo o corpo para encarar o rosto corado, seu olhar erguido para alcançá-la, e estava em uma posição tão semelhante à que se seguia na memória de Dimitria que ela sentiu seus efeitos imediatos entre suas pernas. Não havia nada como ter a mulher que amava de joelhos a seus pés, esperando para rezar uma prece que só as duas conheciam.

Mas Dimitria queria uma última coisa antes de deixar que seguissem seu curso inevitável.

Ela puxou Aurora para cima com cuidado e a beijou. Não era possível colocar em um simples beijo tudo que havia passado entre as duas, mas ela tentou mesmo assim. Todo o medo, e dor, e mais do que isso — o amor, que pulsava com a força de todos os sóis que Dimitria já havia visto, que vertia de seu corpo como as lágrimas que banhavam seu rosto, que fluía como o calor entre suas pernas. Amor, que não tinha a menor preocupação com passado e futuro, que unia cada pedaço das duas como uma costura infinita e inquebrável, uma corrente escolhida a dedo em cada passo que davam juntas.

Amor, que estourava as bordas do peito de Dimitria e invadia cada gesto e cada palavra que ela dizia a Aurora.

— Eu te amo — ela disse, não porque queria ouvi-lo de volta, mas porque dizer qualquer outra coisa seria mentira.

Aurora esperou um momento — apenas um momento, tão longo quanto uma eternidade — antes de responder.

— Eu também te amo, Demi.

Cinco palavras. Talvez não o suficiente para transpor todas as memórias — todo o passado — mas, naquele momento, quando Aurora estava tão perto que seu corpo era quase parte de Dimitria, ela soube que poderia ser o suficiente — se ela tivesse a coragem de tentar.

Capítulo 29

Elas chegaram a Nurensalem na última noite do inverno.

Era madrugada, e as três cavalgavam em um silêncio exausto — Dimitria e Aurora em Cometa, Denali em Galateia, como haviam feito desde o desembarque em Santa Ororo. Cometa ficara feliz ao vê-las, isso até perceber que teria carga dupla pelo resto da viagem, mas Dimitria não se importava: lhe dava a chance de aninhar-se contra o corpo de Aurora, sentir suas curvas encaixando contra os contornos de seu corpo como se fossem feitas para isso.

Ainda assim, a última semana — com suas temperaturas glaciais, que fizeram Dimitria agradecer o malão de casacos que haviam levado consigo — fora brutal, e, assim que as cordilheiras começaram a aparecer à distância, ela só conseguia pensar em chegar em casa.

Enfim, estavam prestes a cruzar a fronteira da cidade. Nurensalem não era fechada propriamente por portões — existia um arco de pedra que delimitava a divisa, e, embora geralmente houvesse guardas a postos, a noite estava tão fria que Brandenburgo devia tê-los aliviado de sua obrigação. Fazia certo sentido: ninguém invadiria a cidade mais fria da Romândia durante o prenúncio de uma nevasca.

Mesmo ante uma tempestade, Dimitria sentia como se um anzol puxasse seu coração na direção de Nurensalem, levando-a adiante na direção de sua casa. Cada elemento familiar lhe provocava um tipo diferente de felicidade: os pinheiros descarnados e cobertos pelo manto branco da neve, o cheiro limpo e fresco de gelo que enchia seus pulmões, o azul do céu que parecia pintado de esmalte, tão límpido e escuro.

As suas constelações, que contavam uma história que, enfim, ela sabia ler.

Dimitria arriscou um olhar para Denali, que havia se entendido com Galateia com rapidez impressionante para alguém que passara a vida em um pântano, e agora observava a cidade — suas luzes brilhantes à distância — com um olhar desconfiado. Ela puxou o casaco de pele para mais perto do corpo, desacostumada ao frio, e Dimitria reprimiu um sorriso ao sentir a mordida gélida do vento entrando pelas brechas de seu casaco.

Pela primeira vez em meses Dimitria não estava suando, e ela suspirou em contentamento.

Foi então que uma névoa clara começou a formar-se no céu, difusa como as ondas de um rio, cinzenta e pálida. Dimitria segurou o cavalo há alguns metros do portal e apontou para cima.

— Nali — ela chamou, e sua irmã acompanhou o olhar para onde apontava. — São as luzes do Norte.

Devia ser a última aurora boreal da estação, e talvez por isso estivesse disposta a ir embora com um espetáculo. A névoa engrossou aos poucos, tecendo uma manta esverdeada que se abriu em um leque de cores — roxo, lilás, esmeralda e aquamarine. Depois de conhecer a Crescente, Dimitria conseguia ver outras cores na aurora: o verde-claro dos salgueiros, o azul chumbo do Relier. Se espalhavam pelo céu do Norte como se fossem um rio de cores, correndo pela abóbada com a mesma intensidade das águas, cintilando ao refletir tons que nem mesmo Dimitria sabia nomear. A aurora boreal estendeu-se como as bandeirolas do Carnaval de Marais, dançando com uma brisa inexistente.

A caçadora recostou contra Aurora, sentindo a quentura de seu corpo humano — se ela tinha alguma dúvida de que a maldição havia ido embora a prova estava ali, no rosto encantado e quente do amor de sua vida. Aurora virou-se para ela sem tirar os olhos do céu.

— É lindo — ela murmurou, e as luzes da aurora refletiram-se nas lágrimas que acumulavam no canto de seus olhos.

Continuaram com os olhos pregados no céu assim que cruzaram a fronteira, e por isso mesmo Dimitria demorou a perceber a mudança na expressão de Denali. Ela só notou que havia algo diferente quando parou de ouvir o som constante dos cascos de Galateia; ao se virar para trás, Denali tinha o olhar perdido, os lábios entreabertos em uma surpresa silenciosa.

— Nali? — Um calafrio percorreu o corpo, intenso como a magia que havia sentido sob a lua de sangue. — Tudo bem?

Denali demorou a responder, tanto que a caçadora pensou que houvesse congelado pelo frio. Ela desceu do cavalo, caminhando até sua irmã e tomando sua mão. Estava quente sob as luvas de carneiro, então não devia ser aquilo — mas a pele de Denali tremia contra a sua, como se estivesse tomada por um enxame de abelhas. Ela desmontou do cavalo, enrolando os braços ao redor do corpo.

— O que foi? — Dimitria perguntou de novo, apertando os dedos da irmã. Ela procurou o olhar de Denali, que estava perdido e distante, seu tom um castanho prateado na sombra da noite.

— Demi — ela disse, cuidadosa e hesitantemente — eu me lembro.

Dimitria franziu a testa, sem entender.

— Se lembra do quê?

Denali enfim a encarou. Havia um reconhecimento diferente em seu semblante, uma presença antiga e nova ao mesmo tempo.

— De tudo. — Denali começou a chorar no meio das palavras, como se as memórias tivessem trazido consigo lágrimas e dor. — Eu me lembro de tudo, Demi.

Dimitria não sabia o que dizer. Ela raramente sabia o que dizer, na verdade, e talvez por isso fez o que fazia melhor: falou com seus gestos, envolvendo a irmã — que chorava como uma criança pequena — em seus braços, e murmurando, de novo e de novo, que tudo ia ficar bem.

Ela estava em casa.

Todas elas estavam em casa.

* * *

No sonho, era verão em Nurensalem.

Dimitria sabia que era um sonho — claro, pois elas haviam chegado à cidade fazia apenas uma semana, e ainda levaria um bom tempo até que as árvores ficassem como elas apareciam agora, com suas folhagens cheias e viçosas, carregadas de flores, pêssegos e cerejas. Ainda assim, ela inalou fundo, e seu sonho tinha o cheiro doce e melado do verão — mas Dimitria não sentiu o calor pesando sobre seu corpo. O que era bom, visto que ela estava de vestido.

Não era qualquer vestido. Era um vestido branco, simples e limpo, como combinava com ela. Mesmo no dia de seu casamento, era importante para Dimitria que se parecesse consigo mesma — e não com uma versão engomada e estranha de si. Afinal, Aurora havia escolhido Dimitria Coromandel — e era Aurora que a esperava do outro lado do jardim, ao lado de Bóris e Astra.

Por algum motivo, Aurora estava envolta em uma luz branca e quente — tão forte que Dimitria não conseguia vê-la, não direito. Ainda assim, quando Dimitria começou a caminhar em sua direção, os passos certeiros e confiantes, sentiu o choro aninhar-se em sua garganta — ela estaria linda, porque sempre estava linda. Porque, da mesma maneira que Aurora a havia escolhido, ela havia escolhido Aurora — e vestido nenhum seria mais bonito do que aquilo.

Ela acordou quando chegou ao altar.

Aurora não estava dormindo. Ela estava nua, descoberta mesmo com a brisa gelada que conseguia invadir a casa apesar das janelas fechadas. Estava com o rosto apoiado nas mãos, deitada de lado para melhor observar a caçadora — que também estava nua, mas enrolada em um cobertor de pele.

Aurora sorriu. Debruçou-se com cuidado sobre ela, e deu-lhe um beijo suave na testa, puxando o cobertor para envolvê-la melhor.

— Você não está com frio? — Foi a primeira coisa na qual Dimitria conseguiu pensar, em sua sonolência grogue.

— Acho que jamais vou sentir frio novamente — Aurora respondeu, acariciando o rosto de Dimitria com as costas da mão. — Você estava falando no sono.

— Desculpe, eu não queria te acordar.

— Eu já estava acordada. — Aurora deitou nos ombros de Dimitria, os cabelos como uma cascata dourada, e seu cheiro de figos e mel a acompanhou — O que você estava sonhando?

Dimitria não queria dizer — naquele momento, o sonho podia ficar só com ela, para que não fosse mais uma fonte de pressão entre as duas. Deus sabia que Bóris já era uma; um casamento tinha sido a primeira coisa sobre a qual ele perguntara quando elas voltaram. Ela preferiu uma meia resposta.

— Com você.

Ela sentiu mais do que viu Aurora sorrir, e a sensação de ter provocado a reação fez nascer uma flor no peito de Dimitria.

— Você disse "eu aceito" — Aurora falou, faceira, e Dimitria riu.

— Então você sabe com o que eu estava sonhando.

— Quis te dar a chance de me contar — ela disse, erguendo o rosto para fitá-la, e mesmo na pouca luz do meio da noite o verde de seus olhos brilhava com uma intensidade quase mágica. — Eu gosto desse sonho, Demi. Eu sonho com ele também, sabia?

— Ah, é?

— É claro que sim.

Dimitria nunca mais havia falado sobre o anel que ela jogara nas águas do Relier, no que estivera prestes a fazer antes que embarcassem em direção ao sul. De certa forma, parecia bobagem falar de casamento quando elas tinham passado por tanta coisa — mas a verdade é que não existia tolice, especialmente quando Aurora falava com ela daquele jeito.

— Com o que mais você sonha?

— Sonho com todos os nossos dias. Com o dia em que você dirá "eu aceito", e o dia em que vamos ter a nossa família.

— Já temos nossa família — Dimitria disse, alisando o rosto de Aurora com suavidade.

— Mas eu gosto de pensar em como ela pode ser, no futuro.

— Gosta?

Aurora assentiu.

— Quer dizer que vamos ter uma vida inteira para viver novamente tudo o que perdemos. Tantas vezes quantas forem necessárias.

— Necessárias para quê?

— Para que você saiba que eu te amo — Aurora disse, simplesmente, e contido naquela pequena frase estava um mundo inteiro de esperança.

Dimitria selou o acordo com um beijo — e deixou-se, por um momento, perder-se na sensação da boca de Aurora na sua. Ela havia passado tanto tempo preocupada com passado e com futuro, tanto tempo olhando para trás e para a frente, mas naquele momento — com Aurora aninhada em seus braços, seu calor mais intenso do que o cobertor de pele de urso — Dimitria só conseguia pensar em uma coisa.

Em como viver aquele presente.

Epílogo

Três anos depois

Sete pessoas ao redor de uma lareira. Oito, na verdade, a julgar pela curva da barriga da ruiva de olhos bicolores cujas histórias geram as maiores gargalhadas. Um menininho — que não é mais tão menininho assim — ajusta os travesseiros nas costas da mãe, enquanto ajuda um homem com uma travessa de beignets. Outro homem — sem um dos braços e com o sorriso mais iluminado da sala — pega uma das beignets para si e intervém na história da mulher, olhando-a com um carinho que ilumina suas feições e o transforma de um homem bonito para um encantador.

Uma mulher de cabelos pretos e ondulados aproxima-se do fogo. Ela não gosta muito do frio — está acostumada com o calor do pântano, a umidade que gruda em sua pele — mas Nurensalem dá para o gasto, e sua magia floresce ali. Ela é a bruxa mais famosa da região, e sua magicina itinerante viaja de costa a costa resolvendo problemas e oferecendo fartura. Ela dificilmente fica na cidade por muito tempo — seus serviços são requisitados demais, urgentes demais — mas faz questão de passar as festas do solstício ao lado da irmã. Elas já perderam tempo o suficiente.

Ela poderia ser a cópia esculpida em mármore da mulher que alimenta o fogo com mais uma tora, no mesmo tempo em que devora uma beignet. Ela o faz com a mão esquerda, sem conseguir parar de olhar a joia de opalina brilhante que reluz em seu dedo anelar. Quando apoia a mão no ombro da mulher sentada a seus pés, seus olhares se encontram — a loira está com um anel gêmeo em sua mão esquerda, e, quando ergue os olhos, brilham mais do que a opalina.

Do lado de fora, a aurora boreal dança nos céus.

Agradecimentos

Este livro é sobre amor, e por isso não há como começar esses agradecimentos sem mencionar a pessoa que me faz acreditar nele todos os dias: Mateus, meu marido, meu melhor amigo. Você foi o primeiro a ouvir essa história, acreditou nela antes de mim, me ajudou a moldá-la e torná-la o que ela é hoje. Sem você, não existiria *Sombras do sul*, e por isso: obrigada. Eu até consigo imaginar a vida sem você, mas ela não teria graça nenhuma.

Agradeço também a meus pais, Cida e Mauro, que me ensinaram desde cedo que amor é uma escolha que a gente faz todos os dias. A minha família e amigos que são quase família, que torcem por mim e me acompanham em cada passo: este livro também é de vocês.

Uma das maiores fontes de amor na minha vida são meus amigos, que seguram minha mão durante as caminhadas e me ajudam a olhar e seguir em frente. Tenho sorte de dizer que são muitos para nomeá-los um a um, mas preciso destacar alguns, que leram este livro em seus estágios iniciais e o tornaram ainda mais incrível: Ju, Nana, Fernanda, Marcela. Os seus áudios surtando, suas lágrimas, seu companheirismo, tudo está presente nessas páginas — afinal, *Sombras do sul* também é um livro sobre a família que a gente escolhe. Vocês são a minha.

Falando em amigos, não posso deixar de agradecer aos amigos que o mundo literário me deu neste último ano. Vocês são um presente e me ajudam todos os dias a não enlouquecer nesse mercado absolutamente enlouquecedor, me tornam uma escritora — e profissional — melhor. Ayslan, Pedro, Pablo, Anita, Bex, Thi, Murilo, Lua, Ray, Gabs, Cin, Dry... E muitos, muitos outros, tantos que eu nem consigo nomear, inclusive as pessoas da comunidade do Escritwitter. Obrigada.

Em minha busca por retratar nas páginas o mundo diverso que vejo do lado de fora, precisei de muita ajuda — e muita sensibilidade. Por isso, preciso agradecer aos leitores sensíveis que me ajudaram a construir o mundo de *Sombras do sul*: Camila Cerdeira, Karine Ribeiro e Larissa Siriani.

Este livro jamais estaria em suas mãos sem o trabalho incansável da equipe do Grupo Editorial Record, que acredita em mim e nas minhas histórias, e me ajuda a torná-las o melhor possível. Obrigada a Stella Carneiro, editora deste livro, por sua sensibilidade incrível. Também preciso agradecer à melhor equipe de marketing, vendas e RP do Brasil: Lucas Reis, Débora Souza, Ana Rosa, Gabi Telles, Rô Tavares, Everson Chaves, Marina Schulz, Beatriz Bezerra, Juliana Oliveira, Manoela Alves, Amanda Werneck e Lígia Almeida, e todo o time de estrelas da Galera Record. OBRIGADA.

E falando em "melhor editora do mundo", preciso agradecer às três pessoas que mais acreditaram em mim. Rafaella Machado, editora--chefe e minha fada madrinha, nosso encontro foi escrito nas estrelas. Alba e Guta: isso é incrível, é Increasy, e existe por causa do trabalho incansável de vocês (e nossa habilidade de guardar fofocas e não contar para *mais ninguém*). Para a Guta, minha agente, preciso agradecer especificamente por ser a primeira pessoa a surtar com as minhas ideias malucas e mensagens constantes e ansiosas. Eu sou uma escritora melhor por sua causa.

Também preciso agradecer à melhor ilustradora que a Duologia Boreal poderia pedir: Taíssa Maia, cujo trabalho só fica mais incrível a cada livro em que trabalhamos juntas, e que é quase uma maga da ilustração. Obrigada por escanear a visão que havia dentro do meu cérebro e torná-la mais linda do que eu jamais poderia ter imaginado.

No último ano, a Dimitria e a Aurora chegaram a muita gente. Gente que fez fila na livraria Martins Fontes da Avenida Paulista pra me esperar. Gente que encheu a Bienal de São Paulo e foi atrás de mim na fila do banheiro. Gente que me mandou DM no Instagram contando histórias emocionantes e dividindo seus corações, que me marcou no Twitter, que fez fanart e fancam e surtou com as minhas meninas. Gente que recomendou o livro, que organizou clube de leitura, que panfletou até dizer chega. Leitoras apaixonadas, que me lembram o motivo de eu escrever: essa história existe para vocês. Vocês são um presente, enchem meu coração e é por vocês que eu continuo voltando para as palavras como meu bálsamo. Espero que elas sejam bálsamo para vocês também.

Obrigada pelo privilégio do seu tempo.

Este livro foi composto na tipografia Sabon LT Pro,
em corpo 11/16,5, e impresso em
papel off-white no Sistema Cameron
da Divisão Gráfica da Distribuidora Record.